LA CONJURATION DES IMPORTANTS

Éditions du Masque
17, rue Jacob 75006 Paris
www.lemasque.com

LA CONJURATION DES IMPORTANTS
Jean d'Aillon

ISBN : 978-2-7024-4105-3

© Jean-Louis Roos 1994 et Éditions du Masque,
département des éditions Jean-Claude Lattès, 2005

*Tous droits de traduction, de reproduction, d'adaptation,
de représentation réservés pour tous pays.*

Conception graphique : WE-WE
Couverture : Bridgeman
Henry Perronet Briggs (1792-1844),
Discovery of the Gunpowder Plot and Taking of Guy Fawkes,
c.1823, huile sur toile.

Jean d'Aillon est né en 1948 et vit à Aix-en-Provence. Docteur d'État en sciences économiques, il a fait une grande partie de sa carrière à l'université en tant qu'enseignant en histoire économique et en macro-économie, puis dans l'administration des Finances.
Il a démissionné de l'administration des Finances en 2007 pour se consacrer à l'écriture.

DU MÊME AUTEUR AUX ÉDITIONS DU MASQUE

Attentat à Aquae Sextiae
Le Complot des Sarmates
L'Archiprêtre et la Cité des Tours
Nostradamus et le Dragon de Raphaël
Le Mystère de la chambre bleue
La Conjuration des Importants
La Lettre volée
L'Exécuteur de la haute justice
L'Énigme du clos Mazarin
L'Enlèvement de Louis XIV
Le Dernier Secret de Richelieu
La Vie de Louis Fronsac
L'Obscure Mort des ducs
La Conjecture de Fermat
Marius Granet et le Trésor du palais comtal
Le Duc d'Otrante et les Compagnons du Soleil

Aux éditions Jean-Claude Lattès

La Conjecture de Fermat
Le Captif au masque de fer
Les Ferrets de la reine
Les Rapines du duc de Guise
La Guerre des amoureuses
La Ville qui n'aimait pas son roi

LES PRINCIPAUX PERSONNAGES

Julie d'ANGENNES, *fille de Mme de Rambouillet*
Louis d'ASTARAC, *marquis de Fontrailles*
Jean BAILLEUL, *premier clerc des Fronsac*
Charles de BAATZ, *officier aux gardes*
Margot BELLEVILLE, *fille de libraire*
Joseph BOUTIER, *procureur du Roi*
Nicolas BOUTIER, *domestique de Louis Fronsac*
Jacques BOUTIER, *gardien, père de Nicolas*
Guillaume BOUTIER, *homme à tout faire et concierge, frère de Jacques*
Jean CHAPELAIN, *fils de notaire et écrivain*
Marie de CHEVREUSE, *ancienne amie intime d'Anne d'Autriche, fille du duc de Rohan-Montbazon*
Cléophas DAQUIN, *huissier mort de troubles gastriques*
Anne DAQUIN, *son épouse*
Philippe DAQUIN, *son frère*
Louis de BOURBON, *duc d'Enghien, fils du prince de Condé*

L'Échafaud, *chef d'une bande de truands*
Louis Fronsac, *chevalier de Mercy, fils du notaire Pierre Fronsac*
Pierre Fronsac, *notaire*
Babin du Fontenay, *commissaire de Saint-Avoye, assassiné*
Gaufredi, *reître au service de Louis Fronsac*
Marcelle Guochy, *prisonnière au Grand-Châtelet*
Jules Hubert, *gardien de Mercy*
Antoinette Hubert, *son épouse*
Michel Hardoin, *fiancé de Margot Belleville*
Isaac de Laffemas, *lieutenant civil*
Le Tellier, *ministre de la Guerre*
Louis XIII, *le Roi*
François de Marcillac, *futur duc de la Rochefoucauld*
Marie de Montbazon, *jeune épouse du vieux duc de Rohan-Montbazon*
Antoine Mallet, *concierge des Fronsac*
Mme Mallet, *domestique des Fronsac, épouse d'Antoine*
Jules Mazarin, *Premier ministre*
Charles de Montauzier, *gouverneur de Haute-Alsace*
Jean-François Niceron, *religieux du couvent des Minimes*
Évariste Picard, *ami de Cléophas Daquin*
M. de Pisany, *fils de Mme de Rambouillet*
Catherine de Vivonne-Savelli, *marquise de Rambouillet*
M. de Rambouillet, *son époux*
Claude Richepin, *intendant des Fronsac*

Gilles le Robert, *dit Le Mulot, faussaire*
Rochefort, *l'homme de Richelieu*
Gaston de Tilly, *commissaire de police du quartier de Saint-Germain-l'Auxerrois*
Pierre Valdrin, *moine défroqué*
Evrard Valdrin, *son fils*
François de Vendôme, *duc de Beaufort, fils du duc de Vendôme*
Julie de Vivonne, *cousine de Julie d'Angennes*

Décembre 1642

Dans les livres d'Histoire, la fin du règne de Louis XIII est expédiée en quelques phrases qui laissent sous-entendre des évidences d'autant plus fausses qu'elles sont superficielles. Richelieu meurt à la fin de l'année 1642 et le roi ne lui survit que de quelques semaines. La transition du pouvoir est fluide et un cardinal en remplace un autre : Jules Mazarin succède ainsi à Armand du Plessis, son maître.

Pourtant, rien ne fut moins évident. Louis XIII n'était pas condamné à mort parce que son Premier ministre venait de disparaître – au contraire – et, à la fin de l'année 1642, personne n'aurait parié sur l'avenir de *Mazarini*, le Sicilien ; et encore moins au printemps 1643, après la mort du roi !

En fait, entre décembre 1642 et septembre 1643, le pouvoir était à prendre au royaume de France et ce fut tout simplement le plus habile qui y parvint.

Ce sont les péripéties qui se sont déroulées durant ces quelques mois que nous allons raconter. Les épisodes narrés ici sont mal – et parfois pas du tout – connus du public. Il est vrai que chacun de ces événements, observé séparément, ne semble avoir qu'une infime importance. Cependant, reliés par le fil conducteur de ce roman, ils éclairent l'enchaînement des faits historiques et fournissent une interprétation, enfin lumineuse, de l'arrivée au pouvoir de Jules Mazarin.

C'est ainsi que le rôle de Louis Fronsac – l'homme aux rubans noirs – nous apparaît fondamental bien que les historiens l'aient toujours ignoré.

1

Matinée du 8 décembre 1642

On peut trembler de peur, de honte, de fièvre ou de douleur, mais on tremble avant tout de froid, songeait Louis Fronsac en grelottant dans son petit appartement. Le froid, cette souffrance qui non seulement paralyse le corps mais engourdit l'esprit, méditait-il, en plein vagabondage.

Depuis plusieurs jours, il gelait à pierre fendre dans Paris et, ce matin-là, le feu d'enfer qui crépitait dans la cheminée de sa maison de la rue des Blancs-Manteaux ne parvenait à réchauffer guère plus qu'un minuscule espace de trois pieds devant l'âtre.

C'est là qu'il se tenait. Transi, serrant autour de lui un manteau d'intérieur, les pieds enfoncés dans des pantoufles de fourrure. Entre deux frissons, il tentait de lire et d'annoter – c'était difficile à cause de ses mitaines ! – un inventaire préparé par l'étude notariale de son père et sur lequel on lui demandait son avis.

Louis Fronsac, ancien notaire et désormais chevalier de Saint-Louis, était né trente ans plus tôt, le 1ᵉʳ juillet 1613. Grand, mince, brun de peau, les cheveux longs jusqu'au bas des épaules, la moustache fine au-dessus des lèvres puis large et pendante sur les joues, avec une minuscule touffe de poils sur le menton comme c'était la mode à cette époque, le jeune homme paraissait absorbé par son travail.

En réalité, Louis faisait seulement semblant de travailler pour se donner bonne conscience. Son esprit n'était nullement occupé par cet inventaire fastidieux, bien au contraire. Engourdi autant par la froidure que par les émanations soporifiques du foyer, un peu rêveur à la suite des événements récents qui s'étaient produits dans sa vie, il laissait sa pensée divaguer.

Après avoir philosophé sur le froid, il se mit à songer à Richelieu qu'il avait vu la veille, pour la dernière fois.

Armand du Plessis, le cardinal de Richelieu ! Le *Grand Satrape* ! L'Homme Rouge ! Le Bourreau ! Le Premier ministre, aussi, venait de mourir quatre jours plus tôt.

Et lui, Louis Fronsac, notaire et fils de notaire, avait été indirectement mêlé aux terribles et derniers complots qui avaient agité la fin de vie de celui qui dirigeait la France de sa main de fer.

Louis avait surtout rendu un immense service au roi, ainsi qu'à un serviteur fidèle de Richelieu : Giulio Mazarini, et, bien que le jeune notaire se fût violemment opposé au terrible cardinal – peut-être justement pour cela ! – le roi l'avait gratifié d'un titre de chevalier de Saint-Louis.

Ainsi, le simple notaire qu'il était faisait dorénavant partie de cette classe privilégiée, admirée et haïe, enviée et jalousée : la noblesse. Mieux encore, il n'avait pas été anobli par l'achat d'une charge de magistrat ou d'officier, comme de nombreux bourgeois, mais par des lettres de noblesse signées Louis, Roi de France ; lequel lui avait aussi offert une seigneurie – Mercy – située au nord de Paris, et dont, à ce jour, il ne savait encore rien.

Richelieu était mort.

La veille, malgré le froid mortel, et comme des milliers de Parisiens, Fronsac s'était donc rendu auprès de la dépouille de celui qui avait été si craint et si détesté. Le cardinal, vêtu d'une soutane pourpre identique au sang qu'il aimait tant faire verser, semblait encore plus terrible et impitoyable mort que vivant. L'émotion qu'en avait ressentie Louis avait été telle qu'il avait fait des cauchemars toute la nuit.

Le *Grand Satrape* avait disparu et Paris libéré bruissait de rumeurs. On disait que le roi allait désormais gouverner seul, d'aucuns expliquaient que tous ceux – encore vivants – qui avaient été châtiés, condamnés, emprisonnés par Richelieu allaient être pardonnés, libérés et même dédommagés.

Bref, un nouveau règne débutait. Le troisième pour Louis le Bègue, après le faux règne sous Concini et le règne postiche sous le

Cardinal. Ce troisième règne serait-il meilleur que les autres ?

Durant ces vingt dernières années, la France s'était, certes, agrandie, mais au prix d'un complet délabrement économique et social. Et les Espagnols – nos ennemis – restaient aux aguets, sur les marches du Nord, à deux jours à peine de Paris.

Louis songeait aussi que personne en ville ne parlait plus de Mazarini, ce cardinal italien jugé benêt, poltron et falot par ceux qui le détestaient, mais drôle, cultivé, chaleureux et énergique par ceux qui l'admiraient.

Le jeune chevalier, qui l'avait rencontré plusieurs fois – la dernière à peine cinq jours plus tôt, lorsque Mazarini était venu à l'étude de son père pour lui remettre, lui-même, sa lettre d'anoblissement –, avait distingué, derrière le masque de modestie du fils d'intendant sicilien, une ambition démesurée, autant pour lui que pour la France. Louis avait perçu, sous la souplesse incroyable de celui qui passait pour faible et lâche, une volonté de fer et un courage à toute épreuve. Il avait mesuré, sous le déguisement bonasse et charmant, une intelligence et une perspicacité prodigieuses.

Et surtout, Louis avait compris que ce nouveau cardinal était tout l'opposé du *Grand Satrape* qui l'avait pourtant formé. Du Plessis était une brute et un bourreau, alors que Mazarini était habile et calculateur. Et cet homme, auquel Richelieu reprochait, avec un soupçon de mépris, de courtiser la paix, Louis l'avait servi. Il l'aimait et l'admirait désormais profondément.

Mais aussi, il le regrettait, car il savait que, créature de l'ancien ministre, l'Italien ne survivrait pas politiquement à son maître. On murmurait d'ailleurs qu'il allait retourner à Rome.

Et pourtant, songeait Louis, le pays aurait bien besoin de la maestria de Mazarini maintenant que la France et les Français étaient ruinés. Hier encore, sa mère lui affirmait que le prix du blé avait doublé ! On parlait de plus en plus souvent des révoltes populaires qui éclataient ici ou là. Son père lui avait rapporté que l'État avait déjà dépensé ses revenus des quatre années à venir et qu'il ne fonctionnait plus que d'expédients. La richesse était désormais aux mains des traitants et des affermeurs – ces financiers qui prêtaient de l'argent au roi en échange du recouvrement des impôts et des taxes – et les impôts, justement, étaient de plus en plus nombreux, de plus en plus lourds, de plus en plus injustes.

Une idée morose en amenant une autre, Louis s'interrogea de nouveau sur Mercy. Qu'était ce domaine que le roi lui avait offert ? Une seigneurie abandonnée depuis longtemps, avait précisé Mazarin.

Une seigneurie ? Donc un fief avec des droits de justice sur ses habitants ! Mais aussi un domaine délaissé, sans doute ravagé, ruiné.

À peine le cardinal Mazarin lui avait-il annoncé qu'il était désormais le nouveau seigneur de Mercy que Louis avait envoyé Gaufredi, son compagnon plus que son serviteur – un ancien reître des guerres allemandes –, se renseigner sur place.

Gaufredi était parti, voici trois jours, accompagné du premier clerc de l'étude de son père qui devait étudier la situation financière du fief. Avec un peu de chance, tous deux seraient de retour aujourd'hui. Alors, enfin, il aurait des renseignements sur cette possession. Pourrait-il s'y établir ? Y vivre comme un châtelain ?

Il ne se faisait pas d'illusion ; Louis XIII était pingre et s'il lui avait offert ces terres, c'est parce qu'elles ne rapportaient probablement rien à la Couronne. Mais peut-être pourrait-on remettre l'ensemble en état ?

Ces pensées sur son établissement l'amenèrent vers Julie.

Julie de Vivonne, la jolie nièce de la marquise de Rambouillet, qu'il n'avait plus revue depuis quelques jours. Pourrait-il l'épouser ? Bien sûr, il était noble maintenant, et les problèmes de mésalliance, si graves lorsqu'on n'était pas fortuné, ne se posaient plus. Plus exactement, se posaient moins, car la famille de Vivonne affichait tout de même des quartiers de noblesse qui remontaient aux Croisades !

Toutefois, il n'était pas établi. Il ne percevait aucune rente, aucun revenu. Louis savait qu'il ne pourrait plus exercer sa profession de notaire, le seul métier qu'il connaissait. Dans ces conditions, comment entretenir une maison, une famille et un domaine ?

Le jeune homme en était là de ses réflexions maussades lorsqu'il entendit quelqu'un monter bruyamment le petit escalier en viret qui conduisait à son modeste appartement de la rue des Blancs-Manteaux. Il sourit en reconnaissant le pas tumultueux et agité de son ami Gaston. Il ôta son manteau et se leva pour se diriger vers la porte qu'il ouvrit toute grande.

Gaston de Tilly, nouveau commissaire de police de la paroisse de Saint-Germain-l'Auxerrois – depuis quatre jours ! –, entra dans un courant d'air glacial.

Un observateur, même peu attentif, n'aurait pu trouver la moindre ressemblance entre les deux hommes, pourtant du même âge. Louis était vêtu très simplement d'un ample pourpoint de laine noir avec des crevures aux manches par où sortait sa chemise immaculée. Ses hauts-de-chausses, noirs eux aussi, descendaient jusqu'après les genoux. Sa seule coquetterie, c'étaient des rubans de soie noire noués aux poignets de sa chemise blanche. De tels rubans, qu'on appelait alors des galans, étaient un signe indispensable de distinction et on les portait habituellement, non seulement aux manches, mais un peu partout sur les vêtements.

Ceux de son ami, criards, mal assortis et quelquefois déchirés prouvaient que Gaston avait une autre idée de l'élégance ; il faut dire à sa décharge que la vie de commissaire de police était souvent tumultueuse ! Pour ne rien arranger, l'homme était petit, large d'épaules et roux de cheveux. Son nez écrasé, aplati tel un groin, rappelait le sanglier dont il avait d'ailleurs le poil dru et épais ainsi que le caractère entêté.

En effet, Gaston de Tilly était combatif jusqu'à l'inconscience, tenace jusqu'à la grossièreté, et souvent franc jusqu'à l'inconvenance. C'est sans doute pour cela qu'il était le meilleur officier de police de la ville et qu'il avait longtemps fait l'approbation de tous, y compris du terrible lieutenant civil Laffemas qui avait réussi à conserver sa place après la mort de son maître Richelieu.

Gaston et Louis s'étaient connus durant leurs études au collège de Clermont. La dure vie des internes les avait rapprochés ; levés à quatre heures le matin, ils devaient ensuite travailler jusqu'à huit heures du soir avec pour seule interruption une longue messe. Peu de chauffage à Clermont, encore moins de nourriture, et un enseignement généralement pratiqué avec le soutien d'un fouet par des maîtres impitoyables.

Gaston, cadet de famille peu fortunée, était tenu à l'écart par ses camarades aristocrates. Ses études devaient le conduire à l'état ecclésiastique. Il avait pourtant refusé la robe des clercs et s'était décidé à rejoindre l'armée comme bas-officier.

Ils avaient alors dix-huit ans tous les deux. Louis rejoignit l'avenir tout tracé de l'étude familiale alors que son ami pouvait se faire tuer dans une prochaine campagne. C'était injuste et il s'en était ouvert à son père, Pierre Fronsac, homme de loi très écouté des échevins de Paris.

Fronsac père avait donc demandé à la municipalité de soutenir la candidature de Gaston de Tilly comme commissaire enquêteur chargé de la police auprès d'un des commissaires de quartier.

Le jeune Gaston, leur avait-il expliqué, connaissait parfaitement le droit, mais il avait aussi la ténacité et la force physique nécessaires pour une telle activité. Les commissaires enquêteurs étant en effet continuellement dans la rue pour résoudre les affaires criminelles.

À cette époque, l'organisation des services de police de la capitale était particulièrement complexe. La maréchaussée dépendait du prévôt – le vicomte de Paris – qui était assisté par un lieutenant civil, chargé de la police générale, et par un lieutenant criminel.

Pour faire régner l'ordre, le prévôt disposait du guet royal dirigé par le chevalier du guet ainsi que d'un régiment de soldats, mais pour les enquêtes de police, il y avait les commissaires de quartier – ils étaient seize, correspondant chacun à une paroisse – qui dépendaient de la juridiction du Grand-Châtelet. Ces commissaires étant assistés par des commissaires enquêteurs et des inspecteurs.

À côté de ces forces de police, les échevins de l'Hôtel de Ville possédaient leur propre milice – le guet bourgeois – remarquablement peu active.

Quant à la justice, elle restait particulièrement ténébreuse compte tenu de la quantité de privilèges et de juridictions issus d'anciennes seigneuries – comme le Temple – ou ecclésiastiques. Toutes ces autorités étant généralement en conflit les unes avec les autres.

Finalement, dans une ville où les bandes organisées et les coupeurs de bourse faisaient des ravages, où pas une nuit ne se passait sans que quelques maisons bourgeoises ne soient pillées, un officier, bon juriste, proposé par les échevins au lieutenant civil, Isaac de Laffemas, satisfaisait tout le monde.

Laffemas, homme intègre mais d'une sévérité impitoyable, avait été nommé par Richelieu pour rétablir la sécurité dans Paris. Il choisissait lui-même ses officiers, ses commissaires et ses sergents en veillant à leurs qualités et leur compétence. Il avait longuement étudié la candidature de Gaston pour finalement l'accepter. Et il n'avait pas eu à le regretter tant les résultats du jeune homme étaient inespérés.

L'année passée, Gaston ayant reçu du Cardinal un brevet de lieutenant aux armées – Richelieu voulait alors l'éloigner de son ami Louis[1] –, il avait quitté sa charge de commissaire enquêteur.

---

1. Voir : *Le Mystère de la Chambre bleue*.

C'est à l'armée – il y avait juste quatre jours ! – que Gaston avait appris qu'il était nommé, à la demande de Mgr Mazarin, commissaire à poste fixe de Saint-Germain-l'Auxerrois. Cet office lui était octroyé pour le récompenser de l'aide qu'il avait prodiguée à Louis Fronsac dans l'affaire des lettres volées au marquis de Cinq-Mars.

Pour Gaston, cela signifiait l'opulence. La charge de commissaire qu'on lui offrait valait trente mille livres et en rapportait mille par an avec quelques gains complémentaires liés aux plaintes qu'il recevait et aux amendes qu'il encaissait.

Gaston jeta son feutre à large bord sur une chaise droite, détacha son ample manteau noir noué par deux cordons usés et ôta l'écharpe déchirée qui tenait son épée (une épée de fer, et non de parade).

Depuis qu'il était commissaire, il avait décidé de suivre la mode de la Cour et de ne plus porter de ceinturon en cuir mais une simple écharpe brodée. Seulement, comme il ne ménageait pas ses vêtements, cette nouvelle coquetterie ne lui conférait aucune distinction, bien au contraire.

— Quel bon froid t'amène, mon ami ? demanda Louis en l'examinant d'un air critique.

Il ajouta, alors qu'un courant d'air glacé le faisait frissonner :

— Ferme donc cette porte ! Je grelotte !

— Un mauvais froid...

Gaston avait un air maussade et paraissait mal à l'aise.

— ... Je ne vais pas m'arrêter longtemps, poursuivit-il, mais je bute sur un tel mystère. Il fallait à tout prix que je t'en parle. Peut-être m'apporteras-tu ta lumière...

— Je t'écoute, installe-toi et, pendant ce temps, je vais te servir un peu de ce vin chaud qui languit devant la cheminée.

Louis prit le flacon de vin doux qu'il laissait tiédir et en versa un verre à son ami, qui se réchauffait tout en conservant un visage fermé, peut-être soucieux et sûrement chagrin. Il en profita pour alimenter la cheminée de quelques bûches prises sur la montagne de bois, renouvelée deux fois par jour par son domestique Nicolas.

Au bout d'un instant, ayant retiré ses gants, frotté ses mains et bu son vin, Gaston s'expliqua, alors que Louis restait debout le dos au feu.

— J'arrive de la rue Saint-Avoye, c'est là qu'habite Babin du Fontenay – habitait pour être exact –, le commissaire de Saint-Avoye. Un de mes collègues. Le meilleur sans doute parmi nous.

Gaston parlait lentement, ce qui n'était pas dans ses habitudes, et avec émotion, ce qui était exceptionnel. Louis crut même discerner un certain désarroi.

— Que lui est-il arrivé ? Tu en parles au passé ? s'enquit-il doucement, troublé par le ton de Gaston.

— Il vient de mourir. C'est pour cela que l'on m'a appelé. J'ai trouvé toute sa famille en pleurs. Il venait d'être lâchement assassiné.

Gaston serrait les poings avec violence.

— Assassiné ? Comment cela ?

— Justement ! je n'en sais rien ! Je ne comprends rien !

La voix de Gaston était blanche de rage et de menace.

— Allons ! Explique-toi ! Que signifie cette énigme ?

— Tu viens de prononcer le mot juste. C'est une énigme, un mystère... mais j'en percerai le secret, dit-il sourdement. Enfin, voici mes notes.

Il sortit quelques feuillets froissés de son habit.

— Babin du Fontenay se tenait dans une chambre qui lui servait plus ou moins de bureau. Son appartement est constitué de trois pièces en enfilade. Il occupait la dernière. Donc, pour accéder à lui, on devait passer par les pièces précédentes. Son épouse et ses deux fils étaient justement dans l'une d'elles. Ils ne se sont aperçus de rien. À l'heure du repas, son fils est allé le chercher ; il l'a trouvé dans son fauteuil. Mort. Déjà rigide, le crâne éclaté et couvert de sang. Un spectacle épouvantable pour cet enfant.

— On lui avait tiré dessus de l'extérieur ? Avec un mousquet sans doute, suggéra Louis.

— C'est ce que j'ai pensé, d'autant qu'un carreau de la fenêtre était brisé. Mais il n'y avait aucune balle ! Tu entends, souffla-t-il d'une voix rauque, on n'a pas retrouvé le moindre projectile ! Rien.

Louis ne cacha pas son scepticisme et eut un haussement d'épaules assorti d'une moue incrédule.

— C'est impossible ! La balle est dans sa tête, ou l'a traversée, et vous avez tout simplement mal cherché !

— Rien, te dis-je ! ragea Gaston. Nous avons parfaitement bien cherché. Et personne n'a entendu de coup de feu !

Louis soupira avec une nouvelle moue dubitative.

— C'est invraisemblable ! Il doit y avoir une balle. Il faut qu'il y en ait une ! Et puis, tu me parles d'une vitre brisée, alors ? Un objet l'a forcément traversée !

Gaston hocha la tête, impuissant.

— C'est un insondable mystère. Je le reconnais.

Louis était maintenant un peu décontenancé. Gaston lui cachait-il quelque chose ?

— Que puis-je faire pour t'aider ?

— Réfléchir, déclara le commissaire. Si quelqu'un peut trouver une solution logique à cet absurde problème, c'est bien toi !

Au collège, Louis avait travaillé le droit par nécessité, mais il s'était attaché surtout aux mathématiques par inclination naturelle. Il avait eu pour maître un élève de Philippe Lansbergius, un mathématicien allemand défenseur de Copernic et de Galilée. La logique l'avait particulièrement passionné car il possédait cet esprit de géométrie qui lui permettait de déduire aisément des conclusions justes à partir de faits hétérogènes et dissemblables. Quand une affaire criminelle paraissait trop embrouillée, Gaston avait l'habitude de faire appel à son ami, qui lui fournissait généralement sinon une solution, du moins des explications plausibles et une conduite à tenir.

Louis resta silencieux un moment alors que Gaston fermait les yeux pour savourer la chaleur. Finalement, il interrogea son ami commissaire :

— Je suppose que tu écartes toute complicité dans la famille ?

— Certainement, affirma Gaston. Je les connais tous. Il n'y a là aucune piste à envisager.

Sur ces mots, il se leva, renfrogné mais aussi plein d'inquiétude.

— C'est ma première affaire, fit-il d'une voix assourdie. Je suis commissaire depuis quatre jours et me voilà incapable de résoudre mon premier crime ! Si j'échoue, je ne resterai pas longtemps au service de Laffemas.

Louis en était conscient, mais que pouvait-il faire pour lui ? Il proposa confusément, avec un sentiment de culpabilité un peu déplacé :

— S'il me vient une idée, je passerai te voir…

Gaston vida son verre et regarda son ami avec désespoir. Il avait pensé pouvoir rentrer au Grand-Châtelet avec une explication.

— Je dois repartir. Laffemas m'attend, ajouta-t-il, fatigué, songeant qu'il avait fait un détour pour rien.

Gaston sortit et Louis resta seul. Il s'installa devant le feu pour méditer.

Étrange et curieux crime… D'ailleurs, pourquoi tuer un commissaire de police ? Le châtiment pour un tel meurtre serait à l'échelle du délit. Si l'assassin était pris, il serait torturé puis expéditivement jugé et tomberait entre les mains expertes de Jehan Guillaume, le bourreau de la prévôté et vicomté de Paris, qui le démembrerait publiquement sous les applaudissements et les acclamations des spectateurs de la place de Grève.

Le mobile de ce crime devait donc être considérable. Peut-être lié à une des enquêtes dont s'occupait Babin du Fontenay ? Oui, c'était une piste qu'il devait suggérer à Gaston. Mais celui-ci y avait déjà sûrement pensé.

Louis, préoccupé, n'avait plus le cœur à travailler. Il se leva et s'approcha de la fenêtre. Le ciel était complètement noir alors qu'on était à peine en fin de matinée. Un orage se préparait. De la neige peut-être… avec ce froid, la tempête serait terrible. Il alluma deux bougies car il n'y voyait plus beaucoup. De nouveau, il entendit un vacarme dans son escalier, mais cette fois il s'agissait de grondements fracassants.

Encore une visite ? s'interrogea-t-il en allant ouvrir la porte.

C'était Gaufredi.

Gaufredi était un mercenaire qui avait fait la guerre de Trente Ans, et quelques autres moins connues, mais tout aussi sanglantes. Seul et vieillissant, il était entré au service de Louis, qui le logeait dans un galetas situé dans les greniers de la maison. Louis lui accordait des gages faibles, mais payés régulièrement et complètement, ce qui était exceptionnel à Paris. Pour l'ancien soldat qui n'avait jamais eu de maison et n'avait toujours vécu que de pillages et de meurtreries, cette nouvelle vie était un paradis.

Le reître entra, suivi de Jean Bailleul, le premier clerc de l'étude des Fronsac.

Jean Bailleul était un petit homme quelconque, au visage lisse et pâle, aux cheveux sans couleur, à la figure inexpressive et banale, aux vêtements neutres et ternes, au maintien insignifiant et modeste. Une maigre cape de laine le couvrait, et ses souliers à boucles et rosettes étaient ridicules comparés aux gigantesques bottes à entonnoir de son compagnon de voyage.

À côté de lui, Gaufredi ressemblait au Capitan du théâtre italien, tel qu'on le montrait sur les scènes parisiennes. Le reître était vêtu d'un vieux pourpoint de buffle rapiécé qui avait connu plus d'un combat, d'un manteau écarlate qui lui tombait sur les chevilles, et était coiffé d'un feutre informe descendant jusqu'aux épaules. Chaussé de bottes fatiguées par l'usage et qui lui montaient jusqu'aux cuisses en cachant les chausses, il faisait sonner des éperons de cuivre étincelants. Une longue rapière, à l'espagnole et à manche de cuivre, complétait sa tenue.

Ainsi accoutré, avec sa moustache en croc et son visage rouge brique couturé d'un mélange de rides et de cicatrices, Gaufredi était effrayant à voir. D'un âge déjà avancé – Louis savait qu'il avait près de soixante ans – mais encore robuste et dangereux, le vieux mercenaire avait pour Louis une fidélité inébranlable.

— Entrez vite et fermez cette porte, ordonna l'ancien notaire à ses visiteurs. Voici du vin chaud, et racontez-moi tout.

Gaufredi jeta avec grâce son feutre sur un coffre et déboucla son ceinturon, laissant tomber sa colichemarde au sol, à portée de main. Après quoi, et tout en parlant, il délaça son pourpoint :

— Ce fut un dur voyage, monsieur, surtout avec un temps pareil ! Il nous a fallu près d'une demi-journée, en bonne part au galop, pour aller, et autant pour revenir. M. Bailleul a bien résisté mais il a dû souffrir.

Jean Bailleul approuva du chef, effondré sur une chaise, il paraissait complètement épuisé et ne songeait ni à se débarrasser de ses vêtements ni à se restaurer.

— Décrivez-moi Mercy ! demanda Louis avec une certaine impatience.

Gaufredi reprit la parole d'une voix féroce. La bouteille de vin en main, il se servit une large rasade.

— Bon, Mercy est à huit lieues d'ici ; c'est un hameau de cinquante feux environ...

— Cinquante-deux exactement ! le coupa Bailleul qui détestait l'imprécision.

Cette erreur l'avait ragaillardi. Le premier clerc se saisit à son tour de la bouteille et remplit le verre que Louis lui tendait.

— Bon, cinquante-deux, admit le reître, c'est pas très loin de Chantilly, à proximité de l'Ysieux. À l'ouest du hameau se trouve votre château. C'est une vieille bâtisse délabrée, quoique encore solide, une sorte de manoir rustique. Le bâtiment principal et son enceinte forment une cour rectangulaire de quarante toises sur vingt. À chacun des angles, sur le flanc opposé au château, se situe une tour. Toutes les deux sont ruinées. Le manoir est formé d'une longue salle voûtée, sans doute une ancienne salle de garde, avec des cuisines. De là, un escalier mène au salon de réception de l'étage : une grande pièce de trente toises sur vingt, avec deux belles cheminées. À chaque extrémité se trouve une autre pièce. Un grand escalier accède à l'étage supérieur qui comporte cinq chambres en enfilade. Les marches continuent ensuite vers un immense grenier et, de là, jusqu'à un chemin de ronde le long du toit qui rejoint les tours par une courtine cerclant la cour.

Il fit une pause, vida son verre et essaya de se concentrer pour ne rien oublier.

— La charpente est mauvaise et la toiture à refaire, mais les murs sont solides. Une des chambres est occupée par un vieil intendant qui vit là avec son épouse. Ils servent aussi de gardiens. Quasiment pas de meubles, et ceux qui restent sont gâtés. L'endroit est glacial et humide. Tout est abandonné depuis si longtemps...

Décidément, c'est pire que ce que j'escomptais, pensa Louis en faisant la grimace. Il demanda au premier clerc :

— Que rapporte le domaine ?

— Rien ! affirma le petit homme d'un ton paisible et placide. Et même moins que rien, car il y a des frais importants ! Évidemment, il y a des droits féodaux : chaque feu doit fournir deux poules et deux boisseaux de blé ou son équivalent, soit six livres, mais jusqu'à présent c'était un représentant du roi qui les percevait. En contrepartie, la population est exemptée de taille. Il y a pourtant de belles terres à blé, approximativement cent arpents parisiens[1], et une vingtaine d'arpents de vaine pâture. Mais tout est en jachère, et il n'y a plus aucun instrument pour travailler le sol, bien qu'il existe une

---

1. L'équivalent de quarante hectares.

ferme – vide et sans occupant – encore en bon état derrière le château.

— Les bois occupent une surface de cent cinquante arpents inexploités quoique giboyeux. Enfin, vous possédez un pont en ruine sur l'Ysieux, auquel est rattaché un vieux droit de péage. Remis en état, c'est une ressource supplémentaire possible. Si vous cultivez seulement cinquante arpents en blé cela vous rapportera, net de la semence, entre trois et quatre mille livres. Avec un peu d'élevage, la mise en exploitation des bois, les revenus des droits, tout cela pourrait rendre entre sept et neuf mille livres par an, peut-être plus. Mais il y a un tel travail à faire et une telle mise de fonds à placer !

— Combien faudrait-il ? s'informa timidement Louis.

Bailleul eut un balancement de tête assorti d'une mimique mi-figue, mi-raisin.

— Je ne sais pas trop, mais trente mille livres me semblent un minimum pour rendre le château habitable. Dix mille pour remettre les terres en valeur, acheter du matériel, construire des granges, et au moins dix mille pour le pont. Ah, oui ! il y a aussi un étang envahi de brochets ! Mais, une fois nettoyé et empli de truites, il serait certainement d'un bon rapport.

— Et le moulin, fit Gaufredi.

— J'oubliais le moulin ! confirma le clerc. Le long de la rivière se trouvent encore les ruines d'un moulin. Il est certainement possible de le remettre en marche. Mais, en conclusion, je pense que pour arriver à une bonne exploitation, il vous faut apporter au bas mot cinquante à cent mille livres. Et plutôt cent mille. Cela vous donnerait en moyenne un rendement de trois à cinq pour cent.

— Diable ! je n'en ai pas le premier écu ! grimaça Louis.

L'ancien notaire exagérait. L'étude de son père était prospère et rapportait environ dix mille livres chaque année. Après avoir payé les impôts, les clercs et les employés de maison, la nourriture et l'entretien, il restait à M. Fronsac un peu moins de trois mille livres et il en donnait un millier à son fils pour son travail. Louis, économe, n'en dépensait guère plus de trois cents, aussi disposait-il d'un pécule accumulé de quelque six mille livres. Mais évidemment, il était loin du compte.

— Des financiers pourraient vous prêter la somme, suggéra Gaufredi qui, réchauffé par le vin autant que par le feu, s'était jeté sur un fauteuil et enlevait maintenant ses bottes humides.

— Certainement, approuva Louis, mais à quel taux ? Des prêts de cette sorte se négocient au denier vingt[1]. Cela mangerait tous mes revenus.

Il resta songeur un moment pendant que les deux messagers savouraient en silence leur vin chaud – déjà Gaufredi s'était servi un nouveau verre – les pieds étendus contre le foyer.

---

1. 5 %.

— Quoi qu'il en soit, reprit Louis, vous avez fait du bon travail.

Il croisa les bras, méditant quelques secondes, appuyé à la cheminée.

— ... En carrosse, combien de temps faut-il pour y aller ? Et peut-on dormir sur place ?

— Si le temps est sec, six heures environ pour le voyage, répliqua le reître. Quant à dormir sur place, c'est bien possible ; je peux toujours partir avant vous, faire préparer des lits et surtout faire chauffer les chambres. Mais il vous faudra apporter du linge, de quoi manger... et boire.

Il eut un sourire de satisfaction en disant ces derniers mots.

— Boutier et Nicolas pourraient sûrement s'en charger ?

Gaufredi hocha la tête. Jean Boutier et Nicolas, son fils, travaillaient pour les Fronsac. Boutier comme homme à tout faire de l'étude et Nicolas comme serviteur de Louis. Un tel voyage leur plairait.

Louis se replongea dans ses pensées. On n'entendait plus que le feu crépiter joyeusement. Chacun savourait le moment, mais cela ne pouvait durer. Louis se redressa et alluma deux bougeoirs de plus. Dehors, le ciel était complètement noir et la pièce était devenue fort obscure. Il poursuivit, un peu plus enthousiaste :

— Cet été, on pourrait les envoyer là-bas avec un chariot, pour équiper un peu le château. Et ensuite, avec mon père et ma mère, nous irions y passer un jour ou deux, pour nous faire une idée. Je vais leur en parler.

Il se tourna vers le premier clerc qui sommeillait presque.

— Vous, Jean, racontez tout cela à mes parents. Je les verrai ce soir puisque nous avons un invité. Et je vous remercie sincèrement pour avoir fait ce voyage difficile.

Gaufredi et Bailleul comprirent qu'il leur fallait partir. Ils se levèrent et reprirent leur manteau, Gaufredi renfila ses bottes avec un soupir, accrocha son baudrier et son épée, et, enfin prêts à affronter le froid, ils sortirent.

Louis resta seul avec ses pensées qui vagabondaient à nouveau. Il s'installa confortablement dans le fauteuil, et imperceptiblement se laissa glisser vers le sommeil. Il allait s'endormir tout à fait quand il fut brusquement secoué par une terrible détonation ; toute la maison vibra.

Le coup de tonnerre – car c'en était bien un, et d'une violence inouïe – l'attira à la fenêtre. Le ciel était maintenant strié d'éclairs. La grêle s'abattit soudain sur la ville. Le crépitement fut effroyable, ressemblant tout à fait à celui d'une bataille. Impressionné, Louis recula. Il voyait les grêlons briser des tuiles sur les toits d'en face et les débris tomber sur le sol avec fracas. En bas, dans la rue non pavée, la glace formait déjà une couverture étincelante. Certains grêlons frappaient les carreaux avec un bruit métallique.

Subitement, une bourrasque se leva. Les grêlons tambourinaient maintenant avec une force incroyable sur sa fenêtre. Par moments, la tempête redoublait de fureur. Ce fut lors de l'un de ces regains d'activité que plusieurs blocs de glace brisèrent deux ou trois vitres de la croisée. L'un d'entre eux, porté par la tourmente, continua sa course jusque vers l'une des nombreuses cruches de terre émaillée posées sur le sol, qui servaient à conserver l'eau. Il la fracassa avec une formidable violence. Louis, effrayé, se mit à l'abri, loin de la fenêtre. Le déchaînement se poursuivit encore un moment, puis, progressivement, le calme revint. Le vent tourna et le ciel s'apaisa.

Louis rassembla alors quelques chiffons dans un coffre et obstrua, comme il pouvait, la fenêtre abîmée, car le froid glacial envahissait la pièce. Ensuite, il ramassa les débris de la cruche qui avait à peu près la forme d'une tête humaine. C'est alors qu'il fut instantanément frappé par le phénomène : autour du récipient brisé, il n'y avait plus rien.

La glace avait fondu et son eau s'était enfuie dans le parquet.

Pour un observateur extérieur, qui n'aurait pas assisté à l'incident, les raisons de la rupture du vase seraient restées mystérieuses... comme la mort de Babin du Fontenay ? Et si la cruche avait été une tête humaine ?

Louis dut s'asseoir un instant, ému par ce qu'il venait brusquement d'entrevoir. Il cherchait à mettre de l'ordre dans ses idées.

Pouvait-on tuer quelqu'un de la sorte ? C'était une méthode diabolique. Et s'il s'agissait d'un crime, il connaissait désormais l'arme que l'on avait dû utiliser pour tuer en silence.

Il fallait qu'il en parle à Gaston. Immédiatement ! Il regarda l'heure : midi était passé depuis longtemps, tant pis ! Il ne mangerait pas. Il observa de nouveau le ciel. Celui-ci était maintenant bien dégagé. Il vérifia alors que ses galans noirs étaient correctement noués, serra son manteau de laine autour de lui, mit ses bottes à large revers, se coiffa de son vieux, mais encore solide, chapeau de castor à cordonnet de soie, enfila ses gants de cuir et sortit, comme toujours, sans arme.

2

Après-midi du 8 décembre 1642

Les deux pièces que Louis Fronsac occupait rue des Blancs-Manteaux constituaient le premier étage d'une maison située dans une petite impasse transversale à la rue comme il y en avait tant à cette époque.

En effet, les rues de Paris n'étaient alors qu'une succession de maisons construites au fil du temps, qui suivaient plus ou moins des chemins fort anciens. Certaines avançaient sur la chaussée, d'autres se situaient en retrait et les impasses y étaient indispensables pour procurer aux logements un peu de lumière et jouer un rôle de coupe-feu en cas d'incendie.

Si le cul-de-sac de Louis n'était évidemment pas pavé, il était plutôt bien entretenu par ses occupants et l'on n'y trouvait pas les immondices qui jonchaient habituellement la rue des Blancs-Manteaux, bien que, les jours de pluie, la ruelle soit transformée en fondrière.

Lorsque Louis arriva en bas de l'étroit escalier qui débouchait directement dans l'impasse, il fut pétrifié par le froid insupportable mais aussi par la splendeur du spectacle qui s'offrait à lui : la grêle recouvrait la chaussée et étincelait de mille feux comme si un bijoutier prodigue avait répandu sur le sol sa réserve de diamants.

Ce froid va heureusement empêcher les grêlons de fondre et la boue d'apparaître trop vite, songea Louis, en frissonnant et en serrant son manteau autour de lui.

L'immeuble n'avait ni cour ni écurie. Louis laissait habituellement son cheval à l'étable d'une auberge située dans la rue, à l'enseigne de *La Grande Nonnain qui Ferre l'Oie*. C'est donc vers l'hôtellerie qu'il se dirigea en boitillant péniblement, car marcher sur ces gros grêlons qui crissaient et s'enfonçaient s'avérait difficile.

Pour se rendre au Grand-Châtelet, où Gaston de Tilly avait son bureau de commissaire, le chemin n'était pas très long mais un peu tortueux. Après avoir repris sa monture, Louis descendit prudemment la rue du Temple jusqu'à la rue Saint-Antoine. Le sol de glace craquait sous les sabots du cheval, qui avançait avec crainte et précaution. Heureusement, bien que l'on fût un lundi, les rues restaient vides car le froid limitait l'activité commerciale et la Seine, en partie gelée, ne jouait plus son rôle habituel de voie nourricière de la capitale.

Arrivé rue Saint-Antoine, Louis se dirigea vers la place de Grève en passant devant l'Hôtel de Ville. Il traversa rapidement la place car le gibet, qui y était installé en permanence, était ce jour-là occupé par quelques corps suspendus récemment par maître Guillaume, l'exécuteur de la haute justice de la prévôté. Certains gesticulaient faiblement, mais ces mouvements n'étaient dus qu'à la brise. Louis l'espérait tout au moins.

Déjà il apercevait, dépassant des toits, la sinistre silhouette du Grand-Châtelet. Il devait cependant encore passer par quelques ruelles étroites et il consacra toute son attention à cette dernière portion du chemin vu que dans ces venelles, lorsque les occupants jetaient leurs baquets de fanges infectes par les fenêtres, il n'y avait aucune place pour se mettre à l'abri. Plusieurs fois il en avait fait la pénible expérience.

Il déboucha finalement sur la placette qui marquait l'entrée principale du bâtiment de police.

Le Grand-Châtelet était la cour de justice criminelle la plus importante de Paris. C'est là que siégeaient le lieutenant civil et le lieutenant criminel. C'est là encore qu'étaient enfermés, dans des cellules sans air, mais non sans eau car souvent inondées par la Seine, les prisonniers arrêtés en flagrant délit ou simplement les indigents qui y attendaient leur jugement pour avoir mendié.

Gaston, qui se plaisait dans la forteresse, y avait conservé un petit cabinet dont personne ne voulait car les autres commissaires travaillaient chez eux. Là, dans ce sombre réduit, il instruisait désormais les affaires criminelles du quartier de Saint-Germain-l'Auxerrois.

En s'approchant de l'entrée de la prison-tribunal – un porche obscur et fétide – Louis se demandait comme à chaque fois comment son ami pouvait supporter de passer ses journées dans cette effroyable bâtisse, épouvantablement sale. Avant de s'engager sous le porche, il jeta machinalement un regard sur la façade de pierres noircies par les siècles, puis vers la grande tour de gauche où se situait, au deuxième niveau, le cabinet que Gaston occupait. Une tour sinistre, quasiment dénuée d'ouvertures, qui datait de Philippe Auguste.

L'entrée du Grand-Châtelet était donc une profonde voûte remontant à la construction de la forteresse par Charles le Chauve et traversant le bâtiment de part en part pour déboucher dans la rue Saint-Leufroy. Cette dernière conduisait ensuite au pont de bois qui traversait la Seine en doublant le pont au Change, dont la reconstruction était presque terminée.

Le long de ce ténébreux passage s'installaient habituellement quelques vendeurs qui exposaient des denrées répugnantes sur des tréteaux ou de vieux tonneaux. Mais aujourd'hui, à cause du froid, il n'y avait personne.

À main gauche, et à l'intérieur du porche, une grille et un guichet conduisaient aux prisons et à une courette, alors que par la droite on pénétrait dans une grande cour entourée d'écuries.

Louis entra dans la grande cour et laissa son cheval en essayant de ne pas trop penser aux geôles creusées sous ses pieds. Pourtant il lui semblait bien entendre quelques plaintes, quelques gémissements de malheureux mis à la question préalable ou souffrant du froid et des mauvais traitements au fond des cachots souterrains. Dans la cour s'ouvraient en effet les soupiraux des cellules les moins profondes.

Il avait déjà assisté à un interrogatoire dans l'une de ces prisons et plusieurs fois Gaston lui avait décrit les plus ignobles des basses-fosses : les *Chaînes*, la *Boucherie*, la *Barbarie* ou encore la *Chausse d'Hypocras* dans laquelle les prisonniers vivaient dans l'eau et ne pouvaient ni se lever ni se coucher. La pire étant la *Fin d'Aise*, tout emplie d'ordures, d'immondices et de répugnantes bestioles qui dévoraient les corps avec délectation.

Il tourna la tête afin d'ignorer les terribles soupiraux puis salua le guet dormant en s'engageant dans le grand escalier vers le bureau des huissiers. Celui-ci conduisait à une première salle voûtée en arcs brisés occupée en permanence par des archers, des gardes et des geôliers chargés de surveiller les portes ouvrant vers les prisons et les cours de justice criminelle.

Louis traversa cette salle glaciale, plongée en partie dans les ténèbres malgré les nombreuses chandelles allumées, pour se diriger vers un autre escalier qui menait au premier étage. Il y avait peu de gardiens et d'hommes d'armes, sans doute à cause du froid, et comme il était connu de la plupart d'entre eux, personne ne l'arrêta.

Au premier étage, après quelques détours, il rejoignit l'étroite galerie qui contournait le grand donjon et par où on accédait aux bureaux des magistrats. C'est ici que travaillait quelquefois le lieutenant civil Laffemas quand il y avait des audiences judiciaires. Au bout de ce corridor, il prit l'escalier en viret qui desservait la tour d'angle où se situait le bureau de Gaston de Tilly, au deuxième étage.

En entrant dans le bureau circulaire, glacial et obscur, Louis devina immédiatement que Gaston était démoralisé. Son ami, debout près de l'étroite fenêtre qui ne laissait filtrer qu'une faible luminosité, avait froissé et déchiré plusieurs dossiers et brisé tous les objets se trouvant sur sa table ; en particulier une petite dague italienne qui lui servait de coupe-papier. Il fixait avec hargne une chaise ayant échappé à ses mains de vandale.

En voyant entrer Louis, le commissaire lui jeta un regard terrible. Tout autre que le jeune notaire aurait aussitôt battu en retraite et quitté les lieux. Mais, depuis le collège, Fronsac s'était habitué à ces colères qui survenaient comme les orages d'été et disparaissaient aussi brusquement. Il s'assit donc calmement sur la chaise qui aurait dû être la future victime de Gaston.

— Quelque chose ne va pas ? lui demanda-t-il doucement. Le temps, peut-être…

Gaston grogna comme pour l'intimider, puis explosa :

— Que viens-tu faire ici ? Laisse-moi avec mes problèmes. Tu as été anobli, tu es heureux, de quel droit te mêles-tu de mon sort ?

— Raconte-moi plutôt ce qui vient de te mettre dans cet état, et je te dirai ensuite la raison de ma visite.

— Tu sais en quoi consiste le travail d'un commissaire ? martela Gaston. Je vais te le dire : je reçois des plaintes et des dénonciations sur lesquelles je dois enquêter. Il s'agit toujours d'affaires sordides. Si j'ai un peu de temps, je dois visiter les lieux de débauches de mon quartier pour vérifier s'ils sont en règle ! Le reste consiste à préparer les audiences de police et à remplir des dossiers d'accusation qui conduisent des malheureux dans les bras de l'exécuteur de la haute justice. Tiens, je me demande si je ne vais pas démissionner... J'étais plus heureux à l'armée, ajouta-t-il enfin d'une voix rauque.

Il saisit le dossier de son fauteuil à deux mains, hésitant visiblement à le briser, puis, contrôlant finalement son courroux, il s'assit.

Gaston avait été pendant quelques mois officier, d'abord au cours de la campagne contre le comte de Soissons, ensuite durant celle des Pyrénées. Il avait exécré cette charge au sein d'une troupe de pillards et de tueurs, et Louis savait que pour rien au monde il ne reprendrait un brevet.

Il y eut un court silence. Les deux amis étaient face à face, un bougeoir à quatre chandelles leur permettait à peine de se distinguer faiblement. La minuscule fenêtre – une sorte de meurtrière – ne fournissait presque plus de lumière en ce début d'après-midi de décembre car de gros nuages noirs obscurcissaient maintenant le ciel.

Le commissaire attrapa finalement un folio devant lui et le poussa vers son ami.

— Tout est là ! Voilà ce qui m'attendait lorsque je suis arrivé ici après t'avoir quitté.

Sa voix était devenue sourde et presque pitoyable, toute fureur en avait disparu. Il ne restait qu'un grand désespoir et un découragement infini. Louis, inquiet, tenta de lire le début du document avec de grandes difficultés car il n'y voyait goutte. Finalement, il plaça le feuillet sous le bougeoir, essayant de déchiffrer le texte. Lorsqu'il eut compris de quoi il s'agissait, il leva les yeux pour demander :

— C'est un témoignage contre une femme qui aurait empoisonné son époux ? C'est bien ça ?

Gaston haussa les épaules.

— Tu peux le voir comme ça, effectivement, grimaça-t-il avec amertume. Marcelle Guochy a empoisonné son digne époux à l'antimoine. Il faut te préciser qu'il les battait au sang, elle et ses enfants, chaque jour que Dieu faisait. La pauvresse a été dénoncée, et on vient de l'amener ici. Je l'ai interrogée tout à l'heure dans son cachot. La vie de cette femme était un enfer, aussi m'a-t-elle déclaré ne rien regretter.

» Mais cet enfer qu'elle a connu n'est rien auprès de ce qui l'attend...

Louis ne disait mot, sachant parfaitement où allait en venir son ami. Gaston lui tourna le dos et poursuivit, face à la fenêtre, coupant ainsi le peu de luminosité qui restait :

— Elle sera soumise à la question préalable de huit pots coquemarts[1]. Après avoir été condamnée, elle sera emmenée en place de Grève. Fouettée, marquée au fer rouge, sans doute aura-t-elle les lèvres découpées au ciseau, à moins que Jehan Guillaume ne lui coupe les oreilles ou lui perce la langue au fer rouge ; enfin elle sera pendue, ou aura la tête tranchée, cela dépendra de l'humeur des juges.

» Que veux-tu, il faut bien faire des exemples. Pourtant, quand elle était battue, qui est venu à son secours ? Et c'est moi qui dois l'envoyer à la mort ? À cette effroyable mort ! Alors que, je peux te le confier, j'approuve totalement ce qu'elle a fait. Et qui s'occupera ensuite de ses enfants ? Ils finiront dans la rue ou chez une maquerelle.

Il s'enferma dans un mutisme sinistre. La pièce parut encore plus sombre et plus lugubre. Les reflets oscillants provoqués par les flammes des bougies accentuaient encore cette

---

1. Environ seize litres d'eau.

impression funèbre. Cette fois, ce fut Louis qui brisa le silence :

— Tu n'y es pour rien, tu n'es pas responsable et tu n'es ni juge ni bourreau. Et puis le tribunal ne sera peut-être pas si sévère. Je connais les juges, ils sont souvent plus indulgents et plus raisonnables que tu ne le dis...

Il attendit un moment, laissant cette idée pénétrer lentement dans le cerveau de Gaston, puis il reprit :

— Nous pourrons en reparler si tu veux... Je suis venu parce que j'avais une idée sur la façon dont est mort Babin du Fontenay...

Gaston se retourna, les bras croisés et la main droite soutenant son menton. Une curieuse ride verticale de perplexité – ou d'intérêt ? – lui barrait le front.

— Tu vas peut-être trouver mon hypothèse invraisemblable, ou même absurde...

— Mais non, mais non, continue... j'ai l'habitude avec toi.

— Le ton était impatient, à peine poli.

Louis poursuivit, toujours assis :

— Tu dois te souvenir du fameux mousquet à air que le père Diron, du couvent des Minimes, avait construit pour Richelieu. Cette arme pouvait projeter des balles de plomb avec la même violence qu'une arme à feu, mais dans le silence le plus total. Je l'ai encore en ma possession.

— Je m'en souviens bien, mais je te rappelle que je n'ai pas trouvé de balle de plomb chez Babin du Fontenay.

— Tu me l'as dit. Imaginons donc un autre projectile... Au fait, as-tu assisté à l'orage de grêle ?

Gaston considéra alors curieusement Louis et, dans son regard, on pouvait lire un soupçon d'inquiétude.

Louis perd peut-être l'esprit ? songeait-il. Le médecin du Châtelet lui avait affirmé que le passage d'un sujet à un autre dans une conversation, sans raison apparente, était un signe inquiétant quant à la santé mentale de son interlocuteur. Il se mit à observer son ami avec une attention extrême.

— Moi, je l'ai vu, poursuivit Louis, imperturbable, les grêlons ont d'ailleurs brisé des carreaux de vitre chez moi, tu te rends compte ? Et même une cruche ! Des grêlons de cette taille...

Il s'arrêta un instant pour ménager son effet et rapprocha le pouce et l'index pour insister sur la longueur des glaçons.

— Sais-tu qu'un grêlon ferait une terrible balle ? Et dans une pièce bien chauffée, ce serait un projectile qui disparaîtrait, au bout de quelques minutes...

Il se tut et Gaston, la mâchoire pendante de stupéfaction, les lèvres affaissées, resta également silencieux. On put entendre un moment le léger grésillement des bougies. Au bout d'une longue minute, le commissaire prit la parole, vaguement mal à l'aise :

— Tu essaies de me dire que quelqu'un aurait pu envoyer un projectile en glace avec une arme à air ? Une boule de neige, en quelque sorte ? (Gaston secoua la tête avec un rictus.) Tu déraisonnes ! Comment peux-tu imaginer des histoires pareilles ? Aucun criminel n'a autant d'imagination. Et où aurait-il trouvé ton mousquet ? Et comment faire des balles avec de la glace ? Tout ceci est insensé et tu me fais perdre mon temps !

Il quitta son fauteuil, furieux.

— Dommage que tu le prennes ainsi, regretta Louis en se levant lui aussi. Pourtant, mon hypothèse explique bien l'absence de bruit et le défaut de balle. Qui plus est, fabriquer un projectile en glace, avec le froid qui règne, ne me paraît pas bien difficile. Reste effectivement le mousquet... je me proposais donc d'aller faire une petite visite au couvent des Minimes, ainsi je serais renseigné sur le fait qu'une telle arme soit, ou non, en circulation dans Paris.

Il saisit son chapeau posé sur un coffre près de lui.

À ces mots, Gaston le dévisagea. Le doute, puis l'inquiétude, enfin la perplexité semblaient s'introduire dans l'esprit du policier.

Et si Louis avait raison ? Que risquait-il ? Sans compter qu'une visite au couvent lui ferait changer d'air. Il contourna la table, se saisit à son tour de son chapeau et de son manteau posés sur un coffre pendant que Louis, maintenant immobile, l'observait avec intérêt.

— Soit ! Je t'accompagne pour que tu prennes conscience de tes divagations, grogna-t-il.

Louis sourit discrètement. Il n'avait jamais douté du résultat. Leur querelle n'était pourtant ni close ni oubliée et ils descendirent en silence dans la grande cour. Pourtant Gaston était embarrassé de s'être mis en colère, aussi voulant se racheter, il grommela :

— Prenons ma voiture, nous aurons moins froid... Je ferai ramener ton cheval à ton auberge par un archer, et en rentrant des Minimes, je te laisserai chez toi.

La voiture de Gaston fut donc préparée pendant qu'il organisait, avec un exempt, le retour du cheval de son visiteur.

Dès que la voiture fut amenée, Louis s'y installa, le plus près possible de la chaufferette à charbon que l'on allumait par temps glacial et qui évitait de trop souffrir des morsures du gel, alors que Gaston discutait de l'itinéraire avec le cocher.

Le couvent des Minimes était situé derrière la place Royale – une place qu'Hercule de Rohan-Montbazon, gouverneur de Paris, avait inaugurée trois ans plus tôt – le trajet pouvait être encombré, aussi le cocher proposa à Gaston de longer la Seine.

— Les rives boueuses sont en partie gelées, expliqua-t-il, et personne ne travaille sur les ports par ce froid. Le trajet sera rapide jusqu'à l'Arsenal...

Gaston acquiesça rapidement, pressé d'en finir, et rejoignit son ami. Mais la querelle était toujours latente et aucun des deux ne voulut reprendre immédiatement le dialogue.

La voiture sortit de la prison par le porche en direction de la Seine.

Durant un moment, ils contemplèrent en silence les bords du fleuve. Louis avait du mal à reconnaître les berges, c'était un lieu qu'il fréquentait peu mais, là où il se remémorait avoir vu un an plus tôt des chemins fangeux transformés en torrents à chaque pluie, commençaient à s'élever des quais de pierre bordés de maisons de rapport. Il en oublia la mauvaise humeur de Gaston et lui fit part de son étonnement.

— En effet, la ville change, lui répondit le commissaire, content de voir la fin de leur fâcherie. Le roi vient de concéder au marquis de Gêvres, son maréchal de camp qui commande l'armée de Champagne, la portion des rives de la Seine située entre le pont au Change et le pont Notre-Dame...

Il montra la partie en question par la fenêtre, et poursuivit avec force détails :

— Le maréchal avait, paraît-il, beaucoup dépensé au service de Sa Majesté, principalement en engageant des troupes à ses frais, et Louis ne pouvait plus le rembourser, alors il a utilisé cet expédient. Par lettre patente, il lui a confié cette fraction des rives, à charge pour lui de construire deux rues avec des maisons de rapport qu'il pourra vendre ensuite. Les lettres ont été enregistrées en août et les travaux viennent de commencer, sous la direction du marquis, qui a d'ailleurs abandonné son armée. C'est maintenant un moyen de s'enrichir que de faire construire, et c'était déjà celui qu'avait utilisé Marie en lotissant l'île Saint-Louis et en bâtissant son pont.

Il haussa les épaules, un peu aigri.

— Bientôt, toute la ville sera reconstruite par les financiers et leur appartiendra.

— Les financiers et la noblesse, remarqua Louis. N'oublie pas que c'est le premier d'entre eux, Henri, notre bon roi, qui a loti la place Royale en maisons de rapport !

— C'est vrai, même les rois ont besoin d'argent, philosopha Gaston. J'ai mal choisi mon métier...

Louis pensait à cette comédie dont Corneille avait fait la lecture deux mois plus tôt à l'hôtel de Rambouillet. L'un des personnages y déclamait :

Toute une ville entière, avec pompe bâtie,
Semble d'un vieux fossé par miracle sortie.

Et c'était si vrai à Paris ! Toute la ville était désormais en chantier. Partout s'élevaient des immeubles et des hôtels.

Après avoir passé le port au foin, où l'on débarquait les fourrages, puis le pont Marie, ils se rapprochèrent de l'Arsenal, le siège du port militaire de Paris devenu depuis prison et tribunal exceptionnel pour les procès politiques. Le carrosse tourna cependant à gauche, avant le port Saint-Paul, dans la rue de même nom. La circulation y devint brusquement difficile et le cocher n'hésita pas à insulter et à bousculer les passants ainsi que les conducteurs des autres véhicules pour aller plus vite.

Pendant ce temps, Gaston, qui n'avait cessé de ruminer sur les financiers, se décida à interroger Louis sur le problème qui l'intéressait : le crime de Babin du Fontenay.

— Comment t'est venue une idée aussi saugrenue d'assassinat ?

— Le meurtre d'un commissaire de police est plutôt exceptionnel, non ? Ce n'est pas un assassin banal qui a frappé, et donc ce criminel devait avoir de formidables raisons. Dès lors, un procédé hors du commun m'est apparu envisageable. Puisque tu avais éliminé les hypothèses vraisemblables, il ne me restait que les conjectures inconcevables.

— Mouais. Nous n'allons pas tarder à le savoir, mais si tu as raison, voici une enquête dont je ne suis pas près de connaître l'issue. Personne ne voudra me croire ! Au fait, où en sont tes affaires ?

— Si tu fais allusion au château que je viens de recevoir : il est en ruine et cent mille livres, au bas mot, seront nécessaires pour le remettre en état. Je peux t'annoncer déjà que je ne les possède pas. Et si tu fais allusion à mon mariage avec Julie de Vivonne, il est impossible tant que je ne suis pas établi. Peut-être devrais-je devenir financier, moi aussi, ajouta Louis lugubrement.

— Je peux te prêter de l'argent. J'ai revendu avec bénéfice ma lieutenance, proposa Gaston. Dès demain, je te ferai porter dix mille livres que je possède et dont je n'ai que faire...

— Merci, mais je dois me débrouiller seul. Je pense aller me rendre compte de l'état du domaine au printemps. Parlons d'autre chose, veux-tu, car nous approchons... Je dois t'expliquer où nous allons mettre les pieds.

Ils traversaient effectivement la rue Saint-Antoine et apercevaient au bout la massive silhouette de la Bastille où se trouvaient encore enfermés tant d'ennemis de Richelieu, tel le maréchal de Bassompierre.

— Que sais-tu de ce couvent où nous nous rendons ?

Gaston eut une moue perplexe. Pour lui, tous les couvents se valaient. Cependant, il n'ignorait pas que celui des Minimes était un cas à part.

— Il y a là-bas, dit-on, beaucoup de savants, de mathématiciens, de philosophes, mais ces religieux sont des hommes d'Église avant d'être des scientifiques. Ils se sont opposés plusieurs fois au roi et nous surveillons les relations étroites qu'ils entretiennent avec l'Espagne ou avec Rome. Cela dit, et malgré leurs activités mystérieuses, nous n'avons rien de précis à leur reprocher. Pas encore...

Louis opina du chef.

— C'est exact, Vincent Voiture a eu des ennuis avec eux, et Théophile de Viau plus encore il y a une vingtaine d'années. Ils proposaient alors la mise en place d'une Sainte Inquisition, du genre de celle de l'Espagne, et ce tribunal aurait eu à charge de juger les libres penseurs comme lui ou Guez de Balzac. Mais, si ce sont des fanatiques, ce sont aussi de brillants scientifiques. Sais-tu que Descartes a séjourné au couvent, il y a une quinzaine d'années, uniquement pour travailler avec eux ? En particulier avec le père Mersenne, qui est considéré comme le plus grand mathématicien d'Europe.

La voiture venait d'entrer dans la cour du couvent, après avoir contourné l'église dont la façade était en reconstruction et ils durent interrompre leur conversation.

Un moine concierge au regard interrogateur et à la démarche de militaire s'avança vers eux alors qu'ils descendaient du véhicule.

Gaston lui fit face avec arrogance.

— Je suis le commissaire de police Gaston de Tilly. Je veux voir l'un de vos pères supérieurs pour une affaire confidentielle qui ne saurait attendre.

Le moine eut un imperceptible froncement du front devant l'insolence de son interlocuteur, mais il se maîtrisa et s'inclina avec humilité. Il leur fit signe de le suivre vers une salle longue et étroite qui jouxtait la cour. Là, il s'excusa d'avoir à leur demander de patienter quelques instants et s'éloigna rapidement sans se retourner.

La salle où on les avait introduits avait été entièrement peinte de paysages campagnards semés de fleurs sur un étrange fond incarnat. Les quatre murs étaient ainsi totalement recouverts, sans aucun espace libre. Cela donnait une curieuse sensation, à la fois oppressante et relaxante. Gaston regardait ces peintures étonnantes, quelque peu mal à l'aise. Au bout d'un bref instant, il ne put se retenir :

— Que signifie ce décor ? Il me fait une curieuse impression...

— C'est singulier, n'est-ce pas ?

Ce n'était pas Louis qui avait parlé, mais un grand moine, à l'aspect sévère. Depuis quand était-il dans leur dos ? Le religieux avait un visage sec et buriné barré d'une fine moustache rejoignant une courte barbiche blanche. Louis haussa les sourcils : cette coupe de barbe était plus fréquente chez les hommes d'épée que chez les serviteurs de Dieu ; c'était en vérité la même que celle de Richelieu ! Il regarda les mains du moine : elles étaient longues et fines. Des mains d'homme de plume, pensa encore Louis, ou de gentilhomme habitué à manier l'épée.

L'inconnu sourit à cet examen qui ne lui avait pas échappé et s'expliqua :

— Je suis le père supérieur de ce couvent. Que désirez-vous, messieurs ?

Gaston s'avança.

— Je me nomme Gaston de Tilly, je suis le commissaire du quartier de Saint-Germain-l'Auxerrois, et voici le chevalier de Mercy qui m'assiste pour une enquête criminelle, déclarat-il avec sa brutalité habituelle. Nous recherchons des informations sur les armes à vent construites dans votre couvent par le père Diron. Pour le cardinal de Richelieu, je crois...

— Le père Diron est à Rome. (Le moine hésita un bref instant avant de poursuivre :) Je peux cependant vous conduire au père Niceron qui travaille avec lui, si vous le souhaitez.

— Soit, approuva le policier, en le regardant dans les yeux.

Le prêtre ne cilla pas et leur fit signe de le suivre. Ils suivirent en silence l'austère religieux dans un dédale de couloirs et d'escaliers pour déboucher finalement dans un vaste grenier glacial. Ils devaient se trouver dans les combles du couvent. Là, plusieurs machines étranges étaient en cours de construction par trois ou quatre oblats qui semblaient obéir à un jeune prêtre. Celui-ci, maigre, le visage émacié cerné par un collier de barbe très noire, tout comme ses yeux vifs, soutenait dans ses bras une autre personne blessée ou sujette à un malaise ; morte peut-être. Un moine l'assistait en examinant le corps.

Brusquement, le jeune homme les aperçut et il lâcha son blessé, qui tomba sur le sol avec un inquiétant bruit métallique. Gaston haussa les sourcils et se raidit. La pauvre victime ne bougeait plus et semblait gravement atteinte. Le jeune prêtre, ignorant totalement son malade, s'avança vers eux en riant ignoblement. Louis se rendit compte alors qu'il n'était pas aussi jeune qu'il le paraissait. Le religieux devait avoir largement dépassé la quarantaine.

— Vous avez l'air surpris que j'aie abandonné mon patient ? ricana-t-il avec cruauté.

Gaston et Louis comprenaient de moins en moins cet air ironique et ce ton sarcastique. D'autant que les autres oblats semblaient difficilement contenir leur rire. Est-ce ainsi que l'Église agissait ? Dans quel lieu de dépravation étaient-ils tombés ? Louis surprit alors le père supérieur, qui ne cachait pas son fou rire devant le comportement honteux du prêtre.

— Approchez-vous donc, messieurs, poursuivit effrontément le moine pervers.

Le conseil était pourtant curieusement amical et ils obéirent. Le blessé, étendu sur le sol, ne bougeait plus. Le prêtre se pencha sur lui et lui souleva sa chemise : une plaque de fer vissée tenait lieu de ventre ! À l'aide de petits crochets, il l'ouvrit.

L'intérieur était rempli de courroies et de rouages.

— Ce n'est qu'un automate ! fit-il en se redressant. Et si nous n'arrivons pas encore à le faire marcher, ce n'est cependant qu'une question de jours.

Gaston et Louis restaient frappés de stupeur. Ils avaient entendu parler de tels appareils mais n'en avaient jamais vu. Ils ne savaient plus que dire et ce fut le père supérieur qui les ramena à la raison de leur visite en intervenant sévèrement :

— Les amusements sont terminés, père Niceron, ce monsieur est commissaire de police et désire des renseignements sur les mousquets à air du père Diron. Nous ne sommes pas obligés de leur répondre, car nous ne dépendons pas de leur juridiction, mais nous n'avons rien à cacher. Vous pouvez leur parler librement, en ma présence.

Niceron les dévisagea, apparemment surpris ; il fit une moue pour déclarer sans ciller :

— Je connais peu ces armes extraordinaires du père Diron, mais j'essayerai de vous renseigner. Que voulez-vous apprendre ?

Louis prit la parole :

— Nous savons que Richelieu a obtenu un mousquet à air du père Diron, mais il s'agissait d'une petite arme que je connais d'ailleurs fort bien. Nous souhaitons savoir s'il en existe une autre, plus importante et surtout capable d'envoyer un gros projectile.

Le prêtre aux yeux noirs eut un regard rapide vers son supérieur, qui hocha la tête, lui faisant implicitement signe de répondre.

— En effet, le père Diron a construit un très gros mousquet, capable d'envoyer des balles de plus d'un pouce de diamètre.

— Pouvons-nous le voir ?

De nouveau l'échange de regards furtifs, plus inquiets cette fois. Et aucune réponse ne vint.

— Dois-je comprendre que vous ne l'avez plus ?

C'était Gaston qui venait de prendre la parole. Son ton était sec et désagréable.

Le père supérieur leur fit signe de s'avancer vers un coin de la pièce où les oblats ne pourraient les entendre.

— Nous l'avons prêté, chuchota-t-il avec un sourire factice.

— Prêté ?

— Nous sommes des hommes d'Église, s'excusa-t-il, et nous avons des supérieurs. Quelqu'un s'est présenté à nous avec un ordre écrit du Saint-Office. Nous devions lui remettre le mousquet. Nous l'avons fait.

Il sourit à nouveau pour souligner l'évidence.

— Et qui était cet homme ?

Niceron eut une expression offusquée.

— Un gentilhomme au-dessus de tout soupçon, une des plus vieilles familles du Languedoc : le marquis de Fontrailles.

Si, à cet instant, l'automate s'était redressé et s'était mis à danser la gigue, la stupéfaction de nos deux amis aurait, à l'évidence, été moindre que celle qui venait de les saisir.

Louis d'Astarac, le marquis de Fontrailles, l'instigateur de la conspiration de Cinq-Mars ! L'homme qui avait essayé plusieurs fois d'assassiner le *Grand Satrape*. Ce bossu si difforme et si malveillant que le cardinal de Richelieu lui avait dit un jour, en le bousculant :

Rangez-vous, ne vous montrez pas ! Ici, on n'aime pas les monstres !

Un monstre ? Peut-être. En tout cas, un intrigant intelligent, totalement sans scrupule et, surtout, un des meilleurs amis de Monsieur, le frère du roi, l'héritier possible du trône de France !

— Mais le marquis de Fontrailles est en fuite ! s'étonna Louis. Il est poursuivi pour crime depuis la conspiration de Cinq-Mars. S'il est venu ici, vous deviez le dénoncer !

— Nous ne nous mêlons pas des affaires terrestres, intervint hypocritement le père supérieur en baissant les yeux. Pour nous, il n'était que le représentant sacré du Saint-Office.

— Dites plutôt de la Sainte Inquisition, cracha Gaston. Les liens de Fontrailles avec l'Espagne ont toujours été féconds ! Et ceci s'est passé quand ?

— Il y a une semaine, répliqua Niceron en baissant les yeux, lui aussi, comme un bambin pris la main dans le pot de confiture.

Le silence se fit. Gaston essayait de relier toutes ces informations. Louis observait sévèrement les deux prêtres. Le jeune homme ne riait plus et le père supérieur restait sombre. Ils savaient que leur franchise pouvait leur coûter très cher. Ils devinaient ce que risquait maintenant leur ordre. Pas tellement pour avoir remis le mousquet, mais plutôt pour avoir caché la visite de Louis d'Astarac, un criminel en fuite. Pour eux, ce pouvait être l'exil, la fermeture du couvent, pire encore. Le père supérieur leva les yeux et lut sans doute dans les pensées de Louis car il lui demanda :

— Nous vous avons dit la vérité. Nous n'y étions pas contraints. En échange, êtes-vous obligés de faire savoir ce que nous vous avons appris ?

Gaston parut suffoqué.

Et en plus, ils veulent que je les absolve ! explosa-t-il intérieurement. Il allait hurler quand Louis répondit à sa place :

— Vous pouvez compter sur notre discrétion, mon père.

Tilly, hébété, regarda son ami. Mais qu'avait-il en tête, ce fou ? Il ouvrit la bouche pour parler quand Louis le devança encore.

— En contrepartie, j'ai besoin d'une autre information : pensez-vous que ce mousquet pouvait tirer n'importe quelle sorte de balle ?

— Absolument ! approuva Niceron redevenu joyeux. Le père Diron utilisait des balles en bois et, voyez-vous comme c'est amusant car j'ai raconté l'anecdote à Fontrailles : un jour d'hiver, il s'est essayé à faire des projectiles en glace ! Croyez-moi, ils étaient aussi redoutables qu'en acier ! J'ai d'ailleurs expliqué au marquis que de tels projectiles, en fondant, ne laissaient aucune trace !

Gaston considéra Louis avec une expression consternée. Ainsi, c'étaient eux qui avaient donné cette abominable idée à Fontrailles ! Et Fronsac qui souriait suavement. Tilly était cependant plus furieux envers lui-même que contre son ami ; pourquoi n'avait-il pas cru en lui ? Avec le temps, il devrait savoir qu'il avait toujours raison !

— Je pense que nous en savons assez, expliqua prudemment Louis, mais peut-être reviendrons-nous pour quelques précisions. Évidemment, vous nous avertiriez si le mousquet revenait... ou encore M. de Fontrailles...

— Le père Niceron va vous raccompagner, décida le supérieur du couvent, visiblement soulagé que l'entretien se termine ainsi, mais sans pour autant ratifier l'affirmation du jeune homme.

Il hésita pourtant un instant, puis ajouta en s'adressant uniquement à Fronsac :

— Merci, monsieur le chevalier. Je vous sais gré de votre discrétion et je resterai votre obligé...

Mais déjà il avait tourné le dos et s'était retiré par une petite porte quasiment invisible.

Le père Niceron leur fit signe de le suivre et ils reprirent le labyrinthe, sans doute en sens inverse ; pourtant, comme le trajet s'éternisait, Louis se demanda si le Minime ne cherchait pas à les égarer.

Ils débouchèrent brusquement devant un couloir dont chaque mur représentait un personnage esquissé : à droite, c'était Marie-Magdeleine pleurant dans sa grotte et, à gauche, saint Jean, l'aigle de Patmos.

Tandis que nos amis s'approchaient de la fresque, les personnages dessinés disparurent progressivement.

Ils se retrouvèrent alors à l'intérieur de la longue pièce peinte de paysages dans laquelle ils avaient été reçus.

Quel était ce miracle ?

Gaston et Louis se dévisagèrent, stupéfaits, et Gaston souffla à voix basse à son ami :

— Tudieu ! Si nous n'étions pas dans un monastère, je dirais que tout ceci est une magie diabolique.

Niceron parut alors hilare de leur stupéfaction. Ses yeux noirs pétillaient de malice.

— Vous venez de goûter à mes perspectives curieuses. Je vous propose de reculer un peu.

Ce qu'ils firent.

L'aigle de Patmos réapparut mystérieusement de même que Marie-Magdeleine. Ainsi, regardées de près, les peintures n'étaient que des paysages, mais vues de plus loin et sous un angle réduit, les paysages disparaissaient et l'esquisse des personnages devenait évidente.

— J'ai compris, murmura Louis, c'est un décor en trompe l'œil !

— C'est plus compliqué (Niceron avait secoué la tête avec un peu d'irritation), il s'agit d'anamorphoses, c'est-à-dire de figures qui, étirées, deviennent méconnaissables[1]. Elles ne

---

[1]. Une telle peinture a été découverte à Aix dans l'église du Sacré-Cœur. Il n'en existe plus que deux au monde.

reprennent leur forme véritable que sous un certain angle. Ces deux-là ne sont pas encore terminées car je n'ai pas entièrement pu traduire ce que je souhaite[1]. Beaucoup de phénomènes peuvent être traités en anamorphoses. Venez, je vais vous montrer une autre curiosité.

Il ouvrit une porte à main gauche et les fit pénétrer dans un salon où se trouvait un immense tambour, similaire à ceux que l'on voit dans les moulins. Tout autour étaient fixés des tableaux représentant des princes français.

— Placez-vous ici, leur ordonna-t-il en les installant dans un petit cadre situé contre le tambour. Maintenant fixez ce point.

Il leur indiquait le centre de la machine.

Brusquement, il donna un coup au mécanisme qui se mit à tourner très vite et, subitement, nos deux amis virent apparaître au centre du tambour la fusion des tableaux qui tournaient vertigineusement. Cette fusion constituait un nouveau portrait : celui du roi.

Ils restèrent déconcertés. Quel était ce nouveau miracle ? Une fois de plus, Niceron se moqua de leur désarroi.

— Il n'y a pas de miracle, railla-t-il, seulement de la science. C'est ce que j'appelle la catoptrique, ou la science des miroirs. J'ai dessiné de nombreux appareils de ce genre. Certains peuvent même projeter une image

---

1. Elles ne seront terminées qu'en 1644, pour saint Jean et en 1647 pour Marie-Magdeleine.

mouvante, animée, sur un mur blanc, une sorte de théâtre artificiel. Mais le père supérieur m'a dit que ça n'avait aucun intérêt pratique[1].

» Anamorphose, catoptrique, il n'y a là aucune sorcellerie, uniquement de l'illusion. Revenez me voir plus longuement, je vous montrerai tout cela et bien plus encore.

Il les raccompagna dans la pièce décorée. Louis comprenait maintenant qu'il s'agissait de peintures étirées, variant de formes suivant la position que l'on avait quand on les regardait. Mais Niceron ajouta, cette fois sérieusement :

— N'oubliez jamais que la réalité ressemble aux anamorphoses. Selon l'angle sous lequel on la considère, sa signification n'est plus la même...

Et sur ces paroles énigmatiques, il se retourna et les quitta.

Un peu éprouvés par cette visite, nos deux amis sortirent et rejoignirent la cour où les attendait leur carrosse.

— Eh bien ! voilà un extraordinaire déplacement, déclara Gaston d'une voix sourde. Je n'aurais jamais cru celui qui m'aurait raconté ce que je viens de voir !

— Ce qui est encore plus surprenant, c'est l'amabilité de ces prêtres, car après tout rien ne les obligeait à nous dire la vérité.

---

[1]. Le père Niceron devait publier en 1648 *La Perspective curieuse*, un ouvrage dans lequel il expliquait tous ses secrets.

— Ça, c'est au moins quelque chose que je peux t'expliquer. En vérité, le supérieur n'avait guère le choix : durant la conspiration de Cinq-Mars, beaucoup de prieurs, ou simplement d'hommes d'Église, ont été compromis. Il ne faut pas oublier que c'est l'Espagne qui finançait la conjuration. Depuis, la police surveille les couvents et tous les lieux susceptibles de redevenir des ferments de troubles.

» Notre père supérieur le sait pertinemment et il n'a pas voulu prendre le moindre risque. Imaginons qu'il nous ait menti, ou qu'il ait refusé de parler, j'aurais fait un rapport à Laffemas et, sous huit jours, tous nos amis se retrouvaient sur le chemin de Rome ou de Madrid. Comme ils n'ont rien à se reprocher de grave, sinon d'avoir rencontré le marquis de Fontrailles et de ne pas l'avoir dénoncé, le mensonge eût été plus coûteux pour eux que la franchise. Il nous a aidés autant pour éviter des ennuis à sa congrégation que pour obtenir de futurs avantages.

Louis lui jeta un regard plein de lucidité.

— Tu es cynique et pourtant tu as certainement raison. En tout état de cause, tu disposes maintenant d'une piste sérieuse. Si Fontrailles a tué un commissaire de police, c'est pour ce que celui-ci savait ou allait découvrir. À toi de retrouver et d'examiner les affaires qu'il traitait. C'est du sein de celles-ci que jaillira la vérité.

En parlant, et alors que la voiture roulait, Louis avait relevé le rideau de cuir du véhicule. Il faisait déjà presque nuit car ils avaient passé beaucoup de temps dans le couvent. Pourtant encore un peu de luminosité permettait de se repérer, ils n'étaient plus très loin de la rue des Quatre-Fils, où se trouvait l'étude notariale de son père.

— J'ai une proposition à te faire, Gaston. Ce soir je dîne avec mes parents qui ont invité Boutier, le procureur du roi. Il nous racontera tout ce qui se passe à la Cour. Joins-toi à nous. Peut-être y apprendras-tu des rumeurs utiles. Nous pouvons y être dans dix minutes. Ton cocher mangera avec nos domestiques et tu rentreras après le dîner. De toute façon, tu ne feras maintenant plus rien de bon avec ce froid et cette nuit qui tombe.

— J'accepte, répondit Gaston, après avoir hésité imperceptiblement. Autant pour le plaisir de voir tes parents que pour la curiosité d'écouter notre ami Boutier. C'est vrai qu'il peut m'apprendre certaines histoires que j'ignore. Vois-tu, je me demande si cette affaire d'assassinat n'implique pas plus de gens que je ne l'envisageais. Si Fontrailles y joue un rôle, ce crime a certainement des ramifications plus vastes que je ne le suspectais au départ.

3

Soirée du 8 et journée du 9 décembre 1642

Si le notariat n'était pas toujours tenu en grande estime en ce milieu du XVIIe siècle, c'était cependant une activité florissante, et surtout indispensable. Le père de Louis faisait vivre sa famille dans l'aisance sinon dans la fortune. Son étude avait enregistré près de mille sept cents actes en 1641. Des actes habituels, comme les baux, les contrats, les testaments ou les simples procurations ; mais aussi des actes *inhabituels* tels les traités de librairie, les promesses de mariage, de leçons de danse ou de bon voisinage !

L'étude des Fronsac, une vieille mais solide ferme fortifiée appartenait à la famille. Lorsqu'elle avait été construite, trois siècles auparavant, elle se situait au milieu des jardins du Temple. Depuis, la ville avait grandi et, maintenant, le bâtiment constituait une partie du côté nord de la rue des Quatre-Fils.

En façade, un solide et rébarbatif mur d'enceinte fermait complètement la cour intérieure de l'habitation. Un porche, barré d'une lourde porte de chêne cloutée, défendait l'unique accès. À une époque où chaque nuit des maisons étaient attaquées et pillées par l'une ou l'autre bande de truands de la capitale, cette protection était d'autant plus nécessaire que les notaires devaient conserver non seulement les actes qu'ils dressaient, mais aussi les doubles de ceux rédigés par des confrères ainsi que des titres, des contrats, et même des valeurs qu'on leur confiait.

On se doute que de tels documents pouvaient quelquefois être sans prix pour des parties en procès.

La voiture de Gaston pénétra dans la cour du bâtiment par la porte cochère encore ouverte à cette heure de la journée pour s'arrêter devant le corps principal d'habitation.

Aussitôt, Guillaume Bouvier se précipita pour ouvrir la porte du véhicule. Il avait reconnu *le petit*, ce gamin devenu chevalier de Saint-Louis et à qui il avait appris à tirer au pistolet.

Guillaume ainsi que son frère Jacques étaient à la fois les gardiens et les palefreniers de l'étude.

En réalité, les deux frères Bouvier n'avaient pas beaucoup de travail. Tous deux étaient d'anciens soldats qui avaient accepté – non sans regret – de renoncer au pillage et à leur vie d'aventures en échange d'un toit. Leur besogne journalière consistait à nettoyer la cour du fumier et du crottin des chevaux des visiteurs.

Leur rôle restait cependant la défense de la maison et de ses habitants en cas d'agression. Et l'on pouvait compter sur eux, car même âgés, ils restaient d'effroyables mercenaires, violents et sans pitié en cas de bataille.

Ensemble, ils formaient une sorte de Castor et Pollux sur le retour tant ils se ressemblaient. Pour les distinguer, Pierre Fronsac avait finalement ordonné à Guillaume de porter une barbe et à Jacques une énorme moustache.

Louis sauta à terre et pressa le vieux soldat barbu dans ses bras.

— Encore dehors par ce froid, Guillaume ?

— Il le faut bien, monsieur le chevalier, dès qu'une voiture arrive, je dois aller voir... on ne sait jamais...

Louis nota le pistolet à rouet dans la ceinture et le coutelas glissé dans une des bottes.

Déjà, Gaston les rejoignait en se secouant pour se réchauffer.

— Nous soupons ici ce soir, dit Louis. Je vais prévenir Mme Mallet.

Antoine Mallet était concierge en titre de l'étude et sa femme la cuisinière de la maisonnée.

Louis s'éloigna pendant que Gaston échangeait avec Guillaume quelques paroles sur la situation militaire dans le nord de la France – un sujet inépuisable pour les deux anciens soldats. Après quoi, Gaston laissa son cocher en compagnie de Guillaume qui le conduirait aux cuisines, et monta saluer M. Fronsac au premier étage de la maison.

Cet étage était constitué de quatre vastes pièces en enfilade : une sombre salle à manger, une obscure bibliothèque, une salle crépusculaire où travaillaient les employés d'écriture de l'étude, sous la direction du premier clerc Jean Bailleul, et enfin un lugubre cabinet – qui formait le bureau de M. Fronsac. Ces pièces étaient aussi desservies par des escaliers à viret dans l'épaisseur des murs.

Quand Louis pénétra dans le cabinet de son père, après avoir quitté Mme Mallet, Gaston était donc déjà là, dans une conversation animée avec M. Fronsac, Philippe Boutier – procureur du roi et parrain de Louis – et Jean Bailleul.

Comme d'habitude, la salle de travail était dans une obscurité presque totale. En vérité, c'était le cas dans toute la demeure du notaire dont les fenêtres étaient rares, minuscules et grillagées.

Sur un coffre, un bougeoir à trois branches était pourtant allumé. Le feu dans la cheminée produisait aussi quelques incertaines lueurs ainsi que les deux lampes à huile de navette posées sur une console massive en noyer. Cependant, tous ces éclairages répandaient plus d'odeur que de clarté.

Le père de Louis, en long pourpoint de velours noir, était assis à sa table et arborait cet air sévère habituel qui lui permettait de masquer ses craintes et ses doutes. Grand et maigre, tout l'opposait au procureur Boutier, principal adjoint du chancelier Séguier. Ce dernier était un petit bonhomme rondouillard et presque chauve, également vêtu d'un simple costume noir à col rabattu, comme cela était obligatoire pour les juristes, mais égayé par de coquets parements de soie rouge ainsi que quelques galans, incarnats eux aussi.

Louis allait se mêler à la conversation quand sa mère pénétra à son tour dans la bibliothèque. Mme Fronsac, en robe noire à longs plis droits et hongreline de dentelle, venait les chercher pour passer à table.

Le dîner fut servi dans la grande salle à manger, une pièce lugubre et glaciale, pauvrement éclairée par des flambeaux d'argent et meublée principalement d'une longue table et d'un profond buffet à guichet où Mme Fronsac serrait ses gobelets, ses aiguières et ses assiettes d'étain.

Sur les murs de pierre, des tentures de tapisserie et quelques beaux miroirs tentaient vainement d'agrémenter les lieux, ce que s'efforçait aussi de faire une belle cheminée en boiserie où flambait un feu qui ne réchauffait guère les convives. La table en noyer, rectangulaire, avait été recouverte d'une belle nappe damassée et Mme Mallet y avait disposé les plus riches pièces d'orfèvrerie de la maison : flambeaux, salières, vinaigriers et flacons de vin ainsi que la vaisselle de faïence.

Nicolas Bouvier, le fils de Jacques, habituellement cocher de la voiture de Louis, jouait à la perfection le rôle de sommelier et remplissait les verres posés à droite de l'assiette avec du vin de Bourgogne.

À la suite de son neveu, Guillaume Bouvier pénétra solennellement dans la pièce pour placer au milieu de la table deux potages, l'un à la courge et l'autre à l'oignon. Ensuite, il y déposa successivement plusieurs viandes rôties ou bouillies, chacune présentée dans un jus de couleur différente.

À chaque fois, Boutier examinait les plats avec convoitise et Gaston avec gloutonnerie. Mme Malet s'était surpassée en préparant des oreilles de sanglier, des rognons, des pieds de porc ainsi que du hachis de poulet. Tous ces plats étaient accompagnés de fèves et de lentilles fumantes.

Une fois servis, les convives se mirent rapidement à manger, en utilisant leurs doigts et plus rarement leur cuillère. Le pain étant trempé dans la soupe et les sauces. Seuls M. et Mme Fronsac utilisaient des couverts italiens. Pendant un moment, on n'entendit que le bruit des mâchoires.

Après qu'ils furent un peu rassasiés, le notaire, le procureur, le commissaire et le clerc reprirent leur discussion interrompue dans la bibliothèque ; l'unique sujet en était la mort de Richelieu.

Et pendant qu'ils parlaient ainsi, Louis rêvassait.

Il se souvenait de la dernière fois qu'il avait rencontré le procureur Boutier. C'était quelques semaines plus tôt ; à ce moment-là, la main de fer du Cardinal étreignait encore la France.

Et maintenant, alors que le *Grand Satrape* était mort depuis plusieurs jours, l'effroi que l'homme en rouge suscitait était toujours aussi fort, comme si le fantôme d'Armand du Plessis dirigeait encore le pays.

On mettra longtemps à l'oublier, songeait amèrement Louis.

Évidemment, les convives ignoraient que, progressivement, la réputation de bourreau de Richelieu se dissiperait pour laisser la place à celle du fondateur de la France moderne. Mais à ce jour, seules la peur et la haine subsistaient dans les esprits.

— ... Et le roi a ri !

Alors que Louis était perdu dans ses pensées, méditant non seulement sur la triste fin d'Armand du Plessis mais aussi sur les choses stupéfiantes qu'il avait découvertes au couvent des Minimes, cette affirmation déconcertante *Et le roi a ri* le sortit soudainement de sa rêverie. Il se tourna vers son parrain, l'air intrigué.

— Excusez-moi, monsieur Boutier, mais je ne vous suivais pas, vous disiez bien que le roi riait en quittant le chevet du Cardinal ? Ai-je bien entendu ?

Boutier sourit avec indulgence à la distraction de son filleul.

— Exactement ! Vous le savez, Louis, les relations entre les deux hommes s'étaient tendues jusqu'à la rupture et, si Richelieu n'était pas mort de maladie, beaucoup pensent que notre roi s'en serait chargé...

Terrible phrase, si vraie et si crue !

Pourtant, un mois plus tôt, Boutier n'aurait jamais osé prononcer une telle affirmation, et M. Fronsac n'aurait jamais admis qu'il le fît. Mais le *Grand Satrape* n'était plus là et la liberté reprenait naturellement ses droits. Boutier continuait avec sérieux :

— Cependant les liens qui les unissaient étaient tels que le roi devait aller visiter son ministre malade. Il le fit par deux fois. En sortant de la deuxième visite, et alors que le mourant lui avait donné ses ultimes conseils pour régner sans lui, Sa Majesté parut particulièrement enjouée, ce qui lui arrivait rarement. Louis le Juste se mit même à rire et à plaisanter avec ceux qui l'accompagnaient ! Et le Cardinal, agonisant, l'entendit !

— Doit-on penser, dès lors, que tout va changer dans le gouvernement du pays ? s'alarma M. Fronsac en levant ses sourcils.

Comme chacun, le notaire avait haï Richelieu quand il dirigeait le pays. Des impôts accablants et une répression sanglante envers ceux qui refusaient de les payer ne pouvaient guère faire aimer le *Grand Satrape*. Mais désormais, c'est l'avenir qui l'inquiétait car l'inconnu est toujours redoutable.

— Je ne le crois pas, estima le procureur avec cependant une hésitation qui n'échappa pas à Louis. Le roi paraît satisfait de gouverner à nouveau. Il est heureux d'être défait de son ministre bien qu'il semble décidé à poursuivre la même politique.

» Il a fait savoir à chacun qu'il ne changerait point de maximes, et qu'il agirait avec encore plus de vigueur que durant la vie de M. le Cardinal.

— Mais qui sera le nouveau Premier ministre ? s'enquit Gaston la bouche pleine. Vous devez bien avoir une petite idée...

Le commissaire mangeait rarement un aussi succulent repas et il se gavait, s'essuyant sans retenue les doigts à son pourpoint déjà couvert de salissures.

Boutier posa son couteau et joignit l'extrémité de ses doigts, comme pour insister sur l'importance de ce qu'il allait annoncer.

— Pour l'instant, Sa Majesté ne donne pas l'impression d'en vouloir un. Elle a conservé le conseil mis en place par Richelieu avec Séguier aux Sceaux, du Noyers à la guerre, Claude Bouthillier aux finances et son fils Chavigny aux affaires étrangères. *Je veux me servir des mêmes ministres*, a-t-il dit. Pourtant, et chose surprenante, il a fait savoir que *le cardinal Mazarin est plus que tout autre au courant des projets et des maximes de M. Richelieu, et j'ai voulu l'agréer à mon conseil.*

» Ainsi, depuis hier, l'Italien complète le ministère !

Extraordinaire nouvelle ! Donc un étranger, un Italien – pire : un Sicilien, un fils de domestique ! – devenait membre du conseil royal, soutenu cette fois, non par un Richelieu tout-puissant, mais par le roi lui-même !

Quant aux autres membres du ministère, c'étaient tous de vieux chevaux de retour : Séguier était garde des Sceaux depuis l'emprisonnement de Châteauneuf, Sullet du Noyers faisait partie des *dévots* proches de l'Oratoire et des ultramontains ; et les Bouthillier étaient de vieux fidèles qui devaient tout à Richelieu.

La présence du père et du fils Bouthillier était en effet un signe que le roi comptait poursuivre la politique du Cardinal. La fortune était arrivée dans cette famille par le grand-père, Denis, un avocat qui avait aidé la mère du Cardinal lorsqu'elle était dans la misère. Une fois au pouvoir, Armand du Plessis avait donc choisi son fils Claude pour être surintendant des Finances. Plus tard, le petit-fils, Léon, avait été fait comte de Chavigny en devenant secrétaire d'État. Les mauvaises langues disaient de lui qu'il était en réalité un fils naturel de Richelieu et de Mme Bouthillier, car malgré sa robe, le Cardinal avait été un grand coureur de jupons.

Mais Léon, comte de Chavigny, était aussi un vieil ami de Mazarin qu'il avait hébergé lorsque l'Italien était arrivé en France, sans argent, sans connaissances et sans soutien.

— Et que dit Monsieur, le frère du roi, de ce ministère ? s'inquiéta Louis.

— Là où il est, il ne peut plus nuire, ricana Boutier en tenant son verre de vin à la main, alors que, de l'autre, il choisissait quelques beignets que lui proposait Mme Mallet. Il y a quatre jours, Sa Majesté a ordonné au Parlement d'enregistrer une déclaration contre le duc d'Orléans, le rendant incapable de toute fonction administrative ou même d'exercer la régence. Plus grave, le roi a fait savoir à son frère qu'il désirait le voir s'installer à Blois et y rester définitivement. Tout retour à la Cour est désormais interdit à Monsieur. Louis n'a rien oublié de la conspiration de Cinq-Mars et, rancunier comme il est, il n'a rien pardonné à son frère.

Tout le monde savait en France que Monsieur, le duc d'Orléans, le frère du roi, avait participé à la plupart des conspirations contre le Cardinal, et donc contre son frère, généralement avec le soutien de sa belle-sœur, Anne d'Autriche. À sa décharge, il faut préciser qu'il les avait aussi toutes dénoncées et trahies.

— Et Condé ? Et les autres Grands ? interrogea Fronsac père, en croquant un macaroni.

— Pour l'instant, ces fauves patientent et restent en embuscade. Le nouveau conseil ne les inquiète pas. Aucun d'entre eux n'en est membre et la situation est donc équilibrée. Ils se surveillent, s'épient, se guettent comme des prédateurs qu'ils sont.

» Condé est surtout préoccupé par la succession du Cardinal, dont il désire la majeure partie des biens, et les autres, les exilés, les emprisonnés, les bannis, ils attendent leur heure. Quel va être leur sort ? Notre roi a ses défauts, mais il est juste et bon et on parle déjà d'une libération prochaine des embastillés, comme le maréchal de Bassompierre, d'un pardon pour certains, comme M. de Tréville. Pour les plus coupables : Vendôme, Beaufort, la duchesse de Chevreuse, je crois que c'est bien trop tôt, mais cela viendra probablement. Hélas !

Le ton du procureur était tout à fait désabusé.

— Mais si tous les Grands sont pardonnés, les complots recommenceront ! Richelieu n'a jamais été qu'une cible apparente. C'était toujours le roi qui était visé, s'insurgea Louis, passionné par le tour que prenait la conversation.

Boutier hocha lentement la tête pour l'approuver.

— Je pense que le roi le sait. Je vous l'ai dit, Louis le Bègue[1] a disparu, c'est Louis le Juste qui a repris les rênes du gouvernement. Il sera certainement prudent... tout au moins, je l'espère...

---

1. Surnom de Louis XIII.

Mais à son expression, on devinait qu'il n'y croyait guère. Louis aussi en doutait et les événements à venir allaient leur donner raison.

— Il n'en est pas moins vrai, poursuivit Boutier, que l'on commence à distinguer deux factions à la Cour : d'un côté les anciens adversaires du Cardinal, surpris – et satisfaits – d'être toujours vivants. Ceux-là tentent de s'allier pour retrouver le rôle qui leur est dû – c'est tout au moins ce qu'ils pensent – dans les instances de l'État. En face, il y a ceux qui, par loyauté, par intérêt, ou plus généralement par peur, sont restés du côté du roi et du Cardinal. Ceux-là ne veulent pas être évincés par les premiers, ils ont le pouvoir à portée de main et, s'ils l'obtiennent, ils le conserveront sans partage.

— Et l'Espagne ? interrogea le notaire.

C'était en effet la grande préoccupation de la bourgeoisie, car si Richelieu laissait un pays agrandi de l'Artois, du Roussillon et de quelques villes de l'Est, l'armée de la maison d'Autriche – la plus forte d'Europe – était toujours présente, intacte, tapie dans le nord du pays, en terre flamande. Que la guerre recommence et ce serait forcément de nouveaux impôts ! Sinon, comment payer les soldats ?

— L'Espagne ! Vous avez raison, lui répondit le procureur, avec une moue inquiète. C'est la grande crainte et la grande interrogation. Ces deux dernières années, le Habsbourg a essayé par l'intrigue et le complot de placer des ultramontains à la tête de l'État français, mais il a heureusement toujours échoué et toutes ces conspirations ont été noyées dans le sang. Il ne lui reste donc que la guerre pour imposer sa volonté.

— Et ce serait facile : l'armée des Flandres n'aurait qu'à fondre sur Paris, rien ni personne ne l'arrêterait, affirma Gaston.

Il y eut un lourd silence. Si à l'état désastreux du pays s'ajoutait la guerre, les Français allaient encore plus souffrir. Tous y pensaient et n'avaient plus trop le cœur à converser. Boutier jugea utile de changer de sujet de conversation pour ne pas gâcher la fin d'un si succulent repas.

— Parlez-nous un peu de vous, proposa-t-il à Louis. J'ai appris que le roi vous a fait parvenir une lettre de noblesse et un titre de chevalier. On ne parle que de vous au Louvre et chacun s'interroge sur les causes de cet honneur. Votre père n'a pas voulu m'en donner les raisons, le ferez-vous pour moi ?

— Je crains que non, répliqua sombrement Louis. La contrepartie de ce titre doit être mon silence. Un jour peut-être, plus tard, l'histoire sera publiée...

Boutier sourit d'un air entendu et patelin. En réalité, il connaissait parfaitement la vérité.

— Je m'incline donc, d'ailleurs je m'attendais à cette réponse, fit-il, mais vous pouvez toutefois nous parler de cette terre de Mercy qui accompagnait votre nouvel état, allez-vous devenir un riche propriétaire terrien ?

— Hélas, je ne le pense pas, grimaça le jeune chevalier. Je viens d'apprendre aujourd'hui, et maître Bailleul vous le confirmera, que la seigneurie de Mercy semble à l'abandon depuis près d'un siècle. Propriété de la Couronne, elle rapportait sans doute trop peu pour être entretenue et les guerres de ce siècle ont fini par la ravager. Redresser les ruines, remettre en culture les terres abandonnées, rétablir les voies et les chaussées, tout cela coûterait bien plus que je ne détiens, et même plus que nous ne possédons tous ici.

— Je refuse que tu te décourages, le rassura sa mère en lui lançant un regard plein d'amour. Pour ce qui nous manque, Dieu y pourvoira, et de toute façon, il faut te faire une idée des lieux par toi-même. Tu dois te rendre sur place...

— Absolument ! renchérit Fronsac père, en haussant le ton et en levant son couteau pour peler un fruit. Ce cadeau est une faveur royale dont nous saurons bien faire usage. Que diable, les Fronsac ne sont pas dans la misère !

Louis médita un moment, mais il ne pouvait que céder, ce qu'il fit de bon gré.

— Soit, je propose alors que nous y allions effectivement au plus tôt, peut-être avant les grands froids de février, dès que le temps le permettra. Mais il nous faudra trouver un véhicule plus vaste que notre carrosse.

— Ce sera possible avec Saint-Fiacre, proposa Bailleul, le premier clerc, de sa voix sans intonation. Non seulement il propose un service de voitures dans Paris, mais il loue aussi de gros véhicules avec cochers pour quelques jours.

— C'est une bonne idée, approuva Louis. Sans doute faudra-t-il aussi envoyer, un jour avant, Nicolas et Gaufredi avec notre carrosse et nos bagages : on doit emporter de quoi faire les lits et de la nourriture. Il sera nécessaire de préparer le château, de le chauffer. Tout cela va prendre quelque temps...

— Je propose que nous organisions cette équipée après le repas, dans mon bureau, proposa Pierre Fronsac tout excité à l'idée du voyage vers les terres de son fils. Gaston, serez-vous des nôtres ?

— Hélas non, je m'occupe d'une affaire, disons difficile, et pour laquelle Louis vient de m'accorder une aide généreuse, je dois y consacrer tout mon temps. Croyez bien que je le regrette.

Il resta songeur un instant, comme s'il pensait à quelque chose d'important, puis reprit sur un ton d'indifférence contraint :

— Cependant, pourquoi n'emmèneriez-vous pas plutôt Julie de Vivonne ? Une place avec vous lui conviendrait plus qu'à moi.

Chacun approuva bruyamment.

— Décidément, vous semblez avoir tout prévu, céda Louis avec un désarroi quelque peu feint. C'est d'accord, j'irai demain parler de ce voyage à Julie et à la marquise de Rambouillet, qui exerce son rôle de tutrice. J'aviserai aussi pour les préparatifs avec les frères Bouvier et Gaufredi. Vous, Bailleul, vous vous occuperez du carrosse et ensuite vous garderez l'étude en notre absence qui ne devrait pas dépasser trois jours.

Le reste de la soirée fut occupé aux préparatifs de l'expédition. Et c'en était une, à cette époque, que de se rendre à quelque cinquante kilomètres au nord de Paris en plein hiver. Un tel déplacement représentait une journée de voyage, plutôt inconfortable, et non sans risques. Il fut ainsi convenu que Gaufredi, vieil habitué de la guerre qui avait décimé l'Allemagne, les accompagnerait à cheval avec Guillaume Bouvier. Nicolas et son père Jacques partiraient la veille pour le ravitaillement, Antoine Mallet resterait pour assurer la sécurité de l'étude, sa seule présence devrait être suffisante pour quelques jours.

Le lendemain, une joyeuse animation régnait et toute la maison bruissait du prochain déplacement vers le « château », comme chacun nommait la possession de Louis. Quelques-uns étaient déjà persuadés qu'ils seraient domestiques là-bas, d'autres assuraient que de nouveaux serviteurs et gens de maison seraient prochainement engagés. Tous étaient certains que de profondes transformations allaient se produire car l'être humain soumis à une vie régulière et sans surprise aspire naturellement au changement.

Ce mardi-là, le froid régnait encore sur Paris, un froid intensifié par une bise du nord qui pénétrait partout. Malgré cela, il fut convenu de fixer la visite au château de Louis pour le surlendemain jeudi. En cette saison, mieux valait affronter le gel que la pluie. La journée en cours serait donc consacrée aux préparatifs du voyage, avec un départ le lendemain pour Nicolas Bouvier et son père, et un autre le surlendemain pour la famille Fronsac. Jacques Bouvier proposa d'utiliser la charrette pour le voyage précurseur à la place du carrosse.

Évidemment, avait-il expliqué, les conducteurs y seront moins confortablement installés, mais plus d'objets pourront tenir place dans ce grand chariot.

Car il ne s'agissait plus seulement d'apporter à Mercy de quoi vivre durant deux jours, on songeait maintenant à y laisser quelques meubles, matelas, tentures et linges dont on n'avait plus l'usage. Ceci permettrait de faciliter les prochaines visites.

Les femmes s'occupèrent donc de trier dans le grenier et dans la grange le rebut d'ameublement encore utilisable, pendant que les hommes apprêtaient la charrette pour qu'elle soit en état de faire ce long voyage ; il en fut de même pour les deux chevaux dont on vérifia les fers. Quelques armes furent aussi préparées.

Louis n'avait pas grand-chose à faire sinon aller rendre une visite à la marquise de Rambouillet en début d'après-midi. Mais la présence, probable, du marquis de Fontrailles à Paris occupait toutes ses pensées. Pourquoi ce meurtre d'un commissaire de police ? Que voulait d'Astarac ? Fronsac construisait et échafaudait des hypothèses, lesquelles par manque de prémisses sérieuses s'effondraient lorsqu'il les confrontait à la réalité. Cependant, une certitude était en lui : chaque fois que Louis d'Astarac avait préparé quelque intrigue, c'était contre la royauté, certains disaient l'homme idolâtre de la révolte – la révolution, même – qui déchirait l'Angleterre. À mi-voix, on chuchotait parfois – terrible mot ! – qu'il était *républicain* !

Louis, qui avait l'esprit large, aurait compris que le marquis soit un républicain tel que les a décrits Plutarque ; mais à son avis, ce n'était pas le cas : pour Fontrailles tous les moyens semblaient bons pour abattre la royauté, y compris la violence et même le meurtre. Et si un tel homme venait de tuer un officier de police – crime terrible au châtiment effroyable –, c'était parce qu'il désirait protéger une machination sur le point d'être découverte. Contre qui ? Le roi ?

Probablement.

Et puis, on ne devait pas négliger l'ordre du Saint-Office que Louis d'Astarac avait brandi au nez du supérieur du couvent. Si cet ordre n'était pas un faux, ne signifiait-il pas que Fontrailles n'était pas son maître ? Et alors, pour qui travaillait-il ? L'Espagne ?

Probablement aussi.

Décidément, il ne pouvait garder ces informations pour lui. Louis décida de raconter ce qu'il savait, en gommant le rôle des moines des Minimes puisqu'il leur avait promis la discrétion. Il prépara donc une longue missive à l'attention de la seule personne dont il savait qu'elle le croirait : Giulio Mazarini.

Dès le début de l'après-midi, chaudement vêtu, il partit sur l'un des chevaux de l'étude vers l'hôtel de Rambouillet. Après le froid glacial des derniers jours, et la fameuse tempête de grêle, le temps pouvait paraître clément et les Parisiens étaient ressortis, pour vaquer à leurs occupations, ou tout simplement pour bader, comme ils ont l'habitude de le faire. La circulation dans les rues était donc redevenue difficile.

Les colporteurs avaient repris leur poste contre les bornes des croisements. Les tréteaux des échoppes envahissaient de nouveau la chaussée encore propre, car seule la glace, fort épaisse, empêchait la boue noire et puante de se réinstaller partout. Louis se dirigea en premier lieu vers le Louvre d'où, il le savait, il pourrait facilement faire parvenir son message à Mazarin.

Après la rue Saint-Avoye[1], il prit la rue de la Verrerie, puis s'engagea dans la rue des Lombards avant de pénétrer dans le dédale de ruelles qui conduisait à la rue Saint-Honoré.

Tandis que le cheval de Louis se dirigeait presque tout seul vers le Louvre, Louis rêvait et ne prêtait guère attention à l'animation qui l'enveloppait. Il ne répondait pas aux marchandes des quatre saisons qui cherchaient à lui vendre quelques marchandises. Il ignorait les chambrières en cotte et bavolet qui le dévisageaient effrontément, sans doute le trouvant à leur goût. Il ne regardait pas plus les belles bourgeoises en manteaux multicolores cachant, partiellement, sous des collets de dentelles leurs guipures évasées et leurs corsets chargés de mettre en valeur leur poitrine. Non, Louis négligeait tout ce tumulte et cette activité. Il restait plongé dans ses songeries mélancoliques. Comme les choses étaient simples avant, alors qu'il était notaire roturier et que son avenir n'était que la projection immédiate de son proche passé ! Maintenant, il était amoureux, chevalier et propriétaire ! La combinaison des trois éléments de ce nouvel état ne pouvait, lui semblait-il, qu'être fatale à son bonheur. Il est vrai qu'il allait revoir Julie, et passer peut-être deux ou trois jours entiers avec elle, mais son plaisir et sa joie étaient tempérés par la crainte du regard qu'elle porterait sur les lieux où il

---

1. L'actuelle rue du Temple.

allait la conduire. Il savait que si Julie avait été élevée dans la plus grande pauvreté, elle vivait désormais, et depuis quelques années, sinon dans une des familles les plus riches de France, en tout cas dans l'une des plus dépensières. Découvrir que le château où il lui proposait de passer sa vie n'était qu'une ruine, que les terres qui l'entouraient y étaient en jachère et cernées par de ténébreuses forêts à l'abandon, ne pouvait qu'être fatal à son amour.

Morose, il longea la rue Saint-Honoré jusqu'à la rue des Poulies, qui prenait à main gauche et dont la façade principale était constituée par l'hôtel de Longueville. Les autres maisons de la voie étaient toutes occupées par la haute aristocratie.

Devant l'église de Saint-Germain-l'Auxerrois, il tourna encore à gauche dans la rue du Petit-Bourbon, que l'on nommait souvent à tort rue du Louvre et qui longeait l'hôtel de même nom. Cette voie – une ruelle en fait – permettait d'accéder au passage du Louvre qui constituait l'entrée principale vers la cour carrée du palais. C'est le long de ce passage que courait la véritable rue du Louvre, appelée parfois rue de l'Autriche, mais cette voie était si peu sûre, avec ses innombrables coins sombres et renfoncements de façade, que le roi l'avait fait barrer à ses extrémités. Le passage du Louvre conduisait finalement à un pont dormant enjambant de vastes et puantes douves. C'est à cet endroit que Concini avait été assassiné sur ordre du jeune roi.

De ce côté-ci, la façade du palais royal était constituée de logis percés de lugubres fenêtres. À chaque extrémité se dressaient deux tours que la vétusté rendait lépreuses. Partout où les regards portaient, les lieux apparaissaient sordides, crasseux et sinistres.

Louis passa la porte du pont dormant. Dans la cour, une garde peu vigilante assurait une surveillance bienveillante. En pratique quiconque habillé correctement pouvait pénétrer dans le palais ; on ne l'arrêta donc pas. Le jeune homme, ne désirant cependant pas aller plus loin, se dirigea vers un fringant officier du régiment des gardes qui tenait compagnie à un groupe de mousquetaires en habits rouges et casaques bleues à galons, frappées d'une grande croix. L'officier, appuyé sur son mousquet, semblait attendre avec une lassitude non feinte la fin de son ennuyeux service. Louis l'interpella avec déférence. On n'était jamais assez poli avec ces gens-là !

— Monsieur, j'ai un pli important à faire parvenir à Son Éminence Mgr Mazarin. À qui dois-je m'adresser ?

L'homme jeta vers lui un regard fatigué mais ouvertement reconnaissant. Grâce à cette demande, il allait enfin avoir un prétexte pour quitter son poste. Il se redressa avantageusement de toute sa taille, posa son mousquet contre le mur et plaça avec superbe sa main gauche sur la garde de son épée : une gigantesque rapière espagnole avec une garde formée d'épaisses bandes de cuivre entrelacées.

— Je m'en charge ! lâcha le matamore d'une voix grave.

Se tournant alors vers un de ses collègues mousquetaires, il déclara à celui qui était le plus proche :

— Monsieur de la Fère, remplacez-moi quelques instants, je vous en prie. J'ai une visite très importante à faire à Son Éminence.

Il roula les r de « très importante » découvrant ainsi son origine gasconne.

Louis était surpris par tant de promptitude. Il le signala en tendant le pli.

— Merci, monsieur, je n'espérais pas tant de rapidité ; et curieux, il ajouta : Pourriez-vous me dire votre nom ?

— Je suis Charles de Baatz, gascon et officier aux gardes, lui répondit le bravache, lissant dédaigneusement sa moustache en croc tandis qu'il saisissait prestement la lettre de l'autre main.

Louis le salua et revint sur ses pas. Il devait maintenant gagner l'hôtel de Rambouillet. Cet hôtel se situait dans la rue Saint-Thomas-du-Louvre, une ruelle qui partait du Palais-Royal et se terminait à la Seine[1]. Le chemin le plus rapide était de passer par les quais, et c'est donc vers eux

---

1. Approximativement à l'emplacement de l'actuelle place du Carrousel.

que Louis dirigea ses pas. Il passa devant l'ancien hôtel de Bourbon pour déboucher sur le quai du Louvre.

Les jardins du Louvre s'étendaient sur sa droite alors qu'il longeait le fleuve.

À cette heure, l'endroit était particulièrement animé. Des bateaux accostaient continuellement et un cortège de lourdes charrettes ou de chariots débarquait et embarquait des marchandises. En outre, ce chemin permettant d'éviter la rue Saint-Honoré – perpétuellement encombrée –, beaucoup l'empruntaient comme un simple raccourci.

Mais Louis n'était pas pressé. Il se dirigea vers la Tour du Bois qui encadrait la porte Neuve, la limite des anciens remparts de Philippe Auguste, que le roi avait fait démolir. C'est là que se terminait cette nouvelle galerie du Louvre dont Henri IV avait ordonné la construction pour lui permettre de passer de son palais aux Tuileries en restant au sec. De ce côté-ci, la façade du Louvre était autrement plus élégante que dans la rue des Poulies et les frontons sculptés par Goujon donnaient à l'ensemble un bel équilibre.

Bien avant d'arriver à l'aile construite par le Vert Galant, Louis franchit le guichet du Louvre pour se retrouver dans la rue Saint-Thomas. Devant lui se dressait l'hôtel de Rambouillet, et un peu plus loin, celui de Chevreuse, actuellement vide puisque la duchesse était en exil et que son époux vivait dans le Louvre comme officier du roi.

Catherine de Vivonne, marquise de Rambouillet, était la fille d'un ambassadeur de France à Rome et d'une princesse italienne. Elle était arrivée en France toute jeune pour découvrir avec horreur la vulgarité et la saleté de la Cour d'Henri IV. Elle avait aussitôt décidé de ne plus y remettre les pieds et de recevoir désormais chez elle. Pour cela, elle avait fait construire son hôtel afin qu'il devienne la *Cour de la Cour*.

Ce bâtiment de briques rouges et de pierres blanches, surnommé le *Palais de la Magicienne*, disposait de tout le confort possible, en particulier de l'eau courante amenée par des canalisations souterraines et même de baignoires. Là, depuis bientôt trente ans, tous les après-midi, la marquise recevait dans sa *Chambre Bleue* ceux qui comptaient en France tant par leur naissance, leur talent ou leur vertu.

Louis pénétra par la grande porte cochère. Il aperçut alors Chavaroche, l'intendant de la marquise, entouré d'un groupe de jardiniers et se dirigea vers lui. En sautant au sol pour abandonner sa monture à un palefrenier, il le salua et lui déclara :

— Je viens faire une visite à la Marquise ainsi qu'à Mlle de Vivonne.

Chavaroche, qui le connaissait, s'inclina respectueusement et lui fit signe de le suivre. Il savait que Louis était considéré comme un fils par les Rambouillet compte tenu des inestimables services qu'il leur avait rendus dans le passé.

Ils montèrent au premier étage par le grand escalier et, après avoir traversé plusieurs pièces en enfilade et atteint l'extrémité du bâtiment, pénétrèrent dans l'antichambre d'un appartement. Là, l'intendant lui ouvrit la porte de la grande chambre de parade – toute bleue – à laquelle il accéda par une portière, bleue elle aussi.

Louis avait beau être un habitué des lieux, chaque fois qu'il entrait dans la chambre magique, il ne pouvait s'empêcher de ressentir un mélange d'appréhension et de ravissement.

Ce jour-là, la pièce était vide et encore sombre – les rideaux ne seraient ouverts qu'avec l'arrivée des premiers visiteurs, plus tard dans l'après-midi –, mais on distinguait parfaitement les plafonds azur et les panneaux de tapisserie or et bleu parsemés de ramages blancs.

Il fit quelques pas dans la salle silencieuse, marchant précautionneusement sur le parquet recouvert de tapis d'Orient, à dominante bleue. Le vaste salon était meublé de guéridons d'ébène et de consoles chargées de lampes ou de grandes corbeilles de fleurs multicolores. Au centre, trônait un lit d'apparat recouvert de satin bleu passementé d'or et d'argent entouré de chaises droites à vertugadins et de tabourets. Certaines des chaises étaient couvertes de housses azur, d'autres de housses cramoisies.

Au fond de la pièce, des tablettes à colonnes torses servaient de supports à des livres précieux ou à des objets rares. Les murs étaient ornés de splendides miroirs vénitiens.

— Je vais prévenir la marquise et sa nièce, murmura Chavaroche en s'éclipsant.

Louis n'eut pas longtemps à attendre. La marquise pénétra dans la chambre bleue par une porte dérobée qui donnait directement dans ses appartements privés.

Catherine de Vivonne-Savelli, marquise de Rambouillet, surnommée Arthénice par sa cour, avait cette année-là cinquante-cinq ans. Pourtant, toujours aussi brune et resplendissante que lorsqu'elle avait vingt ans, elle s'avança vers Louis – qu'elle considérait comme un fils – le visage rayonnant.

Elle était vêtue d'une robe de taffetas, bleu et blanc froufroutante, avec des boutons d'or et portait un corsage à basque décoré par un collet en dentelle brodée, comme c'était la mode. Ses cheveux étaient bouclés et coiffés en arrière.

Alors que Louis s'inclinait devant la marquise de Rambouillet, Julie entra à son tour dans la pièce. La jeune fille avait environ vingt-cinq ans et ressemblait fort à sa tante. Brune elle aussi, elle avait le même regard doux et attentif que la marquise, mais son expression était plus passionnée et plus volontaire. Elle était vêtue de cette simple jupe droite de velours appelée la *modeste* et qui recouvrait deux autres jupes : la *friponne*, que l'on apercevait parfois, et la *secrète* que l'on ne pouvait qu'espérer. Sa jupe était de la même couleur que ses yeux bleus, pourtant les motifs moirés de l'étoffe donnaient l'impression d'une gamme de teintes différentes quoique assorties. Un corsage décolleté, soutenu par un busc de dentelle pointu, mettait en valeur son buste. Ses cheveux, finement frisés tout autour de sa tête, formaient cet ovale crêpé que l'on nommait la coiffure à bouffons, avec sur le front une légère frange appelée la garcette.

Julie, fille d'Henri de Vivonne, lieutenant des chevau-légers mort devant Arras d'un coup d'arquebuse en portant assistance au duc d'Enghien, était la nièce du père de la marquise. À sa mort, Henri de Vivonne n'avait laissé à son épouse qu'une petite terre près de Poitiers ainsi que des dettes en abondance. Ruinée, la pauvre femme avait demandé secours à la famille de son mari pour établir sa fille.

Julie vivait ainsi depuis trois ans chez la marquise qui avait déjà cinq enfants.

Heureusement, le roi venait de se souvenir – grâce à Mazarin ! – du chevalier Henri de Vivonne et avait pourvu sa veuve d'une confortable rente ainsi que d'un titre de marquis pour le futur époux de Julie, à titre de dot.

Louis s'avança respectueusement vers Mme de Rambouillet, en ne perdant pas Julie des yeux.

— Je suis confus d'arriver ainsi, madame, sans vous avoir prévenue par un billet, mais j'ai une faveur urgente à vous demander.

— Je vous l'accorde, Louis, mais j'en aurai une à mon tour à vous imposer, déclara la marquise avec une moue narquoise. On peut donc dire que votre visite est bienvenue !

— Avec mes parents, nous devons nous rendre à Mercy après-demain, et j'étais venu, en leur nom, vous demander l'autorisation d'emmener Julie. Pour trois jours.

Le visage de Julie s'épanouit. Même si le jeune chevalier l'ignorait, ses craintes envers les aspirations de la jeune femme étaient vaines. Celle-ci ne demandait qu'à se marier et elle se moquait totalement de ce que serait son habitation ou du train de vie de sa future maison.

— Si Julie est d'accord, déclara la marquise, je le suis aussi, mais de votre côté, vous me devez donc un gage. Nous fêtons la fin de l'année le 26 décembre et je vous demanderai d'être des nôtres. Tous nos amis seront là. Ce sera une grande fête… et votre présence sera obligatoire.

Louis détestait ce genre de fête car il n'était pas assez riche pour tenir son rang dans la haute société qui fréquentait les Rambouillet, mais, piégé, il ne pouvait qu'accepter. L'ayant ainsi vaincu, la marquise lui donna quelques détails sur la soirée qu'elle organisait, ensuite elle laissa les amants seuls.

4

Du 11 au 13 décembre 1642

La lourde voiture de location, mal chauffée par un petit poêle à charbon de bois, quitta l'étude des Fronsac vers cinq heures du matin avec comme passagers Louis et ses parents.

Gaufredi et Bouvier ouvraient la route pendant qu'un cocher conduisait le véhicule dont les roues cerclées de métal émettaient un crissement régulier et plaintif sur les pavés glacés de la rue Saint-Avoye. Les sabots des chevaux rythmaient cette complainte apaisante et hypnotique.

Il faisait encore nuit mais une demi-lune éclairait un ciel noir piqué d'étoiles. Deux lampes à huile, à l'avant du véhicule, n'éclairaient que faiblement le chemin, aussi le cocher menait-il très lentement ses bêtes. Pour supporter le froid vif, tous étaient couverts de plusieurs manteaux ainsi que de lourdes couvertures de laine et de fourrure. Quant aux deux cavaliers, complètement enveloppés dans une houppelande épaisse ils souffraient mais ne le montraient point. Le bonheur de reprendre la route – comme au bon vieux temps de leur vie de maraudeurs – effaçait les douleurs de la brûlure du gel. Le regard farouche, ils s'étaient armés comme pour partir au combat.

Dans le carrosse, Louis et son père avaient eux aussi préparé deux pistolets à silex et une arme à rouet à deux coups. Celle-ci, fabriquée par Marin le Bourgeois – armurier du roi – avait été offerte par M. Fronsac à son fils quelques années auparavant.

Une demi-heure plus tard, ils pénétraient dans la cour de l'hôtel de Rambouillet. Julie, méconnaissable sous de multiples manteaux, la tête couverte d'un ample capuchon, les attendait avec la marquise, qui avait insisté pour être présente à son départ.

Mlle de Vivonne s'installa à côté de son amant.

Jusqu'au lever du soleil, personne ne parla. Le froid, le gémissement des essieux, le balancement de la voiture provoqué par les cahots sur les ornières du chemin, les avaient engourdis et assoupis.

Vers huit heures, ils s'arrêtèrent à une auberge. Il fallait laisser reposer les chevaux et surtout les faire boire et les nourrir. Les passagers profitèrent de l'étape pour se réchauffer avec des soupes pour les dames et du vin chaud pour les hommes.

À neuf heures, ils repartirent, ragaillardis malgré un froid toujours aussi mordant. La route restait déserte. Julie connaissait le chemin car elle s'était déjà rendue à Chantilly avec la marquise de Rambouillet. Pendant un moment, elle leur décrivit les paysages vallonnés qu'ils traversaient. Louis lui parla ensuite de Mercy, lui raconta que c'était une seigneurie, avec d'anciens droits de basse justice. Ensuite son père fit quelques commentaires sur le droit coutumier local tandis que Mme Fronsac chercha à savoir si Mlle de Vivonne songeait habiter là-bas, une fois mariée avec son fils.

Louis lui expliqua alors que cela ne pourrait se faire rapidement.

— Tu sais, mère, que Mercy est quasiment en ruine. Nous ne pourrons sûrement pas l'habiter avant des mois et il y aura des frais importants pour remettre les lieux en état.

— J'espère que Nicolas et son père auront préparé des feux, s'inquiéta Mme Fronsac, en frissonnant.

Le père et le fils étaient en effet partis la veille avec un chargement de meubles et d'équipement de maison. Ensemble, ils devaient préparer le château ; encore fallait-il qu'ils trouvent du bois et qu'ils puissent remettre en état et curer les cheminées, sans doute bouchées ou écroulées.

— Il nous faudra engager un architecte, employer des dizaines d'ouvriers… Et surtout, il y aura l'argent à trouver…, poursuivit Louis.

Alors qu'il parlait ainsi, Julie souriait. Louis n'avait pas osé l'interroger sur la sacoche en cuir qu'elle avait emportée et qu'elle serrait sur ses genoux.

— Je crains que les lieux ne soient guère confortables, s'excusa-t-il encore.

— Cela n'a aucune espèce d'importance, lui répondit-elle placidement.

Réconforté par cette réponse, il ne répliqua pas. La conversation languit et ils se laissèrent tous assoupir par les oscillations et les sourdes trépidations de la voiture.

De temps en temps, Louis regardait par la vitre arrière et observait son escorte. Gaufredi, droit comme un mousquet malgré son âge et enveloppé dans son manteau écarlate, gardait son attitude de matamore. Guillaume Bouvier, qui depuis dix ans nettoyait les écuries et balayait le fumier, était redevenu le reître qu'il avait été. Il avait ressorti sa vieille cuirasse et son épée espagnole un peu rouillée. Malgré la gelée qui lui givrait la barbe, il avait retrouvé la fière et insolente attitude du soldat de fortune.

Louis songea un moment, avec nostalgie, à l'époque où il lui apprenait à tirer au pistolet. Il avait fait de lui un assez bon tireur. Puis il se mit à penser que si Guillaume et son frère n'étaient pas entrés au service des Fronsac, sans doute seraient-ils en train d'attendre quelque voyageur pour le dépouiller.

Cette image le fit sourire.

À midi, ils avaient parcouru six lieues depuis Paris quand ils s'arrêtèrent de nouveau une bonne heure pour se restaurer et faire encore reposer les bêtes. Peu après avoir repris la route, ils furent en vue de l'abbaye de Royaumont et, à un carrefour, la voiture obliqua à droite sur un petit chemin pour longer l'Ysieux.

Deux heures plus tard, Gaufredi frappa à la vitre du carrosse.

— Monsieur le chevalier ! Ici commence votre seigneurie, lui cria-t-il d'une voix de stentor.

Tous se mirent aux fenêtres. Ils longeaient la rivière par un chemin sablonneux bordé d'une haie dépouillée de son feuillage et dont les extrémités des branches étaient décorées de petites guirlandes de glace. De loin en loin, des peupliers levaient tristement leurs branches dégarnies vers le ciel en une imploration muette pour le retour de l'été. La rivière charriait des glaçons.

Au bout d'une dizaine de minutes, ils s'approchèrent d'un pont ruiné qui traversait l'Ysieux. Une partie du tablier central s'était effondrée. Sur l'autre rive, le chemin envahi de ronces était visiblement abandonné depuis longtemps. En face du pont montait une étroite piste pleine d'ornières, étranglée de mûriers sauvages et de bruyères touffues. Gaufredi, qui était passé en tête, désigna la sente au cocher et la voiture s'y engagea avec force grincements.

Les rameaux giflèrent le carrosse. L'humidité avait pris possession des lieux depuis des dizaines d'années. Les grosses pierres qui parsemaient le sentier étaient verdies par la mousse épaisse. Partout d'immenses et sombres fourrés cachaient le reste des futaies et probablement toute une population d'animaux des bois qui les épiaient. L'atmosphère était pénible et oppressante.

Tous se sentaient envahis d'une infinie tristesse dans ces lieux abandonnés par les hommes depuis si longtemps.

Subitement, le chemin – la piste plutôt – prit fin. Ils débouchèrent sur une sorte de petit plateau encore plus désolé ; partout, une noire et maigre sylve avait recouvert le sol. La végétation, de médiocre hauteur, était épaisse et serrée sauf au milieu de cette plate-forme où se dressait le château : une massive et rébarbative construction de pierres noircies par le temps.

La voie les conduisit à un vieux pont de bois vermoulu qui enjambait de sombres et glauques douves. Ils arrêtèrent là la voiture et descendirent. Bien qu'avertis, tous étaient consternés par le sinistre endroit qu'ils découvraient.

Construit visiblement deux ou trois cents ans auparavant, et dans un but uniquement défensif, le château paraissait solide. Mais avec ses murs recouverts de lierre aussi noir que la construction et ses toits d'ardoise pointus levés vers un ciel gris et froid, il donnait une désagréable impression d'hostilité et de sauvagerie.

Accablés et gelés, ils pénétrèrent en silence dans la cour carrée de la vieille bâtisse. En face d'eux se tenait le corps de bâtiment principal ; de près, il s'agissait effectivement d'un simple manoir, certainement très vaste, mais sans architecture défensive particulière. Sur la façade s'ouvraient de hautes fenêtres en ogive et à travers les vitres du premier étage, on pouvait apercevoir les lueurs d'un feu. Rassurés, ils s'avancèrent vers un large escalier couvert de mousse qui menait sûrement à cet étage accueillant.

On les avait vus, ou plus sûrement entendus, car la porte s'ouvrit : c'était Nicolas !

— Enfin, vous voici ! Rentrez vite vous réchauffer et vous restaurer. Je vais m'occuper de la voiture et des bêtes.

Émus et curieux, Louis, ses parents et Julie pénétrèrent de plain-pied dans une très vaste pièce alors que Nicolas sortait. Il n'y avait pas de vestibule. Les murs de pierre étaient encore recouverts par endroits d'une chaux boursouflée par le salpêtre. Si jadis des boiseries les avaient couverts, elles avaient disparu. Une grande table, formée de planches et de tréteaux, avait été dressée et entourée de bancs tout aussi rustiques. Quelques bougies de suif éclairaient moins qu'elles ne fumaient. Mais les visiteurs ne virent qu'une chose : deux grands feux flambaient joyeusement dans deux gigantesques cheminées placées à chacune des extrémités de la salle.

Nicolas et son père avaient installé devant l'âtre deux bancs construits à la hâte avec de grossiers troncs d'arbres à peine écorcés. Il avait ajouté deux vieux fauteuils vermoulus qui risquaient à chaque instant de rompre. Louis les reconnut avec un pincement au cœur car ils sortaient du grenier de l'étude et il jouait dessus dans son enfance.

En s'approchant des foyers pour tenter de se réchauffer, tous explorèrent plus longuement la pièce des yeux. À chacune de ses extrémités, à côté des cheminées, il y avait une porte fermée. Sur le mur, face à l'entrée par laquelle ils étaient arrivés, débouchait aussi un majestueux escalier, glacial, sombre et inquiétant. Quant à l'ameublement, nous l'avons dit, il se limitait à cette table sur laquelle avaient été disposées des assiettes et d'énormes miches de pain ainsi que de séduisantes bouteilles de vin poussiéreuses.

Maintenant que Nicolas était sorti, seulement trois personnes restaient dans les lieux pour les accueillir : le père de Nicolas et deux vieillards. L'un d'eux était en train de garnir l'une des cheminées en bois alors que l'autre – une vieille femme – surveillait la cuisson d'un mouton entier dans le plus grand des foyers.

Les deux vieux se levèrent avec respect en voyant entrer les visiteurs alors que Jacques Bouvier s'approchait de M. Fronsac pour lui raconter ce qu'il avait fait depuis la veille.

Louis et Julie s'avancèrent vers le vieux couple.

— Vous devez être les Hubert, les gardiens du domaine, n'est-ce pas ? Je suis Louis Fronsac, votre nouveau maître.

La vieille femme, ridée comme une pomme sèche, le regarda avec un rictus édenté et sardonique.

— Je suis bien heureuse de voir de nouveau un maître ici, fit-elle, sans détour. Nous en avons besoin.

— Eh bien, je ne quitterai plus Mercy, tout va changer, je vous le promets, le château retrouvera vie, et vous allez nous y aider. Voici Mlle de Vivonne qui sera bientôt, je l'espère, Mme de Mercy.

Au même instant, Gaufredi, Guillaume et Nicolas Bouvier, tous trois accompagnés du cocher, entrèrent en soufflant dans leurs mains.

— Les chevaux sont à l'abri dans l'écurie, avec une bonne ration de fourrage ! s'écria Nicolas pendant que les deux reîtres jetaient leurs armes sur un banc en faisant un tintamarre épouvantable. Nous retournerons dans un moment pour les brosser.

— Je propose que nous passions rapidement à table, suggéra M. Fronsac. Nous sommes tous affamés.

Avec la chaleur qui régnait dans la pièce, chacun avait retrouvé sa bonne humeur. Le repas paraissait excellent et copieux. Jacques Bouvier prit la parole et expliqua :

— Il y a beaucoup de bois mort dans la forêt. Les habitants de Mercy ont un droit d'affouage, mais il en reste encore après leur passage ; nous avons ramassé tout ce que nous avons pu et nous pouvons chauffer ainsi le château durant des semaines. Par contre, il n'y avait pas de nourriture disponible à Mercy et nous avons dû tout acheter dans les fermes environnantes. J'ai aussi réparé quelques portes et fenêtres brisées. Ce ne sera pas très confortable, mais malgré tout, deux jours ici ne seront pas trop pénibles pour vous. J'ai installé deux vieux lits dans les chambres aux extrémités de la salle. (Il désigna les portes.) Elles sont chauffées par leur propre cheminée. Nous autres dormirons sur des couvertures à l'étage, les gardiens ont une petite chambre là-haut aussi. Quand vous serez rassasiés, nous vous ferons visiter...

Le repas se déroula finalement dans une certaine allégresse. Louis songeait une fois de plus combien les humeurs pouvaient être différentes selon que l'on souffrait de la faim et du froid ou que l'on était repu et au chaud.

Les questions fusèrent, adressées surtout au vieux couple de gardiens qui n'avaient plus parlé ainsi depuis des années et qui en avaient perdu l'habitude.

— La forêt est-elle vaste ?
— Oui.
— Les terres à blé sont-elles cultivées ?
— Non, plus une seule.
— Y a-t-il une ferme ?
— Certes, mais à l'abandon.
— Où est le village de Mercy ?
— Plus bas, sur le chemin, après le pont, c'est un minuscule hameau de trente feux.

Cependant, à beaucoup d'autres questions, ils ne savaient que répondre.

Il leur faudrait donc tout découvrir et tout apprendre.

Le repas terminé, une joyeuse visite fut organisée par Nicolas, qui connaissait déjà tous les recoins de la demeure. Les deux chambres où ils se rendirent en premier lieu n'avaient plus été chauffées depuis des décennies et l'humidité y avait tout corrompu. Le salpêtre avait envahi entièrement le bas des murs et ces pièces n'étant guère hospitalières, ils ne s'y attardèrent pas.

L'escalier central, en pierre, que l'on apercevait dans la salle où ils avaient mangé, montait à l'étage supérieur. Ils le grimpèrent, éclairés par deux bougeoirs. Le palier distribuait quatre ou cinq pièces en enfilade, glaciales, sombres et malsaines ; elles empestaient la moisissure. Au-delà, le bois de l'escalier était vermoulu. Il aboutissait dans un immense grenier qui laissait apparaître une charpente corrompue où nichaient des oiseaux ainsi qu'une toiture percée en plusieurs places. Un petit chemin de ronde passait de ce grenier aux murs d'enceinte de la cour et conduisait aux tours. Cette visite replongea Louis dans un abîme d'appréhension et de détresse. Tout à l'écoute et à l'observation des lieux, il n'avait pas fait attention au manège de Julie. Il n'en prit conscience que dans le grenier.

Aidée de Gaufredi, Julie de Vivonne prenait des mesures à l'aide d'une cordelette graduée et reportait celles-ci sur des notes et des plans que

Guillaume Bouvier tenait à la main. Nicolas les éclairait avec l'un des bougeoirs. Tout ce petit matériel était issu du cartable qui n'avait pas quitté ses genoux durant le voyage. Quelque peu perplexe, Louis l'interrogea.

— Vois-tu, je suis les conseils de Mme de Rambouillet. Elle m'a donné cet équipement d'architecte et m'a demandé des mesures et des plans précis du château. À notre retour, j'étudierai avec elle les travaux à réaliser. Plusieurs de ses amis, dont François Mansart, ont promis de nous aider. Nous pourrons ainsi établir en détail les ouvrages indispensables, et surtout leur coût.

Ainsi, songea Louis, elle n'est nullement découragée comme moi. Il l'observa. Effectivement, Julie semblait se passionner pour sa nouvelle activité d'architecte et de future maîtresse de maison. Il en fut tout à la fois rassuré et dépité. Elle paraissait tellement plus vaillante que lui !

La visite du grenier terminée, ils avaient tout vu et la soirée s'avançant, chacun se retira pour la nuit après avoir abondamment alimenté les cheminées.

Lorsque Louis se réveilla, Julie avait déjà quitté leur chambre et elle l'attendait dehors, vêtue d'une robe retroussée et couverte de son manteau, prête à visiter les bâtiments extérieurs et la cour.

Habillé à la hâte, il la rejoignit sans même avoir noué ses rubans aux poignets. La cour du château était entièrement close d'un mur de deux à trois toises de haut couronné d'un chemin de ronde parfois effondré. Il était soutenu par deux tours carrées qui marquaient le porche d'entrée. Ces fortifications n'avaient plus ni plancher, ni escalier, ni plafond ou toiture. Seules quelques poutres pourries, couvertes de champignons, reliaient les murs en découpant des rectangles de ciel.

Sous le bâtiment central, dans lequel ils avaient dormi, se trouvait une vaste salle voûtée aménagée sommairement en écurie, mais autrefois utilisée en salle d'armes, communs et cuisines. Tout y était boueux, vieux, encrassé par des décennies sans entretien. En poussant une vieille porte cachée derrière des futailles éventrées ou délabrées, ils découvrirent un escalier dérobé, en viret, qui aboutissait au premier étage dans un réduit derrière leur chambre. Au-delà, il permettait de grimper au deuxième étage, au grenier et sur le toit. Une sorte d'escalier de service.

Pendant que Louis et Julie effectuaient leur visite, Nicolas et son père, qui s'étaient levés aussi tôt qu'eux, avaient soigné les chevaux dans l'écurie. Ce matin-là, le ciel était clair et sans nuage, pourtant une petite bise glaciale invitait à rentrer se réchauffer, ce que firent les uns et les autres.

Maintenant que tous étaient réveillés, ils déjeunèrent ensemble d'une soupe chaude, de mouton froid et de confitures avant de partir explorer à pied les proches environs.

La promenade dura quatre heures.

Les terres à blé étaient belles et vastes. Le sol, bien qu'envahi de mauvaises herbes, y semblait riche et fertile. Le sentier qui traversait ces champs conduisait ensuite à la forêt. Celle-ci était sombre, peuplée de majestueux sapins, de gros chênes, de frênes et de hêtres. Tous les arbres étaient serrés les uns contre les autres, témoignant ainsi de l'absence d'exploitation depuis au moins un siècle. Ils y aperçurent beaucoup de gibier : daims, chevreuils, sangliers et lièvres, ainsi qu'une multitude d'oiseaux.

La sente qu'ils suivirent ne pouvant s'enfoncer dans les bois trop épais. Très vite, ils retrouvèrent d'autres terres cultivables. Ils furent alors en vue de l'ancienne ferme. Celle-ci paraissait en bien meilleur état qu'ils ne l'avaient pensé, la toiture y était solide et semblait même de construction récente ; par contre, l'intérieur était vidé de tous meubles, décorations ou huisseries.

Ils revinrent vers le château pour un bref repas, mais surtout pour se réchauffer. L'après-midi devait être consacré à une visite à Mercy qu'ils firent en voiture et à cheval car le temps pressait. La nuit allait tomber rapidement.

Mercy n'était qu'un regroupement de masures en torchis et en bois. Seule une ou deux maisons semblaient avoir un soubassement de pierre. Une population de miséreux en guenilles y survivait. Et encore, n'avaient-ils pas à se plaindre : ils étaient exemptés de taille et les impôts qu'ils devaient à leur seigneur restaient plutôt faibles, même si les taxes indirectes comme les aides, et surtout la terrible gabelle et la dîme ecclésiastique étaient trop lourdes pour eux.

Ces miséreux avaient aussi un bonheur qu'ils ignoraient. Depuis plusieurs décennies, leur pays, proche de Paris, n'avait plus été touché par la guerre et ils en avaient presque oublié les usages et les conséquences : femmes violées puis éventrées, hommes brûlés à petit feu ou écorchés vifs, enfants démembrés.

Somme toute, ils vivaient presque heureux, ne mourant que de faim, de froid ou de maladies.

Louis entra dans chaque masure, presque toujours constituée d'une seule pièce où dormaient mêlés hommes et bêtes. Les humains cependant se serraient tous dans un vaste lit à rideau, parfois dans une sorte d'étage auquel on accédait par une échelle en branches. Un foyer, au milieu ou dans un angle, permettait de faire cuire quelques rares et pauvres aliments dans un grand et unique pot de fer.

Julie observait sans rien dire. Elle connaissait cette misère des campagnes, l'ayant déjà rencontrée à Vivonne dans sa jeunesse. Son beau visage restait fermé et sévère. Pourquoi laissait-on les gens vivre ainsi comme des animaux ? songeait-elle, alors qu'à la Cour le superflu et le gaspillage régnaient.

Par contre, pour Louis, cet effroyable dénuement était une révélation. Elle lui prit la main et la serra fortement. Louis comprit son message. Il rassembla les quelques hommes qui ne ramassaient pas du bois ou ne s'occupaient pas des bêtes. La plupart étaient pieds nus dans des sandales ou des sabots de bois, malgré le froid si vif.

— Mes amis, leur cria-t-il, je vais remettre en état le château. Je ne sais pas quand les travaux commenceront, mais j'aurai besoin de bras. Je payerai dix sols par jour pour ceux qui viendront y travailler. Il me faudra des maçons, des bûcherons et bien sûr aussi quelques femmes pour préparer les repas. Et il y aura du travail, plus tard, pour s'occuper des terres. Et cette année, pour fêter mon arrivée, je supprime tous les impôts qui me sont dus.

Un murmure de satisfaction passa dans le groupe des malheureux qui l'écoutaient. Dix sols représentaient cinquante à soixante-dix livres par an, trois ou quatre fois plus qu'ils ne gagnaient en cultivant leur maigre terre. Leur sort pouvait-il s'améliorer ?

Louis continua :

— Je n'habiterai au château que plus tard, mais pour tous ceux qui ont des ennuis, ou qui ont besoin d'aide, adressez-vous à Hubert qui me représente. Il m'informera et j'essaierai de vous assister.

Julie et la mère de Louis distribuèrent un peu d'argent à ceux qui paraissaient les plus démunis. Ce n'était pas de la pitié, mais leur devoir. Le seigneur ne devait-il pas protection à ses gens ?

Ils repartirent vers la rivière dont une boucle avait provoqué la formation d'un étang. Un paysan, qui détenait l'autorité de chef du village, les accompagnait et leur expliqua que les poissons y étaient nombreux, malgré les brochets, mais difficiles à prendre. Ensuite, ils revinrent en faisant un grand détour par le pont en ruine sur l'Ysieux, celui auquel était rattaché un droit de péage, et ils examinèrent les travaux à réaliser.

Julie notait tout dans son grand cahier.

Plus haut, ils avaient aussi visité les ruines d'un moulin. Il y a tant à faire, pensait Louis. Nous n'en viendrons jamais à bout...

De retour au château, les discussions allèrent bon train, chacun échangeant ses impressions, ses idées et ses propositions. La soirée passa vite, ils avaient tout vu et décidèrent de repartir le lendemain matin.

— Il reste à financer tous ces travaux, soupira Louis.

Ils étaient, à ce moment-là, dans la voiture, sur le chemin du retour.

— Je peux aisément me faire prêter une vingtaine de milliers de livres au denier vingt, lui assura son père, et nous en possédons en propre au moins autant. Malheureusement, cette somme est placée chez un traitant et il me faudra quelques mois pour la recouvrer.

Louis secoua la tête négativement.

— Non, cet argent est à vous, vous pouvez en avoir besoin. J'ai moi-même quelques milliers de livres qui me permettraient de commencer les travaux, mais je pense qu'il est plus prudent d'attendre...

— Ma mère me verse la moitié des trois mille livres de sa pension, Louis, et cette somme est à vous, l'interrompit Julie en lui prenant la main.

— Nous arriverions ainsi péniblement à dix mille livres, cinquante mille avec ton argent, père. Or cent mille, au moins, seront nécessaires pour remettre ce domaine en état. Nous sommes loin du compte. Il me faut trouver autre chose...

Le silence se fit. Chacun savait que Louis avait raison.

Ils arrivèrent en fin d'après-midi à l'étude. Là, un message attendait le jeune chevalier :

Louis,
Viens me voir d'urgence,
Gaston

Le lendemain étant un dimanche, Louis ne put joindre son ami que le 15 décembre.

5

Lundi 15 décembre 1642

Comme bon nombre de logements de cette époque, l'appartement de Louis Fronsac était minuscule. Cette exiguïté des logis – et l'inconfort qui en résultait – étant un des désagréments les mieux partagés par toutes les classes de la population. Ainsi, il n'était pas rare qu'une famille entière occupe une seule chambre dans laquelle les grabats étaient sans rideaux et les ustensiles de cuisine mélangés aux vases de nuit[1] !

Louis Fronsac était cependant bien plus à l'aise. Chez lui, la pièce principale tenait lieu de salon, de cabinet de travail, de cuisine et de salle à manger. Cette salle à usages multiples était meublée d'une table, de six chaises, et sur l'un des murs d'une tapisserie à verdures. Une cheminée et un bûcher se dressaient sur le même côté que la porte d'entrée. En cette saison froide

---

1. C'était encore le cas avant la Révolution, voir les *Tableaux de Paris* de Louis Sébastien Mercier.

où le bûcher était trop petit, une montagne de bois occupait aussi une partie de la pièce. Le linge était rangé dans une grande armoire en noyer à deux battants et un coffre profond contenait papiers et armes.

Aussi, comme on peut s'en rendre compte avec cette brève description, il restait peu de place pour se mouvoir.

En face de la porte d'entrée se trouvait la chambre de Louis, dont justement il venait de sortir ; une pièce étroite, toute en longueur, d'une toise de large à peine.

Elle était meublée d'un unique lit à rideaux, *à la colonnade*, avec un matelas de plumes et un édredon. Dans une encoignure s'adossait une minuscule table sur laquelle étaient posés boîtes à peignes et rubans. Enfin, au fond se trouvaient un vieux coffre et quelques escabeaux. Les murs étaient blanchis et seul un miroir de Venise doré à deux bougeoirs décorait cette chambre. Heureusement, comme dans l'autre pièce, le plancher de chêne, noirci et déformé, s'harmonisait élégamment avec le plafond, lui aussi en bois patiné par le temps.

Enfin, dans la pièce à vivre, s'ouvrait aussi un passage donnant sur le petit bouge – quasiment un placard – où logeait Nicolas, le domestique qui assurait l'entretien de la maisonnée : ménage, nourriture, recherche du bois et de l'eau.

Gaufredi, nous l'avons dit, je crois, occupait un galetas dans le grenier, au-dessus de l'appartement du second étage, où vivait, fort à l'étroit lui aussi, un contrôleur des vins avec sa famille.

Six heures sonnaient au clocher de l'église des Blancs-Manteaux au moment où Nicolas, qui était en train de dresser la table du déjeuner constitué comme tous les matins de viandes rôties froides, de confiture, de soupe et de pains blancs de Gonesse, vit sortir son maître de sa chambre.

Louis portait des hauts-de-chausses feuille-morte et un pourpoint de velours noir des Flandres avec les manches en *chiquetade* – c'est-à-dire fendues et laissant bâiller la chemise.

Sur la table, près de son lit, Nicolas aperçut le bassin à poils que son maître venait d'utiliser, ainsi que les bassines et cruches d'eau qu'il avait remplies la veille. S'y trouvaient aussi des pommades, des serviettes et tout un nécessaire de toilette, de peignes et de brosses. Il laissa Louis s'installer et se dirigea vers la chambre pour vider les eaux usées.

Louis se lavait sommairement, mais complètement. C'était peu fréquent à une époque où, l'eau étant rare, on pratiquait surtout la toilette sèche, qui consistait uniquement à se frotter avec un linge. Cette règle de propreté – acquise dans l'enfance pour lutter contre la propagation des poux – désolait le domestique car elle lui donnait un surcroît de travail et, *in petto*, il maudissait Mme Fronsac, une femme qui ne croyait pas aux risques provoqués par la porosité de l'épiderme ! Pourtant, qui ignorait encore que c'était cette porosité qui, en laissant s'infiltrer l'eau, apportait la peste ? Quant aux poux, on pouvait parfaitement faire bon ménage avec eux !

Pour Nicolas et ses parents, comme pour la plupart des gens aisés, les pommades et les parfums étaient bien suffisants pour masquer la crasse et les odeurs. Un nettoyage complet était inutile, voire dangereux. Et chacun approuvait que le petit Louis XIII n'ait eu son premier bain qu'à sept ans !

Si Louis était ainsi prêt à braver le froid dès six heures du matin, c'est que la journée de travail commençait toujours de très bonne heure à cette époque. Les habitués du Palais : magistrats, avocats, procureurs et plaideurs arrivaient en général aux premières lueurs de l'aube. Pour certains officiers, la présence était même obligatoire dès cinq heures du matin. C'était en particulier le cas de Gaston, et Louis avait hâte de le rencontrer car, depuis qu'il avait reçu son bref message, il s'interrogeait. Que lui voulait-il ?

Avalant rapidement sa collation, il s'adressa à Nicolas qui était maintenant en train de vider les pots de chambre et les eaux usées par la fenêtre en criant joyeusement : *Gare l'eau !* pour avertir les passants mais en réalité pour se moquer d'eux.

— Nicolas, j'espère que tu ne continues pas à essayer de souiller nos voisins avec le contenu des pots. (Louis avait déjà eu des ennuis car Nicolas aimait beaucoup s'amuser ainsi.) Attention à toi si j'ai de nouvelles plaintes !

» Je termine ma collation et je pars au Grand-Châtelet. Pendant ce temps, rends-toi rue des Quatre-Fils et annonce à mon père que je ne le verrai pas avant ce soir, et peut-être même pas du tout aujourd'hui. Je ne sais ce que Gaston me veut, mais je pourrais bien être occupé toute la journée avec lui.

À peine eut-il fini sa soupe qu'il enfila ses bottes basses à revers, puis se coiffa du chapeau de castor à cordonnet de soie – un chapeau usagé, mais encore solide – que lui tendait Nicolas qui avait terminé d'arroser les passants. Enfin, Louis jeta sur ses épaules un épais manteau de laine. Ayant vérifié une dernière fois que ses rubans noirs étaient correctement noués à ses poignets, il descendit l'escalier en courant et se dirigea vers *La Grande Nonnain*, l'auberge où il laissait sa jument. Il la fit seller par un garçon d'écurie encore ensommeillé et prit aussitôt la direction du Grand-Châtelet.

À cette heure-là, l'animation commerçante ne faisant que débuter, les rues, encore obscures, étaient surtout occupées par les charrettes d'approvisionnement et les chargements de tonnelets ou de barriques. Cependant, peu à peu surgissait la nuée noire des suppôts de la justice qui se rendaient à leur office. Ils étaient reconnaissables à leur robe noire et à leur mule souvent de la même couleur. Tous devaient être à leur poste impérativement avant le lever du soleil et c'était un curieux spectacle que de voir cette multitude sombre se mouvoir doucement, dans une quasi-obscurité, en direction du Palais de Justice.

Au fur et à mesure qu'il se rapprochait de la Cité et du Louvre, Louis progressait de plus en plus lentement tant l'armée des mules et des hommes de loi s'épaississait.

Il y avait en outre maintenant des carrosses à éviter, mais aussi les étals de commerçants qui s'installaient en dépassant sur la chaussée bien au-delà de ce qui leur était autorisé.

En se rapprochant du Grand-Châtelet, les rues constituées de maisons de torchis devenaient encore plus étroites et s'emplissaient de mendiants, de racoleurs, de tire-laine et de drôlesses ; tous bien éveillés et prêts à se mettre à leur besogne : voler le badaud distrait.

À partir de là, l'attention du passant devait être vive s'il ne voulait pas être dévalisé ou agressé. Mais il était parfois bien difficile de repérer le truand dans le grouillement des portefaix, des porteurs d'eau, des débardeurs ou des gagne-deniers qui louaient leur force sur les quais.

Parfois, dans ce dédale infernal, quelque personne d'importance ou de qualité essayait de se frayer un passage avec une imposante suite de gentilshommes, de pages ou de valets. Alors les embarras devenaient inextricables car les curieux et les badauds, déjà nombreux malgré l'heure matinale, n'hésitaient pas à rester immobiles pour profiter d'un divertissement pourtant dénué d'intérêt.

C'est durant de tels spectacles que les bourses changeaient de poche et que les bijoux quittaient leurs propriétaires. Les cris des victimes retentissaient alors et recouvraient les aboiements ou les piaillements des boutiquiers, des décrotteurs ou des marchands ambulants.

Comme tous les lundis se tenait la foire du Saint-Esprit sur la place de Grève, une grande friperie où laquais et domestiques tentaient de revendre bonnets, draps ou casaquins volés à leur maître. Louis pressa sa monture pour traverser rapidement la place sans être trop importuné par les coquins et les fripiers.

Finalement, grâce à Dieu, à son agilité et à sa vigilance, Louis arriva sans plus d'encombre au Châtelet où, après avoir laissé son cheval dans la cour intérieure, il rejoignit rapidement le bureau de Gaston.

— Ah ! Te voilà enfin ! Cela fait plus d'une heure que je t'attends, lui reprocha le jeune commissaire, assis à sa table devant une pile de dossiers mal éclairée par deux bougeoirs.

— C'est vrai, je reconnais avoir un peu traîné... il est déjà six heures et demie au carillon de Saint-Germain-l'Auxerrois, lui répondit Louis sur un ton contrit, en faisant semblant de s'excuser. Dois-je me mettre aussitôt au travail ? persifla-t-il encore en gardant son manteau tant il faisait froid dans la vieille tour non chauffée.

— Tu ne crois pas si bien dire, répliqua l'autre avec brusquerie. J'ai épluché toutes les affaires que traitait Babin du Fontenay. À mon avis, seules trois enquêtes pourraient être d'une importance telle que quelqu'un ait voulu l'empêcher d'aboutir. Je vais m'occuper de deux d'entre elles qui semblent relever réellement de la police. Je pensais te confier la troisième car elle implique des gens de robe et tu connais mieux ce milieu que moi. Mais comme la plupart d'entre eux cessent de travailler à midi, tu vois que nous n'avons que peu de temps devant nous...

— Bien, donne-moi un peu plus d'informations, demanda Louis cette fois avec sérieux.

Gaston se pencha sur ses notes.

— Les deux cas dont je vais m'occuper concernent en premier lieu une opération de fausse monnaie que Babin avait découverte. Il s'agit de faux écus d'argent fabriqués avec une peinture argentée de si bonne qualité qu'il était difficile de repérer la fraude. C'est un prisonnier, mis à la question pour un autre délit, qui a avoué mettre en circulation ces pièces. Je n'en sais pas plus, le maraud est serré à la Bastille et je vais l'interroger ce matin.

Il y eut une courte pause et Gaston regarda fixement son ami. Il ajouta alors sur un ton de confidence :

— Le retour du *Tasteur* sera la seconde cause à laquelle je vais m'employer.

— De quoi s'agit-il ? (L'intérêt de Louis s'était éveillé à ce nom curieux.) Qu'est-ce donc que ce *Tasteur* ? Encore une de tes histoires burlesques ?

Gaston choisit un air soucieux pour démentir l'hilarité qui gagnait son camarade de collège. Il lui expliqua doctement :

— Le *Tasteur* a sévi il y a une trentaine d'années avant d'être finalement arrêté, torturé et exécuté. Ce gredin se masquait à l'aide d'un immense chapeau, le soir ou la nuit, et s'attaquait aux femmes, leur prenant tous leurs bijoux, mais en profitant aussi pour les tâter et les griffer sur tout le corps, et principalement sur la poitrine et la gorge, à l'aide de gantelets de fer très aiguisés. *Le mal qu'il faisait dépassait l'imagination*, est-il écrit dans ce dossier[1].

Il montra un gros document plein de feuilles jaunies posé sur la table et poursuivit :

— Il a longtemps semé la terreur dans Paris car il laissait les personnes qu'il agressait terriblement meurtries. Leurs seins griffés ou déchirés, elles n'osaient se plaindre. Il semble qu'un nouveau *Tasteur* soit apparu plusieurs soirs de suite rue Saint-Avoye et dans les

---

1. Authentique.

proches environs, mais je n'ai comme piste que les trop rares témoignages des victimes qui se sont signalées. Beaucoup d'autres, honteuses et mortifiées, n'ont pas dû se faire connaître.

Il fronça les sourcils pour marquer son inquiétude :

— Ce nouveau *Tasteur* diffère cependant quelque peu de l'ancien – le ton de Gaston était maintenant franchement perplexe –, car il n'a pas hésité, par deux fois, à tuer ses victimes en les étranglant, alors que son prédécesseur ne l'avait jamais fait ; lui se contentait de les faire hurler.

— Effrayante histoire, reconnut Louis en frissonnant. Mais moi, dans tout ça ? Quel est mon rôle ?

— J'y viens, Babin enquêtait aussi, et c'est la troisième affaire, sur un cas d'empoisonnement. La victime aurait été un nommé Cléophas Daquin, huissier au Palais. Mais je n'ai aucune autre information à te donner. Donc, à toi de jouer. Il faut que tu te renseignes sur ce Daquin.

— C'est bien maigre, répliqua Louis qui pensait toujours au *Tasteur*, heureusement pour toi j'ai quelques amis au Palais.

Il ramassa son chapeau et ses gants qu'il avait déposés sur une chaise.

— Je m'y rends sur-le-champ et je te tiendrai informé.

L'enquête que Gaston demandait à Louis n'était pas une tâche inhabituelle pour lui. Généralement, lorsque les études de notaire avaient besoin de faire des recherches sur des personnes, des familles ou encore des filiations, elles utilisaient des agents qu'elles rémunéraient. Mais ces préposés manquaient souvent de compétence, parfois d'honnêteté et toujours de rigueur.

Par goût, Louis s'était spécialisé dans les investigations difficiles et c'était en partie grâce à lui que l'étude familiale avait désormais une exceptionnelle réputation. Durant toutes les années où il avait travaillé dans l'étude de son père comme notaire assermenté auprès du Grand-Châtelet, il avait ainsi enquêté pour les plus grandes familles du royaume, ainsi que pour bon nombre d'institutions de justice, qui confiaient à l'étude Fronsac leurs affaires délicates ou compliquées.

Gaston se saisit aussi de son manteau.

— Je te raccompagne, expliqua-t-il, car je me rends de mon côté à la Bastille.

Dans la cour, Louis détacha son cheval, l'enfourcha et sortit du Châtelet par l'arrière, en direction de la *Vallée de la misère* alors que Gaston montait dans son carrosse.

L'arrière du Grand-Châtelet, et jusqu'à la Seine, était en effet surnommé la *Vallée de la misère*. Il s'agissait d'un entassement sordide de maisons crasseuses, d'un entrelacs de ruelles sombres, fétides, et inquiétantes, où vivotait une population de nécessiteux, repoussante et redoutable.

Mais Louis ne pénétra pas dans la vallée proprement dite. D'ailleurs, aucune personne de bon sens ne l'aurait fait sans de solides raisons. Il passa directement par le pont des Meuniers qui devait l'amener au cœur de la Cité.

Sur l'autre rive, il longea un temps l'ancienne conciergerie en suivant une rue envahie d'hommes en robe noire – souvent couverte de boue –, de mules, de chaises à porteurs et de carrosses pour déboucher finalement devant le Palais appelé aussi le Parlement.

C'est Philippe le Bel qui avait créé cette institution. Ce roi avait en effet divisé son conseil en trois parties : le Grand Conseil pour la politique royale, le Parlement pour les affaires judiciaires et la Chambre des Comptes pour les affaires financières.

Progressivement, la grande noblesse, trop puissante, avait été écartée du Parlement et de la Chambre des Comptes. C'est donc la bourgeoisie, plus malléable et surtout plus compétente, qui siégeait désormais dans ces deux instances.

Peu à peu, le Parlement avait pris de l'importance pour devenir l'une des principales – mais non l'unique – institutions judiciaires du royaume. En effet, d'autres parlements existaient dans les pays d'États, ces provinces qui avaient gardé le droit de voter leurs impôts. Le

Parlement de Paris restant cependant une sorte de cour d'appel suprême.

Seulement, la complexité des lois, des coutumes et des jurisprudences locales ou nationales était telle que les magistrats de Paris avaient pris l'habitude non seulement de juger mais aussi d'agréer les nouveaux textes, ordonnances et décrets royaux pour éviter qu'ils ne se contredisent.

Ainsi, quand une nouvelle loi royale était jugée valide, ils la notaient dans un registre. On disait alors qu'ils l'enregistraient.

Au fil des ans, il devint acquis que tant qu'une décision royale n'était pas enregistrée, elle n'avait pas force de loi.

Cette dérive donna très vite un formidable pouvoir à la bourgeoisie judiciaire et, les mots entraînant les attributions, le Parlement avait décidé progressivement qu'il était représentatif du peuple et qu'il assurait une permanence des États Généraux. Il s'arrogea donc le droit de faire des remontrances au roi, et même de juger sa politique.

Ce droit de remontrance, Louis XIII avait rappelé aux magistrats de Paris l'année précédente qu'ils n'en disposaient nullement. Car c'est le roi qui édictait la loi, et le trône royal, vide mais toujours présent au Palais, était là pour que personne n'oublie que Sa Majesté de droit divin pouvait toujours venir juger dans son

Palais et que la justice était toujours rendue en son nom.

C'est à ce titre de dépositaire du pouvoir royal que le Palais restait un des plus beaux et des plus vastes monuments de la ville. Les chambres de justice, en particulier la Grande Chambre, étaient immenses et somptueusement décorées. La façade du bâtiment, encadrée par la Grande galerie à droite et la Sainte Chapelle à gauche, avec son perron et son portail, était majestueuse.

Après avoir pénétré dans la cour du Palais, la cour de Mai, et attaché son cheval à un anneau, Louis grimpa rapidement les marches du perron pour se diriger vers la Grande galerie, cette immense salle à l'architecture imposante qui avait été reconstruite quelques années auparavant par Salomon de Brosse après un terrible incendie. C'est dans ces lieux, toujours pleins de monde, que l'ancien notaire espérait trouver son informateur.

Les deux voûtes centrales de la galerie, séparées par d'énormes piliers, étaient aussi hautes que celles d'une cathédrale. L'éclairage – fort médiocre – y était assuré uniquement aux extrémités par une sorte de verrière. Une cohue d'hommes en robe, mais aussi de plaideurs, et plus encore de badauds s'y pressaient bruyamment.

On accédait à la Grande galerie par un large corridor, la galerie *Mercière* où étaient installés à demeure quantité de commerces de mercerie.

C'est que le Palais était aussi un immense marché où l'on trouvait principalement deux sortes de boutiques : celles de mercerie et celles de librairie.

Les officines de passementerie et de mercerie constituaient la première et principale activité des échoppes. Cet état de fait pouvait paraître curieux car les magistrats et les officiers avaient obligation d'être toujours vêtus de noir, y compris dans leur vie privée. Au Palais, ils devaient porter une robe noire fermée ; chez eux, un simple habit avec petit collet était autorisé ; enfin, à l'extérieur, ils devaient se couvrir d'un manteau noir.

C'était une autorisation royale datant de 1406 qui avait accordé l'ouverture de ces boutiques chargées de vendre uniquement des robes et des bonnets de magistrat. Mais, peu à peu, les commerces de mercerie s'étaient voués au beau sexe pour les femmes, filles ou maîtresses des hommes de loi et des justiciables. En outre, beaucoup de merceries s'étaient mises à vendre bijoux et orfèvrerie et même éventails ou pantoufles. On assurait d'ailleurs qu'une pantoufle de qualité ne pouvait venir que du Palais !

Finalement, la Grande galerie était devenue à la fois un marché de luxe, agréable car abrité des intempéries, et un lieu de promenade et de rencontre pour les flâneurs. On y contait fleurette, on y étalait ses toilettes, on y colportait des indiscrétions et on y répandait d'imaginaires secrets.

Racine devait ainsi écrire :

Tout ce qu'ont d'appas la grâce et la beauté,
Se découvre à nos yeux dans cette galerie.

Et puis, les jolies mercières étaient réputées peu farouches, ce qui attirait la venue de jeunes oisifs qui ne se rendaient au Palais que pour les rencontrer, échanger des œillades et tenter de les séduire.

Pour toutes ces considérations, le commerce de mercerie, qui occupait initialement la seule galerie *Mercière*, avait débordé et s'était étendu un peu partout dans les allées transversales. Il faisait ainsi ouvertement concurrence à l'autre activité de négoce, tout aussi anciennement installée dans les lieux : la librairie.

À l'origine, il s'agissait uniquement de livres de droit. Mais depuis que de nombreux libraires et imprimeurs comme Pierre Rocolet avec sa boutique *Aux Armes de la Ville*, Guillaume Loyson, à l'enseigne du *Nom de Jésus*, et bien d'autres s'étaient installés dans la Grande galerie, toutes sortes d'ouvrages y étaient vendues.

Louis, plus porté sur les livres que sur les articles de lingerie féminine, se dirigea donc vers les libraires. Il y avait là une dizaine d'échoppes au milieu desquelles il essaya de repérer une de ses connaissances. Brusquement, son regard fut retenu par une fraîche jeune fille brune d'une vingtaine d'années, vêtue d'une simple robe bleu foncé recouverte d'un bas de jupe plus clair et d'une basquine de toile blanche. Ses cheveux étaient coiffés en un chignon très serré. Elle avait un visage anguleux et ingrat, mais curieusement doux et fin avec une expression mélancolique qui la rendait malgré tout attirante. Louis était certain de la connaître, mais ne pouvait mettre un nom sur son visage.

Il examina l'enseigne de l'échoppe. C'était l'*Écu de France*, la librairie d'Antoine Sommerville. C'est alors que la jeune femme lui fit signe.

Il s'approcha, un peu intrigué par cet appel. Les maquerelles et les courtisanes étant aussi très répandues sous les voûtes du Palais.

— Vous ne me reconnaissez pas, monsieur ? lui demanda la jeune fille, en souriant narquoisement.

— À vrai dire, mademoiselle..., bredouilla-t-il, très embarrassé.

— Je suis la fille de Morgue Belleville, lui annonça-t-elle, d'un ton à la fois sec et triste.

Louis se souvint et se sentit brusquement mal à l'aise.

Morgue Belleville était un libraire qu'il avait connu l'année précédente et qu'il avait – avec juste raison – accusé de vol. Celui-ci avait servi d'intermédiaire dans la vente d'une bibliothèque entre le duc de Vendôme et le maréchal de Bassompierre, actuellement emprisonné à la Bastille. Comme Belleville n'avait pas été payé pour ses services, il s'était directement servi dans la luxueuse bibliothèque du duc[1].

Louis l'avait contraint à rendre les livres volés mais lui avait aussi conseillé un avocat pour poursuivre Vendôme. Seulement le duc avait retrouvé le libraire voleur. Il l'avait fait torturer et finalement assassiner. Bien sûr, même fautif, ce pauvre homme n'avait pas mérité un tel châtiment. C'est pourquoi, après sa mort, Louis s'était-il juré d'aider sa fille à se faire rembourser. Et puis il avait oublié sa promesse.

Il balbutia :

— Margot Belleville ! Bien sûr ! Je me souviens de vous... Dieu tout-puissant ! Je suis affreusement désolé... honteux... j'avais prévu de venir vous voir pour essayer de régler la dette que Vendôme a envers vous, et je ne l'ai pas fait. Mais je vous promets maintenant de m'en occuper... Je vous le jure...

Un voile passa sur le visage de la fille du libraire.

— Ce n'est pas grave, monsieur. Vous n'auriez rien pu faire, de toute façon.

Louis jeta un bref regard circulaire sur l'échoppe.

— Mais que faites-vous ici, mademoiselle ?

---

1. Voir : *Le Mystère de la Chambre Bleue.*

— Mon père mort, répondit-elle sombrement, il m'a fallu vivre. Un de ses amis libraire, Antoine Sommerville, m'autorise à vendre nos ouvrages dans sa boutique. J'ai presque terminé. Après, je ne sais pas ce que je deviendrai. J'avais prévu de me marier, mon fiancé est charpentier, mais nous n'avons pas d'argent et il ne gagne que vingt sols par jour de travail ; nous ne pourrons vivre ainsi.

Louis se sentit honteux, consterné et presque déshonoré. Il aurait dû s'intéresser plus tôt à l'orpheline.

— Je vais voir ce que je peux faire. Je ne vous oublierai plus, habitez-vous toujours rue Dauphine ?

— Oui, pour l'instant...

Le visage de la jeune femme se modifia brusquement et elle eut de nouveau ce charmant sourire espiègle, teinté toutefois d'un peu de tristesse.

— Mais vous, qui cherchiez-vous ? J'avais l'impression que vous dévisagiez tous les individus présents dans cette salle. Êtes-vous en quête de quelqu'un ? Une jeune fille, peut-être ? Vous savez, je peux vous en désigner certaines pas très chères...

— Hum... Effectivement, je cherche quelqu'un, mais j'ignore qui ! Pour tout vous dire, je serais désireux de rencontrer une personne qui aurait connu un huissier du Palais : Cléophas Daquin.

— C'est un nom qui ne me dit rien. (Elle fronça les sourcils en secouant la tête.) Mais voyez-vous, là-bas, l'enseigne de librairie : *Le Sacrifice d'Abel ?* Il y a un gros pilier qui fait l'angle contre lequel s'appuie un avocat qui attend des clients. Cet homme connaît tout le monde ici. Contre quelques pièces pour son dîner, il vous renseignera volontiers.

Il la remercia d'un chaleureux sourire et se dirigea vers l'homme de loi qu'elle lui avait montré.

Celui-ci était maigre et légèrement voûté. La misère semblait être son seul bien. Ses vêtements noirs, tachés et élimés jusqu'à la trame, son visage aux joues creuses et mal rasées, ses cheveux ébouriffés mal coupés et ses mains sales aux ongles noirs laissaient deviner que ses clients étaient ou rares ou pauvres, et plus probablement à la fois rares et pauvres !

Louis l'aborda gravement.

— Maître, j'ai besoin d'un conseil...

L'autre le regarda, surpris, puis le dévisagea longuement avec une insolente circonspection.

— Vous êtes Louis Fronsac, déclara-t-il au bout d'un instant d'un air entendu, ancien notaire et présentement chevalier de Saint-Louis. En quoi pouvez-vous avoir besoin de mon aide ?

Louis tenta vainement de dissimuler sa stupéfaction. Il demanda machinalement pour se donner une contenance :

— Avant tout, Maître, quels sont vos tarifs ?

L'autre le jaugea de nouveau avec une expression dédaigneuse si peu en rapport avec sa condition qu'elle en était comique.

— Cela dépend, monsieur. Pour une plaidoirie ou un dossier quelque peu compliqué, je prends cinq livres par jour. C'est un tarif élevé, certes, mais il me permet de sélectionner ma clientèle que je désire garder honorable et de qualité. Et puis, j'ai tellement de travail...

— Évidemment... évidemment... vous avez bien raison. Je vous propose un écu d'argent de trois livres pour me donner simplement une adresse. Je recherche la veuve de Cléophas Daquin, un huissier qui est mort récemment.

L'avocat hocha la tête lentement en plissant les yeux.

— Je le connaissais. Sale bonhomme, toujours au cabaret avec des véroleuses et des pipeurs de dés. Sa mort a débarrassé la Justice d'un être qui la discréditait. Son épouse habite rue des Petits-Champs, elle vit avec son frère qui travaille au Louvre. Autre chose ?

Il tendit sa main droite. Louis, tout à fait déconcerté d'avoir obtenu si vite ce qu'il cherchait, y glissa l'écu promis. Il connaissait la rue des Petits-Champs, qui se situait entre la rue Saint-Martin et la rue Beaubourg. Ses habitants dépendaient bien du commissaire de la rue Saint-Avoye.

Il remercia son informateur, fit un dernier signe à Margot qui ne l'avait pas perdu de vue et sortit de la Grande galerie. Il reprit son cheval dans la cour de Mai – il l'avait fait garder par une bande de gamins à qui il donna un sol – et se dirigea vers la Seine.

Louis remonta un moment les berges boueuses du fleuve pour prendre le pont Notre-Dame bordé de chaque côté de constructions tellement disparates et de guingois qu'il se demandait toujours comment elles pouvaient tenir debout. Arrivé sur l'autre rive, il remonta la rue Saint-Martin. Dans cette artère, les constructions étaient plus fréquemment en pierre, tout au moins leur soubassement. Les étages restaient cependant encore bardés de bois, avec les espaces entre les poutres remplis d'un torchis de chaux.

Le soleil était maintenant haut mais la rue restait sombre compte tenu des nombreux encorbellements qui parfois se rejoignaient presque de part et d'autre, constituant une étrange voûte non jointive. Enfin, il déboucha dans la rue des Petits-Champs. Cette traverse marquait l'emplacement des anciennes fortifications du Moyen Âge. Au-delà se trouvaient jadis les petits champs des maraîchers, d'où le nom de la rue.

Louis remarqua que la plupart des maisons étaient neuves et pimpantes. Il savait que, depuis quelques années, ce coin de Paris était devenu le quartier privilégié des riches financiers huguenots. À l'auberge, *La fleur de lys rouge*, il s'enquit de la maison des Daquin. Cléophas y était connu et le cabaretier, singulièrement aimable, demanda à l'un de ses aides « d'accompagner le gentilhomme ».

L'aide, qui n'était qu'un gamin, courut à toute allure devant le cheval et, un instant, Louis crut qu'il allait le perdre de vue, mais l'enfant, satisfait de sa plaisanterie, l'attendait finalement au bout de la rue. En riant, il lui désigna la maison. Louis lui remit un blanc d'un demi-sol en échange de son service.

La maison des Daquin était une vieille construction étroite à un seul étage, avec un toit très pentu. L'immeuble aurait pu choquer dans cette voie où l'on trouvait tant de jolies maisons neuves. Ce n'était pourtant pas le cas, tant la bâtisse paraissait robuste, propre et pour tout dire franchement cossue.

Louis frappa à la porte de chêne cloutée, solide et fraîchement cirée. Au bout d'un assez long moment, quelqu'un ouvrit. C'était un jeune homme d'environ trente-cinq ans, au regard honnête et loyal. Vêtu entièrement de gris foncé, les cheveux soignés, le regard déterminé, ce n'était certainement pas un domestique. Un ami peut-être, ou un parent ?

— Je souhaite rencontrer Mme Daquin, lui déclara Louis d'un ton neutre.

— Excusez-moi, monsieur, mais un décès dans sa famille l'empêche de recevoir, répliqua le jeune homme.

En parlant, il repoussa la porte. Louis bloqua le battant avec sa botte.

— Attendez ! Je viens ici sur ordre du Grand-Châtelet. Je suis envoyé par le lieutenant civil, M. de Laffemas.

À ces mots terribles, la porte s'ouvrit aussitôt en grand. Le jeune homme était curieusement devenu livide.

— Suivez-moi, bredouilla-t-il. (Il l'amena dans une pièce dont l'alcôve au fond devait servir de chambre.) Je vais chercher ma sœur.

Il se retourna et grimpa un petit escalier que Louis n'avait pas aperçu de prime abord.

Ainsi, c'était le frère, songea Fronsac, celui qui travaille au Louvre. Bizarre, cet air terrorisé qu'il avait eu, se dit-il.

La pièce où on l'avait fait entrer était propre et le mobilier en noyer ou en merisier, Louis nota le tapis de soie, le vaisselier sculpté et les deux miroirs de Venise. Il n'eut cependant pas à poursuivre ses observations car la personne qu'il demandait descendait.

Anne Daquin était grande, rousse, belle et bien en chair. Elle avait la quarantaine passée, mais son visage à la fois énergique et gracieux, son air enjoué et bienveillant donnaient l'impression d'avoir affaire à une très jeune femme. D'épaisses boucles dorées reposaient avec grâce sur ses épaules. Vêtue d'une simple robe noire retroussée sur les bords par de larges rubans et faisant apparaître une jupe de velours plus claire, elle était resplendissante tandis qu'elle avançait lentement vers Louis avec prévenance et courtoisie. Il remarqua aussi le corsage très échancré laissant apparaître un buste de marbre plus mis en valeur que dissimulé par un large rabat de dentelle. Une tenue de veuve, certes, mais sans doute pas de veuve éplorée.

— Monsieur, mon frère m'a déclaré que vous insistiez pour me voir. Je préfère rester seule depuis la mort de mon époux, mais je ferai une exception pour vous.

Maintenant qu'elle était près de lui, Louis pouvait sentir son parfum. Il nota ses yeux rougis. Elle avait dû beaucoup pleurer et son accueil n'en était que plus généreux.

— Madame, je suis effectivement désolé d'avoir eu à insister. Je me nomme Louis Fronsac et je suis chevalier de Saint-Louis. Voici ce qui m'amène. Le décès de votre époux a donné lieu à une enquête de police ; malheureusement le commissaire du quartier qui en était chargé vient d'être assassiné et, à mon tour, je m'intéresse à ce dernier meurtre à la demande du commissaire de police qui traite cette affaire et qui est aussi mon ami. J'essaie donc de mieux connaître les dossiers sur lesquels il travaillait. Pouvez-vous me rapporter les circonstances de la mort de votre époux ?

— Mon époux ! (Elle eut une légère moue – une grimace, même.) Vous devez peut-être savoir que ce n'était pas quelqu'un de... de très agréable. Il buvait, me battait et abusait de moi. Pourtant, lorsqu'il est tombé malade je l'ai soigné jusqu'à sa mort...

Elle s'arrêta de parler un instant, puis ajouta, les yeux dans le vague :

— Je ne sais pas pourquoi... alors que je devrais m'en réjouir, j'en reste affligée. Je...

Elle se retourna et, prenant sa tête entre ses mains, se mit à sangloter. Louis ne savait que faire. Au bout de quelques instants, elle lui fit face à nouveau en s'essuyant les yeux avec un mouchoir de dentelle.

— Excusez-moi. Je crois que, malgré tout, je l'aime encore... Que voulez-vous donc savoir ?

— Quelles sortes de troubles se manifestaient chez lui ? Et de quoi est-il mort ?

Anne Daquin surmonta les sanglots qui revenaient puis, respirant profondément, reprit :

— Il y a trois mois, il a dû s'aliter pour des maux de ventre et de forts accès de fièvre. Le médecin avait alors conclu à un relâchement de l'estomac. Ensuite, son état s'est un peu amélioré mais il restait abattu et alangui. Il ne mangeait presque plus et vomissait souvent. Parfois, la fièvre disparaissait durant quelques jours, mais ensuite revenait chaque fois plus forte. Au bout d'un mois, il fut tellement affaibli qu'il ne put même plus se lever. Il avait maigri effroyablement.

De nouveau, elle étouffa un sanglot à ces terribles souvenirs :

— Bientôt, il n'eut plus que la peau et les os. C'est alors que le médecin m'a annoncé qu'il était perdu. Et deux jours avant sa mort...

Elle hoqueta et ne put poursuivre. Louis lui prit la main et la pressa avec effusion.

— Continuez, je vous en prie, c'est important.

Elle le considéra un instant, puis reprit doucement :

— ... il a vomi d'énormes vers rouges... Le médecin n'avait jamais vu cela. Après, il y eut encore et encore des vers. Il était en fait dévoré vivant par ces horribles bêtes. Enfin, vidé de toute vie, il s'est éteint.

Louis recula machinalement, pétrifié par l'abominable récit. Il réussit pourtant à demander :

— Mais pourquoi y a-t-il eu une enquête de police ?

— Avant sa mort, mon époux était toujours avec un compagnon de beuverie, un nommé Picard. Ce Picard, un ancien canonnier de marine, avait proposé à plusieurs de ses camarades de cabaret un remède souverain pour être débarrassé des gêneurs ; il l'avait rapporté des îles lorsqu'il était dans la marine. Le médecin qui soignait mon époux en a eu connaissance et, comme cette mort était tout à la fois abominable, répugnante et exceptionnelle, il a prévenu le commissaire, M. du Fontenay. À dire vrai, on m'a rapporté que Picard était soupçonné d'avoir fait avaler son breuvage à mon mari. Mais pour ma part, je n'en ai pas appris plus. Je n'ai pas connu Picard et tout ce que je sais, c'est qu'il fréquentait le cabaret du *Grand Cerf*.

Louis hocha la tête machinalement. L'histoire de la jolie veuve se tenait.

— Bien, sans doute irai-je y faire un tour. Pourriez-vous aussi me donner l'adresse du médecin qui a soigné votre époux, cela me sera peut-être utile ?

Il s'arrêta, hésitant quelque peu à insister.

— Je crois que je n'ai pas d'autres questions à vous poser. Je vais vous laisser maintenant. (Il hésita encore, puis demanda :) Avez-vous besoin de quelque chose ?

Elle le considéra cette fois avec un mélange de vénération et de gratitude.

— Merci, monsieur. Mon frère vit avec moi et s'occupe de tout ce qui m'est nécessaire.

Elle ajouta avec un triste sourire et en baissant les yeux :

— Le médecin s'appelle Guy Renaudot, il habite rue de la Verrerie.

— Votre frère travaille, je crois ?

— Oui, au Louvre où il est garçon d'office. Il m'aide beaucoup et je ne manquerai de rien. Je vous l'assure.

Louis n'insista pas. Il s'aperçut alors qu'il n'avait pas lâché la main de la jeune femme mais qu'en fait, c'est elle qui le retenait. Il se dégagea doucement et il allait prendre congé quand une dernière question lui vint à l'esprit.

— Excusez-moi d'être indiscret, mais... cette maison... Il fit un geste désignant les lieux et les meubles. Votre mari était riche ?

— Non, répondit-elle en secouant adorablement la tête. Cette maison est à moi, elle me vient de mes parents ainsi qu'une confortable rente.

Et elle ajouta en soupirant :

— Je sais malheureusement que les soupirants vont être nombreux désormais...

De nouveau, elle dévisagea affectueusement Louis. Celui-ci prit un air bourru.

— Je l'espère pour vous, encore merci.

Cette fois, il la quitta. Mais il ressentait une étrange émotion qui le troubla. Dans la rue, il prit conscience qu'il avait quitté la jeune femme à regret, qu'il aurait aimé la consoler. Et qu'elle l'aurait accepté.

Mécontent de lui, et d'elle, il se rendit à l'auberge voisine.

Oui, on connaissait le cabaret du *Grand Cerf* : il se tenait derrière l'Hôtel de Ville.

— Mais..., grimaça le cabaretier dans un ricanement moqueur... C'est un endroit mal famé, crasseux et fréquenté par une populace de crapules et de marauds. Je vous déconseille d'y aller, sauf si vous aimez les ennuis !

Diable ! se dit Louis en remontant sur son cheval, Gaston m'entraîne dans une drôle d'aventure.

Pourtant, ignorant le conseil de l'aubergiste, il se dirigea vers le bouge. Il avait l'habitude de ce genre d'enquête et ne s'inquiétait pas outre mesure, même s'il avait décidé d'être prudent.

L'endroit n'était pas celui qu'on lui avait décrit. Il était pire !

Une populace de clercs, de truands, de gueux et de portefaix se tenait bruyamment attablée sur des bancs qui avaient connu une meilleure époque. Des servantes, ou plutôt de foutues drôlesses aux corsages échancrés parfois jusqu'à la taille, chahutaient dans la salle au milieu des cris et des chants de beuverie. De petits groupes plus silencieux jouaient aux cartes et aux dés, assis sur des tonneaux coupés en deux.

Personne ne prêta attention à Louis qui se dirigea vers celui qui semblait être le patron. C'était un gros bonhomme avec un tablier de cuir marron. Les cheveux coupés ras comme un galérien. Peut-être à cause des poux ? À moins qu'il ne fût effectivement un ancien galérien car il avait une oreille coupée, ou arrachée, châtiment fréquent chez les évadés de la chiourme royale.

Louis composa son air consciencieux de notaire scrupuleux en s'adressant à lui.

— Monsieur... Je m'occupe de la succession du sieur Cléophas Daquin qui fréquentait votre cabaret. J'ai trouvé dans ses papiers une reconnaissance de dette envers un nommé Picard. Je suis mandaté pour la payer.

L'autre le dévisagea avec stupidité.

— Holà ! Daquin avait donc de l'argent ?

Ensuite, il prit un air chafouin et ajouta en plissant les yeux, sans dissimuler sa cupidité :

— Mais… Daquin avait aussi une ardoise chez moi… heu… De trente sols. Vous allez me la payer ?

Louis hocha la tête avec sérieux.

— Dès que j'aurai remboursé Picard, préparez-moi donc un mémoire écrit, et portez-le à notre étude.

L'autre, qui ne savait sûrement pas écrire, haussa les épaules en comprenant qu'il n'aurait rien.

— Ah ! Tant pis ! Picard a disparu, mon bon monsieur, on ne l'a plus vu depuis une semaine…

— Où habite-t-il ?

Le gargotier le regarda un instant avec un air soupçonneux, puis lui tourna le dos pour soulever un tonneau.

— Savez-vous où on peut le trouver ? insista Louis.

— Faites le tour des tripots et des bordels de Paris, lui jeta l'autre sans se retourner.

Et il descendit dans sa cave.

Louis comprit qu'il n'en tirerait plus rien et sortit du bouge.

Il ne lui restait plus qu'à retourner au Grand-Châtelet. Gaston pourrait être tout de même satisfait de lui puisqu'il lui rapportait des faits tangibles et le nom d'un criminel. Mais les questions sans réponse restaient nombreuses.

Picard aurait assassiné Daquin en lui faisant absorber du poison qu'il avait ramené des îles. Mais pour quelle raison ? Quel était le motif de ce meurtre ?

Ensuite, Picard aurait disparu. Louis pouvait en comprendre les raisons, si la police le recherchait. Mais où était-il ?

D'autre part, Fontrailles avait assassiné le commissaire qui enquêtait et recherchait justement Picard. Pour quelle raison ? Pour protéger Picard ?

Quels liens y avait-il entre le marquis de Fontrailles et cet huissier, Daquin ?

Par ailleurs, Fontrailles avait emprunté un fusil à air avec un ordre du Saint-Office. Cet ordre était-il vrai ou faux ? Et y avait-il un autre lien avec l'Espagne ?

Finalement, après avoir retourné et mélangé tous les faits dont il avait connaissance, Louis n'apercevait malgré tout aucun fil conducteur entre le marquis de Fontrailles, Picard et les Daquin. Peut-être Gaston aura-t-il découvert autre chose, espéra-t-il.

En chemin, il se prit à repenser à la belle Anne Daquin.

Il était toujours sous son charme. Mais cette femme était aussi un mystère. Il conservait la fugitive impression que, s'il avait été un peu plus galant, il n'aurait eu aucune difficulté à la séduire. Et elle habitait une bien belle maison. Lui venait-elle vraiment de ses parents, ou d'une autre activité plus en rapport avec ses toilettes et ses appas ?

Il songea alors à Marion de Lorme, si séduisante elle aussi. Mais c'était son métier.

Il se promit de vérifier.

Au Châtelet, Louis dut attendre plus d'une heure avant que son ami n'arrive. Une fois réunis tous deux dans son bureau, le commissaire l'écouta attentivement en prenant des notes. Cependant, lorsque ce fut à lui de parler, il fut évident qu'il ramenait une moisson plus riche que celle de Louis.

— J'ai interrogé plusieurs femmes attaquées par le *Tasteur* et encore vivantes, expliqua-t-il, mais les témoignages étaient confus et insuffisants. Pourtant, j'ai pu délimiter assez aisément les quelques rues où il sévit. Je vais faire habiller en femme une vingtaine d'archers du guet et ils rôderont par deux tous les soirs, armés jusqu'aux dents. Tôt ou tard le *Tasteur* se fera prendre.

L'idée fit sourire Louis.

— N'oublie pas de prendre des hommes imberbes, sans cela, il pourrait se douter de quelque chose, sauf si le *Tasteur* aime les femmes poilues...

Gaston ignora la raillerie et poursuivit, impassible :

— À la Bastille, mon prisonnier n'a pas été loquace, pourtant, il sait ce qui l'attend : les faux-monnayeurs sont encore parfois bouillis vivants et ce n'est pas un bain chaud agréable ! Mais peut-être ne sait-il pas grand-chose, après tout. J'ai fait le point avec Laffemas et, avec son accord, il a été convenu qu'un juge-criminel viendrait l'interroger dans deux jours. Tu pourras assister à l'interrogatoire avec moi si tu le souhaites. Dans l'immédiat, la piste de Daquin me paraît peu prometteuse. Je te conseille de l'abandonner. Pourquoi Fontrailles se serait-il intéressé à ce Daquin et à sa jolie femme ?

Louis ne répliqua pas immédiatement, puis proposa sobrement :

— Peut-être avait-il peur que Daquin ne découvre qu'il était un habitué de sa maison...

— Quoi ? Ce monstre avec cette beauté que tu m'as décrite ? Tu rêves ! s'exclama Gaston.

Louis haussa les épaules. Il est vrai que son hypothèse était peu vraisemblable. Sauf si Mme Daquin vivait de ses charmes. Mais alors, son mari n'aurait rien trouvé à redire...

Ils convinrent donc de se revoir mercredi. Louis décida entre-temps d'avancer un peu ses travaux en retard à l'étude.

6

Fin du mois de décembre 1642

Le mercredi 17 décembre, comme Gaston le lui avait demandé, Louis se rendit à la Bastille pour l'interrogatoire du faussaire. Quittant de bonne heure son petit appartement et ayant pris son cheval à l'écurie de *La Grande Nonnain*, il se dirigea vers la rue Saint-Antoine au bout de laquelle se profilait le sinistre bâtiment.

La porte Saint-Antoine marquait les limites de la ville à l'est et s'ouvrait le long des fortifications. Pour pénétrer dans la Bastille, ce gros château de huit tours situé à main droite, il fallait emprunter un large passage tout en bas de la rue, un peu avant la porte.

Ce passage conduisait dans une grande cour entourée de bâtiments dans lesquels logeait le personnel de la prison. De là, à main gauche, on suivait une voie plus étroite qui amenait à un second passage, encore moins large que le précédent, et conduisant à un rébarbatif pont-levis. C'était l'unique entrée de la forteresse.

Après le pont-levis se trouvait une porte de chêne revêtue de fer – elle était ouverte quand Louis se présenta –, puis une grille de poutres de bois recouvertes, elles aussi, de fer. Celle-ci était baissée.

Louis passa la porte et s'arrêta donc à la grille. Derrière elle attendait, en faction, un sergent du corps de garde. C'est à lui qu'il s'adressa, accoutumé à s'expliquer car il avait déjà été interrogé deux fois par des gardes avant d'arriver jusque-là.

— Je suis attendu par M. le lieutenant civil, M. de Laffemas, pour un interrogatoire. Mon nom est Louis Fronsac, chevalier de Mercy.

L'homme le dévisagea un long moment avec la méfiance habituelle des policiers, puis se rendit dans une petite salle consulter un registre. Il ne revint pas mais fit un signe de la main à un soldat et la grille fut levée avec force grincements.

Louis pénétra alors dans la première cour de la prison, la plus grande.

— Vous devrez laisser votre cheval ici pour vous rendre à la tour du Puits où on vous attend, lui cria le sergent.

Louis se retourna vers le soldat. En vérité, il se sentait perdu dans cette immense forteresse. Devant lui se dressait un formidable bâtiment de trois étages dont la terrasse au sommet rejoignait celles des deux tours sur lesquelles il s'adossait. Mais quelle était la tour du Puits ?

— Vous êtes dans la cour d'honneur, expliqua le sergent en s'approchant. Devant vous, c'est le logement du gouverneur et de l'état-major. Il y a un porche, là-bas (il le montra du doigt) qui traverse le bâtiment. Attachez votre cheval aux anneaux, avec les autres, et allez-y à pied. De l'autre côté se trouve la basse-cour avec les accès aux tours. La tour du Puits est celle qui pue le plus, grimaça-t-il en se pinçant le nez.

En même temps, il désignait l'une des tours qui dépassait légèrement du toit du logement du gouverneur.

Louis le remercia et suivit ses conseils.

Une dizaine de soldats ainsi que des domestiques et des garçons d'écurie vaquaient à leurs occupations dans la cour et l'ignorèrent. Il attacha son cheval à un anneau et passa le porche pour déboucher dans la basse-cour.

Louis savait que chaque tour avait un nom. Certaines étaient réservées aux prisonniers de marque qui bénéficiaient d'un certain confort et disposaient même de domestiques. Par contre, dans les sous-sols et dans la tour du Puits – qui était la seule non chauffée –, on enfermait les détenus sans utilité ni intérêt pour le gouverneur ou les geôliers. Ces hôtes ne pouvant protester contre leur inconfort, les cuisines et les écuries utilisaient une partie de la cour devant cette tour pour y abandonner ordures, fumier et excréments. L'odeur y était effroyable.

Au pied de la tour du Puits se trouvait une porte basse, Louis s'y dirigea, puis l'ouvrit en essayant de ne pas inspirer tant la puanteur était insupportable. Quelques rats lui filèrent entre les jambes.

Il se retrouva dans une petite pièce sombre et voûtée où se tenaient, dans l'ombre, un officier et un exempt. Après quelques secondes, le temps que ses yeux s'habituent à l'obscurité, il distingua, dans un recoin, Gaston en compagnie du lieutenant civil Laffemas qu'il avait déjà aperçu plusieurs fois au Châtelet. Tous deux semblaient plongés dans une discussion fort animée.

Louis s'approcha d'eux bien que la présence du lieutenant civil le rebutât. Isaac de Laffemas était un petit homme à l'aspect sévère et dur – renforcé par une barbiche pointue –, toujours vêtu de toile noire bon marché et chaussé de courts souliers à boucles de fer.

Malgré sa position, Isaac de Laffemas, scrupuleusement honnête, ne s'était pas enrichi dans sa charge.

Louis n'ignorait pas qu'il était issu d'une petite noblesse puisque son père était valet de chambre d'Henri IV. Laffemas avait commencé sa vie en désespérant ses parents car il avait choisi d'être comédien ! Cependant, il avait rapidement repris ses études pour devenir avocat, puis procureur du roi, et enfin maître des requêtes.

Nommé intendant de justice en Picardie, sa capacité de travail et surtout sa fermeté avaient attiré l'attention de Richelieu qui l'avait nommé lieutenant civil en 1639, chargé de rétablir la sécurité dans Paris.

Créature du Cardinal, il était devenu le bourreau du *Grand Satrape*. Il était d'ailleurs fort satisfait de la terreur qu'il faisait régner autour de lui. Un jour qu'il faisait beau, il avait même déclaré en se rendant à une exécution : *Belle journée pour pendre* !

Sur son lit de mort, le cardinal ministre avait conseillé à Louis XIII de conserver près de lui un homme si précieux et le *Bourreau de Richelieu* avait donc survécu au changement de régime.

Tout à sa conversation, Gaston ne prit conscience de la présence de son ami qu'au dernier moment. Alors, il s'interrompit pour expliquer à Louis que M. Gailarbé, le juge-criminel, n'était pas encore arrivé, et qu'il était en train de résumer l'affaire en cours à M. le lieutenant civil.

Laffemas, qui avait reconnu Fronsac, lui fit un petit hochement de tête presque amical. Louis le lui rendit, n'oubliant cependant pas que ce même Laffemas l'avait envoyé en prison quelques mois plus tôt et n'aurait eu alors aucun scrupule à le faire torturer ou même pendre.

Heureusement, avant que ne s'installe entre eux un silence pesant, un greffier arriva en trottinant, suivi d'un magistrat habillé d'une robe noire et portant le petit chapeau carré des juges-criminels.

Le juge Gailarbé était sec, jaune de visage, sans expression aucune et semblait aussi jovial et bon vivant qu'un cadavre de huit jours. Gaston s'avança vers lui et ils allèrent parler un bref instant à l'officier de garde qui, après avoir dévisagé le lieutenant civil et Louis, leur fit signe de suivre son sergent.

Ils longèrent un couloir qui partait de la tour et au fond duquel descendait un escalier qui les conduisit à un premier sous-sol. L'exempt – un sergent à verge – les précédait. L'endroit était lugubre, humide et sale. Il s'en dégageait des odeurs de moisissure lourdes et écœurantes.

Le sergent ouvrit une grille passablement rouillée qui grinça tristement. Un nouvel escalier, recouvert de gluants lichens verdâtres, aux marches inégales descendait vers les cachots. Ils avançaient lentement en se tenant aux pierres des murs pour ne pas glisser. Par moments, quelques faibles mais terrifiants gémissements se faisaient entendre.

En bas, ils débouchèrent dans une large galerie voûtée et couverte de sable qui s'étendait loin devant eux. Les murs étaient partout profondément rongés par le salpêtre et un énorme rat noir courait au loin devant eux. Un petit ruisseau gargouillait dans des rigoles de part et d'autre de la galerie. Gaston remarqua que Louis frissonnait.

— C'est ici que se trouvent les salles de question. Ce corridor galerie fait communiquer les tours entre elles.

Il montra les filets d'eau.

— Il se situe un peu au-dessous des fossés extérieurs et du canal qui rejoint la Seine.

Sa voix résonnait et Louis ne répondit pas. Personne n'avait envie de parler.

Le large et sombre couloir était faiblement éclairé par des torchères fumeuses et de chaque côté de lourdes portes couvertes de fer s'ouvraient probablement sur l'enfer. Après un tournant, ils distinguèrent une table placée dans le passage, puis deux guichetiers vautrés sur un banc vermoulu. Le corridor s'élargissait et le petit groupe s'arrêta devant les gardiens qui affichaient un air mi-abruti mi-féroce sur leur visage tellement blafard qu'il en était répugnant.

Curieusement, ils étaient tous deux chauves.

Le greffier s'adressa à l'un d'entre eux qui se leva et, d'une démarche chaloupée, les conduisit en silence à une porte – plus loin dans la galerie –, qu'il ouvrit avec une des clefs de l'immense trousseau qu'il portait à la ceinture.

Ce ne fut pas l'architecture ogivale de la pièce dans laquelle ils pénétrèrent que Louis remarqua en entrant mais la table placée sur l'un des côtés de la salle. Un prisonnier pâle et amaigri, nu jusqu'à la ceinture y grelottait.

Deux gardes et un homme tout de noir vêtu, assez élégant et portant moustache, s'activaient autour de lui. Louis devina le questionneur-juré dans l'homme en noir. D'après ce que Gaston lui avait dit, ce devait être Noël Guillaume, le frère de l'exécuteur de la haute justice de la prévôté de Paris. La salle était glaciale, il frissonna à son tour.

Essayant de se convaincre qu'il n'était pas directement concerné, Louis se plaça à l'écart alors que les gardes étaient en train d'attacher l'homme sur la table. Il avait bras et jambes pendants, la tête en arrière. Ses mains furent fixées à un anneau sur le mur, situé à environ une demi-toise du sol, et ses pieds à un second anneau scellé dans le sol. Le prisonnier se laissait faire. Il paraissait résigné au terrible interrogatoire qui l'attendait. Lorsque tout fut prêt, le juge-criminel s'approcha du détenu et, d'une voix ennuyeuse et fatiguée, lui déclara :

— Gilles le Robert – dit *Le Mulot* –, vous allez être questionné en présence de M. Laffemas, lieutenant civil et de M. de Tilly, commissaire. M. Fronsac sera témoin et je suis le juge-criminel. Voici un Évangile, je vous demande de prêter serment et d'assurer de dire la vérité.

Il lui tendit le livre pendant que le greffier notait tout ce qui était déclaré. L'homme jura d'une voix tremblante. Le magistrat reprit, impassible, d'un ton monotone et indifférent :

— Vous allez subir la question préalable ordinaire de quatre pintes d'eau, après quoi vous serez interrogé sur vos activités de faux-monnayeur. Si vos réponses sont satisfaisantes, la question s'arrêtera là. Sinon, vous subirez une question de huit pintes d'eau. Auparavant, et suivant la procédure codifiée, vous serez arrosé d'eau froide.

Le tourmenteur-juré s'approcha de la victime qui roulait maintenant des yeux effarés et lui jeta un seau d'eau sur tout le corps. La pièce était glacée et très rapidement le prisonnier devint bleu et eut une affreuse chair de poule. Cette méthode barbare, d'usage habituel, avait pour but d'ôter toute volonté au prévenu.

Après quoi, le bourreau lui plaça un entonnoir de cuir dans la gorge pendant que son aide lui serrait fortement les narines. Huit pots coquemarts emplis d'eau étaient à ses pieds. Il en saisit un et entreprit de le vider dans l'entonnoir.

Louis observa avec effroi le ventre du prisonnier gonfler horriblement, le tout accompagné d'abominables gargouillis. L'homme aurait pu parler avant de subir la question, mais la procédure criminelle était telle que la question devait précéder l'interrogatoire. La torture était alors dite préalable. C'est ce qu'avait décidé Laffemas qui pensait que le sujet aurait ainsi de meilleures dispositions pour parler. D'autant que *Le Mulot* avait déjà eu une question préalable à l'eau glacée – dite du petit tréteau –, quelques jours auparavant, et qu'il n'avait pas parlé.

Les deux premiers seaux vidés, l'homme fut détaché, on l'aida à s'asseoir pendant qu'il reprenait son souffle. Il grelottait de plus en plus en claquant des dents et était entièrement bleu.

Le juge reprit :

— Vous avez été arrêté après avoir donné plusieurs écus de fer recouverts de peinture argentée dans des cabarets. On a retrouvé dans votre logis près de cinquante écus de ce type. De qui les teniez-vous ?

— Je... l'ai... déjà... dit, haleta l'homme, j'ai trouvé... ce sac d'écus... un soir... dans une ruelle. Je ne sais... rien de plus...

Le juge regarda Laffemas et Gaston, les interrogeant du regard. Laffemas ordonna alors au bourreau d'une voix dans laquelle perçait une certaine satisfaction :

— Continuez, monsieur Guillaume, deux autres seaux...

C'est à ce moment que Louis intervint ; il n'en pouvait plus.

— Puis-je questionner le prisonnier ? demanda-t-il au lieutenant civil.

L'autre hésita une seconde, puis hocha la tête avec une grimace de contrariété.

On allait perdre du temps, songeait-il, mais il savait aussi que Louis Fronsac avait l'oreille de Mazarin et mieux valait le laisser faire.

Le chevalier de Mercy s'adressa alors à l'homme :

— Vous avez été interrogé par le commissaire du Fontenay quand vous avez été arrêté ?

— Oui... monsieur.

— Savez-vous ce qui s'est passé ensuite ?

L'homme hocha négativement la tête tout en frissonnant.

— Il a été assassiné, poursuivit Louis d'une voix sans chaleur. Sans doute par ceux qui vous ont remis ces fausses pièces. Ainsi, nous savons que vous n'avez pas trouvé ce sac, sans cela ils n'auraient pas pris la peine de tuer un commissaire. Babin allait découvrir quelque chose et nous allons bientôt savoir quoi. Quant à vous, vous êtes complice du crime et c'est indirectement par votre faute que ce commissaire est mort. Ne croyez donc pas vous en tirer avec quelques années de galère, vous serez probablement roué en place de Grève ou écartelé par l'exécuteur de la haute justice. Pire, vous serez peut-être bouilli dans l'huile puisque c'est le châtiment des faux-monnayeurs. On vous l'appliquera d'autant plus justement que vous êtes responsable de la mort d'un officier du roi. Et vous subirez en plus une question extraordinaire avec les brodequins.

— Mais... je n'y suis pour rien.

L'homme roulait maintenant un regard affolé vers ses tourmenteurs devant cette énumération de supplices effroyables.

Louis haussa les épaules et prit un air indifférent.

— Tans pis pour vous ! Il faut bien que quelqu'un paye. Donc ce sera vous... Toutefois, si vous parlez, je suis certain que M. Laffemas pourrait accepter de vous libérer après seulement quelques mois de cachot...

Laffemas eut une expression de surprise qui ne dura qu'une fraction de seconde car il comprit soudainement où Louis voulait en venir. Il opina finalement du chef. Le juge et le bourreau, moins vifs, froncèrent les sourcils pour marquer leur vive désapprobation. Le bourreau plus encore, car il recevait un payement pour chaque torture et libérer un prisonnier signifiait un appauvrissement pour lui.

Il était évident que *Le Mulot* hésitait. Il prit finalement un air chafouin et sembla prêt à négocier.

— Je ne serai plus torturé et je serai libéré ? Ai-je votre parole ?

— Vous avez la mienne, cela suffit, répliqua Laffemas d'un ton sec et suffisant.

Il était pressé d'en finir, ayant d'autres détenus à interroger dans la matinée.

— B... bien.

Le prisonnier cherchait ses mots. D'une voix hésitante et entrecoupée de convulsions, dues au froid, il poursuivit :

— Je n'ai pas trouvé ce sac... C'est vrai... On me l'a donné... Mais je n'en sais pas beaucoup plus... Une fois par mois, on fait appel à moi... pour conduire un chariot dans Paris. Il contient des barriques de vin... et je reçois dix pièces d'argent, fausses, à chaque voyage, ainsi que deux véritables...

— Où conduisez-vous ce chariot ? demanda Laffemas ignorant l'état pitoyable du larron.

— Dans un bâtiment, qui sert d'entrepôt. Je peux vous y conduire...

— Et d'où venez-vous ?

— Je vais le chercher à Montmartre. Devant une auberge... On m'avertit habituellement la veille. C'est du vin des vignes du village, enfin, c'est ce qu'on m'a dit, s'excusa-t-il. C'est tout, je ne sais rien d'autre, je le jure sur les Évangiles.

Laffemas fit signe à Gaston, au juge et à Louis de s'approcher, il les entraîna à l'écart.

— Que faisons-nous ? Cet entrepôt et cette auberge ne sont sûrement que des intermédiaires. Nous ne sommes guère plus avancés. Quel est votre avis ?

— J'ai une idée, proposa Gaston, satisfait de la tournure de l'interrogatoire puisqu'il avait enfin une piste à suivre. Laissez-moi faire...

Ils revinrent vers le prisonnier.

— Quand a eu lieu la dernière livraison ? demanda le commissaire.

L'homme réfléchit un moment.

— C'était trois jours avant que l'on me prenne... Je crois...

— Donc, au maximum, il y a trois semaines ?

— Oui, c'est ça... Sans doute...

— Et on fait appel à vous tous les mois... ainsi la prochaine livraison pourrait être dans une semaine ?

— Euh... oui...

Gaston parut satisfait. Il médita un bref instant et poursuivit :

— *Le Mulot*... je suis prêt à vous libérer... définitivement... mais à une condition. Vous allez reprendre votre ancienne vie, expliquant à ceux qui vous le demanderaient qu'on vous a relâché par manque de preuve. Je vais, de mon côté, faire loger quelques hommes à moi près de chez vous. Dès qu'on vous avertira pour la livraison de vin, vous les préviendrez. Ensuite, vous nous laisserez faire. Auparavant, vous allez nous accompagner à cet entrepôt et à cette auberge. Ce marché vous convient-il ?

— Sûr... Et je serai libre, vraiment ?

À son ton, il n'y croyait pas.

— Parfaitement. Simplement, essayez de nous trahir, et c'est la roue. On ne vous quittera pas des yeux, ne l'oubliez pas.

Le prisonnier hocha la tête toujours en frissonnant mais faisant silencieusement comprendre qu'il était bien d'accord. Gaston regarda ensuite Laffemas et le juge qui approuvèrent aussi. D'un geste, ce dernier ordonna au bourreau de détacher le coquin. Ils sortirent tous de la salle et le détenu fut reconduit au greffe. Pour leur part, Gaston, Laffemas, le juge et le greffier décidèrent de partir en voiture close avec lui dès qu'il serait prêt, séché et habillé, et d'étudier ainsi ce qu'était cet entrepôt. Louis ne jugea point utile de les accompagner. Il ne s'agissait plus maintenant que d'un travail de police qui ne l'intéressait pas. Il choisit de rentrer chez lui après que Gaston l'eut assuré de le tenir au courant des résultats de leurs investigations.

Deux jours plus tard – c'était une fin d'après-midi humide et glaciale –, Louis venait de terminer une longue discussion de près de deux heures avec Gaufredi au sujet de son domaine de Mercy et ils allaient partir ensemble manger à *La Grande Nonnain qui Ferre l'Oie* – l'auberge proche de leur logement – quand Gaston se présenta. Le commissaire accepta volontiers de se joindre à eux pour le repas.

Après le froid qui sévissait à l'extérieur, l'auberge donnait l'impression d'être une antichambre de l'enfer tant la chaleur qui y régnait était ardente.

La Grande Nonnain était une taverne d'une certaine tenue, fréquentée essentiellement par la bourgeoisie cossue et la noblesse du quartier. Ici point de truands, de mendiants, de portefaix ou de garces. La grande salle était propre et son sol couvert de paille fraîche changée tous les deux jours. Deux généreuses cheminées consumaient lentement de petits troncs d'arbres.

Devant l'un des âtres, des tréteaux métalliques et des crémaillères supportaient d'immenses broches sur lesquelles étaient enfilés des perdreaux, des pigeons et des faisans. Dans la seconde cheminée des marmites de cuivre rouge et des chaudrons pendaient aux crémaillères. Il s'en dégageait une odeur délicieuse.

Entre les deux foyers se dressaient une dizaine de grandes tables où l'on pouvait tenir à vingt sans être serré.

Quand nos amis entrèrent, et bien que la salle ne fût pas pleine, Louis se dirigea vers le fond. Là se situait une plus petite pièce avec des tables seulement pour quatre. C'est ici qu'habituellement il se faisait servir par une jeune et accorte servante.

Nos trois compagnons s'assirent dans un coin éloigné d'où ils pouvaient surveiller l'assistance et la grande salle. C'était une vieille habitude de Gaston, qui, en policier, gardait toujours un œil aux aguets.

Ils se firent servir des faisans et du vin de Beaune accompagnés d'un plat de fèves cuites. Tout fut dévoré de bon appétit, en jetant au fur et à mesure les os et les déchets par terre comme c'était l'usage dans les auberges. Les quelques chiens qui erraient dans les salles pouvaient ainsi se régaler.

Lorsque les assiettes furent presque vides et les mains essuyées aux vêtements, Gaston, repu et réchauffé, tant par le vin que par la fournaise des cheminées, prit la parole :

— Tu dois avoir hâte de savoir où j'en suis ?

Louis opina en terminant son verre.

— Nous nous sommes rendus à l'entrepôt. Il était fermé et j'ai passé ces deux journées à interroger discrètement les gens du quartier.

Le hangar sert effectivement à emmagasiner du vin. Devine un peu pour qui...

Louis fit un signe de négation rapide et Gaston eut un sourire satisfait. Il adorait ce genre de devinette.

— Pour l'ambassade d'Espagne ! C'est donc bien Fontrailles qui doit être derrière toutes ces manigances. Dans le temps, les Espagnols payaient en or, maintenant qu'ils sont ruinés, il ne leur reste que la fausse monnaie d'argent ! Décidément, dit-il d'un ton lugubre qui fit sourire Louis, ils sont tombés bien bas...

L'Espagne ! Effectivement tout s'expliquait ! Fontrailles avait toujours été très lié à la maison d'Autriche. Il avait dû organiser ce trafic pour elle et tuer le commissaire parce que ses investigations devenaient dangereuses. Restait à savoir ce que contenaient exactement les barriques. Louis s'en ouvrit à son ami.

— Pour le moment, nous attendons, répliqua Gaston la bouche pleine. *Le Mulot* n'a pas donné de nouvelles de lui. Et l'auberge d'où part le chariot ne semble pas liée au trafic.

Il ajouta presque en s'excusant :

— Et pour ne pas donner l'éveil, tu te doutes bien que nous n'avons pas posé trop de questions...

Effectivement, il n'y avait plus qu'à attendre. Par curiosité, pourtant, le chevalier interrogea son ami sur ses autres enquêtes en cours.

— Que devient le *Tasteur* ?

— Pour lui aussi, j'ai du nouveau. Hier, il a attaqué une femme et l'a défigurée. D'après son médecin, elle ne survivra pas. Laffemas veut des résultats : j'ai maintenant dix-huit agents en cotte et bavolet tous les soirs dans les rues. Ce monstre finira bien par s'en prendre à elles – enfin à eux !

Louis retint un sourire et s'enquit :

— Pour la mort de Daquin ? Dois-je poursuivre mes investigations auprès de sa femme ?

Gaston secoua négativement la tête en sauçant son assiette.

— Pour le moment, je pense que tu peux laisser tomber, il est inutile que je te fasse perdre ton temps. L'Espagne est une bien meilleure piste.

Gaston les quitta peu après. Gaufredi regagna son grenier et Louis, sa chambre. Il aurait donné gros pour savoir ce que contenaient les fameuses barriques de l'entrepôt espagnol, mais c'était Gaston qui était l'officier de police.

Les journées passèrent, de plus en plus froides. Louis avait essayé d'avoir un entretien avec le maréchal de Bassompierre, toujours emprisonné à la Bastille, mais sans succès. Il envisageait de demander directement une entrevue à Laffemas – bien qu'il répugnât à une telle supplique – car le lieutenant civil pourrait lui obtenir une autorisation.

Le froid s'accentuait chaque jour et il gelait maintenant souvent à l'intérieur des maisons. Le matin, le vin était figé dans les bouteilles, qui éclataient parfois.

Louis fêta la Nativité avec ses parents et Julie, faisant et refaisant ensemble des comptes pour chiffrer la remise en état de Mercy, réduisant peu à peu leurs projets pour les ajuster à leur médiocre situation financière.

Le lendemain de Noël, alors qu'il se préparait pour la soirée prévue chez Mme de Rambouillet, il reconnut le bruit de cavalcade que faisait Gaston lorsqu'il gravissait à toute allure son escalier. Son ami entra sans frapper en rugissant de joie.

— On les a eus, Louis ! Le transport a eu lieu ce matin, le chariot a été arrêté dans l'entrepôt. Tout a été fouillé ! Il y avait dans certaines barriques des armes, des uniformes de gardes, et plusieurs coffres de fausses pièces ainsi que de véritables écus espagnols. Laffemas se frotte les mains. L'Espagne niera, mais nous venons de lui porter un rude coup. Dieu sait ce que ces gens-là voulaient faire !

— Et les prisonniers ?

Gaston fit la moue et eut un geste évasif.

— Ils ne savent rien. On les torturera, bien sûr, par précaution... tout ce qu'on a pu apprendre, c'est que le chargement venait de Belgique par plusieurs itinéraires différents.

Ainsi, l'énigme de la mort de Babin du Fontenay paraissait complètement résolue. L'esprit plus libre, Louis pouvait donc se consacrer à la préparation de la soirée à l'hôtel de Rambouillet. Pourtant, deux ou trois observations qu'il avait faites durant sa courte enquête ne semblaient pas trouver de place dans la solution qui se faisait jour et il ressentait un certain malaise, une étrange gêne, qu'il ne pouvait expliquer.

Le vendredi soir, vêtu d'un habit de satin formé d'un pourpoint long plissé et de bas-de-chausses à canons – l'ensemble lui avait coûté la fortune de cinquante livres ! – et chaussé d'une paire de bottes en cuir de vache aux revers épanouis, presque neuve, Louis s'examina une dernière fois dans son miroir. Sa chemise blanche agrémentée de rubans noirs parfaitement noués était propre, ainsi que ses bas de soie : il était fin prêt.

Il descendit son escalier. Nicolas l'attendait dans la rue pour le conduire à l'hôtel de Rambouillet dans le carrosse familial. Il ne pouvait en effet se permettre d'arriver tout crotté, et comme certains, de changer de chaussures sur place !

Le trajet passa rapidement, la ville semblait déserte.

La cour de l'hôtel de Rambouillet était emplie de voitures et de chevaux et il fallut toute l'habileté de Nicolas pour y ranger le carrosse. Une très vive animation régnait déjà dans l'habitation et, lorsque Louis fut introduit dans la Chambre Bleue, la surprise le cloua sur place : jamais il n'y avait vu une telle affluence ! Durant un instant, il chercha des yeux la marquise, mais elle n'était pas encore présente, sans doute se reposait-elle dans son oratoire comme elle en avait l'habitude lorsque c'était la cohue des grandes réceptions.

Il s'avança finalement, se frayant un difficile passage entre les groupes.

Plusieurs alcôves et appartements en enfilade avaient été exceptionnellement ouverts et communiquaient ainsi avec la salle d'apparat. De telles réceptions étaient de plus en plus rares à l'hôtel ; la marquise préférait maintenant recevoir l'après-midi ses amis intimes et ne trouvait plus de plaisir à ces fastueuses réunions. C'était d'ailleurs pourquoi elles étaient si recherchées ! Ambassadeurs, magistrats, Grands du royaume, hommes de lettres ou de science, chacun cherchait désormais à s'y faire inviter et surtout à se faire voir.

Ce soir, la cohue était visiblement à son comble. Dans les alcôves avaient été installés des buffets surmontés d'aiguières et de flacons de vins. Les nombreux domestiques circulaient et présentaient aux invités des gobelets remplis de clairet de Bezons ou de cru de Beaune. Les vins préférés de la marquise.

On apercevait partout des amoncellements de plats de viandes coupées et placées en pile, des fritures, des jambons préparés de diverses façons, des citrons, des oranges et des olives, des beignets, des gâteaux feuilletés, des tourtes, des crèmes et des noix confites. En passant devant ces ripailles, Louis ne pouvait s'empêcher de songer aux pauvres gens de Mercy qui avaient faim chaque jour.

Des rires, des gloussements et des cris assourdissants attirèrent brusquement son attention : Vincent Voiture, un verre de clairet en main et entouré de jeunes femmes ravissantes, déclamait d'une voix aussi énergique que persifleuse :

Pour nous saouler, il nous faut des perdreaux,
Force pluviers et force cailleteaux,
Que l'entremets paraisse des plus beaux,
Car il nous faut une chère Angélique,
Pour nous saouler !

Louis s'approcha. Les jeunes femmes appartenaient à l'ancienne bande des *petites maîtresses* d'Anne-Geneviève de Bourbon, devenue depuis quelques mois duchesse de Longueville.

La sœur d'Enghien était là, fine, diaphane, blonde. Sûrement la plus plaisante femme de la

Cour. Elle considérait le poète avec admiration. Pourtant, Voiture ne s'adressait pas à elle mais à son amie, la gracieuse Isabelle-Angélique de Montmorency, cousine éloignée des Condé qui deviendrait bientôt duchesse de Châtillon.

Louis salua les deux femmes, s'attardant un instant sur Isabelle-Angélique en se remémorant, comme à chaque fois qu'il la voyait, la mort ignominieuse de son père François de Montmorency, le comte de Bouteville qui, à vingt-sept ans, avait décidé de braver Richelieu. Avec des amis, Montmorency avait défié en duel dans les jardins de la place Royale – devant toute la noblesse assemblée aux fenêtres – Bussi d'Amboise et deux de ses compagnons afin de montrer à quel point il méprisait les édits du Cardinal. Pour ce délit, il avait été exécuté en place de Grève.

La fille de François de Montmorency était venue ce soir-là pour présenter à Mme de Rambouillet son jeune frère[1] de seize ans qui entrait ainsi dans le monde.

Non loin d'Angélique se tenait Marthe du Vigeant, l'amour déçu du duc d'Enghien, ainsi que Julie d'Angennes, la fille de la marquise. Un peu plus loin, Louis remarqua Marguerite de Rohan, la fille du défunt duc Henri, le capitaine des protestants à La Rochelle et à Alès. La jeune femme était réputée autant pour sa richesse que pour sa vertu.

---

1. Le futur maréchal de Luxembourg.

Toutes ces jeunes beautés portaient corsages à crevés doublés de satin ou de damas avec pourfilures et broderies d'argent. Leurs robes à retroussis étaient décorées de glands d'or avec profusion de dentelles. Outrageusement maquillées et lèvres vermillonnées, toutes avaient le visage couvert de crème ou de céruse et les yeux allongés d'un épais trait noir.

Après avoir échangé quelques mots de politesse avec Julie d'Angennes, Louis abandonna l'essaim des jeunes femmes pour s'avancer plus avant dans la Chambre Bleue.

Il salua bas M. de Rambouillet et le marquis de Montauzier, toujours ensemble, et qui étaient entourés de quelques savants vêtus sévèrement. Derrière eux, un groupe d'écrivains papillonnait autour de Chapelain. Vêtu de guenilles, le fils de notaire fit semblant, comme à son habitude, de ne pas le reconnaître. Louis lui rappelait trop son état de tabellion.

Chapelain était en conversation avec Ménage et l'élégant abbé de la Rivière, l'ami et le conseiller occulte de Monsieur, le frère du roi. Ils se turent tandis que Louis passait près d'eux.

Soudainement, un groupe bruyant et sans-gêne bouscula l'assistance : c'était la troupe *des petits maîtres* avec à sa tête Louis de Bourbon, le duc d'Enghien.

Louis s'écarta promptement et baissa les yeux pour éviter que son regard ne s'attarde sur le hideux visage du prince, son nez de rapace, sa mâchoire décharnée et son menton fuyant.

À l'instant où le duc passa près de lui, il le salua d'une profonde révérence qu'Enghien, qui aimait à fâcher les gens, ignora.

Il écoutait, dédaigneux et maussade, ce que lui murmurait à l'oreille le marquis d'Andelot, Gaspard de Coligny, l'un des fils du maréchal de Châtillon. De quoi parlaient-ils ? Mystère ! Peut-être préparaient-ils déjà l'enlèvement d'Angélique de Montmorency qu'ils devaient réaliser quelques mois plus tard et qui entraînerait le mariage des deux amants. Mais peut-être parlaient-ils aussi d'autre chose... la rumeur circulait qu'Andelot était le mignon du duc !

En tout cas, Enghien paraissait indifférent au discours de son ami tant son maigre visage restait impénétrable.

Louis, comme tout le monde, savait que le petit-fils de Saint-Louis restait mortifié du honteux mariage qu'il avait dû accepter, sur ordre de Richelieu, avec Claire-Clémence de Brézé, une nièce roturière du Cardinal, une petite adolescente chétive et laide, considérée par tous comme une sotte, alors même qu'il était amoureux fou de Marthe du Vigeant, l'amie de sa sœur et de Julie d'Angennes.

Cette mésalliance constituait une flétrissure pour ce jeune homme orgueilleux qui avait reçu une éducation de futur roi. Son livre de chevet était les *Commentaires de César* qu'il lisait en latin. Il était aussi capable, disait-on, de maîtriser n'importe quel traité de mathématiques ou de philosophie. Il correspondait avec des savants et des philosophes de toute l'Europe et il ne lui manquait plus que la gloire de devenir un grand général.

Mais Louis savait aussi par Julie de Vivonne que, si le jeune duc était parfois charmeur, enjoué et familier, il était le plus souvent cassant, violent et cruel. Enghien était un homme complexe et torturé. D'autant plus dangereux qu'il était libertin et athée, qu'il ne croyait ni en Dieu ni en Diable, et qu'il se considérait au-dessus de la morale humaine. Ce n'était pas pour rien qu'il était haï de tant de gens à la Cour !

Le jeune prince était suivi par des amis, cherchant à l'entourer et à le flatter. Les plus proches étaient Charles-Amédée de Savoie, duc de Nemours, et le marquis de Pisany, le fils contrefait de Mme de Rambouillet. Tous deux s'arrêtèrent pourtant quelques secondes pour saluer Louis avec amitié.

Maurice de Coligny, le frère de Gaspard, les rejoignit. Il aurait bien aimé savoir comment ce Fronsac, dont on disait qu'il était un vulgaire notaire, avait été anobli par le roi pour une action que tout le monde ignorait à la Cour. Mais Louis et Pisany n'échangèrent devant lui que des banalités.

Henri Chabot bouscula alors les uns et les autres pour se rapprocher du duc. Le seigneur de Sainte-Aulaye, un cadet de famille sans fortune, avait décidé depuis quelques mois de s'attacher à celle d'Enghien.

— Mes amis, cria-t-il à la cantonade, pour dérider notre prince, je vous propose de danser ensemble une Chabotte avec ces dames !

Il était en effet l'inventeur de cette danse – ce qui constituait son seul titre de gloire ! – avec laquelle il espérait bien séduire Marguerite de Rohan et obtenir ainsi un titre de duc et pair de France[1] !

Mais Enghien n'avait pas envie de danser. Il ignora Chabot avec une offensante expression d'ennui et abandonna Andelot pour s'éloigner avec Amaury de Goyon, marquis de La Moussaie, son aide de camp dont les rumeurs disaient qu'il était – lui aussi ! – son amant.

Mais on rapportait tant de médisances sur le duc ! Ne racontait-on pas qu'il couchait même avec sa sœur !

La bande des *petits maîtres* s'éloigna finalement et Louis soupira de soulagement. Avec ses pauvres vêtements, il s'était senti ridicule devant leurs pourpoints brodés d'or, leurs bas multicolores couverts de broderies, leurs chemises de soie nouées par des galans en fils d'argent et leurs *lazzarines*[2] aux revers en dentelle.

Suivant malgré tout des yeux la bande des petits maîtres, il aperçut Pisany qui, se retournant, lui fit un signe discret signifiant qu'il viendrait le rejoindre plus tard. Louis en fut

---

1. *L'Exécuteur de la haute justice.*
2. Bottes courtes à larges revers.

ému. Il savait que le fils de la marquise le glorifiait au sein de la *Cornette Blanche*, comme on nommait aussi la haute aristocratie des amis du duc, dévoilant à chacun que Louis Fronsac avait non seulement défié Richelieu, mais plus extraordinaire encore : il l'avait vaincu.

Louis reprit sa flânerie dans la Chambre Bleue. Dans une alcôve où quatre musiciens interprétaient, au luth et à la viole, une musique d'Antoine Boësset, surintendant des deux musiques du roi, il remarqua, un peu à l'écart des autres, le prince de Marcillac[1]. Louis le savait amoureux insatisfait de la sœur d'Enghien. Pour elle, il écrirait en vain ces lignes enflammées durant la Fronde.

Pour vous, j'ai fait la guerre aux rois, je l'aurais faite aux dieux !

Marcillac n'était pas un intime d'Enghien, mais plutôt un fidèle de la reine. Il avait la réputation d'être un homme d'honneur, sinon un homme d'action. Ses hésitations, sauf au combat, étaient célèbres. Le cardinal de Retz devait d'ailleurs écrire de lui plus tard : *Monsieur de La Rochefoucauld a toujours eu une irrésolution habituelle, il n'a jamais été guerrier, quoiqu'il fût très bon soldat ; il n'a jamais été bon courtisan, quoiqu'il ait eu toujours bonne intention de l'être ; il n'a jamais été bon homme de parti, quoique toute sa vie il y eût été engagé.*

---

1. Le futur duc de La Rochefoucauld.

Si Louis connaissait Marcillac de vue, la réciproque n'était pas vraie et ce dernier ignora Fronsac. Ils avaient pourtant un point commun que Louis n'ignorait pas : le prince avait épousé une Vivonne, riche parente éloignée de Julie.

Et justement, celle-ci venait d'apercevoir Louis et se précipitait vers lui. Elle arborait une nouvelle robe dont le « manteau », c'est-à-dire la jupe de dessus, entièrement en satin, était relevé sur les bords et attaché par des rubans brodés d'or. Le haut de sa toilette mettait en valeur des manches courtes bouillonnées et un profond décolleté en bateau orné d'un large ruban qui surprit Louis.

— Cette robe est à ma cousine, s'excusa-t-elle avec un peu d'effronterie.

Julie d'Angennes, la cousine, dépensait sans compter pour s'habiller, mais très vite, elle se lassait de ses robes qu'elle ne portait souvent qu'une fois. Ensuite, elle les donnait et les oubliait !

Les deux amoureux se dirigeaient vers un cabinet à l'écart quand Pisany les rejoignit. Il les prit chacun par la main :

— Ma cousine, et toi, Louis, ne restez pas seuls, venez donc avec moi écouter ce que nous raconte Nemours à propos de Vincent.

Ils le suivirent et se rapprochèrent donc de la bande des *petits maîtres*. Nemours y expliquait avec un grand sérieux :

— Vous savez, mes amis, que Vincent Voiture est assez impudent – chacun acquiesça d'un air entendu ou narquois –, il s'est donc mis en tête, lorsque la colique lui prend, de se rendre chez un bourgeois de la rue Saint-Honoré, qu'il favorise ainsi de ses visites. Il demande au valet qu'on lui ouvre et se fait obéir ! Le bourgeois a ainsi découvert trop fréquemment un inconnu sur son siège fécal. N'arrivant pas à interdire l'entrée de notre ami, il a fait poser une serrure à sa pièce d'aisance.

Les rires fusèrent mais Nemours poursuivait, imperturbable :

— Découvrant cette fermeture, Voiture a déféqué devant sa porte et sur ses tapis de soie !

Tout le monde partit d'un immense éclat de rire. Seul Enghien garda un air sérieux, teinté cependant de perplexité. Lorsque l'hilarité eut cessé, le duc intervint, d'un ton qui dissimulait vainement son fou rire.

— En vérité, déclara-t-il les bras croisés sur la poitrine, si Voiture était de notre condition, il n'y aurait pas moyen de le souffrir !

Ainsi Nemours avait enfin réussi à dérider le jeune duc et chacun le félicita.

Voiture était là justement, dans leur dos, et il les écoutait en souriant béatement !

Assis près du feu – pardon, du siège de Vulcain, comme on disait dans les salons –, le poète avait quitté sa troupe d'admiratrices et, avec une incroyable effronterie, il avait ôté ses bas et ses galoches pour chauffer ses *chers souffrants* (ses pieds !) dans l'âtre.

Louis s'approcha de lui en retenant difficilement son rire :

— Tu as beaucoup de succès, mon ami, le railla-t-il. Et pas seulement grâce à tes poésies.

Le poète l'examina d'un air grave. Il était de petite taille, très coquet et élégant, passant chaque jour des heures à sa toilette.

— Ne les écoute pas, Louis, répondit-il pince-sans-rire avec un soupçon de tristesse simulée, je pense qu'ils sont tous jaloux de moi. Avec la mort du Cardinal, je suis maintenant un homme libre, n'ayant plus à me rendre à son Académie[1]. Je peux enfin écrire comme je le veux. Je comprends bien qu'ils enragent tous, n'ayant ni mon talent ni ma beauté...

Le poète s'interrompit brusquement en voyant le marquis de Montauzier s'approcher d'eux. Les deux hommes se haïssaient, partageant tous deux un amour sans borne envers Julie d'Angennes, la *princesse* Julie comme la nommait Voiture.

Pour éviter un incident, Louis fit un signe affectueux au poète et s'avança vers Montauzier en le détournant de la cheminée.

Julie l'avait déjà précédé.

— Chevalier, expliqua le marquis en lui prenant affectueusement le bras, un nouveau théâtre vient d'ouvrir dans notre ville. Julie m'a

---

1. Jusqu'à la mort de Richelieu, Vincent Voiture était en effet contraint d'assister aux ennuyeuses séances de l'Académie.

proposé de nous y emmener. Seriez-vous des nôtres ?

— Avec joie... Pourquoi pas en janvier ?

— Ce serait possible, je serai encore à Paris à ce moment-là, mais pas plus tard, car après, je dois rejoindre mon gouvernement d'Alsace. Vous le savez, les Espagnols sont aux frontières et on s'attend à une reprise de la guerre au printemps...

Ils parlèrent ensuite tous trois de théâtre, puis de mathématiques, le sujet commun préféré de Louis et du marquis.

Montauzier, bien que très jeune, faisait partie de l'élite scientifique de la France, un état fort rare parmi la noblesse. Quant à Julie et Louis, sans être aussi savants que lui, ils avaient tous deux fait de solides études et ils pouvaient comprendre, voire participer, à bon nombre de ces controverses savantes qui étaient débattues dans les salons.

Ils furent soudainement interrompus dans leur discussion par des murmures et des cris qui provenaient de leur droite. Ils se tournèrent donc dans cette direction. Un attroupement s'était formé autour d'un homme très élégant et au fort accent italien.

— Qui est-ce ? Je ne le connais pas, demanda à voix basse Louis à Montauzier.

— C'est Giustiniani, l'ambassadeur du sénat de Venise. Il est très bien informé de tout ce qui se passe à la Cour ! Tenez, allons l'entendre, nous aussi... Ce sera certainement intéressant.

Le Vénitien, satisfait d'occuper l'attention, parlait en faisant de grands gestes avec les bras.

— ... Le cardinal Mazarin s'élève et s'envole, il a toutes les faveurs du roi ainsi que sa confiance et son estime...

Louis vit que le visage d'Enghien, qui s'était aussi rapproché, restait fermé. Il se souvenait que, quelques mois plus tôt, un conflit de préséance avait éclaté entre l'Italien et le prince de sang. Et que Richelieu avait tranché : un cardinal passerait toujours devant un prince de Condé.

Enghien n'avait jamais accepté cette humiliation.

Giustiniani poursuivait :

— Sa Majesté jouit d'une entière et excellente santé. Son esprit est désormais tranquille, il s'est installé à Saint-Germain où il travaille et reçoit ses ministres. Je peux vous confier un secret : le roi dort comme un enfant toutes les nuits. C'est un nouveau règne qui s'annonce !

» Il a récemment invité Monseigneur Mazarin à dîner avec lui, extrême honneur !

Des chuchotements réprobateurs se firent entendre. Le roi, âgé de 42 ans, n'était guère aimé.

Tuberculeux, atrabilaire, cruel, sournois, avare, jaloux et méfiant, ses défauts auraient rempli des livres. Louis XIII avait toujours été sous la dépendance de favoris ou de favorites quand il n'était pas l'esclave du Cardinal. Incapable de s'exprimer avec grandeur – ce n'était pas pour rien qu'on l'avait surnommé Louis le Bègue ! – il n'était guère respecté que pour son sens de l'honneur et de la justice.

Le prince de Marcillac intervint :

— Et ceux qui ont subi les foudres du *Grand Satrape* ? Que deviennent-ils dans tout cela, vous qui êtes si bien informé ?

— Écoutez... je vais vous confier un autre secret..., fit Giustiniani en faisant un signe, de l'index, pour que le prince s'approche de lui.

Tout le monde se mit à rire.

— M. Mazarin insiste auprès du roi, depuis trois jours déjà, pour le retour en grâce de M. de Tréville...

Le Vénitien ajouta plus bas et en roulant les yeux, comme s'il parlait dans une alcôve à quelque conspirateur de la Sérénissime :

— ... Et ce matin, Mme de Vendôme et son fils François de Beaufort sont rentrés à Paris ! Le roi l'a appris avec calme et leur a seulement demandé de retourner à Vendôme. Il est trop tôt pour qu'ils reviennent à la Cour.

» Par contre, Sa Majesté a quand même interdit le retour de son demi-frère[1] en France, et il n'a pas cru aux regrets du duc de Guise, pourtant écrits dans les termes les *plus touchants du monde*..., le porteur de la lettre du duc a été jeté à la Bastille !

---

1. Le duc de Vendôme, le père de Beaufort.

Il y eut cette fois un considérable murmure dans l'assistance en entendant ces stupéfiantes nouvelles : Tréville, capitaine des mousquetaires compromis dans le complot de Cinq-Mars, avait tenté d'assassiner Richelieu quelques mois avant la mort du ministre. Il en avait informé Louis XIII et on disait alors que le roi s'y était opposé uniquement pour des raisons religieuses : *Il est prêtre. Je serai excommunié...* avait objecté le roi.

Seulement Richelieu avait eu connaissance de la tentative ratée et avait fait renvoyer Tréville et ses complices de la Cour. Mais depuis, chacun savait que le roi regrettait son fidèle capitaine. Le retour prochain de Tréville était donc fort plausible.

Par contre, en ce qui concernait les Vendôme, cette descendance bâtarde de Gabrielle d'Estrées et d'Henri IV, c'était une autre affaire !

Les relations entre les bâtards et le roi – leur cadet, ne l'oublions pas – étaient plus que détestables. César et Alexandre, les fils de Gabrielle – à qui le Vert Galant avait promis le mariage – haïssaient déjà Louis XIII lorsqu'ils n'étaient tous que des enfants.

Déjà, le futur roi traitait leur mère de putain.

Les Vendôme, qui se considéraient comme héritiers légitimes, devaient ensuite comploter durant tout le règne, et Alexandre – le Grand Prieur du Temple – devait finir ses jours en prison en 1629, après la conspiration de Chalais.

César, plus chanceux, avait cependant été compromis à son tour en 1641, et avait dû s'enfuir en Angleterre. Personne ne l'avait regretté. César n'était ni aimé ni respecté. *C'était un vilain homme, honteux dans ses goûts, lâche dans sa conduite*, disait-on de lui. Mais il était redouté tant pour sa violence que pour sa méchanceté et sa fourberie.

Son fils aîné, François, duc de Beaufort, n'était heureusement pas le portrait de son père. Beau, courageux, adroit au métier des armes – c'était le meilleur tireur au pistolet de France –, il voulait qu'on le considère comme un nouvel Henri IV et il était idolâtré tel un dieu par le peuple de Paris.

Beaufort aurait certainement pu faire un bon roi, mais à une seule condition : qu'il fermât la bouche ! Car dès qu'il parlait, le charme était rompu et les rires se faisaient entendre : élevé à la diable, n'ayant jamais eu de précepteur ni de professeur, Beaufort ne savait pas s'exprimer et n'utilisait que l'argot parisien, le seul langage qu'il eût appris dans les camps militaires où il avait passé son enfance.

On disait d'ailleurs que ni lui ni son frère ne savaient lire !

Mais Beaufort n'avait que faire de ces ricanements, il se considérait comme un nouveau Preux. Dans l'idéal populaire, il désirait prendre la place de *M. le Comte* – le fameux comte de Soissons – ce *dernier des héros*, selon l'abbé de Retz, qui était mort malencontreusement alors qu'il tentait de ravir le pouvoir à Louis XIII, l'année précédente, à la tête de troupes espagnoles !

C'est que Beaufort, petit-fils de roi, était aussi un excellent capitaine ; c'était lui le vainqueur à Arras, en 1640. Enghien, répétait-il toujours avec fatuité, n'y avait joué qu'un rôle secondaire. Et si son retour à la Cour n'était plus qu'une question de jours, Beaufort pouvait y espérer la première place près du roi.

Et donc se rapprocher ainsi du trône.

Tout le monde y pensait en écoutant Giustiniani.

Enghien, le visage fermé et livide, tourna les talons, suivi aussitôt de sa sœur.

Le manège du prince n'avait pas échappé à Fronsac. Lui aussi pouvait avoir des raisons de s'inquiéter du retour des Vendôme. Des raisons privées redoutables pour sa famille[1]. Il resta donc à écouter encore l'ambassadeur.

— ... Oui, Mgr Mazarin s'élève, mais du Noyers s'élève aussi, le *Jésuite galoche*, comme on l'appelle, a toute l'affection du roi, qui refuse de travailler sans lui ! Il semble bien que du Noyers soit – *de facto* – le premier des ministres. Il faut dire qu'il a l'appui du confesseur du roi, qui est aussi le directeur de conscience de la reine : le père Vincent.

Le Vénitien eut un sourire malicieux.

---

1. Voir : *Le Mystère de la Chambre Bleue.*

— J'ai tout de même l'impression que cela fâche quelque peu M. Chavigny...

» ... Mais nullement Mgr Mazarin qui semble beaucoup apprécier M. du Noyers. Y comprenez-vous quelque chose ?

— Et Monsieur ? demanda une voix.

Louis se tourna vers celui qui venait de parler : c'était l'abbé de la Rivière, le conseiller du frère du roi.

Giustiniani fit une grimace, hésitant à désobliger le puissant abbé.

— Le roi en veut terriblement à son frère...

Julie, qui avait quitté Louis depuis un moment, revint le chercher et il ne put entendre la suite.

— La marquise désire nous voir, lui murmura-t-elle à l'oreille, je crois qu'elle veut te présenter quelques amis à elle.

Louis la suivit donc.

Ils passèrent de la Chambre Bleue dans un petit salon à l'écart, où la marquise de Rambouillet, entourée de quelques intimes, l'attendait, les jambes et les pieds enfoncés dans une épaisse fourrure d'ours pour se protéger du froid, car la petite pièce n'était pas chauffée, la marquise ne supportant pas les feux.

Louis reconnut auprès d'elle Mme la Princesse, mère d'Enghien et meilleure amie de la marquise, toujours aussi belle que lorsque

Henri IV était tombé amoureux d'elle trente-trois ans auparavant.

Louis connaissait bien l'histoire de Charlotte-Marguerite de Montmorency ; sa mère la lui avait souvent racontée. À seize ans, Charlotte avait épousé le prince de Condé mais, poursuivie par le Vert Galant, elle avait dû s'enfuir aux Pays-Bas avec son mari. Les époux n'étaient rentrés en France qu'après que Ravaillac eut frappé.

Mais le malheur l'avait poursuivie ; dix ans plus tard, son frère Henri de Montmorency, duc et pair de France, premier baron de la chrétienté, filleul d'Henri IV et ami intime du roi, s'était sottement révolté contre Richelieu avec le soutien de Gaston d'Orléans au sujet d'un édit royal qu'il refusait d'appliquer dans son État du Languedoc.

Gouverneur du Languedoc, le frère de Charlotte-Marguerite avait été pris les armes à la main. Promptement jugé, il fut exécuté ignominieusement à Toulouse. Son procès, ordonné par le *Grand Satrape*, avait été instruit par Châteauneuf, le garde des Sceaux de l'époque[1].

Pour l'anecdote, il faut préciser que ce même Châteauneuf avait été à son tour mêlé à une

---

1. Henri de Montmorency était le fils du connétable de Montmorency. Ce dernier avait eu deux filles de deux lits différents, l'une avait épousé le prince de Condé, l'autre le duc d'Angoulême, Charles de Valois, bâtard royal. Le comte de Bouteville, François de Montmorency, dont nous avons parlé plus haut, était un de ses parents éloignés.

conjuration et, depuis neuf ans, il croupissait en prison. Savoir que l'homme qui avait fait condamner son frère souffrait au fond d'un cachot restait une petite satisfaction pour l'épouse du prince de Condé.

Entre la marquise et Mme la Princesse se tenait, assise et réservée, une belle jeune fille d'environ seize ans. Blonde aux yeux bleus, elle se donnait une expression pudique, mais son profond décolleté à basques révélait une opulente poitrine qui attirait les regards masculins. À côté d'elle se trouvait un jeune homme au regard incisif.

Dès que la marquise aperçut Louis et Julie, elle intervint :

— Mes amis, voici le chevalier Louis Fronsac dont je vous ai beaucoup parlé. C'est pour moi le meilleur homme de Paris.

— Louis, vous connaissez Mme la Princesse, mais sûrement pas Marie de Rabutin-Chantal, qui habite la place Royale. Marie a été l'élève de Ménage et maintenant de Chapelain qui lui a appris le latin, l'italien, l'espagnol, la grammaire et la littérature. C'est un esprit brillant et une beauté qui éclaireront ce siècle, croyez-moi.

La jeune fille rougissait alors que la marquise poursuivait :

— À côté de Marie se tient M. Gédéon Tallemant des Réaux. Je vous l'annonce, il a deux gros défauts qu'il tente souvent de cacher : il est huguenot et il est banquier. Mais surtout, méfiez-vous de lui, car il sait tout sur chacun de nous, il note tout et se souvient de tout. Il désire être celui qui rapportera ce qui s'est fait dans ce siècle. Alors si vous avez besoin d'informations, ou simplement d'argent, allez le visiter !

Louis resta un moment avec la petite assemblée. Il y découvrit que Tallemant et lui avaient plusieurs relations communes. Vincent Voiture, tout d'abord, le poète qui, curieusement, les avait introduits tous deux à l'hôtel de Rambouillet, mais surtout Paul de Gondi, abbé de Retz, le neveu de l'archevêque de Paris. Louis était au collège de Clermont avec lui et Tallemant l'avait accompagné à Rome quelques années auparavant. Ils échangèrent quelques anecdotes et souvenirs sur le jeune prélat dont ils avaient tous deux deviné l'inextinguible ambition.

Marie de Rabutin-Chantal les écoutait, intervenant parfois avec finesse et drôlerie en découvrant des dents de nacre lorsqu'elle riait aux éclats. Louis apprit qu'elle aussi connaissait Paul de Gondi, que son père était mort lorsqu'elle avait un an, et que c'est son grand-père qui l'avait élevée.

Cependant, d'autres personnes s'approchèrent car tous voulaient parler à la marquise de Rambouillet et il dut se retirer à regret.

En s'éloignant, Julie, qui avait remarqué la forte impression qu'avait faite sur son amant la splendide Marie, lui déclara avec ironie :

— C'est une jeune fille exceptionnelle, n'est-ce pas ? Mais hélas, tu ne pourras pas l'épouser car elle va se marier bientôt avec le marquis de Sévigné que tu peux apercevoir là-bas en compagnie de Pisany.

Louis sourit. Il aimait ces petites piques perfides dévoilant la jalousie de Julie et ne répondit pas.

La soirée se poursuivit par un bal. La marquise avait fait venir une bande de violons et de hautbois, comme c'était la mode, et ceux qui ne dansaient pas chantaient, chacun à tour de rôle, accompagnés par la musique. La plupart ne savaient que brailler ou miauler et les chansons, souvent de leur cru, entraînaient les fous rires et les cris de l'assistance.

D'autres jouaient à ces jeux plus raffinés alors en vogue : anagrammes, rondeaux ou la recherche d'énigmes en vers.

Seul Pisany semblait insatisfait. Il tournait comme un lion en cage. À un moment, il croisa Louis en grondant et celui-ci l'apostropha. Il s'expliqua avec rage :

— Ma mère a interdit les tables de jeu ce soir, sous prétexte que Voiture et moi-même perdons trop. Je crois que nous allons partir ensemble dans un tripot...

Louis et Julie passèrent finalement la fin de la soirée à écouter un groupe d'amis de

Montauzier qui discutaient des dernières découvertes scientifiques.

C'était une assemblée partagée entre circulateurs et anti-circulateurs. Le grand problème du moment étant la découverte qu'avait faite Harvey, le célèbre médecin anglais, de la circulation du sang. Maintenant que cette théorie s'était répandue, et paraissait même acceptée, les derniers opposants devenaient d'une violence rare, comme l'avaient été les adversaires de Copernic ou de Galilée.

Ils parlèrent aussi d'un magistrat toulousain, mathématicien à ses heures, dont Louis ignorait l'existence : Louis de Fermat. Un homme qui serait sur le point de faire de formidables découvertes[1].

Ce soir-là, Louis resta à l'hôtel de Rambouillet avec l'autorisation de la marquise.

Deux jours étaient passés. Ce matin-là, il faisait à peine jour quand Gaufredi pénétra dans la chambre de Louis pour le réveiller :

— On vient d'arrêter le *Tasteur* dans notre rue, cette nuit ! lui annonça-t-il sans ménagement.

Une heure plus tard, Louis était au Châtelet. Gaston l'y attendait, terriblement excité.

— Le monstre s'est enfin attaqué à mes agents ! Heureusement, ceux-ci portaient des

---

1. Voir : *La Conjecture de Fermat*.

chemises de maille d'acier et n'ont pas été blessés... Tout s'est effectivement passé rue des Blancs-Manteaux, d'ailleurs l'homme n'habitait pas bien loin, semble-t-il, bien qu'on ne sache pas où exactement. Il paraît un peu dérangé et arrive du Midi de la France. Il n'était à Paris que depuis quelques mois. Il sera questionné dans les jours qui viennent, mais son affaire ne semble pas liée à l'assassinat de ce pauvre Babin du Fontenay. Je reste persuadé que Fontrailles était l'organisateur de ce trafic d'armes et de fausse monnaie et que, d'ici peu, le dossier du meurtre de Babin pourra être clos.

Il ne put en dire plus et Louis le quitta, un peu déçu.

Ce n'est que plusieurs semaines plus tard qu'il eut d'étonnantes nouvelles du *Tasteur*.

7

Du 13 au 26 janvier 1643

Contrairement à ce que pensait Giustiniani, la rancœur du roi envers son frère ne dura pas.

En vérité, elle ne pouvait durer et Mazarin, dans l'ombre, ne jugeait pas qu'il fût possible d'éloigner longtemps Gaston d'Orléans des affaires de la France.

C'est que le *Sicilien* avait toujours été en bons termes avec Monsieur, et son tempérament de diplomate l'incitait à demander au roi le pardon pour ce frère trop influençable et trop imprudent.

Et surtout, il y avait la reine. Ses relations avec son beau-frère avaient toujours été excellentes. Habituelle complice de Gaston dans les diverses conjurations qui avaient émaillé le règne, Anne d'Autriche était l'une des rares personnes que le duc d'Orléans n'avait jamais trahies. Peut-être aimait-il la reine, à sa façon, et elle lui en savait gré.

D'ailleurs, ces réconciliations exauçaient secrètement les désirs de Louis XIII qui voulait oublier les crimes – et les châtiments – que lui avait fait commettre le terrible Cardinal. Il avait d'ailleurs décidé de ne pas se rendre au service funèbre de Richelieu, le 20 janvier.

Le 13 janvier, Gaston d'Orléans fut donc autorisé à se rendre à la Cour et à réintégrer son palais du Luxembourg. Il pouvait renouer ainsi avec son occupation favorite : se promener dans les allées du parc en sifflotant, des lunettes bleues lui couvrant les yeux !

Seulement, si le plus coupable des ennemis du roi était gracié, il devenait difficile de justifier certains emprisonnements ordonnés par le *Grand Satrape*. Très vite, le duc de Beaufort, pourtant gravement compromis avec Cinq-Mars, fut à son tour autorisé à se présenter à la Cour.

Le 19 janvier, le maréchal de Bassompierre et son ami Vitry furent eux aussi libérés de la Bastille.

En sortant, Bassompierre, certes affaibli par douze années de prison subies après une condamnation injuste – on avait proposé de le libérer plus tôt mais il avait refusé, réclamant une lettre de justification –, parut à chacun toujours plein d'énergie. *Comme le poireau*, déclara-t-il fièrement, *ma tête est blanche mais ma queue est verte !*

Le maréchal, ruiné, fut remis dans plusieurs de ses charges et l'on songea à lui comme gouverneur du dauphin Louis.

Le samedi 24 janvier, Louis lisait le numéro du jour de la *Gazette* de Théophraste Renaudot, que Nicolas venait d'aller acheter à un vendeur ambulant, quand il tomba sur ces lignes :

... *Le dix-neuvième de ce mois, les maréchaux de Vitry et de Bassompierre sortirent de la Bastille par ordre du roi*[1]...

Sur-le-champ, il prit manteau et chapeau pour se rendre à l'hôtel où logeait provisoirement l'ancien maréchal, place Royale.

Se présentant comme notaire, il put le voir sans faire antichambre tant les notaires étaient craints, surtout des gens ruinés !

Bassompierre se trouvait avec son cordonnier qui lui faisait essayer de petits souliers à boucle. Si le régime de la prison avait transformé le pimpant ami d'Henri IV, jadis toujours entouré d'un lot de jolies femmes, en un vieillard grassouillet, ridé et à la chevelure de neige, le poids des ans n'avait en rien modifié ses habitudes d'élégance. Il était d'ailleurs vêtu d'un habit de soie bleu.

Le maréchal eut un regard vif et interrogateur, voilé peut-être d'un brin d'inquiétude, tandis qu'un laquais faisait entrer Louis dans son salon.

Bassompierre fit un geste au cordonnier pour qu'il sorte avec le laquais.

— Attendez-moi, je n'en ai pas pour longtemps, lui précisa-t-il.

---

1. *La Gazette*, 24 janvier 1643.

Dès qu'ils furent seuls, il s'adressa à son visiteur :

— Monsieur Fronsac, je connais votre étude mais je ne crois pas vous connaître..., fit-il sur un ton distant, appuyé à un angle de sa table de travail. Vous souhaitiez me voir, paraît-il, au sujet de ma bibliothèque... je l'ai vendue et j'avoue être intrigué...

Louis s'inclina, autant pour saluer que pour approuver.

— En effet, monseigneur. Vous vous souvenez certainement l'avoir vendue à M. le duc de Vendôme qui, je crois le savoir, ne vous l'a jamais totalement payée...

Bassompierre eut un sourire d'incompréhension et se raidit légèrement. Les questions d'argent étaient toujours gênantes. Il répliqua en soupirant :

— Ce n'est que partiellement exact. Je lui ai depuis réclamé plusieurs fois cette somme et, sans doute ayant appris ma libération prochaine et mon retour en grâce, son fils a jugé diplomate et prudent de me faire parvenir un bon de vingt-cinq mille livres. Vendôme m'en avait fait tenir déjà cinquante mille. L'affaire est donc close... pour moi.

— Pas tout à fait, répliqua Louis en s'inclinant.

Il avait appris la veille l'existence de ce bon de vingt-cinq mille livres.

Le vieux maréchal prit un air surpris en fronçant le front. Que lui voulait ce robin ? songea-t-il avec agacement.

— Pas tout à fait, reprit Louis d'une façon quelque peu solennelle. Un libraire, M. Belleville, servait d'intermédiaire à cette vente. Souvenez-vous : vous deviez lui remettre dix mille livres. Vendôme, dans des circonstances particulièrement affreuses, l'a fait assassiner. Belleville laisse une fille ruinée et orpheline. Je viens de sa part car l'étude de mon père s'occupe de ses intérêts.

Bassompierre ne cilla pas en écoutant ce discours. Pourtant, quand Louis eut terminé, il le considéra fixement un bref instant, puis se dirigea vers la fenêtre. Là, il resta un moment silencieux à tapoter nerveusement l'embrasure.

Finalement le maréchal rompit cette pause un peu pénible en murmurant :

— Diable ! C'est une terrible complication ! Je connaissais effectivement bien Belleville, et sa trop sérieuse fille aussi. J'ignorais cela et j'avoue que j'attendais qu'il se manifeste pour le payer. Je ne me doutais pas que j'aurais à le faire si vite...

Il s'interrompit de nouveau, regardant l'animation de la place Royale en tournant le dos au chevalier de Mercy.

Au bout d'une longue minute, il se retourna.

— Mais c'est une affaire d'honneur. Puis-je vous remettre la somme due et vous demander de régler cette affaire... sans scandale ?

— J'allais vous en prier.

Bassompierre alla à une petite table et tira un profond tiroir. Il en sortit un lourd coffret de bois et fit en silence cinq fois dix piles de dix louis d'or. Ensuite, il tendit dédaigneusement un papier et une plume à Louis.

— Voici la somme, faites-moi un reçu, je vous prie. Il y a là un encrier, ajouta-t-il.

Et pendant que Louis écrivait, il expliqua en donnant curieusement l'impression de s'excuser :

— Je conservais cet argent pour jouer ce soir avec quelques amis. Tant pis ! Les dettes d'honneur passent avant les dettes de jeu...

Louis signa le document, puis sortit son cachet. Bassompierre lui tendit la cire et un briquet.

Il plaça le sceau de l'étude sur le reçu et abandonna le papier sur la table.

Après quoi, il prit l'argent qu'il serra dans un solide sac de cuir apporté par précaution et le glissa dans une poche de son manteau. Le poids du sac était tel qu'il tendit les cordons de son vêtement et Louis dut soutenir la poche avec sa main.

Quelques explications sont ici nécessaires sur ce paiement de dix mille livres en cinq cents pièces d'or. La livre, monnaie de compte appelée aussi le franc dans l'Ancien Régime, ne correspondait pas à une espèce sonnante et trébuchante. Les numéraires en circulation étaient, pour les pièces d'une certaine valeur, les louis d'or de sept grammes et les écus d'argent de vingt-sept grammes. Le lien entre la livre et les pièces était fixé par l'autorité royale et variait de temps en temps.

Ainsi, en 1642, le louis d'or valait vingt livres et l'écu d'argent trois.

Louis se trouvait donc en possession de cinq cents pièces d'or de sept grammes, soit près de quatre kilogrammes. C'était un poids particulièrement lourd à porter dans une poche !

— Monsieur le maréchal, déclara Louis en prenant congé, je n'en espérais pas tant. Il reste une autre dette de M. de Vendôme envers Margot Belleville, mais celle-ci est une dette de sang. Je vais m'attacher maintenant à en obtenir quitus.

— Si le duc a assassiné son père, je la comprends. Mais je doute que justice lui soit rendue par le Parlement, déclara Bassompierre d'un ton suffisant accompagné d'un ample geste de sa main droite. Et même l'étude Fronsac ne peut rien contre un prince de sang.

— Je ne songeais pas à cette justice, monsieur le maréchal. Je ne me suis pas présenté ainsi mais je suis aussi chevalier de Saint-Louis et seigneur de Mercy, fit Louis en s'inclinant froidement. Merci, monseigneur.

Il laissa là le vieux maréchal tout à la fois décontenancé et hébété.

Que de changements pendant que j'étais en prison ! songea-t-il après le départ de Louis, les notaires sont chevaliers ! Quel étrange monde est né !

Son cheval attendait Louis dans la petite cour du pavillon. Il était midi d'après le carillon des cloches des églises environnantes.

Puisque les boutiques du Palais ferment à cette heure, médita-t-il, mieux vaut que je me rende directement à la rue Dauphine pour trouver la fille de Belleville.

La traversée du quartier fut longue et difficile, car chacun rentrait chez soi, et ce ne fut qu'une heure plus tard qu'il arriva devant la boutique de l'ancien libraire, une petite échoppe située au fond d'un cul-de-sac perpendiculaire à la rue Dauphine. La porte était ouverte et Louis s'approcha.

Margot venait juste de rentrer du Palais. Habillée d'une jupe ample en velours et d'un justaucorps qu'on appela plus tard *à la Christine* lorsqu'il fut mis à la mode par la reine de Suède, elle se tenait dans l'échoppe avec un jeune homme qui l'aidait à vider de ses livres les dernières étagères occupées.

Louis entra.

Le jeune homme était grand, aussi robuste et large d'épaules qu'un portefaix. Ses cheveux blonds – presque blancs – se confondaient avec une épaisse barbe mal taillée qui lui couvrait le visage. Avec son nez trop gros, cassé, et ses épaisses mains calleuses et velues, Louis songea immédiatement à un ours.

Il lui parut particulièrement mal assorti avec la frêle Margot.

En découvrant Fronsac, le regard du compagnon de la jeune femme se durcit légèrement.

— Bonjour Margot, salua Louis en ignorant l'homme-ours. Je vous avais promis de ne pas vous oublier.

— Monsieur Fronsac !

Elle lâcha l'un des livres qu'elle tenait, tant elle paraissait médusée que Louis fût venu la voir chez elle.

— Puis-je vous parler seul à seule, Margot ?

— Michel Hardoin est mon fiancé, répliqua-t-elle avec autorité. Je vous ai déjà parlé de lui. Il peut rester.

— Bien... (Louis hésita un instant, puis poursuivit en sortant le sac de cuir de sa poche.) Ceci est à vous et m'a été remis par le maréchal de Bassompierre. Vous y trouverez dix mille livres en louis d'or. Je vais vous faire un reçu que vous devez me signer et qui sera enregistré à l'étude, si vous êtes d'accord pour conserver cet argent. Je puis aussi garder cette somme par-devers moi et vous la placer chez un banquier.

Il tendit le sac. Margot le saisit et l'ouvrit. Elle devint livide, puis s'affaissa en tremblant sur l'unique tabouret de la pièce.

Elle éclata alors en sanglots.

Louis resta un moment hésitant, légèrement ému et ne sachant trop que faire. Finalement, il s'adressa à Hardoin qui essayait de consoler sa fiancée.

— Margot m'a dit que vous étiez charpentier ?

— C'est exact, je suis compagnon.

L'homme se redressa, croisa les bras et le regarda fièrement.

— J'aurais peut-être un travail à vous proposer... combien gagnez-vous ?

— Vingt à trente sous par jour, ça dépend des chantiers, soit cent à cent cinquante livres par an. Ce n'est pas beaucoup...

Il regarda furtivement Margot qui s'essuyait le visage et ajouta avec embarras :

— ... Et ce n'est pas avec ça que nous pourrons nous marier. Un pain vaut trois sous aujourd'hui !

Son regard alla au sac de pièces posé sur le banc et il poursuivit plus chaleureusement :

— Mais vous lui amenez une fortune ! Comment vous remercier ?

— Cet argent était dû au père de Margot, ce n'est pas un cadeau. Tandis que moi, je pourrais vous proposer cinq cents livres par an, à vous et à Margot, pour travailler chez moi. Cependant, il vous faudrait quitter Paris.

Margot avait cessé de pleurer et écoutait maintenant avec attention ce que disait Louis.

— C'est possible, opina Hardoin avec un peu d'hésitation et en tripotant sa barbe, mais pour quel genre de travail ?

— Le roi m'a fait chevalier de Saint-Louis, et j'ai reçu une terre, mais la bâtisse qui s'y trouve, un vieux château, est en ruine. Il faut refaire charpente et toiture. Il me faudrait un couple de personnes de confiance pour s'occuper de la remise en état des lieux, embaucher des ouvriers et surveiller les travaux. Peut-être aussi pour s'occuper des terres. Cette seigneurie est à Mercy, près de Chantilly.

Les deux jeunes gens se regardèrent en silence. Pour eux, c'était la fortune qui passait.

— Quand devons-nous vous répondre ? demanda timidement la jeune fille.

— Quand vous pourrez. Faites porter votre réponse à l'étude de mon père, rue des Quatre-Fils. On saura où me joindre et vous pourrez commencer immédiatement.

— Et pour cet argent, demanda Margot. Pourriez-vous le garder avec vous ? Pour l'instant...

— Je vous l'ai proposé.

Elle retira néanmoins une dizaine de louis du sac. Louis le nota sur le reçu qu'il écrivit et le lui fit signer.

— Je garderai cet argent dans notre coffre. Revenez le prendre quand vous voulez ou venez demander si vous souhaitez qu'on le place dans une banque ou chez un traiteur.

Il glissa le sac d'or dans son manteau, les salua et sortit.

Il venait de régler une dette.

Le surlendemain de cette journée qui avait apporté à Louis quelques espoirs de remettre en état son domaine et qui lui avait permis de soulager sa conscience, le froid fut encore plus terrible que les jours précédents.

Dès le lundi matin, le vin gela de nouveau dans les maisons et la Seine fut entièrement couverte de glaçons. Certains la traversaient même à pied. Mais peu de gens sortaient de chez eux, sauf ceux qui cherchaient du bois pour se chauffer.

Dans les rues désertes, on avait l'impression que la ville et ses habitants étaient définitivement engourdis pour une longue hibernation. Quant à ceux qui n'avaient pas de logis... on ne ramassait même plus leurs corps raidis dans les rues.

Ce matin-là, Louis était en train de se faire faire la barbe par Nicolas. Devant lui, son domestique avait installé pommades, serviettes et tout un nécessaire de toilette, de peignes et de brosses.

C'est alors qu'on frappa à la porte. Nicolas abandonna son maître pour aller ouvrir.

Un officier aux gardes se tenait là, raide, moustache en croc encore plus insolente que celle de Gaufredi mais ridiculement couverte de givre, position avantageuse de matamore, uniforme rutilant et sourire carnassier. Une lourde épée *à l'espagnole* bringuebalait sur son flanc. Ses bottes à revers lui montaient jusqu'en haut des cuisses.

— Je viens pour M. le chevalier, déclara-t-il à Nicolas.

Sa voix claqua comme un fouet. Ce n'était pas une demande de visite, c'était un ordre de le laisser passer.

Fronsac avait entendu. Intrigué, il s'approcha, en chemise, tenant le rasoir de Nicolas à la main.

— Monsieur de Baatz ! s'étonna-t-il en reconnaissant le bravache. Quelle heureuse surprise ! Entrez vite !

C'était en effet l'officier de garde au Louvre à qui il avait remis son pli pour Mazarin. L'homme s'inclina en faisant sauvagement, et volontairement, tintinnabuler ses éperons.

— Je suis en service, monsieur le chevalier. Son Éminence désire vous voir sur-le-champ et je suis chargé de vous accompagner pour vous escorter.

— Diable ! Avec ce froid ? Ai-je au moins le temps de finir de me préparer ? Vous partagerez bien mon déjeuner pendant ce temps ?

De Baatz jeta un regard concupiscent vers la table que Nicolas avait dressée. Il frotta un instant sa moustache pour se décider.

— Ma foi, si vous insistez, monsieur. Je ne veux pas vous déranger... néanmoins, ce serait dommage de gâcher tout ça.

Sans hésiter plus avant, il se précipita vers la table, s'assit et se mit à dévorer tout ce qui se trouvait à portée de main.

Louis retourna dans sa chambre quelque peu inquiet.

Avait-il eu raison de proposer à ce garde de partager son repas ?

Sa toilette achevée et revenant dans la pièce qui lui servait de salon et de salle à manger, Louis sut qu'il avait eu tort. L'officier venait de terminer les viandes ainsi que le pain et le regardait avec un air à la fois satisfait et assouvi.

— Monsieur, si vous aviez un peu de vin pour faire passer... ce ne serait pas de refus, lui demanda-t-il.

Louis se dit que l'aventure lui servirait de leçon. On n'invitait pas impunément un homme des gardes ou des mousquetaires à sa table. Ils avaient tous une réputation de goinfrerie et d'impudence visiblement non usurpée.

Il soupira en faisant un signe vers son domestique qui était resté muet d'étonnement devant la gloutonnerie du soldat.

— Nicolas, ouvre donc une bouteille de bourgogne pour notre ami. Ensuite, rends-toi à *La Grande Nonnain* pour qu'ils préparent mon cheval. Nous arriverons dans un instant.

Il s'assit à sa table et se fit une tartine avec un reste de confiture que le garde avait négligé.

Après avoir vidé la bouteille, et regardé sournoisement s'il n'en apercevait pas une autre qui traînait, de Baatz dévisagea Louis. En fronçant sa moustache dans sa main droite, il lui déclara :

— Monsieur Fronsac, décidément vous me plaisez. Vous me nourrissez généreusement et en outre j'ai entendu parler de vous et de vos ennuis avec feu Mgr le Cardinal. On m'a dit aussi que vous étiez à Mgr Mazarin et j'ai une dette envers cet Italien car il vient de proposer au roi le rappel de M. de Tréville à la Cour.

» Or Tréville est mon ami. Grâce à lui, j'espère bien, d'ici à un ou deux ans, quitter les gardes pour les mousquetaires du roi. Soyez donc aussi mon ami désormais.

Il posa son verre vide pour tendre une main avec laquelle il broya celle de son hôte, qui n'en demandait pas tant.

Louis se doutait bien que Mazarin désirait renouer avec Tréville et ses proches, compromis pour leur tentative manquée d'assassinat de Richelieu. Ces gentilshommes étaient appréciés par le roi et ils pouvaient être un appui précieux pour le Sicilien qui ne comptait guère d'amis. Il n'avait eu aucun mal à convaincre Louis XIII de les rappeler, de leur pardonner et de leur rendre leur charge.

— Maintenant que vous êtes rassasié, chevalier, allons-y ! Je ne peux pas attendre plus longtemps, proposa de Baatz en se levant.

Il fit crisser ses éperons sur le parquet de chêne ciré, au grand mécontentement de Louis qui finissait de nouer soigneusement ses galans noirs.

Finalement, ils sortirent, Louis ayant jeté son manteau de laine sur ses épaules et s'étant coiffé de son chapeau pour affronter l'effroyable froid qui régnait à l'extérieur.

— Vous avez oublié votre épée..., remarqua le soldat en examinant Fronsac en bas de l'escalier.

— Je suis désolé, monsieur, mais je n'en ai pas. Ne vous a-t-on jamais expliqué que la plume était supérieure à l'épée ?

L'autre resta un instant interdit, immobile. Puis il grommela en tendant un index vers Louis :

— Pas toujours, croyez-moi. Enfin, c'est votre affaire.

Les chevaux les attendaient en bas, celui de Louis à côté de celui du garde. Nicolas grelottait en tenant les longes.

Ils prirent la direction du Louvre et chevauchèrent côte à côte durant un moment en silence. Le lieu du rendez-vous était le Palais-Cardinal, avait expliqué de Baatz.

— Tout de même, sortir sans épée, marmonna ce dernier au bout d'un nouveau temps de silence.

— Connaissez-vous M. Chapelain ? lui demanda alors Louis.

— Qui ne le connaît ! Celui qui est toujours habillé comme un fripier ?

Louis sourit.

— Tout à fait, savez-vous qu'il a été anobli ?

Il poursuivit sans attendre la réponse :

— Aussitôt noble, Chapelain s'est muni d'une épée qu'il ne quittait plus. Un jour, un ami s'est précipité vers lui pour lui déclarer : « Dieu soit loué, tu portes une épée ! Je viens de ramasser une mauvaise querelle pour laquelle je dois me battre, tu seras donc mon second. J'ai bien besoin de toi, car nos adversaires sont redoutables, il y aura des morts ! » Chapelain, terrorisé, dut honteusement refuser et, depuis, il sort toujours sans arme, pour être tranquille ! Pour ma part, et comme lui, je n'ai aucune envie de me faire tuer dans un duel stupide.

Il y eut alors un silence particulièrement pesant. De Baatz comprenait que son compagnon était un lâche. Finalement, Louis continua plus sèchement.

— Une épée ne m'est pas utile, monsieur. C'est le roi en personne qui m'a fait chevalier. Il connaît ma vertu et cela me suffit. Je n'ai pas à en faire état auprès de chacun ou à parader sottement comme un bateleur de comédie.

Charles de Baatz le regarda du coin de l'œil avec autant de mépris que d'arrogance. Ils ne s'adressèrent plus la parole jusqu'au Palais-Cardinal. Une fois arrivés, et après avoir laissé leurs montures au corps des gardes qui se trouvait en face de l'entrée de la première cour, le garde le guida dans un silence méprisant à travers un dédale de pièces en enfilade, de galeries et d'escaliers parfois monumentaux et quelquefois très étroits.

Brusquement, il s'arrêta pour frapper à une porte.

— C'est l'ancien bureau de Son Éminence, précisa-t-il avec une voix basse et déférente, exactement comme si le terrible Cardinal était encore dans la pièce.

Il pénétra lorsqu'il entendit l'autorisation, laissa Louis passer devant lui, puis ressortit en fermant la porte.

La salle était occupée par cinq personnages qui s'interrompirent en le voyant entrer.

Louis reconnut aussitôt Mazarin. Le cardinal, assis sur une haute chaise tapissée de rouge, n'avait pas changé depuis la dernière fois qu'il l'avait vu. Le ministre, qui avait dépassé de peu la quarantaine, gardait un visage lisse, presque jeune, malgré un large front bien dégarni et quelques rides autour de ses yeux noirs surmontés de sourcils broussailleux. Une courte moustache et une barbe taillée en carré lui donnaient un maintien élégant et bienveillant. Cependant, son air préoccupé, contrarié même, frappa Louis.

Son ami Gaston de Tilly, caché en partie par le ministre, lui fit alors un petit signe amical de la main qu'il ignora en reconnaissant avec terreur la troisième personne placée sur un tabouret à côté de Mazarin. Louis eut même un imperceptible recul : cet homme, c'était Rochefort, l'homme des basses besognes de Richelieu !

Comme toujours entièrement vêtu de noir et couvert d'une panoplie d'armes diverses indispensables à sa profession d'assassin, le sbire le regardait avec un visage vide de toute expression.

Louis évita son regard pour saluer d'une inclination de tête Isaac de Laffemas, le quatrième. Le dernier membre de l'assemblée, un inconnu pour Louis, était vêtu très simplement de noir, comme un bourgeois, mais disposait d'un fauteuil tapissé, à peine plus petit que celui de Mazarin.

— Monsieur le chevalier, déclara cérémonieusement Mazarin en le nommant par son titre, certaines des personnes ici présentes vous sont peut-être inconnues. Je pense à M. Laffemas ou à M. Le Tellier.

Mazarin désigna de la main les deux importants personnages. Louis ignorait qui était ce Le Tellier, il n'allait pas tarder à l'apprendre. L'Italien reprit avec son accent chantant :

— M. Le Tellier est intendant militaire à notre armée du Piémont. Je l'ai bien connu l'année dernière et je l'ai fort apprécié. J'ai besoin ici de son aide et de ses compétences judiciaires et policières. J'ai donc fait appel à lui mais personne ne sait qu'il est à Paris. Je vous prierai donc de ne pas divulguer ce fait.

Ajoutons ici quelques mots sur ce Michel Le Tellier que vient de nous présenter Mgr Mazarin.

Âgé de quarante ans, Le Tellier était issu d'une famille de noblesse de robe. Procureur du roi au Châtelet sous les ordres de Laffemas, puis maître des requêtes au conseil d'État, le chancelier Séguier avait fait appel à lui pour réprimer la révolte des nu-pieds en Normandie. Une tâche impitoyable qu'il avait sévèrement accomplie avec Jean de Gassion comme bras armé.

Promu par son succès, Le Tellier avait été nommé intendant militaire à l'armée d'Italie.

L'intendant militaire représentait le roi pour les affaires de police, de justice et de contrôle des approvisionnements au sein de l'armée. Ses pouvoirs étaient quasiment illimités.

Le Tellier avait fait preuve d'efficacité dans ce rôle et Mazarin, alors dans le Piémont pour une ambassade auprès des princes de Savoie, l'avait remarqué en 1641. Ce devait être le début de relations durables et confiantes.

Le Tellier serait bientôt ministre et son fils, devenu marquis, lui succéderait sous le nom terrible de Louvois.

— Les présentations étant faites, poursuivit le cardinal, prenez donc une chaise, chevalier. Voici le but de cette réunion : j'ai reçu votre rapport qui complète celui que M. de Tilly a transmis à M. le lieutenant civil. J'ai donc décidé de réunir toutes les parties pour décider comment agir.

— On peut désormais suspecter M. de Fontrailles, ou un complice, d'avoir abattu, dans des conditions particulièrement ignobles,

M. Babin du Fontenay, commissaire de Saint-Avoye. M. Rochefort, qui a une grande habitude pour pister le marquis de Fontrailles puisqu'il l'a suivi toute l'année, et jusqu'en Espagne, afin de déjouer le complot de Cinq-Mars, m'a confirmé que le marquis d'Astarac est descendu à Paris chez le prince de Marcillac dont il demeure inexplicablement l'ami. Reste à comprendre pourquoi il aurait tué Babin du Fontenay.

Pendant que le ministre parlait ainsi à ses visiteurs, Louis n'écoutait guère car il observait discrètement Le Tellier.

L'intendant militaire avait un visage allongé, un nez pointu et des yeux perçants. Il affichait une attitude studieuse et attentive, gardant sur ses genoux une écritoire à encrier sur laquelle il prenait parfois quelques notes. Pourtant, malgré sa distraction, au moment où Mazarin parla de Fontrailles, Fronsac sursauta.

Ainsi, Louis d'Astarac vivait chez le prince de Marcillac qu'il avait aperçu quelques jours plus tôt chez la duchesse de Rambouillet ! Comment une telle entente pouvait-elle être possible alors que Marcillac était réputé pour sa moralité et son loyalisme à la royauté ? Tout l'opposait à Fontrailles !

Laffemas prit alors la parole en s'adressant plus particulièrement à Fronsac :

— D'après M. de Tilly, la mort de M. du Fontenay pourrait être liée à l'une des trois affaires que suivait le commissaire de Saint-Avoye. Nous en parlions avant votre arrivée. Il y avait une enquête en cours sur la mort d'un huissier du Palais, Cléophas Daquin, décédé après une longue maladie de troubles gastriques horribles. Le commissaire n'excluait pas un empoisonnement...

— Par sa femme ? intervint sèchement Le Tellier en coupant la parole à Laffemas et en cessant de prendre des notes.

Louis comprit, en les voyant s'affronter du regard, que les deux magistrats ne s'appréciaient guère.

— Non, répondit Tilly, il semblerait – mais l'on n'est sûr de rien – que le criminel puisse être un compagnon de beuverie, un nommé Picard, qui a depuis disparu. Tout semble l'accuser et...

— En quoi ces troubles étaient-ils horribles ? Et êtes-vous certain que l'épouse soit hors de cause ? le coupa Mazarin. Je n'ai rien lu à ce sujet dans vos mémoires et ce ne serait pas la première fois qu'une femme empoisonne son époux bien-aimé.

Fronsac crut devoir intervenir :

— Excusez-moi, monseigneur, mais j'ai rencontré personnellement cette femme qui m'a fait l'effet d'être au-dessus de tout soupçon. Elle est aussi belle que malheureuse. Son époux courait les cabarets et découchait fréquemment. Elle ne le voyait presque pas et chacun s'accorde à dire que Daquin ne fréquentait plus qu'une notoire fripouille, ce nommé Picard. Elle a un frère dévoué qui est, m'a-t-il semblé, un fort honnête homme. Il travaille d'ailleurs au Louvre. Quant à l'adjectif horrible, reprit-il après un bref instant de réflexion, il est bien faible...

Il se tut un instant avant de préciser :

— Tout indique que des vers géants se soient développés à l'intérieur du malade et l'aient dévoré vivant...

Mazarin et Le Tellier blêmirent tandis que Laffemas et Rochefort restaient relativement indifférents. Ils avaient assisté à bien d'autres morts effroyables !

Louis poursuivit rapidement ses explications :

— Or ce Picard, qui a disparu, était un ancien marin, canonnier revenu des Indes orientales. Il aurait proposé à plusieurs de ses compagnons de beuverie un remède souverain pour se débarrasser de leurs ennemis, ou de leurs épouses.

— Un poison abominable, probablement ramené d'Orient, insista Tilly.

Il y eut un silence que personne n'osa interrompre. Ces hommes étaient courageux, mais à la pensée que l'on puisse leur administrer un jour une telle drogue, tous étaient terrifiés.

— Et les deux autres affaires ? demanda finalement Mazarin. Parce que jusqu'ici, je ne vois pas le marquis de Fontrailles jouer un rôle bien significatif...

— Les deux autres dossiers sont plus insolites et vraisemblablement plus encourageants, plaida Laffemas. Fontenay s'occupait d'une affaire de fausse monnaie. Nous l'avons dénouée. Il semble que l'Espagne faisait entrer en France des armes et une quantité considérable de faux écus d'argent. Pour quel usage ? Je dois avouer que nous l'ignorons encore. Le dossier a été transmis au secrétaire d'État, M. le comte de Chavigny.

— En effet, il m'en a parlé, se souvint le ministre en haussant les sourcils. Mais j'ignorais toutefois que le marquis de Fontrailles pouvait y être mêlé. Hélas, je crois me remémorer que l'Espagne a tout nié en bloc, que l'ambassadeur a même hurlé à la provocation…

— Il est difficile de remonter plus haut cette filière, grogna sourdement Gaston, il faudrait nous rendre dans l'ambassade pour la perquisitionner, ou alors à Bruxelles…

Le regard glacial que lui lança Le Tellier l'arrêta dans sa proposition.

— Il nous reste la troisième affaire, reprit doucement Laffemas, il s'agit du fou qui attaquait des femmes à coups de gantelet d'acier. Une histoire de ce genre a déjà eu lieu il y a quelque vingt ans. Vous savez que je suis parvenu à faire arrêter cette fripouille. Nous l'avons depuis interrogé, malheureusement…

— Malheureusement ? s'enquit Mazarin.

— Malheureusement, il est mort lors de la question préalable, révéla le lieutenant civil d'un ton amer. Pourtant, il paraissait robuste et résistant. Aussi, c'est sa faute : le sot ne voulait rien dire ! J'ai donc dû insister et c'est bien la première fois que cela m'arrive, s'excusa-t-il avec l'air du gamin qui a fait une sottise.

— Donc, il n'y a plus d'espoir dans cette direction non plus, lui reprocha Le Tellier sèchement. Mais le marquis de Fontrailles, quel rôle joue-t-il actuellement ?

Il s'adressait maintenant à Rochefort.

— M. d'Astarac assure une liaison entre le duc de Vendôme, les Espagnols et la duchesse de Chevreuse, qui se trouve en Belgique, assura le sbire. Il fait des allers-retours fréquents entre Paris, Londres et Bruxelles. Il y a certainement quelque conspiration en préparation.

— Donc, ce ne peut qu'être lié à la fausse monnaie, assura Gaston en ouvrant les bras et en écartant ses mains du corps en signe d'évidence. Et l'origine en est une fois de plus Marie de Chevreuse...

La duchesse de Chevreuse, Marie de Rohan, était la fille d'Hercule, duc de Rohan-Montbazon, gouverneur de Paris.

Hercule était un vieil homme de soixante-dix-sept ans, célèbre pour deux raisons d'importances inégales : il était à côté d'Henri IV lorsque Ravaillac l'avait frappé – il avait d'ailleurs lui-même été légèrement blessé – et il était l'homme le plus stupide de France.

Curieusement, et en négation des lois naturelles de l'hérédité, ce n'était pas le cas de sa fille. Au contraire, on pouvait à juste titre considérer Marie de Rohan comme l'une des femmes les plus intelligentes du royaume.

Très jeune, Marie avait épousé Luynes, le premier favori de Louis XIII. Luynes mort, elle s'était remariée avec le vieux duc de Chevreuse, le beau-frère du duc de Guise.

Marie, jeune, belle et piquante, s'était vite imposée à la Cour en devenant la meilleure amie d'Anne d'Autriche ; donc la pire ennemie du Cardinal, et de ce fait du roi. C'est elle qui avait entraîné Anne dans la plupart des conspirations qui avaient jusqu'à présent émaillé ce règne. Et ceci jusqu'au jour où, alors que la reine était enceinte, elle lui avait proposé une course échevelée dans une galerie, durant laquelle elle l'avait fait volontairement trébucher.

À la suite de cette chute, la reine avait avorté d'un enfant mâle.

Il avait fallu alors attendre vingt ans pour que Louis XIII – ou un autre ? – se décide à fournir un nouveau dauphin à la France.

Finalement, poursuivie sans répit par Richelieu à qui elle s'était refusée, Marie s'était enfuie en exil à Bruxelles avec sa fille Charlotte.

Mais elle n'était nullement vaincue. De Belgique, et sous la protection de l'Espagne, elle avait continué à intriguer pour la disparition du Cardinal. Et maintenant que ce dernier était mort, la capacité de nuisance de la diablesse pouvait devenir redoutable, car qui arrêterait l'ancienne meilleure amie de la reine si elle rentrait en France ?

À cet instant, on frappa à la porte et M. de Chavigny entra.

Léon Bouthillier, comte de Chavigny, était ce vieil ami de Mazarin qui l'avait hébergé à Paris alors que Giulio Mazarini n'était que le nonce du pape.

C'est lui qui avait maintenant en charge le secrétariat d'État aux Affaires étrangères. Riche et élégant, c'était un jeune homme brillant mais superficiel. Pourtant, bien que peu ambitieux, il n'avait pas observé sans quelque dépit la rapide ascension de son ami roturier Giulio Mazarini.

Chavigny ignora les personnes présentes dans la pièce et s'approcha du cardinal à qui il susurra quelques mots à l'oreille. Mazarin fronça les sourcils, hésita un instant, puis annonça :

— Messieurs, on m'annonce que le roi, légèrement malade, vient de s'aliter. Je suis obligé de me rendre à son chevet. Continuez vos recherches et tenez M. Le Tellier informé.

Chacun se leva, salua les deux ministres et se dirigea vers la porte.

— Pas vous, Fronsac, ordonna Mazarin d'un ton sec.

Surpris, Louis attendit donc le départ des autres participants, puis la sortie de Léon Bouthillier.

Pendant ce temps, Mazarin rangeait ses papiers avec un air préoccupé. Lorsqu'ils furent seuls, il considéra longuement Fronsac, le visage fermé, pour lui déclarer en fin de compte :

— Je n'aime pas cette histoire, chevalier. Et surtout je n'aime pas du tout ces vers géants.

(Il tendit un doigt.) Je veux savoir ce qui se trame, tenez-vous au courant de l'enquête, je donnerai des instructions à Laffemas pour que l'on vous dise tout. Vous-même, essayez d'en apprendre plus et, surtout, réfléchissez ! Les autres sont tous des policiers et n'ont aucune imagination. Vous, vous savez raisonner et vous ne rejetez pas les hypothèses invraisemblables sous prétexte qu'elles le sont. Sachez que j'ai apprécié à sa juste valeur la façon dont vous avez découvert comment est mort du Fontenay et le rôle des religieux des Minimes.

Jusque-là, il marchait de long en large derrière sa table de travail. Il s'arrêta alors un instant, regardant par la fenêtre l'activité dans la cour.

— Tout cela me préoccupe, Fronsac, et beaucoup plus que vous ne le pensez. Ma position n'est pas assise, on peut me chasser à tout moment. Que veut Fontrailles ? D'un côté, il tue peut-être un commissaire, de l'autre il travaille avec Vendôme et la Chevreuse. Je sais aussi qu'il se présente partout comme le chef d'une république à naître. Une république en France ! J'ai eu des confidences sur ce dernier point.

» Tout ceci n'est pas bon et je flaire une nouvelle et terrible intrigue. Pourquoi est-il hébergé par le prince de Marcillac ? Sa Majesté ne résistera pas longtemps à pardonner à tous ceux qui ont cherché à le perdre. Déjà, dans son entourage, les méchants qui agissent contre lui et la patrie sont appelés *généreux*, les ingrats sont nommés *des gens entiers*, les infracteurs de leur parole sont tenus pour des *gens habiles* et les chefs de sédition se disent *restaurateurs de l'État* !

Le ton du ministre était cynique et désabusé. Il s'arrêta encore, le front plissé, cherchant ses mots. Puis il reprit, plus agressif :

— Ils vont bientôt agir au grand jour et j'ai besoin de preuves pour confondre la meute. Tâchez d'en savoir plus, essayez de retrouver ce Picard, explorez la piste espagnole, tentez de découvrir qui était vraiment ce *Tasteur*. Mais surtout, surtout, il me faut comprendre le jeu de mes adversaires. Que cherchent-ils ? C'est à vous de le découvrir et de me l'apprendre. À cette condition, je pourrai les vaincre.

Il s'arrêta une nouvelle fois, fixant Fronsac, et alors son visage se détendit lentement, son sourire enjôleur réapparut. Il prit un air patelin.

— J'ai aussi appris que vous aviez besoin d'argent. Le cadeau du roi était un peu empoisonné, n'est-il pas vrai ? Sa Majesté vient de m'offrir l'abbaye de Corbeil et je peux en distraire quelques piécettes. En sortant, passez donc voir mon secrétaire ; il vous remettra cinq mille écus sur ma cassette.

Il regarda encore un instant Louis, puis reprit ses papiers et fit comprendre, d'un geste de la main, que l'entretien était terminé.

Louis remercia en bégayant lamentablement et sortit.

Une fois dans le vaste corridor, il se rendit compte qu'il ne savait où il était ni où aller. Il attendit quelques instants, complètement perdu, quand deux commis, tristement vêtus de noir et portant de gros sacs de documents, firent leur apparition. Il se précipita vers eux.

— Je cherche le bureau du secrétaire de Son Éminence.

Le plus petit des deux le regarda longuement, avec un mépris infini, tout en songeant : Que diable cet homme fait-il dans ces lieux s'il ignore même où se rendre ? Il leva ensuite les yeux dans une muette supplication envers le Dieu tout-puissant de l'administration pour faire ensuite signe à Louis de le suivre. Tout cela accompagné d'un profond soupir.

Quelques couloirs plus loin, le commis abandonna Louis devant une porte, sans une parole.

Ne sachant que faire, le jeune homme frappa à l'huis et entra quand on l'y autorisa. Il reconnut alors dans la pièce Toussaint Rose[1], le secrétaire personnel du cardinal, qu'il avait déjà rencontré.

Visiblement, l'homme se souvenait aussi de lui. Le secrétaire se leva de sa chaise, contourna sa table et se précipita vers notre ami :

---

1. Secrétaire de Mazarin puis secrétaire particulier de Louis XIV dont il avait le droit de reproduire la signature. Président de la Chambre des Comptes de Paris en 1661, il sera élu à l'Académie en remplacement de Conrart.

— Monsieur le chevalier ! Je vous attendais, j'ai ici un bon de sept cent cinquante louis d'or à vous remettre. Vous pourrez vous le faire payer à la trésorerie du palais quand vous le désirez, ou je puis vous remettre la somme en pièces d'or.

— Je préfère des pièces, s'excusa Louis. Je vais avoir besoin très vite de cet argent.

M. Rose sourit d'un air entendu et se dirigea vers un énorme coffre en acier qui trônait dans un coin de la pièce. Il l'ouvrit et en sortit un long coffret de cuir clouté.

— Cette cassette contient quinze mille livres en or. Elle est à vous.

Il la souleva difficilement car elle pesait environ dix kilos ! Louis la prit sous son bras pendant que Toussaint Rose le raccompagnait à la porte.

— À droite, vous trouverez un escalier, fit-il. Prenez-le. En bas, longez la galerie, elle vous conduira dans la cour. Bonne chance, chevalier.

Louis suivit l'itinéraire, faisant passer le coffre successivement sous un bras, puis sous l'autre. Il regrettait maintenant de ne pas avoir choisi un bon de caisse. Comment transporter cette lourde cassette chez lui sans se faire remarquer ? Comment ne pas se la faire voler dans les rues si animées qu'il allait traverser ? Il en était là de ses inquiétudes quand il se retrouva effectivement dans la grande cour du Palais.

C'est alors que, près de son cheval, il découvrit son ami Gaston !

— Je crois que j'ai bien fait de t'attendre, ironisa ce dernier en désignant du doigt le lourd paquet sous le poids duquel Louis vacillait. Je ne sais pas ce que contient ton coffre, mais je crois que nous ne serons pas trop de deux pour veiller dessus.

En parlant, il avait ouvert les sacoches pendues à sa selle dans lesquelles se trouvaient deux pistolets de fonte à rouet ainsi que plusieurs fines lanières de cuir. Il prit ensuite le coffre que Louis avait posé par terre pour souffler un peu et le posa à l'arrière de la selle du cheval de son ami, puis le fixa solidement avec les lanières.

Quand il eut terminé ces opérations, Gaston scruta attentivement les gens qui circulaient autour d'eux. La cour était remplie d'une multitude de gardes, de mousquetaires et d'exempts. Il repéra vite deux archers de la ville et, se dirigeant vers eux, il les héla.

— Je suis le commissaire de Saint-Germain-l'Auxerrois, que faites-vous ici ?

— Nous portions des lettres du conseil des échevins à M. le comte de Chavigny, monsieur. Nous rentrons maintenant à l'Hôtel de Ville, expliqua le plus âgé en le saluant.

— Bien, nous prenons en partie le même chemin et vous allez nous escorter. (Il montra du doigt Louis et leurs deux chevaux.) Nous ferons juste un détour par la rue des Quatre-Fils et je vous accompagnerai ensuite à l'Hôtel de Ville pour m'excuser auprès de votre officier.

Les deux gardes acquiescèrent, apparemment indifférents mais intérieurement satisfaits d'échapper à leur ennuyeux service.

C'est ainsi que les dix kilos d'or devaient être portés à l'étude des Fronsac.

En chemin, Louis et Gaston parlèrent librement de leur entretien avec Mazarin.

— Que vas-tu faire maintenant ? lui demanda Louis.

— La piste la plus sérieuse est, je n'en démords pas, celle des faux-monnayeurs. Les conspirateurs ont toujours besoin d'argent et si l'Espagne n'a pas voulu leur donner de l'or pour les aider, il ne paraît pas idiot qu'ils se soient lancés dans la fausse monnaie. Je vais donc continuer dans cette direction.

— Tu as raison, approuva Louis, moi je vais rechercher de nouveau ce Picard, mais pour faire d'une pierre deux coups, je peux aussi me renseigner discrètement sur cette piste espagnole. Et pour le *Tasteur*, que vas-tu décider maintenant qu'il a disparu ?

Gaston resta pensif un moment. Finalement, il lâcha :

— Je ne sais pas, as-tu des idées ? J'ai bien peur que les recherches ne cessent... Après tout, il est mort et ne nuira plus à personne...

— Laffemas a déclaré qu'il n'est mort que depuis hier. Quelqu'un pourrait-il me faire un portrait du visage du cadavre s'il n'a pas déjà été mis en terre ?

— Certainement... Le corps est encore dans la morgue du Châtelet... Je peux demander à un huissier que je connais et qui dessine fort bien. Demain, cela te conviendrait-il ?

— Ce serait parfait.

8

Du 26 janvier 1643 à la fin du mois

Louis abandonna Gaston pour rentrer dans l'étude mettre son argent à l'abri dans les coffres blindés de son père. Ces coffres – cambriolés une fois par Rochefort – étaient désormais scellés dans une petite chambre forte du deuxième étage de la maison.

Il avait à peine terminé que Mme Bouvier l'approcha : le matin même, Margot et Michel Hardoin s'étaient présentés pour accepter la proposition de Louis ; le couple avait prévu de revenir dans l'après-midi. Après l'argent de Mazarin, c'était une seconde bonne nouvelle.

Louis décida donc de rester à l'étude pour les attendre et en profita pour manger avec ses parents qu'il n'avait pas vus depuis quelques jours. En fait, il n'eut pas à patienter longtemps ; dès la fin du repas, les deux jeunes gens furent annoncés.

Louis les reçut aussitôt dans le petit bouge du deuxième étage qui lui servait parfois de bureau. Il leur expliqua longuement la situation et conclut :

— Voilà, je vous ai décrit l'état de ce domaine, il ne vous reste plus qu'à aller vous rendre compte sur place ; vous pouvez vous installer là-bas tout de suite si vous le souhaitez. Ce ne sera pas confortable, mais vous ferez tous les travaux d'aménagement qui vous paraissent nécessaires. Vous, Michel, étudiez soigneusement l'état du bâtiment et préparez une liste des réparations urgentes. Quant à vous, Margot, je suis persuadé que vous savez gérer une maison ; voyez tout ce qu'il y aurait à faire. Je vous donnerai un blanc-seing. Passez quelques jours dans les lieux et ensuite, revenez m'en parler. Julie de Vivonne, avec qui je vais me marier, aura entre-temps préparé des plans d'aménagement. Nous en discuterons à votre retour. Ensuite, vous vous installerez là-bas définitivement pour commencer les travaux.

Voyant qu'ils opinaient, Louis poursuivit :

— Dans l'immédiat, vous disposerez de vingt mille livres pour commencer. En voici déjà mille pour les dépenses les plus urgentes. (Il leur remit cinquante louis.) Margot, vous gérerez les comptes et me ferez des mémoires détaillés.

Le couple acquiesça et décida de partir dès le lendemain. Louis leur promit le carrosse familial dont il n'avait pas besoin. Nicolas, qui connaissait le chemin, les conduirait.

Le soir même, il alla voir Julie à l'hôtel de Rambouillet pour tout lui raconter. Elle avait déjà préparé une longue liste d'ouvrages à réaliser et lui promit que tous les plans seraient terminés d'ici à une semaine. Elle lui en montra ses premières esquisses.

— Nous garderons le bâtiment central après sa remise en état. Les murs extérieurs de la cour seront complétés par des murs intérieurs en brique rouge qui rejoindront aussi les tours. Le côté interne des tours carrées sera abattu et, en posant une toiture de tuiles sur l'ensemble, nous disposerons de deux ailes très élégantes. Une pour notre habitation, et une pour tes parents. La salle centrale deviendra un salon de réception. La cour sera réduite et pavée. Le dernier mur, avec le porche, sera aussi abattu et remplacé par une grande grille. Ainsi, le manoir sera visible de l'extérieur et lumineux de l'intérieur. Les douves seront comblées et le plateau aménagé en jardin...

— Magnifique ! C'est un projet extraordinaire ! s'enflamma Louis.

Pourtant, il ajouta, inquiet :

— Tout ceci nous coûtera combien ?

Julie eut une jolie mimique, mélange d'incertitude et d'insouciance :

— Je ne sais pas encore. Mais nous nous débrouillerons... J'en suis certaine...

Mme de Rambouillet vint alors les rejoindre, un sourire ironique aux lèvres.

— Ma tante, vous semblez bien amusée, nous ferez-vous part des raisons de votre allégresse ? poursuivit Julie en la saluant.

— J'allais le faire, ma fille. Mme la Princesse me quitte à l'instant et m'a rapporté que le jeune duc de Beaufort s'affiche désormais avec Mme la duchesse de Montbazon. A-t-on jamais vu couple plus mal assorti ?

Hercule de Rohan-Montbazon, dont nous avons parlé un peu plus tôt, avait une autre Marie dans sa vie : sa deuxième épouse, Marie de Bretagne.

En 1643, Marie de Bretagne, devenue duchesse de Montbazon, avait trente-trois ans et était universellement jugée comme l'une des plus robustes femmes de la Cour. En vérité, selon Tallemant des Réaux, c'était un colosse à la poitrine gigantesque : *Elle a moitié plus de tétons qu'il n'en faut !* répétait-il.

Elle était surtout célèbre pour avoir été la maîtresse de tous les Grands : Chevreuse, Soissons, Gaston d'Orléans et bien d'autres avaient été ses amants. On racontait même qu'on pouvait la louer pour une nuit tant elle avait de gros besoins d'argent !

Cinq cents écus bourgeois font lever ta chemise, rapportait une chanson paillarde qui se moquait d'elle.

Lorsqu'elle était enceinte – ce qui était fréquent –, elle battait la campagne dans son carrosse à vive allure. La médecine était terrible et après avoir avorté, elle déclarait, hilare : *Je viens de rompre le cou à un enfant !*

Bref, on l'appelait l'Ogresse et c'en était vraiment une.

Deux ans plus tôt, elle avait été la maîtresse du duc de Longueville, puis celui-ci avait épousé Geneviève de Bourbon, la si jolie sœur du duc d'Enghien. Or, à ce moment-là, qui était l'amoureux en titre de Geneviève ?

François de Beaufort !

Lequel Beaufort, compromis plus ou moins avec le marquis d'Effiat lors de la conspiration de Cinq-Mars, avait dû s'enfuir rejoindre son père en Angleterre.

Et maintenant, le rapprochement de la duchesse de Montbazon – désireuse de se venger de son amant infidèle Longueville –, avec Beaufort – qui brûlait d'une revanche sur Geneviève de Bourbon qui l'avait rejeté –, n'était-il pas le signe d'une alliance entre les Vendôme et les Rohan-Montbazon contre le clan des Condé ?

Une telle alliance pouvait avoir des conséquences incalculables !

Julie de Vivonne s'en inquiéta auprès de sa tante.

— C'est vrai, reconnut la marquise, songeuse, il existe une haine inexpiable entre les Condé et les Vendôme : les deux familles ambitionnent le trône, mais les uns sont de légitimes princes de sang, les autres des bâtards. Avec cette coucherie, les ressentiments n'en seront que plus exacerbés. En outre, c'est aussi un rapprochement entre Marie de Chevreuse et les Vendôme ; après tout, elle est la belle-fille de la duchesse de Montbazon.

— Il y a aussi le duc de Guise qui est lié aux Chevreuse, ma tante, remarqua Louis.

— C'est encore exact, je l'oubliais, mais Guise est fou, il est moins dangereux que les autres. Savez-vous, Louis, qu'il veut rentrer en France et qu'il a demandé lui aussi pardon au roi ?

— Je l'ai entendu dire.

— Mais en connaissez-vous la véritable raison ? Je vois à votre regard que la réponse est non. Eh bien, tout simplement, Guise veut encore se marier ! Cette fois avec Mlle Pons, une fille d'honneur de la reine !

Henri de Guise, beau-frère du duc de Chevreuse, avait été exilé par Richelieu après une condamnation à mort pour avoir eu deux épouses simultanément alors qu'il était archevêque de Reims. Il avait aussi participé à la révolte du duc de Bouillon contre le roi en 1641. Effectivement, il désirait maintenant rentrer en France pour faire annuler ses deux précédents mariages et trouver des alliés pour en effectuer un troisième.

— Je comprends, fit Louis pensivement. Si Guise cherche des amis pour l'aider, il se tournera vers ses anciens alliés, les Vendôme, et vers ses proches comme sa belle-sœur, Marie de Chevreuse. Avec la famille des Rohan, tous ces gens peuvent rapidement constituer une force puissante capable de faire vaciller la France.

Durant les jours qui suivirent, en général déguisé et grimé, Louis fréquenta le cabaret du *Grand Cerf* ainsi que des tavernes particulièrement mal famées environnantes.

Il tentait de trouver quelques indices.

Mais dans ces infâmes bouchons fréquentés par une population de miséreux : portefaix, crocheteurs, gagne-deniers et hommes de peine, ou pire encore, truands balafrés armés jusqu'aux dents, garces publiques à la poitrine découverte, malingreux[1], aux plaies hideuses et drilles[2] en cavale, le seul résultat qu'il obtint fut d'avoir goûté à la plupart des vins falsifiés de Paris, des mélanges de jus divers et d'alcool frelaté qui assommaient son homme à coup sûr lorsqu'on en avalait un pichet.

Partout, et à chaque fois, il demandait après son ami Picard qui était souvent bien connu mais semblait avoir disparu depuis des semaines.

En ce qui concernait *Le Mulot* et ses amis, il ne récolta que peu d'informations. Par contre, ce fut en montrant le dessin du visage du *Tasteur* que lui avait remis Gaston qu'il connut enfin le succès.

Enveloppé dans un vieux manteau élimé ayant appartenu à son grand-père, une informe

---

1. Les malingreux se couvraient les bras et les jambes de faux ulcères pour demander l'aumône devant les églises afin de réunir la somme nécessaire pour entreprendre un pèlerinage capable de les guérir.

2. Soldats souvent déserteurs.

toque de velours sur la tête et revêtu d'un vieux pourpoint à *gigot*, c'est-à-dire avec des ballons aux épaules, déchiré et souillé, Louis était, ce soir-là, au cabaret des *Trois Maures*, dans la rue Guillaume-Gosse.

Simulant l'ivresse, il observait deux francs-mitous, ces gueux qui contrefaisaient les malades à la perfection. L'un, un faux boiteux, avait ôté sa béquille pour aider un bossu qui enlevait sa bosse de crin. C'est alors qu'il vit entrer une dizaine de pendards dirigés par un chef vêtu de noir. Celui-ci, nommé respectueusement le *Trésorier*, s'installa à l'écart, puis garces et francs-mitous, drilles et malingreux furent appelés chacun à leur tour pour lui remettre une partie de leur recette.

Louis faisait semblant de sommeiller. Quand le *Trésorier* quitta les lieux, tous les malades et estropiés furent miraculeusement guéris, tous les vieillards paralysés retrouvèrent leur jeunesse. Les chansons, les cris et la licence évoluèrent vite vers la débauche. Faisant semblant d'être suffoqué par les odeurs et saoulé par le vacarme, Louis se déplaça en vacillant vers un petit cabinet encore plus sombre en faisant signe à une fille de salle, maigre et maladive, de le rejoindre.

Flairant la bonne affaire, elle s'approcha en se dandinant outrageusement. Il lui fit signe de s'asseoir et lui glissa un écu. Elle comprit alors qu'elle avait affaire à un mouchard. Mais pour un écu, elle était prête à tout.

— Je reconnais bien cet homme, dit-elle en examinant sous une bougie le dessin que Louis lui montrait.

C'était le portrait du *Tasteur* que Gaston lui avait fait parvenir quelques jours plus tôt.

— Qu'est-il devenu ? C'est un ami à vous ? On ne le voit plus depuis plusieurs semaines... il logeait ici sous les combles, juste à côté de ma chambre. Il avait payé plusieurs semaines d'avance, je crois, mais quel grincheux, il ne parlait à personne ! Même pas à moi, ricana-t-elle en dévoilant sa bouche édentée, comme s'il avait peur de quelque chose... Il avait l'esprit follet et enragé.

Contre un écu supplémentaire, Louis obtint la clé du galetas. La femme proposa, avec une œillade, de l'accompagner pour lui faire passer du bon temps.

Pour s'en débarrasser, Louis dut promettre de revenir la voir le lendemain. Il se rendit finalement seul dans les combles. Le sordide bouge sentait les déjections et paraissait abandonné. Louis se mit à le fouiller méthodiquement, mais le *Tasteur* ne possédait presque rien.

Pourtant, sous sa paillasse répugnante et pleine de vermine grouillante, Louis découvrit finalement les bijoux volés à ses victimes, tous rangés dans un sac de toile, ainsi qu'un cartable de cuir qui contenait des lettres et des documents. Il s'assit sur le lit pour les lire.

Quand il eut terminé, il sut qu'il avait trouvé ce qu'il cherchait. Il prit le cartable ainsi que les bijoux, referma la pièce et se précipita aussitôt chez Gaston à qui il raconta tout.

Le sac de bijoux, qu'il avait emporté, fut étalé sur la table du commissaire.

— Certaines des malheureuses victimes n'auront donc pas tout perdu, murmura Gaston.

Il leva les yeux et regarda attentivement son ami en ajoutant :

— Parfois, je me demande si ce n'est pas toi qui devrais être ici à ma place. Je n'aurais jamais eu cette idée de présenter un dessin du *Tasteur* dans tous les cabarets...

— Ce n'est pas tout, le coupa Louis. Regarde maintenant cela. J'ai trié sommairement les papiers que j'ai découverts. Ton *Tasteur* s'appelait Guillaume Maroncères. Son père fut juge-criminel au Châtelet de 1610 à 1615, date de sa mort. D'après ces pièces, il semble qu'il ait eu ce fils en 1610 et qu'il l'ait abandonné à une nourrice. C'est elle qui l'aurait élevé.

Louis choisit un second tas de papiers, plus important que le premier, et le poussa vers son ami.

— Maintenant, examine ceci, ce sont des dossiers et des notes sur les affaires traitées par le père. Tu y trouveras celui du premier *Tasteur*. Il apparaît que c'est le père qui l'avait fait condamner. Il semblerait ainsi que le fils – dément ou voulant se venger de ce père qui l'avait abandonné – ait décidé de jouer à son tour le rôle du criminel...

— Voilà bien une affaire bizarre..., marmonna le commissaire en étudiant les pièces qu'il avait sous les yeux. Réellement, les raisons du comportement des criminels sont parfois bien étranges...

Il releva finalement la tête.

— Toute l'histoire me semble parfaitement éclaircie, et uniquement grâce à toi, ajouta-t-il avec une pointe de dépit.

Louis lui coupa à nouveau la parole en brandissant un dernier document :

— Ce n'est pas encore tout. Le fils – notre nouveau *Tasteur* – est arrivé à Paris il y a deux mois, peu après la mort de sa nourrice avec qui il vivait depuis plus de trente ans. Et où habitait-il auparavant ?

— Ma foi, je n'en sais rien, et je m'en moque, répliqua Gaston dans un rire. En quoi cela peut-il présenter quelque intérêt ?

— Comme tu veux, je vais cependant te le dire ; il vivait en Languedoc... dans le petit village de Fontrailles, sur le marquisat d'Astarac.

Louis fut assez satisfait de son effet. Gaston s'arrêta de plaisanter. Son visage se figea alors qu'il saisissait le papier que Louis tenait dans les mains. Il le lut plusieurs fois puis, en silence, il rassembla les pièces éparses sur sa table.

Astarac ! Le fief du marquis de Fontrailles !

— Je vais me rendre à Saint-Julien-le-Pauvre montrer tout cela à Laffemas, déclara-t-il quand il eut terminé. Mais avant d'aller chez lui, j'aimerais avoir ton opinion, que penses-tu de tout ça ?

Louis ne répondit pas immédiatement. Il se mordilla un instant les lèvres en rattachant ses galans noirs. Finalement, il déclara :

— À vrai dire, rien. La coïncidence me paraît tellement extravagante et incroyable. Je dois continuer à y réfléchir. Il y a d'autres faits qui m'échappent... mais je préférerais t'en parler plus tard...

Ils se quittèrent sans s'en dire plus. Le soir même, Louis alla chercher Julie rue Saint-Thomas-du-Louvre, car ils devaient travailler ensemble à l'étude avec Margot et Michel Hardoin, lesquels étaient rentrés de Mercy.

Julie apporta ses plans et présenta les notes de la marquise au charpentier et à la libraire.

Hardoin comprenait vite et Margot notait tout dans un grand registre. Louis, lui, n'avait pas grand-chose à faire, sinon à les écouter. Il semblait que la marquise de Rambouillet et Julie avaient tout prévu et tout organisé pour leur future maison. De temps en temps, Hardoin, homme de l'art, faisait une remarque qui entraînait quelques modifications mineures dans les plans.

Il y eut ainsi trois ou quatre séances dans les jours qui suivirent, puis il fut convenu que le couple pourrait partir à Mercy définitivement, embaucher là-bas quelques ouvriers et commencer les travaux. Le jour de leur départ, Louis leur remit dix mille livres et fit une dernière recommandation à Michel.

— Pour les manœuvres, ne dépasse pas un paiement de six sols par jour, nourri et logé. Mais si ce sont des gens de Mercy, je désire qu'ils soient payés dix sols. Je le leur ai promis.

Hardoin s'offusqua un peu de ce qu'il appelait du gaspillage mais acquiesça.

Entre-temps, Louis avait écrit un long mémoire au cardinal Mazarin. Il savait qu'il ne lui apprendrait rien puisque Laffemas l'avait certainement informé de son côté, mais ainsi le ministre comprendrait qu'il ne restait pas inactif.

Quelques jours plus tard, on devait être le jeudi 29 janvier, Louis était chez lui, rue des Blancs-Manteaux, essayant de rapprocher les fils de ses recherches et méditant sur les travaux à venir dans son domaine lorsqu'un page se présenta à sa porte.

Louis le connaissait. L'enfant était à Julie d'Angennes, la si brillante fille de Mme de Rambouillet. Le billet apporté par le page lui proposait, pour le lendemain, d'aller voir un spectacle donné par une nouvelle troupe installée près de la Tour de Nesle.

De telles sorties au théâtre en compagnie de la fille de la marquise étaient fréquentes. Julie d'Angennes y était toujours accompagnée du marquis de Montauzier, gouverneur d'Alsace et son éternel fiancé (elle ne l'épousera que trois ans plus tard). Louis, lui, était le cavalier de Julie de Vivonne.

Résolu à se changer les idées, il accepta avec plaisir et se rendit le lendemain, dès deux heures, à l'hôtel de Rambouillet.

À cette époque, et depuis l'ordonnance royale de novembre 1609, il était interdit aux comédiens de jouer – en hiver – passé quatre heures et demie. Les spectacles de théâtre devaient donc commencer au plus tard à trois heures de l'après-midi.

Montauzier et les deux Julie l'attendaient et il n'eut que le temps de monter dans leur carrosse. Il s'assit au côté de sa maîtresse avec, en face de lui, Julie d'Angennes et le marquis.

— Savez-vous où nous allons, monsieur le chevalier ? demanda Mlle d'Angennes avec son air mi-narquois mi-boudeur habituel.

Elle aimait beaucoup se moquer de ses amis et particulièrement de Louis, étant en vérité fort jalouse de sa cousine.

— Je n'ai que l'information que vous m'avez confiée, madame : nous allons vers la Tour de Nesle. Cependant, je ne connais pas de théâtre là-bas, remarqua Louis d'un ton neutre pour éviter toute repartie cinglante.

Julie d'Angennes prit un air dédaigneux.

— Rassurez-vous, nous allons bien au théâtre, et pas à n'importe lequel. Celui-ci a été pompeusement baptisé par son fondateur l'*Illustre Théâtre*, et cet homme est un de vos condisciples...

— Un condisciple, madame ?... Je le connaîtrais donc ?

— Parfaitement, il a terminé depuis peu ses études au collège de Clermont, vous y étiez élève, je crois, avec votre ami, le policier rousseau comme une vache ?

Julie d'Angennes gardait une profonde haine envers Gaston[1].

— C'est exact, et mon frère y est aussi en ce moment. Mais j'ai terminé mes études à Clermont il y a près de quinze ans, comme Gaston. Nous étions dans la classe de M. l'abbé de Retz.

— Je connais parfaitement votre âge et donc que vous n'avez sûrement pas connu celui que nous allons voir jouer, railla-t-elle. Je me moquais. Notre chef de troupe se nomme Poquelin, Jean-Baptiste Poquelin, c'est le fils d'un valet de chambre du roi. Il est fort à la mode, ayant ouvert son théâtre dans le jeu de paume des Métayers depuis le premier janvier. On dit qu'il s'est acoquiné avec une famille de saltimbanques, les Béjart, dont l'une des sœurs aurait un certain talent – nous l'avons vue jouer en mai ou en juin –, elle se nomme Madeleine. Vous souvenez-vous d'elle ? Elle est malgré tout assez vulgaire, comme sa sœur Geneviève.

---

1. Voir : *Le Mystère de la Chambre Bleue*.

Sans attendre une réponse, qui ne l'intéressait d'ailleurs pas, Julie d'Angennes poursuivit en persiflant :

— Ce Poquelin ne doit pas trop aimer son nom car il a pris le surnom ridicule de Molière. Et la farce que nous allons voir – il écrit lui-même des farces ! – s'appelle *Le Médecin cocu*.

Montauzier fit une petite grimace à Louis pour l'engager à ne pas attacher trop d'importance aux railleries habituelles de sa fiancée.

Le marquis, âgé de vingt-six ans – alors que Julie d'Angennes en avait trente-cinq –, appréciait beaucoup Fronsac pour son esprit logique et ses connaissances scientifiques si peu courantes dans son entourage. Cela lui permettait aussi de se mettre en valeur car il était lui-même fort versé en physique et en chimie. Montauzier se piquait aussi de faire des vers, mais il aurait mieux fait de s'abstenir dans ce dernier domaine car ses sonnets déclenchaient toujours sourires et sarcasmes, ce qui le vexait terriblement. Le seul véritable défaut du marquis était cependant un effroyable esprit de contradiction qui irritait tout le monde. Montauzier adorait prendre le contre-pied de toute affirmation qui lui était faite et qu'il jugeait fausse. Il n'hésitait pas alors à aller jusqu'à la rupture pour faire triompher ses idées.

Car le marquis était un homme entier, d'un caractère difficile et intransigeant. Cette rigueur qui frôlait l'intolérance faisait de lui un personnage tellement original que Poquelin

– ce Molière dont il allait voir une pièce et qu'il ne connaissait pas encore – s'inspirerait de lui, des années plus tard, pour le personnage d'Alceste dans *Le Misanthrope* !

Mais Louis aimait bien Montauzier car il le trouvait honnête, fidèle à ses principes – et à son roi –, généreux et, curieusement pour l'époque, opposé à la peine de mort. Le seul reproche qu'il lui faisait était sa jalousie envers Vincent Voiture et le marquis de Pisany.

— Je déteste ces farces qui ne sont que propos orduriers et grossiers, déclara alors le marquis, mécontent du choix de Julie d'Angennes, apprenant qu'il s'agissait d'une turlupinade.

Il défia du regard chacune des trois personnes du carrosse pour entamer le débat qu'il attendait impatiemment.

Julie de Vivonne prit la main de Louis pour lui faire comprendre que, face aux provocations de sa cousine et du marquis, il était préférable qu'il se taise désormais.

Faute de reparties, la conversation cessa donc.

Ils passèrent le Pont-Neuf, ayant suivi jusque-là les quais du Louvre après avoir traversé les guichets.

Louis jeta un œil distrait à la foule disparate qui s'y pressait. Le pont restait le centre de la ville. On y voyait des laquais armés revendant à la sauvette les biens de leur maître, des marchands de châtaignes, de glands et même de mort-aux-rats, des vendeurs de vinaigre et des arracheurs de dents, des troubadours, dresseurs d'ours et autres saltimbanques ainsi que d'innombrables filles faciles en quête de quelques sols, se faisant parfois passer pour des servantes ou des lingères.

Arrivés sur la rive gauche, ils se dirigèrent vers la porte de Nesle. C'était un nouveau quartier en plein développement.

Au siècle précédent, ce coin de Paris était encore étroitement enserré dans la muraille que Philippe Auguste avait fait construire et qui suivait approximativement notre actuelle rue Mazarine. Au bout de cette muraille, près de la Seine, se trouvait alors l'hôtel de Nesle surmonté de sa sinistre tour, ainsi qu'un plus petit bâtiment qu'on appelait le petit Nesle.

Au pied de la tour de Nesle, une nouvelle porte avait alors été percée – la porte de Nesle – qui donnait sur un chemin boueux longeant la muraille : le chemin des fossés Saint-Germain, puis sur un grand terrain vague : le *Pré aux clercs*, lequel se terminait contre les murailles de l'abbaye de Saint-Germain.

Plus tard, l'hôtel de Nesle avait été acheté par Louis de Gonzague, duc de Nevers, qui y avait fait construire sa nouvelle demeure. C'est là que la duchesse, son épouse, avait pieusement conservé la tête de son amant Coconas.

Sa petite-fille, Marie de Gonzague, la maîtresse de Cinq-Mars, avait vendu cette maison en 1641 à Henri Guénégaud qui y avait fait construire un splendide hôtel par Mansart. Ce nouveau bâtiment faisait face à la Seine et, justement, leur carrosse passait devant, en suivant la voie qui devait les conduire vers la porte de Nesle.

Ils franchirent finalement la porte.

De ce côté-ci, hors de la ville pourtant, les maisons étaient désormais nombreuses et déjà la future rue Mazarine, qui n'était toujours que la rue des Fossés, se traçait peu à peu car la muraille de Philippe Auguste avait été presque entièrement abattue. La première à avoir mis ce quartier à la mode était la reine Margot qui y avait fait construire son hôtel.

Au début de la rue des Fossés, sur les rives de la Seine, toutes sortes d'animaux : chevaux, mules, ânes, vaches, moutons, se désaltéraient ou déféquaient dans l'eau gâtée du fleuve.

Leur carrosse prit à gauche durant très peu de temps, car à main droite, en se dirigeant vers l'abbaye, se dressait justement le jeu de paume abandonné des Métayers. C'était la salle que Poquelin avait louée. Une grande banderole, clouée sur la porte d'entrée, annonçait fièrement – et pathétiquement compte tenu de l'infâme état des lieux – *Illustre Théâtre*.

Après que nos quatre amis furent descendus de voiture, le cocher s'éloigna avec son véhicule pour le garer dans une cour d'auberge et les y attendre.

Les deux femmes et les deux hommes pénétrèrent dans la vaste pièce totalement dénuée de décoration, hormis quelques crasseuses tapisseries. La salle était déjà envahie par une population houleuse et braillarde de clercs, de pages, de soldats en rupture de ban et d'ouvriers sans travail.

Tous manifestaient leur plaisir à venir par des cris, des hurlements, des quolibets et des braillements d'animaux divers. Un commissaire de police et une dizaine d'archers assuraient difficilement un semblant d'ordre.

Il n'y avait pas de loge dans le théâtre mais l'habitude était, dans un tel cas, de placer sur la scène les personnes de condition. Une fois payés les dix-huit sous pour chaque place, c'est donc vers l'estrade qu'un garçon de salle en sabots conduisit les deux Julie, le marquis et Louis.

Ils s'assirent sur des fauteuils placés à droite de la scène. Bien vite, tous les sièges furent occupés et l'on dut ajouter des banquettes, ce qui limitait encore la place pour les acteurs.

Une barrière vermoulue séparait la scène du reste du public. Louis, comme à son habitude dans ces théâtres, surveillait les bougies, allumées un peu partout, en se demandant s'ils pourraient sortir assez rapidement en cas d'incendie.

Après un long moment d'attente particulièrement agité et bruyant, le spectacle commença. En fait, deux pièces étaient au programme. La première était un drame de Tristan : *La Mort de Crispe*, ensuite ce fut une farce écrite par Poquelin : *Le Médecin cocu*. Dans cette dernière, les coups pleuvaient, les cris fusaient, les quiproquos étaient sommaires et les pitreries générales. Le mari, se croyant cocu, poursuivait sa femme pendant que sa servante le battait avec un balai. Les personnages grossiers, effrontés et impudents n'étaient que prétextes à une bouffonnerie générale.

Jodelet faisait de même à l'hôtel de Bourgogne, avec talent, ce qui n'était pas le cas de la troupe de Poquelin. Pourtant, les textes étaient d'un bon niveau, les caractères bien affirmés, et Louis en fut agréablement surpris.

La séance terminée, et de retour dans le carrosse, Julie d'Angennes fit part à sa cousine de son aversion envers la ridicule pitrerie dont elle rendit indirectement Louis responsable.

— Décidément, monsieur le chevalier, votre condisciple du collège de Clermont aurait mieux fait de devenir notaire comme vous, ou de rester valet de chambre comme son père...

Montauzier intervint alors, la contrariant une fois de plus.

— Ma chère Julie, je ne suis pas d'accord avec vous, Poquelin débute, certes, mais il a du talent, j'en suis certain. Vous verrez, dans quelques années, que vous regretterez vos méchantes paroles. J'ai trouvé ces pièces excellentes et fort bien jouées. Je ne regrette pas cette soirée.

Julie d'Angennes le dévisagea sans cacher son mépris et ne lui fit même pas l'honneur d'une réponse.

Ils rentrèrent tous à l'hôtel de Rambouillet dans un silence fâché.

9

Février, mars et avril 1643

Le printemps n'arrivait pas à percer. Si janvier 1643 avait été très froid, février fut à nouveau atrocement glacial et il neigea presque tous les jours durant la dernière semaine du mois. Chaque matin, des charrettes passaient dans les rues pour emporter au cimetière des Innocents les cadavres des indigents et des enfants morts de froid ou de faim.

Pour Louis, la vie s'écoula plus banalement. Il avait finalement cessé ses recherches et travaillait provisoirement pour l'étude familiale car, avec le froid, Jean Bailleul était tombé malade et Picard était réellement introuvable.

L'enquête de Gaston se trouvait donc au point mort et on pouvait penser que les raisons de l'assassinat de Babin du Fontenay resteraient définitivement ignorées.

Quant aux liens entre le *Tasteur* et le marquis de Fontrailles, aucun élément nouveau n'avait pu être mis en évidence et Gaston de

Tilly se demandait même s'il ne s'agissait pas d'une banale coïncidence.

Louis avait plusieurs fois rendu visite à son ami, autant pour avoir de ses nouvelles que pour le tenir informé de ses vaines quêtes dans les cabarets de Paris quand il cherchait Picard. Ce jour-là, ils en discutaient encore dans le bureau de Gaston.

Louis paraissait si découragé que Gaston avait décidé d'aborder avec lui un autre sujet.

— Sais-tu que depuis notre visite de janvier à Mazarin où nous avons appris que le roi s'était alité, celui-ci ne s'est pas bien remis ?

— Non. (Louis était surpris et légèrement inquiet.) Mais de quoi souffre donc Sa Majesté ?

Le commissaire haussa les épaules pour montrer son ignorance.

— Je ne sais pas très bien... des maux de ventre avec de forts accès de fièvre, semble-t-il. Laffemas m'a rapporté que les médecins avaient d'abord conclu à un relâchement de l'estomac. Le roi était abattu et alangui, ne mangeait presque plus et vomissait souvent. Mais ce doit être plus grave puisqu'il ne guérit pas.

Gaston ne semblait nullement affecté par ce qu'il racontait, mais Louis ressentit un étrange frisson. Il avait déjà entendu la description de tels symptômes quelques semaines plus tôt.

Je suis un sot de m'alarmer ainsi, se morigéna-t-il, quel rapport pourrait-il y avoir entre la maladie du roi et la mort de Daquin ?

Son ami lui donna ensuite d'autres informations que Louis n'écouta guère. Il gardait l'esprit occupé ailleurs.

Durant les jours qui suivirent, il ne cessa point de penser aux étranges maux de ventre du roi.

À la fin du mois de février, on était un mardi, je crois, Boutier, qui dînait ce soir-là chez les Fronsac, le renseigna plus avant sur la maladie du roi. Louis le questionna et il remarqua que Boutier semblait plus préoccupé qu'il n'aurait dû l'être.

— C'est vrai que Sa Majesté ne va pas très bien, pourtant son état s'était amélioré au début du mois, il a même dîné avec le cardinal Mazarin il y a deux semaines mais, il y a trois jours, il s'est de nouveau alité et, depuis, il vomit régulièrement et garde une forte fièvre. On dit qu'il est terriblement amaigri et qu'il doit rester couché en permanence...

Louis n'écouta plus la suite. Ses doutes devenaient trop insupportables. Il fallait qu'il y mette fin ; aussi prit-il la résolution de s'en occuper dès le lendemain. Il ne prêta donc guère attention à ce que racontait Boutier à ses parents. Pourtant, cela aurait dû l'intéresser.

— ... Le jeune duc de Beaufort, François, a désormais une importance considérable à la Cour. Il s'est entièrement mis à la disposition de la reine et du roi, ne ménageant pas ses efforts pour les aider et les satisfaire. Il fait tout ce qui est possible pour réconcilier les anciens opposants à Sa Majesté et les vieux amis de feu le cardinal de Richelieu. Ses relations avec M. du Noyers sont excellentes. Chacun le loue et l'approuve, tant pour son zèle que pour sa modération, son discernement et, ce qui ne gâche rien, son courage et sa beauté.

Il ajouta, avec une expression chafouine, en s'adressant particulièrement au père de Louis :

— En outre, il commande maintenant les régiments de la garde. Tous les officiers sont à sa dévotion et le roi, qui pourtant avait un fort a priori contre son neveu, lui aurait même proposé la place de Grand-Écuyer... la place de Cinq-Mars !

— Et la reine, que pense-t-elle de Beaufort ? demanda M. Fronsac.

Boutier fit une grimace et répondit à côté de la question :

— Sa Majesté semble apprécier la présence du jeune Beaufort auprès d'elle. Par contre, Condé ravale difficilement sa rage. Quant à Mazarin, il ne dit rien... C'est curieux, notre Italien semble indifférent à tout ce qui se passe autour de lui. Pourtant, il devrait réagir, car Beaufort se pique aussi de politique. Par exemple, il a contraint Chavigny et le chancelier Séguier à accepter le rappel de nombreux exilés et il déclare partout qu'il préférerait Châteauneuf au conseil, à la place du cardinal Mazarin.

— Châteauneuf ? s'étonna le père de Louis en posant son verre.

Boutier hocha la tête avec une grimace exprimant sa vive désapprobation.

— Oui, l'ancien garde des Sceaux de Richelieu, le vieil amant de Marie de Chevreuse qui est resté en prison neuf ans pour avoir conspiré contre le Cardinal en échange d'une petite place dans le lit bien garni de la duchesse, ricana-t-il.

» Et vous vous doutez bien que, pour les Condé, entendre simplement parler d'un retour éventuel de celui qu'ils considèrent comme l'assassin de Montmorency est un affront abominable !

Le reste du repas fut consacré, plus légèrement, aux nombreux commérages qui circulaient sur le jeune Beaufort et sur sa nouvelle compagne, la vigoureuse Marie de Montbazon.

Mme Fronsac serrait les lèvres avec un air faussement scandalisé par les anecdotes graveleuses de Boutier qui détaillait les exploits amoureux de l'Ogresse. En vérité, elle était ravie de les entendre, elle pourrait ainsi les raconter à son tour à ses amies. Aussi M. Boutier, qui le savait pertinemment, forçait sur les détails les plus scabreux.

Le lendemain, Louis se rendit à l'hôtel de Rambouillet pour avoir une longue et sérieuse conversation avec le vieux marquis.

M. de Rambouillet était un homme âgé, presque aveugle, mais il avait longtemps joué un rôle important à la Cour alors qu'il était grand-maître de la garde-robe royale et il continuait à garder d'étroites relations avec tous ceux qui entouraient le roi.

Il promit à Louis de se mettre à sa disposition.

Le surlendemain, Louis reçut enfin dans l'après-midi le billet qu'il attendait du marquis. Malgré la neige qui recouvrait Paris et l'heure avancée – il était plus de cinq heures de l'après-midi et il faisait presque nuit – il se rendit chez le médecin de Daquin, Guy Renaudot, qu'il trouva alors qu'il se mettait à table avec sa famille. Renaudot accepta de le recevoir quelques instants.

Le médecin, âgé d'une cinquantaine d'années, était d'une taille médiocre, mais sa santé semblait excellente et son ventre rebondi qui se portait en avant assurait de sa prospérité. Une barbe blanche, en collier, dessinait les limites d'un visage jovial et pétillant d'intelligence.

— Monsieur, je reprends, pour le lieutenant civil, une enquête sur la mort de Cléophas Daquin, lui expliqua Louis. Vous étiez, je crois, son médecin. Que pouvez-vous m'apprendre ?

— Terrible agonie et atroce trépas, déclara sentencieusement l'homme de l'art, ses bras croisés reposant sur son large ventre.

Louis hocha du chef et demanda alors :

— Accepteriez-vous de m'accompagner, demain, chez un de vos confrères pour lui décrire les circonstances de la fin de votre malade et de son trépas ?

Renaudot balança un moment, peignant sa large barbe de la main droite. En même temps, il dévisageait longuement son interlocuteur, essayant de deviner ce qui l'amenait vraiment. Il savait parfaitement que le lieutenant civil Laffemas n'avait pas pour habitude d'envoyer des émissaires ainsi.

— Est-ce important ? Est-ce officiel ? s'enquit-il finalement.

— C'est plus important que tout ce que vous pouvez imaginer. Pourtant, ce n'est pas officiel ; cependant, je vous l'ai dit, j'ai toute liberté pour agir au nom de M. Laffemas, et même au-dessus de lui, s'il le faut.

Il ajouta avec une ombre de menace :

— Je peux obtenir un ordre écrit du chancelier... ou même du roi...

Dans ces conditions, Renaudot n'hésita plus mais tenta d'imposer l'heure de la visite, comme pour ne pas s'avouer totalement vaincu.

— Soit ! À huit heures. Plus tard, j'ai des malades à voir...

Louis acquiesça.

— Je passerai vous chercher, précisa-t-il. Nous n'irons pas loin.

Le vendredi 27 février, dès huit heures du matin, Louis se rendit à cheval chez le médecin et lui demanda de le suivre. Celui-ci, porté par sa mule, l'accompagna dans un silence boudeur qui cachait mal sa curiosité car il ne cessait de lancer des regards perplexes à son compagnon. Ils se rendirent ainsi dans une ruelle sur le flanc droit du Palais-Cardinal, puis pénétrèrent dans un petit hôtel où un laquais les attendait.

— Vous ne m'aviez pas dit que nous allions chez un confrère aussi illustre, lui reprocha Renaudot d'un ton aigri.

Ils se trouvaient en effet chez le sieur Guénault, médecin de Mazarin, et accessoirement de Louis XIII.

Ils suivirent le laquais dans un grand salon très luxueusement meublé. Guénault était là, debout et seul. Il les attendait mais les reçut fort froidement devant une cheminée où flambait heureusement un joyeux feu de bois. Louis, envahi par la chaleur, se sentit un bref instant proche de la béatitude tant il avait eu froid pour venir.

Le médecin de Mazarin avait un visage livide, osseux et déplaisant, sans barbe ni moustache aucune. Des cheveux mi-longs, totalement gris, faisaient ressortir des lèvres fines qui ne souriaient jamais. Cette physionomie lui donnait un aspect particulièrement désagréable. Tout en lui annonçait de mauvaises nouvelles. Et lorsqu'il parla d'une voix de crécelle, Louis se rendit compte qu'il était encore plus détestable qu'il en avait l'air.

— Monsieur Fronsac, j'ai reçu votre billet ainsi que la demande de M. de Rambouillet dont je suis le médecin et l'ami. J'ai aussi parlé de votre visite à Son Éminence, Mgr Mazarin, qui m'a conseillé – je devrais dire qu'il m'a ordonné – de vous voir. J'accepte donc cette entrevue bien qu'elle soit contraire à mes désirs et à mes principes...

Il grimaça.

— ... Cependant, je n'en connais pas les raisons. Si vous voulez bien me les faire savoir, je vous suis tout ouïe. Toutefois, soyez bref, je vous en prie, je suis très occupé...

Il avait insisté sur le *très* et Louis s'inclina cérémonieusement.

— Merci, monsieur. M. Renaudot, qui m'accompagne, est aussi médecin. Je désire seulement qu'il vous décrive les symptômes d'un malade qu'il a récemment soigné et qui est mort. Je souhaiterais savoir si ces symptômes vous rappellent ceux d'un autre de vos illustres malades. Je ne vous demanderai pas son nom et je vous prierai même de le celer. Vous me direz seulement *oui* ou *non* et je comprendrai.

Renaudot fronça les sourcils avec étonnement. Il ouvrit même la bouche pour protester mais, devant l'expression sinistre de son interlocuteur, il se retint. Louis continua donc sur un ton plus solennel et même ouvertement menaçant. Son visage s'était vidé de toute expression.

— Autre chose. Rien de ce qui va s'échanger ici ne peut être rapporté à quiconque. Vous êtes tous deux tenus au secret le plus total. Je ne suis pas qualifié pour vous contraindre, mais je pense que la mort serait certaine si la moindre information sur ce que vous allez vous dire sortait de ces lieux. À vous, monsieur Renaudot...

Ils étaient tous trois restés debout et Louis se recula légèrement.

Renaudot, tout à fait impressionné par ce discours, se mit à parler de la maladie de Daquin. Au début, il hésita et chercha ses mots. Puis il trouva son rythme. De temps en temps, Guénault l'interrompait pour poser des questions précises.

Les réponses devinrent de plus en plus explicites. Le visage du médecin du roi laissait parfois paraître sa stupéfaction. Louis les observa un moment, puis il s'approcha de la fenêtre et se plongea dans le spectacle de la rue. La discussion, très technique, ne l'intéressait pas. Par moments, certains mots arrivaient à ses oreilles : estomac, diarrhée, faiblesse, vers rouges. Il laissa sa pensée vagabonder. Brusquement, il fut ramené à la réalité par le silence qui avait envahi la pièce. Il se retourna vers les médecins, l'air interrogateur.

Guénault, le visage plein d'effroi, le dévisagea alors fort respectueusement. En déglutissant difficilement, il prononça ces mots :

— Monsieur, les symptômes sont les mêmes...

Louis hocha tristement la tête et fit signe à Renaudot qu'ils pouvaient partir. Ils avaient gardé leur chapeau à la main et se recoiffèrent. Guénault les accompagna jusque sur le palier, sans leur adresser la parole, mais son regard et son visage exsangue ne cachaient pas sa terreur.

Renaudot, qui avait noté l'épouvante de son confrère, semblait tout à fait déconcerté par ce qui s'était passé et qu'il ne comprenait pas.

Arrivé dans la cour, le médecin de Daquin protesta auprès de Louis, essayant de mettre de l'autorité dans sa voix.

— Pourrais-je savoir ce que signifie cette comédie ?

Louis le dévisagea avec compassion.

— Monsieur, je vous remercie. Je pense que je ferai peut-être encore appel à vous mais, pour l'instant, je ne peux rien vous dire. N'oubliez pas : pour votre vie et celle de votre famille, ne rapportez à personne cette visite et ce qui s'y est dit !

Ils se quittèrent froidement.

Rentré chez lui, Louis écrivit une longue lettre à Mazarin qu'il porta lui-même au Palais-Cardinal. Arrivé sur place, il se fit conduire au bureau de Toussaint Rose et lui demanda de la remettre en main propre et sans aucun témoin au cardinal.

Le soir même, un officier apporta une lettre cachetée à Louis. Après son départ, il l'ouvrit. Elle ne contenait que trois mots :

Trouvez Picard, vite !
Le sceau était celui du cardinal Mazarin.

Le soir, Louis rendit visite à Gaston. À peine entré dans son bureau, ignorant l'air interloqué de son ami, il ferma la porte à clef, puis il le prit par le bras et l'amena près de la minuscule fenêtre, une sorte de meurtrière. Là, il lui parla à voix basse pour être certain que leur conversation ne serait pas entendue. Il lui expliqua que Babin du Fontenay avait été assassiné pour ne pas enquêter plus avant sur un empoisonnement, qui, par ailleurs, ressemblait furieusement à l'actuelle maladie du roi. Et qu'enfin, il pouvait expliquer ainsi le rôle de Fontrailles et le but de l'intrigue en cours.

On tentait tout simplement de tuer Louis XIII.

Le début du mois de mars marqua un redoux.

Louis avait tout tenté pour retrouver Picard et il devait reconnaître qu'il avait échoué. L'ancien marin était certainement mort et, avant d'avouer son échec à Mazarin, Louis avait décidé de se rendre à Mercy pour y passer quelques jours avec Julie.

Il entretenait une correspondance régulière avec Margot Belleville, qui le tenait informé des travaux. Grâce au don du ministre, à ses économies et à l'aide de son père, l'argent ne manquait pas.

Pas encore.

Ils partirent le premier mardi de mars (le 4) avec le carrosse de l'étude. La tante de Julie avait autorisé, très symboliquement, le voyage de sa nièce. Ce déplacement était en partie rendu nécessaire pour des raisons fiscales : Margot les avait informés que le receveur des impôts, accompagné de ses commis, était passé à Mercy encaisser les droits seigneuriaux. Margot avait expliqué au receveur qu'un nouveau seigneur avait été choisi par le roi et qu'il ne pouvait plus rien percevoir. L'homme devait revenir consulter les titres de propriété de Louis et, comme Fronsac venait d'en obtenir l'enregistrement par le Parlement, le jeune homme les apportait avec lui.

Ils étaient accompagnés dans ce voyage par Gaufredi et Guillaume Bouvier, qui prenaient goût à ces déplacements. Nicolas, lui, comme d'habitude, conduisait le véhicule.

Arrivés sur place, la stupeur les saisit tous, car personne ne reconnut les lieux.

Là où se trouvait un sentier envahi par les ronces et les fougères, on découvrait maintenant une voie dégagée et empierrée. Celle-ci ne conduisait plus à une sombre bâtisse recouverte de lierre noirâtre et entourée de fourrés, mais au contraire à une vaste étendue dégagée plantée d'herbages. Au milieu de cette pelouse naissante se dressait toujours le vieux bâtiment, mais il était presque entièrement recouvert d'échafaudages.

Déjà, une des courtines écroulées avait été redressée et les premiers murs de briques rouges sortaient de terre par endroits, reposant sur des caves qui venaient juste d'être empierrées. Le toit entier était dégarni et laissait voir les solives pourries du grenier. Une quarantaine d'ouvriers travaillaient bruyamment sur le chantier à hisser les poutres de la nouvelle charpente. Hardoin était à leur tête, au sommet d'un échafaudage. Dès qu'il les aperçut, nu-pieds et en chemise, il dégringola comme un acrobate pour se précipiter à leur rencontre.

— Vous ne m'aviez pas annoncé votre venue si proche ! leur reprocha-t-il en riant, tout en courant vers eux. Mais rassurez-vous, poursuivit-il en observant leur air surpris devant le manoir sans toiture, nous pourrons vous loger.

Il reprit son souffle.

— Comment trouvez-vous les travaux ?

Il fit un large geste du bras droit, montrant fièrement le bâtiment et ses échafaudages.

— Inouï ! Extraordinaire ! Incroyable ! s'exclama Louis. Et en si peu de temps !

Déjà, Julie s'était engagée dans la cour, elle aussi émerveillée.

— Faites attention ! lui cria Hardoin. Vous pourriez recevoir une pierre !

Ils la rejoignirent.

— J'ai embauché trois équipes d'ouvriers, poursuivit-il. La première construit et pose les échafaudages après avoir coupé les arbres nécessaires dans la forêt. Un autre groupe dépose la toiture. Je suis en train de préparer les poutres à changer, mais il faut presque toutes les remplacer. J'en profite aussi pour substituer certains madriers des étages, reconstruire les cheminées et parfois refaire des planchers. Enfin, une troisième équipe démolit en partie les tours et le mur d'enceinte. Des enfants trient les pierres par taille et utilisent les gravats pour combler et drainer les douves.

Ils se dirigèrent vers les écuries voûtées.

— C'est là que je me suis installé, avec les ouvriers. Vous logerez avec Margot et les gardiens dans la vieille ferme. Nous l'avons sommairement remise en état et vous y trouverez des chambres sinon confortables, du moins habitables.

— Qu'allez-vous faire ensuite ?

— Il me faut embaucher encore des ouvriers pour terminer les fondations et les caves du nouveau bâtiment, et aussi pour couper des arbres à transformer en planches. C'est le travail du bois qui nous occupe le plus. Il y a tant à faire !

— Et l'argent ? s'inquiéta Julie à mi-voix.

— Hélas, il va manquer. (Son visage s'allongea.) Il y a les salaires, mais surtout maintenant les matériaux. Des pierres, des encadrements de portes et de fenêtres, des briques, des ardoises. Margot vous montrera les comptes.

Ils quittèrent le chantier pour aller à la ferme.

Là-bas, la libraire leur fit visiter le jardin dont elle s'occupait, la basse-cour, déjà bien remplie, ainsi qu'un premier champ labouré.

— Nous avons embauché deux jeunes gens de Mercy pour nous aider, expliqua-t-elle.

Ils restèrent quelques jours dans la ferme, visitant le domaine et le petit village, essayant de mieux connaître les gens qui y vivaient et leurs problèmes. Ils regardèrent aussi de près les droits et les devoirs des habitants, l'affouage, la vaine pâture. Louis découvrit que, bien qu'exemptés de taille, on imposait trop fortement les habitants de Mercy, en particulier sur la dîme ecclésiastique et la gabelle, qui étaient souvent fixées a priori par des affermeurs malhonnêtes. Il prépara des mémoires à ce sujet pour la Cour des Aides.

Ils avaient apporté avec eux dix mille livres pour les paiements immédiats. Louis rappela à Margot combien elle devait être économe car il lui remettait tout l'argent qui lui restait. Au-delà, il devrait faire appel à son père.

Au retour de Mercy, à la mi-mars, Paris bruissait de bruits de guerre. Les troupes espagnoles s'étaient renforcées tout au long de la frontière des Flandres. Il y avait maintenant quatre armées ennemies, réparties à distance régulière entre Calais et Metz.

À l'ouest, autour de Douai, le duc d'Albuquerque disposait de douze régiments. Plus à droite, à Valenciennes, étaient installées quatre-vingt-deux compagnies. Encore plus à l'est, vers Charleroi, une dizaine de régiments étaient cantonnés avec à leur tête le redoutable Issembourg. Enfin, au Luxembourg, six mille reîtres étaient en place sous les ordres de Jean de Beck.

Au total, on arrivait ainsi à près de dix mille cavaliers et plus de vingt mille fantassins. Tous des combattants expérimentés et friands de pillage. La position des troupes et leur préparation semblaient indiquer qu'ils n'allaient pas tarder à fondre sur Paris, en s'en prenant d'abord à Arras.

En face, le roi de France disposait de deux armées, une près d'Amiens et une autre en Champagne. Si ces deux corps de troupes pouvaient se porter rapidement sur Arras pour défendre la ville, elles étaient cependant inférieures en nombre – et de loin – aux quatre armées espagnoles constituées d'une redoutable infanterie, les *tercios*, que rien ne pouvait arrêter dans les batailles.

D'autre part, les Français disposaient d'une artillerie insuffisante, et sensiblement plus faible que celle des Espagnols.

Mais le plus dramatique n'était pas là. La fortune des armes dépendrait surtout des généraux qui conduiraient les troupes et de leur tactique. Or l'armée ennemie était commandée par de brillants stratèges tels Fontaine, Beck,

Albuquerque, Issembourg que nous venons de citer, et surtout par Francisco de Melo, le capitaine général, gouverneur des Pays-Bas. Un tacticien hors du commun.

La situation était bien différente dans l'armée d'Amiens commandée par l'incapable et inusable maréchal de Châtillon – un favori des défaites – ainsi que par le vieux maréchal de l'Hospital. Quant à l'armée de Champagne, elle n'avait même plus de commandant depuis que le maréchal de Gêvres était rentré à Paris pour s'occuper de la construction de son quai sur la Seine !

Évidemment, il y avait bien M. de Turenne qui aurait pu en prendre la tête, mais comme il était frère du duc de Bouillon qui avait trahi la France en rejoignant les conjurés pro-espagnols autour de Cinq-Mars, le roi avait préféré l'envoyer s'occuper de l'armée d'Italie.

Pourtant quelques officiers de valeur étaient sur place, mais il s'agissait plutôt de militaires de métier, sans imagination et sans pitié, tel Jean de Gassion.

Gassion avait trente-quatre ans, c'était le cadet d'une famille de robe protestante. Simple soldat dans les troupes de Rohan durant les guerres contre Richelieu, il s'y était distingué par son courage, son obéissance et surtout son absence d'état d'âme. Pourtant, la paix revenue, il avait été refusé dans les mousquetaires du roi. Il était alors parti faire la guerre comme mercenaire en Allemagne sous les ordres de

Gustave-Adolphe chez qui il devint vite capitaine, puis colonel.

De retour en France, Jean de Gassion avait finalement retrouvé un commandement et était devenu un fidèle de Richelieu qui le nommait : *La Guerre*. En 1641, c'est lui qui avait dirigé les troupes de répression lors de la révolte normande. Sous ses ordres, ses soldats avaient massacré les paysans, violé quantité de femmes, torturé les enfants et brûlé les récoltes et même les églises. Un tel homme *ne pouvait donner plus de satisfaction au roi*, avait déclaré Richelieu, ravi. Mais Gassion n'était pas un tacticien, seulement un militaire sans conscience.

Vers la fin du mois de mars, Voiture rapporta à Louis qu'il avait vu Giustiniani, l'ambassadeur de Venise, à l'hôtel de Rambouillet et que celui-ci lui avait déclaré avec plaisir :

— L'état du roi s'est notablement amélioré, il n'a plus d'accès de fièvre ni de convulsions d'estomac, les médecins affirment qu'il est hors de danger.

Louis en fut soulagé. Se pouvait-il que ceux qui avaient essayé d'empoisonner le roi aient échoué ? Louis apprit également que le roi avait changé de domicile, il était passé du château-vieux de Saint-Germain au château-neuf. Peut-être l'empoisonneur, sans doute membre de son entourage, n'avait-il pu le suivre ? Et si ce changement de logement était une manœuvre de Mazarin, elle s'avérait un succès.

Hélas, et Louis ne l'apprit que plus tard, plusieurs médecins s'opposèrent ensuite à un autre déplacement de la Cour vers Versailles. Complicité ? Incompétence ? Brusquement, et sans explication aucune, l'état du roi s'aggrava de nouveau. Il souffrait de plus en plus, ne mangeait presque rien et il fut réduit progressivement à la situation de grabataire.

Pendant ce temps, Louis avait repris ses explorations des cabarets de la ville. Il allait maintenant jusqu'au port Saint-Paul, vers les rues Beautreillis et celle de la Pute y Musse. Picard était un marin et il y avait beaucoup de mariniers qui fréquentaient les tavernes du port Saint-Paul. On trouvait aussi là-bas la plus forte concentration de garces et de véroleuses de Paris. L'endroit était même surnommé le Val d'Amour, car c'est là que s'étaient installés les principaux *courtiers de fesses* de la capitale. Picard devait forcément les fréquenter et y être connu.

Louis s'y rendait grimé en clerc ou en portefaix à la recherche d'aventures pour mieux obtenir de l'information, mais Picard restait introuvable, semblant avoir disparu de la surface de Paris, ce que lui confirmait Gaston qui poursuivait des recherches de son côté.

À la mi-avril, alors qu'il était présent à une soirée à l'hôtel de Rambouillet, Louis apprit deux nouvelles extraordinaires du marquis de Pisany.

— Mon ami, lui dit ce dernier en le prenant par le bras, regardez donc Enghien, ne le trouvez-vous pas changé ?

Effectivement, le prince, toujours aussi maigre et insolent, paraissait pourtant radieux et épanoui. Il plaisantait et jamais sa cour n'avait été si nombreuse. L'homme nerveux et coléreux semblait enfin avoir trouvé un certain équilibre mental.

— Que se passe-t-il ? Divorce-t-il pour épouser Mlle du Vigeant ? demanda Louis, intrigué.

Pisany se rembrunit et haussa les épaules.

— Qui s'intéresse à la du Vigeant ? Non ! Il y a quelques jours, le roi a convié à souper son frère, Mazarin ainsi qu'Enghien. Il leur a fait savoir que sa décision était prise – en réalité il semble que ce soit surtout la décision du cardinal –, le fils du prince de Condé dirigera l'armée du Nord et si les Espagnols nous attaquent, ce sera à lui de les arrêter.

Louis en fut abasourdi.

Ainsi, un jeune prince de vingt-deux ans, sans réelle expérience, allait devenir le commandant en chef de nos armées ? Quel fantastique coup de dés venait donc de jouer Mazarin !

— Mais du Noyers est-il d'accord pour relancer les hostilités avec l'Espagne ? Il est tout de même secrétaire d'État à la guerre ? s'inquiéta-t-il.

Pisany eut un sourire à la fois goguenard et condescendant :

— Plus de du Noyers, mon ami ! révéla-t-il. Le roi vient de lui demander de se retirer de la Cour. M. Le Tellier – un inconnu ! – a aussitôt été nommé secrétaire d'État à la guerre à sa place. Et tout le monde sait maintenant que Le Tellier est l'homme lige de Mazarin. Le cardinal a désormais toutes les cartes en main, ou plus exactement tous les hommes !

— Prodigieux ! Mais dites-moi au moins comment du Noyers a été disgracié... il était jusqu'à présent le ministre préféré de Sa Majesté...

Pisany prit Louis par le bras et l'emmena à l'écart dans une alcôve. Il lui parla alors à voix basse, mais sur un ton gourmand qui cachait mal sa satisfaction et son admiration envers le Sicilien.

— Il semble que M. de Chavigny et Mgr Mazarin lui aient tendu une... chausse-trappe. C'est vrai que du Noyers était particulièrement apprécié du roi. À leurs yeux, il l'était trop ! Voyant notre roi malade, les deux ministres ont envoyé le *Jésuite galoche*[1] vers la reine pour l'assurer de leur soutien collectif dans le

---

1. Surnom de du Noyers.

cas, plausible, d'une régence. L'autre s'est exécuté, persuadé de tirer tous les avantages d'une telle ambassade. Ils lui ont ensuite proposé de chercher quelque secours pour organiser cette régence, en particulier auprès des Jésuites et de l'Église. En même temps, ils ont fait courir des rumeurs sur les agissements honteux de du Noyers, qu'ils qualifiaient d'impudents, n'attendant que le trépas de Sa Majesté. Après tout, le roi n'était pas mort ! Et quand suffisamment de monde a été au courant des manigances – fabulées – du ministre, ils l'ont tout simplement dénoncé auprès du roi.

» Celui-ci, fâché qu'on décidât maintenant de ce qui se passerait après sa mort, a chassé l'ingrat de la Cour.

Pisany pleurait de rire en racontant le cynique piège. Ce n'était pas le cas de Louis, médusé que Mazarin, qu'il admirait tant, eût usé d'un stratagème si perfide. Il s'en ouvrit à son ami qui lui répliqua en haussant les épaules :

— Bah ! À la guerre tous les coups sont permis, et puis c'était lui ou du Noyers. Qui plus est, le *Jésuite galoche* conduisait la France droit dans les bras de l'Espagne avec le soutien aveugle de ce sot de Beaufort. Maintenant, Mazarin a l'appui du roi comme il avait déjà celui de la reine. Il a aussi désormais le concours d'Enghien qui est devenu son obligé. C'est lui qui tient tous les fils.

Plus sérieusement, il ajouta :

— N'oubliez pas, Louis, que lorsqu'il s'agit d'être malhonnête pour une bonne cause – ou jugée telle – Mazarin est certainement notre maître en fourberie ! Cependant, à la différence du précédent cardinal, il a réussi son affaire sans faire exécuter personne. C'est tout de même à placer à son crédit, non ?

Louis ne pouvait que reconnaître ce fait. Dans une situation similaire, avec le *Grand Satrape*, du Noyers et ses amis auraient bien pu perdre leur tête.

— Et Le Tellier ? Qui est-ce ? demanda-t-il hypocritement, se souvenant des recommandations du ministre.

Pisany eut un geste vague de la main gauche.

— C'est un homme sévère mais fort capable, dit-on. C'est lui qui a dirigé la répression en Normandie, il y a trois ans, avec Gassion sous ses ordres. Il est donc certainement aussi impitoyable. Récemment, intendant de justice au Piémont, il y fut, paraît-il, un merveilleux organisateur. Nous autres, soldats, espérons tous qu'il va vraiment s'occuper de l'armée.

L'armée avait en effet bien besoin que l'on s'occupât d'elle car, en cette époque de guerre, il n'existait paradoxalement aucune administration militaire efficace. Différents corps d'armée hétéroclites pouvaient être réunis en cas de conflit. D'abord la *cornette blanche*, c'est-à-dire les gentilshommes volontaires. C'étaient des jeunes gens courageux, certes, mais peu disciplinés. Ensuite, venaient les troupes stables, réglées et logées. Il s'agissait des régiments royaux comme les gardes françaises, les gardes suisses, les mousquetaires ou encore les chevau-légers. Eux seuls avaient des uniformes, mais ils étaient peu nombreux.

Au-delà, il y avait encore les six vieux régiments : Picardie, Piémont, Navarre, Champagne, Normandie et Marine, eux aussi à peu près payés et habillés, mais fort mal équipés.

En tout, cela faisait dix mille hommes au maximum. Aussi, quand le besoin s'en faisait vraiment sentir, on recrutait des troupes mercenaires : croates, allemandes, flamandes ou suisses. Des gens fidèles tant qu'ils étaient payés. Redoutables dans le cas contraire car ils se retournaient alors vers la première ville et la pillaient[1].

Enfin, en cas de guerre totale, des régiments d'engagés volontaires étaient constitués, formés parfois en majorité de passe-volants, c'est-à-dire de faux soldats présents seulement aux parades où on les comptait pour établir la paye.

---

1. Voici le récit des ravages d'une de ces troupes de mercenaires après la bataille de Rocroy :

... Quantités de gens de guerre, à eux incogneus, pour ne parler la langue française, avoient séjourné au dict Flasse... ils avoient rompu le toit de l'église, fouillé dans les sépultures, enlevé tous les ornements... jusqu'au saint ciboire ; ont brûlé les granges qui en dépendaient ; ont rompu la plupart des logis. Plusieurs habitants ont esté tués. Plusieurs autres personnes ont été battues, cinq ou six femmes violées, qui ensuite sont mortes... 200 bœufs & vaches... ont esté pris et enlevés ; tous les grains battus et non battus... ont été pareillement pris et enlevés.

Ceux qui étaient enrôlés dans ces régiments-là étaient mal armés, peu habillés et encore plus médiocrement nourris. Ils constituaient surtout la chair à canon.

Toutes ces troupes n'étaient pas logées et circulaient accompagnées de quantité de chariots, de voitures et d'équipages, s'étalant sur des lieues et des lieues. Nombreux étaient les soldats qui voyageaient avec leur famille, leur maîtresse ou leurs enfants. Autour de cette population disparate s'associait une multitude de parasites : joueurs, prostituées, mendiants, voleurs de toutes races et de toutes langues.

Ces troupes étaient en principe nourries par des traitants choisis par le ministre. Mais ces gens-là cherchaient avant tout à s'enrichir et, finalement, les armées vivaient surtout sur les campagnes qu'elles traversaient, semant la terreur et le carnage dans les fermes et les villages. Le passage de telles hordes sur un territoire le laissait ravagé pour plusieurs années.

— Que devient du Noyers ? s'inquiéta tout de même Louis.

— Mazarin lui a fait savoir qu'il était plus fâché que quiconque de le voir ainsi quitter la Cour et que, s'il n'avait tenu qu'à lui, sa disgrâce ne serait jamais arrivée !

Décidément, Mazarin est d'une habileté diabolique, songeait Louis. Il éliminait ce pauvre du Noyers et réussissait à le garder comme ami !

Pisany était maintenant plié en deux d'hilarité. Louis changea de sujet.

— Et vous, marquis, qu'allez-vous faire si la guerre éclate ? lui demanda-t-il.

— Je pars bien sûr avec Enghien, il m'a demandé de rejoindre son état-major. Mais, je vous écrirai et, de votre côté, donnez-moi aussi de vos nouvelles...

Deux jours plus tard, le fils du prince de Condé était déjà à Amiens pour prendre son commandement qu'il devait cependant partager avec le vieux maréchal de l'Hôpital.

Louis raconta à Gaston tout ce qu'il avait appris.

Son ami lui confirma le mécontentement et l'inquiétude de Laffemas face à la fulgurante ascension de Le Tellier avec qui il ne s'était guère entendu au Châtelet. C'est que tout opposait les deux hommes : Laffemas était sévère jusqu'à la cruauté, y compris avec les innocents, pour assumer l'ordre, alors que Le Tellier privilégiait la justice et l'équité.

— M. de Laffemas aura donc du mal à travailler avec le nouveau ministre. Cela ne risque-t-il pas de compliquer ton enquête ? s'inquiéta Fronsac.

— Je peux bien te le confier, Louis, bien que ce ne soit pas encore officiel. Depuis quelques semaines, Le Tellier a demandé à Laffemas de ne plus occuper sa charge. C'est Antoine Ferrand, son lieutenant particulier, qui le remplace provisoirement.

La nouvelle chagrina peu Louis, qui n'appréciait guère le bourreau de Richelieu depuis que celui-ci avait voulu lui faire administrer la question préalable[1], mais cet intérim risquait aussi de rendre plus difficile la recherche de Picard.

À la fin du mois d'avril, il devint clair pour tous ceux qui approchaient le roi que ce dernier n'avait plus que quelques jours à vivre. Après son décès, deux possibilités se présenteraient pour la régence du jeune roi : soit elle serait assurée par l'épouse de Louis XIII, Anne d'Autriche, soit ce rôle reviendrait à son frère Gaston.

Or le roi rejetait les deux solutions avec la même volonté féroce. Le jugement qu'il portait sur son frère était, certes, justifié par le comportement passé de Gaston, mais celui qu'il avait sur son épouse Anne l'était moins. En effet, depuis quelques mois, la reine avait changé et elle avait fait connaître au roi son repentir pour ses erreurs passées.

— Je dois lui pardonner, mais je ne suis pas obligé de la croire, avait murmuré Louis.

Une condamnable défiance, car la reine était cette fois sincère.

Louis XIII ne pouvait évidemment deviner qu'Anne régnerait mieux que lui !

---

[1]. Voir : *Le Mystère de la Chambre Bleue.*

Désormais, une sourde lutte allait opposer Gaston et la reine, deux anciens amis et alliés. Chacun à la Cour choisissait son camp.

Monsieur avait tant trahi qu'il n'avait plus d'amis. Par contre, Anne d'Autriche avait le soutien du prince de Marcillac, son confident de toujours, qui lui avait apporté l'appui du duc d'Enghien. Elle avait déjà celui de la princesse de Condé et, en définitive, tout le clan des Bourbon la soutenait. La reine avait aussi l'assurance du duc de Beaufort, et donc des Vendôme. Enfin, Mazarin inclinait naturellement vers la belle souveraine. Elle-même aimait beaucoup ce ministre italien, si fin, si adroit, si doux, qui ressemblait tant à Buckingham. Un Buckingham qui aurait été intelligent.

Finalement, il apparut que la plupart des coteries soutiendraient Anne d'Autriche, même si les motifs de chacune étaient bien différents.

Le roi le comprit et dut céder. Le dimanche 19 avril, Louis le Juste ordonna que le lendemain soient réunis, dans sa chambre, la reine, ses enfants, les princes de sang, les ducs et pairs, les ministres ainsi que les grands officiers de la Couronne. À tous, on lut une déclaration royale décidant que la reine serait un jour régente et que Monsieur deviendrait, à son côté, lieutenant-général du royaume.

La déclaration précisait que le cardinal Mazarin deviendrait président d'un conseil royal et qu'il aurait sous ses ordres, de manière inamovible, le chancelier Séguier, M. de Bouthillier aux finances, et son fils M. de Chavigny aux affaires étrangères. Le prince de Condé serait aussi membre de ce conseil.

Le roi ordonna, par précaution, que cette déclaration soit enregistrée par le Parlement. Elle deviendrait ainsi une loi d'airain.

Ce texte, Giustiniani le fit savoir à Venise, avait entièrement été rédigé par Mazarin avec l'accord – un peu contraint – de la reine, de Monsieur et du prince de Condé.

Le même jour, Louis XIII déclara qu'il désirait que tous les exilés non encore pardonnés puissent rentrer en France.

Tous sauf une, cependant : la diabolique duchesse de Chevreuse.

Le Parlement enregistra la déclaration royale le lendemain et Anne y fut comparée à Blanche de Castille. Couverte de compliments, on raconta pourtant que cette décision ne lui plut qu'en partie, puisqu'elle n'obtenait pas les pleins pouvoirs comme elle le désirait.

Sur ce dernier point elle fut cependant pleinement rassurée – mais en secret – par le cardinal Mazarin, qui lui fit savoir que la déclaration royale était l'œuvre de Chavigny – ce qui était faux ! – et que lui, Mazarin, avait personnellement pris des dispositions pour qu'elle ne fût pas appliquée – ce qui était vrai !

Il lui fit aussi comprendre que peu importait à quelles conditions elle deviendrait régente, l'important étant qu'elle le fût par la volonté royale. Ensuite, elle ne manquerait pas de moyens, pour affermir son pouvoir.

Ce même 21 avril, Louis Dieudonné fut baptisé, tenu dans les bras par sa marraine, Mme la Princesse de Condé, assistée par son parrain, le Sicilien Mazarini.

Le roi ne put y assister tant il était faible, mais le soir il reçut son jeune fils de cinq ans et lui demanda quel était désormais son nom.

— Je m'appelle Louis XIV, dit l'enfant fièrement.

— Pas encore, mon fils, pas encore... mais bientôt, lui répondit faiblement le malheureux mourant.

Le 25 avril, Louis reçut cette lettre du marquis de Pisany :

Cher chevalier et ami,

Nous avons trouvé à Amiens une situation pitoyable. Il n'y a ici aucune discipline, la plupart des officiers manquent, certains sont même retournés à Paris, tel le marquis de Gêvres, pour s'occuper de leurs affaires ! À mon arrivée, il n'y avait plus aucun maréchal de camp, les soldes n'étaient plus payées et les troupes vivaient sur le pays semant la terreur et la désolation. Le duc a repris la situation en main avec une fermeté étonnante pour son âge, il a rétabli les règlements, restauré l'autorité et nommé de nouveaux officiers compétents.

Le moral est revenu. Enghien est partout, il dort à même le sol avec ses soldats qui seraient prêts à le suivre en enfer, s'il le faut. Il ne nous reste plus qu'un problème à régler : par où doit venir l'ennemi ? Tout le monde presse Enghien de s'avancer vers Arras, mais il n'est pas convaincu que les Espagnols arriveront par là. Je ne sais que penser, Dieu fasse qu'il ne se trompe pas !

Votre ami, Pisany

Trois jours plus tard, Louis étudiait avec inquiétude un mémoire sur les dépenses de Mercy qu'il venait de recevoir lorsqu'on frappa à sa porte. Il alla ouvrir.

C'était Anne Daquin.

Elle était plus belle que jamais dans une robe de satin bleu qui devait coûter au bas mot trois cents livres. Le bas de robe était très relevé laissant apercevoir une *friponne* brodée. Le devant, qui bâillait avec beaucoup d'impudeur, n'était que partiellement fermé par des nœuds de rubans multicolores. Les manches, fendues dans toute leur longueur, laissaient apercevoir le corps de jupe.

Elle ouvrit son manteau, sa poitrine généreuse et laiteuse était largement découverte et mise en valeur par un grand col brodé.

En souriant, elle s'engagea dans la pièce, qui fut envahie par son parfum.

— C'est ici que vous vivez ? demanda-t-elle d'une voix chantante.

Elle tendit légèrement le cou vers la porte en face entrouverte :

— Votre chambre ? demanda-t-elle, mutine.

Elle n'attendit pas de réponse et jeta sur un fauteuil le manteau qui lui couvrait les épaules, après quoi, avec un geste enjôleur, elle sortit un pli de son corsage et le tendit à Louis.

— Chevalier, j'ai hésité longtemps à venir vous voir. Et pourtant, j'en brûlais d'envie... Voilà ce qui m'a décidée : j'ai reçu, il y a deux jours, cette lettre anonyme.

Louis déplia la lettre, encore parfumée du corps de la belle.

Madame,
Si vous cherchez toujours Évariste Picard, il se trouve aux armées, avec Enghien.

Louis la lut en silence.

Qui diable pouvait avoir envoyé une telle lettre ?

— Qu'allez-vous faire maintenant ? demanda-t-elle, tout à la fois curieuse et gracieuse.

Louis ne répondit pas tout de suite. Pourtant, sa décision était prise.

— Je vais essayer de le faire arrêter par son officier, fit-il prudemment.

— Mais cela va être long et difficile, s'insurgea-t-elle en minaudant, comment allez-vous le trouver ? Ne pensez-vous pas que vous devriez plutôt y aller ? Et le ramener pour qu'on le juge et que maître Guillaume, l'exécuteur de la haute justice, s'occupe de lui en place de Grève ?

Louis n'avait pas songé à cela. Mais peut-être était-ce effectivement la solution.

— En dernier recours, effectivement... sûrement, même. J'irai donc...

Elle se rapprocha de lui, proche à le toucher et déclara d'une voix curieusement rauque :

— Je vous en prie, monsieur, allez-y, trouvez-le et qu'il soit pendu. Mon Dieu ! ajouta-t-elle d'un ton bouleversant, faites que mon époux soit vengé.

Puis, en silence, elle fixa longuement Louis d'un regard de braise, sa poitrine haletait. Elle ajouta dans un soupir :

— Si vous le ramenez, monsieur, je saurai vous récompenser selon votre mérite...

Et brusquement, elle reprit son manteau et sortit sans ajouter un mot.

Dès qu'elle eut passé la porte, Louis fut pris d'exaltation.

Enfin ! Ils allaient mettre la main sur celui qui pouvait démêler cet écheveau incompréhensible. Peut-être même Picard connaissait-il un contrepoison ? On pouvait certainement encore sauver le roi ! Il s'approcha de la fenêtre et vit qu'Anne montait dans un luxueux carrosse.

Sans réfléchir plus avant, il partit sur-le-champ pour le Grand-Châtelet. En chemin, et malgré son excitation, il se rendit compte que deux choses le tourmentaient.

Comment Anne Daquin avait-elle eu son nom et son adresse ?

Pourquoi tenait-elle tant à ce qu'il se rende en personne aux armées pour trouver Picard ? Elle était décidée à promettre sa vertu en récompense pour qu'il parte.

10

Le début du mois de mai 1643

Louis tenta immédiatement de voir Gaston, mais n'y parvint pas avant le lendemain, son ami n'étant pas à Paris ce jour-là. Il ne put donc le rencontrer que le 1ᵉʳ mai.

— Picard se serait enrôlé dans l'armée d'Enghien ? (Gaston ne paraissait qu'à demi surpris.) Ceci pourrait bien expliquer pourquoi on ne trouvait plus sa trace...

— Le Tellier doit pouvoir retrouver cet homme en faisant chercher son nom sur les rôles d'engagement. On peut rapidement savoir ainsi dans quel régiment il se trouve et envoyer quatre exempts le faire saisir de corps pour nous le ramener, proposa Louis.

Gaston parut embarrassé.

— Ce n'est pas si facile. Il y a deux mois, j'aurais demandé à Laffemas et il aurait agi avec célérité. Mais le lieutenant qui le remplace ne veut prendre aucune initiative. Il va falloir attendre la nomination du nouveau lieutenant civil.

— Combien de temps ? s'inquiéta Louis. Au fait, connais-tu son nom ?

— Deux, trois jours, d'après ce que j'entends autour de moi. On murmure que ce serait Antoine de Dreux d'Aubray.

— Je crois l'avoir déjà rencontré au Parlement, fit Louis après un temps de réflexion.

— Aubray est aussi un vieux fidèle de Richelieu. Il était intendant de justice en Provence, mais je ne crois pas qu'il soit un aussi bon policier que Laffemas. Même s'il est certainement moins cruel.

— Attendons ! accepta Louis. J'espère simplement que notre patience ne coûtera pas trop cher à la France.

Le soir même, Boutier lui annonça qu'à la fin du mois d'avril, le roi avait reçu les derniers sacrements. S'il était effectivement empoisonné, et si Picard connaissait le poison, l'empoisonneur, ou le contrepoison, il fallait agir au plus vite. Mais que pouvait-il faire de plus ?

Heureusement, deux jours plus tard, un matin, Gaston déboula chez lui, tout excité.

— Antoine de Dreux d'Aubray vient d'être nommé lieutenant civil. *La Gazette* publiera sa nomination dans deux ou trois jours[1]. Je le verrai cet après-midi pour lui parler de notre affaire.

---

1. Ce fut fait dans le numéro du 8 mai.

— Tâche surtout de le convaincre d'agir vite, insista Louis.

Mais comme il le redoutait, les choses traînèrent. Un dimanche passa, puis encore quelques jours s'écoulèrent sans nouvelles. Finalement, n'y tenant plus, il retourna voir Gaston qu'il trouva aussi excédé que lui.

— Rien ! Tu entends : rien ! Pourtant Dreux d'Aubray n'a pas traîné. Après que je l'ai vu, il a tout de suite demandé à Le Tellier d'intervenir et celui-ci a mis tous ses commis sur les rôles d'engagement des régiments, mais il n'existe aucune trace d'un Évariste Picard. Peut-être s'est-il fait recruter sous un autre nom ? Dreux d'Aubray est à bout de nerfs, d'autant que c'est sa première affaire d'importance et que le ministre lui a dit avoir vu le roi hier, lequel lui a déclaré dans un souffle *Taedet animam meam vitae meae*.

— ... Mon âme est dégoûtée de la vie, murmura Louis stupéfait.

Il médita un instant sur la terrible phrase. Il avait eu grand tort d'attendre. Il se souvint alors de l'insistance d'Anne Daquin, aussi reprit-il dans un mélange de lassitude et de colère contenue :

— Laissons tomber tout ça, Gaston. Rendons-nous au camp d'Enghien. Nous chercherons Picard là-bas et nous le ramènerons. Nous n'avons plus de temps à perdre car nous en avons déjà bien trop gaspillé.

— Tu n'y penses pas ! (Gaston balaya l'air de sa main en signe de dénégation.) Le camp est immense et se déplace chaque jour. Nous ne savons même pas exactement où il se trouve, et puis nous n'aurons jamais l'accord d'Enghien pour une enquête de police parmi ses troupes. Surtout avant une bataille peut-être décisive. C'est le genre d'affaire particulièrement mauvais pour le moral des troupes !

— Tu dois t'en occuper, il nous faut y aller. Nous n'avons plus le choix, martela Louis. Si tu ne veux pas venir avec moi, j'irai seul.

Gaston ne pouvait hésiter longtemps. S'il était parfois difficile à convaincre, la poursuite d'un malfaiteur restait cependant pour lui une drogue dont il ne pouvait se passer. Il acquiesça avec une grimace mais, dès lors, il consacra tout son temps à l'opération.

Pourtant, il mit encore quatre jours à obtenir une autorisation d'enquête du ministre tant était déjà lourde l'administration française !

Le 10 au matin – enfin ! – ils partirent avec des indications sommaires sur le lieu où se trouvait cantonnée l'armée du duc. Gaufredi les accompagnait.

Après avoir battu la campagne durant trois jours entre Amiens et Péronne, et quasiment découragés, ils obtinrent enfin des informations d'un paysan, tout près de l'abbaye de Dervaque, proche de Saint-Quentin. On était le 14 au soir.

— Ils étaient là ! s'exclama l'homme en montrant une vaste plaine. Ils sont tous partis ce matin ! Bon débarras, ils ont tout pillé à cinq lieues ! Maudits soient-ils !

Il cracha par terre.

Terrible nouvelle ! Non pour le pillage et les violences qui étaient normales à cette époque – il fallait bien nourrir et occuper les troupes ! – mais pour le départ de l'armée. Le duc d'Enghien avait en effet suivi à contrecœur les conseils de son état-major et avancé finalement en Picardie vers Arras après avoir été rejoint par l'armée de Champagne. Cette seconde armée venant d'être aussi placée sous ses ordres.

Néanmoins, le duc doutait toujours de la tactique ennemie. L'Espagnol allait-il foncer par Arras, comme le lui assuraient ses officiers, ou allait-il tenter une manœuvre plus subtile, par exemple en contournant la Picardie par le Luxembourg et les Ardennes ? Le risque était prodigieux : si les deux armées françaises fonçaient dans la mauvaise direction, les Espagnols ne trouveraient personne pour les arrêter sur leur route vers Paris !

Aussi, conscient de l'importance de sa décision, Enghien, avant de s'engager plus avant, avait lancé quelques batteurs d'estrades autour des troupes espagnoles pour tenter de connaître leur dessein.

Ce matin du 14 mai, justement, alors que Louis et Gaston le cherchaient, deux nouvelles fort graves lui étaient parvenues.

La première – nous la cèlerons un moment – aurait dû inciter le jeune duc à rentrer à Paris.

C'est d'ailleurs ce que lui demandait son père avec insistance depuis plusieurs jours, mais le jeune homme n'avait jamais cédé. À l'une des dernières suppliques que le prince de Condé avait adressées à son fils pour qu'il rentre à la Cour, Enghien avait répondu fièrement :

Monsieur mon père,
Les ennemis entrent en France, demain nous serons en présence. Jugez si mon honneur ne serait pas engagé au dernier point de laisser l'armée dans cette conjoncture.

La seconde nouvelle était la percée des troupes ennemies à travers les Ardennes, donc à l'est. L'ennemi se précipitait vers Rocroy et non en Picardie où tout le monde l'attendait ! Ainsi, les généraux espagnols faisaient preuve d'imagination comme le duc le craignait !

Cette stratégie brillante et novatrice était l'œuvre de Francisco de Melo, le capitaine général espagnol, ainsi que du vieux comte de Fontaines, qui dirigeaient ensemble les troupes ennemies.

Prendre la vieille ville fortifiée de Rocroy, ravager ensuite la Champagne vide de son armée, puis la Marne, décimer ensuite Reims et faire la jonction avec les forces militaires lorraines, enfin atteindre Paris et la piller.

Voilà le terrible programme qu'avait prévu Melo !

Aussitôt certain de ce fait, Enghien mit ses troupes en marche forcée vers l'est. Mais pour ne pas perdre de temps, il envoya en avant-garde le fidèle Gassion avec deux mille cavaliers, chacun portant en croupe un soldat supplémentaire. Ses ordres étaient simples : en aucun cas la vieille citadelle de Rocroy ne devait tomber aux mains de l'ennemi. Gassion était chargé de se faire tuer sur place pour respecter cet ordre.

Le vieux guerrier atteignit Rocroy le 16 dans la nuit alors que les troupes espagnoles étaient déjà installées autour de la citadelle.

Issembourg et ses cavaliers étaient en effet arrivés depuis trois jours, Melo et Albuquerque venaient aussi d'atteindre le plateau de Rocroy avec l'artillerie et ses fameux fantassins, les *tercios*. Enfin, Beck était attendu avec sept mille cavaliers supplémentaires.

Donc, déjà vingt mille hommes étaient en position et, sous quelques jours, plus de vingt-cinq mille soldats assiégeraient Rocroy. Avec sa garnison de seulement quatre cents hommes et ses murailles délabrées, la ville était perdue. Une fois tombée, l'ennemi pouvait être à Paris en deux jours !

Mais Gassion – nous l'avons dit – avait appris l'art de la guerre avec Gustave-Adolphe. Vingt ans de combat l'avaient instruit dans l'importance de la rapidité et de la mobilité. Il ne lui fut pas difficile, avec ses troupes éprouvées, de tromper la vigilance, toute relative, des

Espagnols et de faire entrer quelques centaines de combattants dans la citadelle. Il faut dire que Melo ne se doutait pas que les troupes françaises étaient en train d'arriver à bride abattue vers lui.

On était le 17.

Avec les soldats qu'il n'avait pas fait entrer dans la citadelle, Gassion bloqua, dans une série d'escarmouches, l'avancée ennemie. Les Espagnols, ignorant le nombre de leurs ennemis, hésitèrent et décidèrent prudemment d'attendre les renforts de Beck pour engager un combat incertain.

Ayant compris qu'il venait de gagner du temps, Jean de Gassion retourna, avec quelques officiers, supplier Enghien de se hâter. Selon lui, Rocroy, avec ses hommes, pouvait tenir au maximum deux jours, et le plateau où se trouvait la ville, couvert de bois, de bruyères et de marécages, restait favorable à une dissimulation des troupes françaises. On pouvait encore surprendre l'ennemi, qui ne s'attendait nullement à un combat à cet endroit.

Ignorant tout de ces événements, Louis et Gaston suivaient les troupes à la trace. C'était facile ! Voici ce que rapportait un contemporain après le passage de l'armée : *à chaque pas, des gens mutilés, les membres épars ; des femmes coupées par quartiers après avoir été violées ; des hommes expirant dans les ruines des maisons incendiées ; d'autres enfin percés avec des broches et des pieux*[1].

Outre les marques de ces carnages, nos amis croisaient sur leur chemin les malheureux réfugiés qui leur rapportaient les abominables exactions de l'armée royale. Dans chaque village, les soldats emportaient tout : linge, meubles, vaisselle, et ceci après avoir mis en pièces ceux qui leur refusaient d'être pillés.

Si la piste était effroyable, elle était facile à suivre.

Les régiments réguliers et *réglés* n'agissaient pas ainsi, avait expliqué Gaston à son ami épouvanté. Ces atrocités étaient surtout le fait des troupes d'engagés et de mercenaires qui, démunis de tout, pratiquaient maraudage et brigandage bien que ces crimes soient sévèrement punis.

Mais comment les empêcher ou les sanctionner ? Les bandes qui volaient, violaient, massacraient et emportaient le fruit de leurs rapines pouvaient difficilement être identifiées tant l'armée s'étendait sur des lieues et des lieues. Dans le flot de chariots, de bétail, de population disparate qui suivait les troupes, on ne pouvait facilement les retrouver. En outre,

---

[1]. Voici encore ce qu'a écrit un notaire après le passage des troupes royales : *Les trois mille hommes se saisissent des soixante maisons, ils pillent et emportent tous les meubles, grains et autres choses... battent et outragent leurs hôtes, les dépouillent, violent quantité de filles et de femmes, brûlent cinq ou six maisons, rançonnent les habitants.*

dès que l'armée se trouvait en terrain ennemi, ce pillage devenait banal. Violence et saccage étaient alors autorisés, sinon recommandés.

Sur la ligne de front, entre les deux armées espagnole et française, toutes les horreurs étaient possibles.

Le 17 au soir, alors que nos trois amis se trouvaient à quelques lieues de Rocroy, les premiers campements apparurent enfin. Ils traversaient à ce moment-là un petit bois aux arbres rabougris et épars et découvrirent brusquement, dans une clairière, des hommes en guenilles couchés ou assis près d'un feu. Il y avait aussi, un peu à l'écart, des chariots, des charrettes, des roulottes tirés par des chevaux, des bœufs ou des mules. Quelques tentes se dressaient ici ou là et toute une population, mâle et femelle, interlope et inquiétante, rôdait et s'agitait autour du campement.

À mesure qu'ils avançaient, ces bivouacs devenaient plus nombreux et, en bordure du bois, là où s'étendait une vaste plaine marécageuse piquée de touffes de genêts, ils découvrirent enfin et à perte de vue l'armée au grand complet.

Personne ne semblait faire attention à eux pendant qu'ils traversaient l'immense camp étendu dans toutes les directions. Pourtant, au bout de quelques minutes, un officier à cheval, reconnaissable à son pourpoint et à son feutre emplumé, les rejoignit. Il était suivi de quelques mousquetaires en cuirasse d'acier avec casque couvrant toute la tête et la nuque. Leurs uniformes étaient rutilants.

Gaston expliqua alors à Louis qu'ils étaient arrivés au bout de leur quête.

— Arrêtez-vous, messieurs, et annoncez qui vous êtes !

L'officier les hélait avec l'arrogance de ceux qui ont tous les droits. Le ton était particulièrement menaçant.

Gaston le salua sèchement.

— Je m'appelle Gaston de Tilly, je suis commissaire de police du quartier de Saint-Germain-l'Auxerrois et j'ai ici une lettre de M. Le Tellier, ministre de la Guerre, m'enjoignant de rencontrer votre général, Mgr le duc d'Enghien, le plus rapidement possible.

— Vous êtes dans un camp militaire, monsieur, et non dans votre juridiction, rétorqua l'autre moins menaçant mais sans aménité. Les combats peuvent commencer à tout moment. Retirez-vous, et vous verrez notre général après la bataille.

La voix de l'officier était si ferme qu'il était dangereux de s'y opposer. Déjà à cette époque, les militaires pendaient d'abord les gens douteux et jugeaient ensuite s'ils avaient eu raison.

Gaston ne bougea pas, réprimant mal sa rage. Les mousquetaires levèrent alors leurs mousquets vers nos trois amis, mèche allumée en main.

Que faire devant ces gens bornés ? s'interrogea Louis. Rebrousser chemin si près du but était inconcevable !

Il sentait le désespoir l'envahir lorsque, brusquement, ce fut le miracle qu'il n'espérait plus. Il reconnut au loin une silhouette : un géant au dos duquel était fixé un espadon, cette longue épée à deux mains devenue très rare dans les combats car d'un poids excessif et d'un maniement fatigant – seuls les lansquenets suisses et allemands l'arboraient encore. Le cavalier portait aussi sur l'épaule un canon à feu à rouet. Louis connaissait cette arme prodigieuse constituée de quatre tubes d'acier pivotant à tour de rôle et supportés par un fût de bois sculpté de la taille d'un petit tronc d'arbre. L'arquebuse à quadruple rouet tirait une mortelle grenaille dont les effets étaient dévastateurs ; tout ce qui se trouvait devant l'engin de mort était déchiqueté.

Le colosse les avait aussi aperçus et reconnus. Il se précipitait déjà vers eux au galop, son chapeau à la main pour attirer l'attention, tout en vociférant avec un furieux accent bavarois :

— Monsieur Fronsac ! Monsieur Tilly ! Le marquis va être si content de vous voir !

— Bauer ! Dieu soit loué ! Décidément, vous êtes toujours là au bon moment ! murmura Fronsac.

Bauer, ancien mercenaire, était tout à la fois l'ordonnance, le domestique, le garde du corps, l'ami du marquis de Pisany et il avait déjà rendu, dans le passé, un signalé service à Louis.

L'officier emplumé se tourna vers le nouveau venu qu'il semblait bien connaître. Il est vrai qu'après avoir croisé Bauer, on ne pouvait l'oublier facilement.

— Monsieur Bauer, connaissez-vous ces gens ? demanda-t-il d'un ton un peu las, sentant que la situation lui échappait.

— Si je les connais ? M. de Tilly est mon ancien lieutenant et M. le chevalier Fronsac est un ami de Mgr Mazarin. Ce sont tous deux des intimes du marquis de Pisany. Quant au duc d'Enghien, il les estime comme ses propres parents. Et c'est le roi lui-même qui a fait de M. Fronsac un chevalier de Saint-Louis.

L'autre perdit toute arrogance.

Des amis du duc... de Mgr Mazarin... du roi... dans quelle vilaine affaire s'était-il fourré..., s'inquiéta-t-il.

— Hum... hum... bien... Je pensais aussi qu'ils étaient des gentilshommes... dans ces conditions... pouvez-vous vous charger d'eux ? J'allais les conduire auprès du duc, mais autant que vous vous en occupiez.

Le ton de l'officier avait changé et il avait du mal à maîtriser sa voix. Sans attendre de réponse, il salua froidement Louis et Gaston pour repartir au trot suivi de sa petite troupe.

— Bauer, reprit Louis d'une voix hachée et presque suppliante, peux-tu nous mener rapidement à Enghien ?

Le géant acquiesça et ils se mirent en route.

Ils passèrent une nouvelle succession de clairières et de bois. L'armée semblait étalée, éparpillée sur une surface infinie. Un peu partout on apercevait des groupes d'hommes, souvent en guenilles, plus rarement en uniforme, mais visiblement prêts au combat et heureux du pillage qui suivrait s'ils étaient vainqueurs. Ils savaient que l'armée ennemie était accompagnée de centaines de chariots remplis par les rapines et les maraudes commises par les Espagnols dans le nord du pays et en Flandre.

— Est-il vrai que la bataille est imminente ? lui demanda Gaston avec gravité, tout en chevauchant au côté de Bauer.

L'Allemand hocha la tête de haut en bas, sans grand enthousiasme.

— Tout à fait ! L'ennemi est bien là. Nous avancerons encore demain, et peut-être même après-demain, pour nous rapprocher de Rocroy. Nous ne sommes pas prêts et les Espagnols attendent aussi des troupes en renfort. À mon avis, la bataille aura lieu le 20. Mais, ajouta-t-il d'un ton soucieux, ils sont beaucoup plus nombreux que nous, et surtout mieux armés, mieux entraînés.

Ils traversaient maintenant des campements plus denses constitués visiblement en régiments bien disciplinés.

Il y avait là des arquebusiers avec leurs arquebuses, leurs crocs et leurs courtes épées. Certains, assis, préparaient leurs balles et leur poudre. D'autres les dévisageaient avec le regard vide de ceux qui vont mourir. Autour d'eux s'agitaient les *goujats*.

Gaston expliqua à Louis qu'il s'agissait de serviteurs qui portaient les armes des soldats et ne se battaient que dans les cas extrêmes.

Au-delà, ce furent des troupes de mousquetaires, puis des piquiers en nombre considérable, leurs piques de huit pieds regroupées en faisceaux bien rangés. Plus loin encore, ils découvrirent les troupes de cavalerie, que l'on sentait avant de les apercevoir tant la puanteur d'urine et de purin était âpre.

Et brusquement, ils découvrirent un grand nombre de tentes colorées. Ce bivouac était différent de tous ceux qu'ils avaient traversés. Il y avait partout beaucoup d'officiers, de nombreux mousquetaires et des gardes françaises, des suisses aussi. Tous en brillants uniformes. La discipline et l'ordre semblaient parfaits.

Bauer s'avança au trot et aperçut Pisany en conversation avec quelques officiers.

— Monsieur le marquis, cria le Bavarois, nous avons de la visite.

Il sauta de cheval et Pisany se retourna. Louis reconnut d'Andelot dans l'un de ses compagnons. Ils s'approchèrent des visiteurs, le regard interrogatif.

— Fronsac, Tilly ? Vous venez en renfort ? plaisanta Pisany. Merci ! Nous en avons bien besoin !

Louis nota le visage soucieux du marquis d'Andelot qui ne souriait pas à la plaisanterie.

— Non, marquis, hélas pour vous, nous ne venons que pour rencontrer Enghien, il y a urgence.

— Il est là ! (Pisany parut contrarié par la requête de Louis.) Je vous y conduis...

Une ombre passa sur son visage :

— Faites attention à vous ! prévint-il avec appréhension, il est de fort méchante humeur.

Ils le suivirent dans une vaste tente. Gaufredi était resté en arrière avec les chevaux.

Ils découvrirent le duc d'Enghien debout devant une grande table en marqueterie couverte de cartes. Le prince était entièrement vêtu de blanc, mais Gaston nota que ses vêtements étaient tachés et poussiéreux et qu'il n'était pas rasé. Ses cheveux sales et sans frisure pendaient dans le col de sa chemise souillée de sueur. L'Hospital, Gassion et d'autres officiers supérieurs formaient un cercle autour de lui. Tous affichaient des visages ravinés, épuisés.

Reconnaissant Fronsac et Tilly, Enghien s'interrompit et leur jeta insolemment :

— Messieurs... que me vaut l'honneur de votre visite ? Je suis désolé mais je n'ai pas de temps à vous consacrer.

Le ton était sec, cassant, menaçant même.

Louis, après avoir salué chapeau bas, angoissé par l'accueil glacial, tendit en silence la lettre qu'avait rédigée Michel Le Tellier.

Enghien s'en saisit, considéra le cachet, le brisa, puis la lut. Après quelques secondes de silence, il leva la tête vers Louis, un rictus carnassier aux lèvres et une curieuse flamme dans les yeux.

— M. Le Tellier me demande de vous apporter assistance. Il précise qu'il en va de la vie du roi. (Il s'arrêta un instant, et se tourna vers ses officiers.) M. Fronsac ignore donc la dernière nouvelle, railla-t-il.

Il se mit à pouffer.

Gaston et Louis se regardèrent quelque peu embarrassés – à quoi faisait-il allusion ? Louis de Bourbon poursuivit alors d'un ton glacial et insupportable :

— Louis XIV est monté sur le trône depuis trois jours. Oui, messieurs. Le roi est mort ! Vive le roi ! C'est ce que l'on dit dans ce cas-là, n'est-ce pas ?

La mort du roi ! C'était en effet la nouvelle qu'Enghien avait apprise le 14. Louis XIII avait terminé sa terrible agonie.

Ainsi, nous avons finalement échoué ! songea Louis découragé.

Il considéra Enghien qui n'avait l'air ni contrit ni malheureux. Après tout, se dit l'ancien notaire, je devais m'y attendre. Louis le Juste n'était rien pour Enghien sinon un obstacle. Il ne reste plus que trois personnes entre le trône et lui. Monsieur et deux petits enfants.

Meurtri, épuisé, découragé, une lassitude infinie l'envahit.

Ils avaient peu mangé et presque pas dormi depuis tous ces jours qu'ils passaient à cheval.

Louis se mit à trembler, chercha un siège des yeux, mais il n'y en avait pas dans la tente. Gaston, lui, était devenu livide et serrait les poings, en colère tant contre l'empoisonneur que contre le duc qu'il appréciait peu.

Enghien, plus fin qu'on aurait pu le penser, prit soudainement conscience que les deux hommes qu'il avait devant lui étaient en train de s'effondrer alors qu'ils étaient venus par fidélité envers la royauté ! Et il se souvint aussi qu'ils étaient ses fidèles.

Brusquement, son attitude changea complètement, ce qui était très fréquent chez lui. Il cria vers un groupe d'ordonnances un peu à l'écart :

— Apportez du vin et des viandes à mes amis, ainsi que des sièges.

Puis il reprit d'un ton plus aimable :

— Je suppose que la personne que vous recherchez doit pourtant être capturée.

Il se tourna vers ses officiers pour leur expliquer :

— Ces messieurs ont ordre de trouver un criminel dans notre armée...

Il s'adressa de nouveau à Louis :

— ... Pisany va vous porter assistance. Si votre homme est ici, il vous le ramènera.

Cependant le temps du combat approche. Il vous reste encore quelques heures, peut-être, pour le trouver vivant. Après...

Il fit un geste d'insouciance de la main et se retourna, reprenant sa conversation avec ses maréchaux.

L'entretien était terminé.

Gaston et Louis sortirent, suivis par Pisany tandis que quelques ordonnances apportaient de la nourriture et des boissons, des sièges pliants et une table pour les installer devant la tente.

— Vous êtes épuisés, fit Pisany. Mangez et allez vous reposer un moment. Voyez-vous cette tente bleue, là-bas ? Elle est petite, mais c'est la mienne. Je vous la laisse. Je vais avertir quelques officiers et leur demander de commencer les recherches auprès des intendants militaires et des commissaires aux armées. Picard, m'avez-vous dit ? Quel est son prénom ? Évariste ? Bien, je reviendrai vous prévenir dès que j'aurai des nouvelles.

Ils se restaurèrent, se reposèrent et le temps passa dans la petite tente. Pisany ne revenait pas. La nuit tombait quand le marquis d'Andelot vint les voir.

— Pisany poursuit ses recherches, annonça-t-il, mais sans succès. Non qu'on n'ait pas trouvé des Picard, sourit-il, ils foisonnent, mais aucun Évariste, et aucun qui aurait intégré l'armée récemment. On va vous porter des couvertures, vous pouvez dormir par ici. (Il leur désigna la clairière.) Demain, nous partirons tôt vers Rocroy. Vous pouvez nous suivre si vous voulez, mais j'ai peur que personne ne puisse plus s'occuper de vous.

Fatigués, désespérés et démoralisés, nos deux amis acquiescèrent. Après la mort du roi, leur mission leur paraissait désormais totalement dénuée d'intérêt. Ils partirent s'installer inconfortablement dans la clairière pour la nuit.

L'aube n'était pas encore levée lorsqu'ils furent réveillés par un officier des gardes suisses.

— Messieurs, il y a là un soldat qui veut vous parler, dois-je le laisser approcher ?

Louis l'y autorisa. Le soldat était un pauvre hère, habillé de hardes sales et rapiécées, armé d'un simple fusil à pierre. Il tenait un chapeau avachi à la main.

— Messeigneurs, commença-t-il, j'ai entendu dire que vous cherchiez Évariste Picard ?

— Exact, répliqua Louis brusquement réveillé. Le connais-tu ? Où est-il ? Parle !

— Je le connais, assura l'inconnu en hésitant, mais pouvez-vous garder pour vous ce que je vais vous dire ?

— Tu as ma parole, allons ! Parle, te dis-je ! jeta-t-il impatiemment.

L'homme roulait son chapeau d'une main dans l'autre. Il déglutit et se lança dans son explication.

— Voilà... Picard avait peur de la bataille. Il a déserté. Il voulait m'emmener mais j'ai encore plus peur de ce qui m'arriverait s'ils me reprenaient. Ils coupent les bras et les pieds des déserteurs ou alors ils les rouent ou pire encore...

Il eut un regard affolé.

— Mais il m'a dit où il allait...

— Où donc ? s'impatienta Gaston en le bousculant.

— Près... près de Rocroy. Sur le plateau. Au sud-est de la citadelle existe un vieux moulin abandonné, c'est l'un des hommes de Gassion qui l'a dit. C'est paraît-il un endroit isolé, où il ne peut y avoir de combat car il se trouve dans un bois très touffu, au sommet d'une colline. Picard doit se cacher là-bas, attendant la fin de la bataille et le départ des troupes. Après, il m'a dit qu'il rejoindrait les survivants. Il était certain que personne ne s'apercevrait de son départ...

Gaston soupira. Il avait connu ce genre de poltrons quand il était lieutenant. Il savait que les absents étaient toujours repérés et que leur sort, après la bataille, était terrible, car il fallait bien faire des exemples. Souvent, on brisait le corps des déserteurs en les précipitant plusieurs fois dans le vide, attachés par les pieds à une potence ou à un arbre !

— Allons-y, décida-t-il.

Le pauvre hère hésita un instant puis demanda :

— ... Vous... vous n'auriez pas un peu d'argent pour que j'achète une bouteille de vin avant les engagements ? Pour me donner du courage, pleurnicha-t-il.

Louis lui donna cinq sols que l'autre empocha en silence. Gaston, entre-temps, s'était éloigné et avait sellé les chevaux.

— Il faut que tu nous accompagnes, décida Louis en observant le soldat.

L'homme blêmit.

— Mes officiers ne voudront jamais.

Il recula, mais déjà Gaufredi lui avait saisi le bras d'une main et de l'autre tenait un pistolet qu'il lui appliqua sur la tempe.

Louis expliqua au suisse qui avait assisté à l'entretien avec indifférence.

— Avertissez MM. d'Andelot et Pisany. Nous partons avec cet homme.

Le garde hocha la tête.

Ils montèrent à cheval. Gaufredi prit le soldat en croupe, devant lui. Ils se dirigèrent vers Rocroy alors que l'aube se levait sur le camp.

Pendant ce temps, la lourde armée espagnole s'installait.

Vingt et un régiments d'infanterie organisés en *tercios* prenaient position et quatre-vingt-deux compagnies, plus six régiments de cavalerie, se plaçaient sur leurs ailes.

Tous les soldats étaient combatifs, bien équipés et bien armés.

En face, les troupes d'Enghien se réveillaient et commençaient à se regrouper pour avancer à marche forcée, mais elles rassemblaient moins de vingt mille hommes.

Le jour se leva complètement.

Louis et ses amis cheminèrent toute la matinée en suivant les indications maussades du soldat. Ce n'est qu'en début d'après-midi que la citadelle de Rocroy fut en vue. À ce moment-là, leur guide leur désigna une ruine, sur une colline encore éloignée.

— C'est là-bas, fit-il d'une drôle de voix aiguë.

Au même moment, alors que Louis et Gaston regardaient dans la direction indiquée, il envoya un violent coup de coude dans le ventre de Gaufredi puis, d'un mouvement rapide, saisissant son étrier droit, il le fit basculer en arrière. Le reître tomba au sol, s'assommant à demi. Déjà le fourbe avait piqué des deux et filé avec le cheval vers les lignes espagnoles.

Gaston saisit son pistolet et l'ajusta. À cette faible distance, il ne pouvait rater son coup.

— Ne tire pas ! lui cria Louis, si Picard est là, il sera averti et s'enfuira.

Gaston ne tira donc pas mais haussa les épaules.

— Il n'y aura personne, toute cette manigance pue le traquenard ! Rentrons ! Nous ne pouvons plus rien faire.

Louis secoua la tête.

— Non, c'est peut-être un piège, mais a-t-on le choix ? Que dira-t-on à Mazarin une fois à Paris ? On touche au but, il nous faut aller voir, sinon nous le regretterions toujours. Pour ma part, je veux connaître la vérité, même si c'est un traquenard.

Gaufredi, étourdi, se relevait en tremblant de rage et de colère.

— Si ce drôle me tombe entre les mains, je l'égorge avec mes ongles, grogna-t-il en crachant au sol. Et mon cheval ? (Il soupira.) Décidément, je me fais vieux !

Malgré les circonstances, Louis et Gaston se mirent à rire devant le terrible reître secouant la poussière de ses vêtements.

— Ce n'est pas si grave ! le consola Gaston, finalement amusé par l'incident.

Puis s'adressant à Louis, il ajouta plus sérieusement :

— Soit ! Allons-y. J'espère que nous ne le regretterons pas. Laissons nos chevaux près de cet arbre. Nous monterons à pied et en silence jusqu'au moulin. Si c'est un piège, on le saura vite...

Ainsi fut fait.

La montée leur prit plus d'une heure tant ils avançaient prudemment et lentement. Finalement, le moulin se dressa devant eux. De près, la bâtisse n'était pas vraiment en ruine, elle donnait même l'impression d'avoir été utilisée il y a peu et cela troubla Louis. Leur guide leur avait donc menti sur ce point.

Une solide porte – ouverte – marquait l'entrée. Le toit aussi paraissait en bon état, seules les ailes semblaient inutiles : un trou béant, à vingt pieds du sol, laissait apparaître l'emplacement du mécanisme.

Ils s'approchèrent précautionneusement, jetant des regards autour d'eux, armes au poing. Gaufredi souffla doucement :

— Le moulin a l'air abandonné, je vais entrer le premier. Je sifflerai s'il est vide.

Quelques minutes plus tard, le sifflement retentit. Gaston et Louis rejoignirent le reître. Le bâtiment était en effet entièrement vide : plus d'échelle, plus de plancher à l'intérieur, sinon à vingt pieds plus haut, à une hauteur inaccessible. On avait tout ôté, apparemment depuis peu.

Qu'est-ce que cela signifiait ?

Alors qu'ils se consultaient, ils furent brusquement plongés dans l'obscurité. La porte s'était refermée. Ils se précipitèrent, mais c'était trop tard. Il leur fut impossible de la bouger.

Ils comprirent qu'ils étaient prisonniers.

Cependant ils n'étaient pas entièrement dans le noir, un peu de lumière venait du trou, à vingt pieds au-dessus d'eux, mais il n'y avait aucun moyen de l'atteindre. Louis s'assit par terre, résigné.

— Que nous veut-on ? Nous garder prisonniers ? Mais pourquoi ? Qui êtes-vous ? Où êtes-vous ?

C'était Gaston qui questionnait ainsi la porte en tapant dessus violemment à coups de poignée d'épée. Malgré cette brutalité, elle refusa de répondre à ses questions.

Pendant ce temps, Gaufredi essayait, sans succès, de grimper aux murs du moulin pour atteindre l'emplacement du mécanisme.

Louis ne disait rien, tout cela était de sa faute.

Le temps passa.

Gaston et Gaufredi essayèrent de glisser une épée entre la porte et le dormant, l'arme cassa. Puis, avec des poignards, ils tentèrent encore de grimper le long des murs, sans plus de succès. Finalement, les mains en sang et découragés, ils s'assirent à côté de Louis.

Plusieurs heures s'écoulèrent et la nuit commença à tomber.

Ils s'étaient tous allongés quand ils entendirent des chevaux. Ensuite, ce fut une voix, que Louis connaissait : grinçante et sinistre.

— Monsieur Fronsac, m'entendez-vous ? s'enquit la voix de crécelle.

— Je vous entends, répliqua Louis qui s'était levé.

— C'était un joli piège, n'est-ce pas ?

— Que nous voulez-vous, monsieur d'Astarac ?

— Rien ! Rien du tout ! Je venais juste vous avertir que j'allais vous abandonner ici. La bataille va commencer, mais auparavant, j'aurai avisé mes amis espagnols qu'une troupe d'espions est dans le moulin. Ils viendront aussitôt et je crains qu'ils ne vous fassent passer un très mauvais moment. Vous savez, ces gens sont des sauvages. J'ai assisté à ce qu'ils faisaient à leurs prisonniers en Espagne, c'est à vous soulever le cœur. Enfin ! Ce sont vos affaires, vous n'aviez pas à venir vous mêler des miennes. Adieu Fronsac, je crois que je ne vous trouverai plus sur mon chemin. Nous nous reverrons en enfer.

— Attendez, cria Louis, ne partez pas !

— Quoi donc encore ?

— Si nous devons mourir, vous nous devez bien quelques explications. Pour l'instant, nous ne comprenons rien à ce qui nous arrive, fit Louis avec humilité.

— C'est vrai ? grinça la voix avec un soupçon de satisfaction.

Il y eut un silence, puis d'Astarac poursuivit sans dissimuler sa joie :

— J'en suis bien heureux ! Et plutôt fier !

Il y eut un nouveau silence, puis il persifla avec malveillance :

— Mais après tout, pourquoi pas ? Cependant, je ne parlerai qu'à vous seul. Je vais faire ouvrir la porte, sortez, mais si vos amis approchent, je vous abats et eux avec. J'ai vingt hommes armés autour de moi.

— N'y va pas, souffla Gaston, c'est un piège.

— Le piège, nous y sommes ! Et il y a trop de choses que je désire apprendre, chuchota Louis avec une grimace. Je pense aussi qu'il ne souhaite pas que ses compagnons écoutent ce qu'il va me dire, c'est pour cela qu'il veut que je sois seul avec lui.

— Allez-y ! cria-t-il alors. Ouvrez !

Il fit signe à Gaston et à Gaufredi de rester au fond de la pièce.

La porte s'entrebâilla légèrement et il s'avança. Malgré l'obscurité de la nuit qui tombait, il reconnut la minuscule silhouette, disgracieuse et contrefaite, du marquis de Fontrailles qui le menaçait d'un pistolet.

— Avancez par ici, il est inutile que quelqu'un entende ce que l'on va se dire. Que voulez-vous apprendre, monsieur ?

— C'est vous qui avez fait tuer le roi. Pourquoi ? Pour l'Espagne ? Pour de l'argent ?

— Imbécile ! Pour qui me prenez-vous ? Sachez, monsieur, que je n'ai jamais travaillé que pour moi et pour mon pays, la France. Les rois sont des parasites inutiles et nocifs. Avec la mort de celui-ci, les chiens qui veulent le pouvoir vont se déchirer et le pays tombera dans le chaos. Il n'y aura plus d'autorité et d'État. Alors, se lèveront les bannis de la terre, les damnés, les affamés, et ils prendront le pouvoir. La France sera enfin gouvernée par le peuple car c'est le seul moyen de faire disparaître la misère et l'injustice. La noblesse doit être exterminée, elle aussi, sauf les âmes de valeur capables de diriger le pays.

— Comme vous ?

— En effet, comme moi. Nous deviendrons une république et je veux bien en être le premier consul. Mais sachez que si l'Espagne m'aide, jamais je ne serai à son service. Je ne suis pas un traître.

Fontrailles avait haussé le ton et il s'exprimait maintenant avec une férocité telle que Louis en fut glacé. Fronsac eut alors une affreuse certitude.

— Vous êtes fou ! Complètement fou ! murmura-t-il avec presque de la compassion dans la voix.

Fontrailles ne parut ni choqué ni irrité. Il déclara alors gravement, comme pour convaincre son ennemi :

— Mais non, Fronsac, c'est vous qui ne comprenez rien à la misère de ce pays. (Sa voix devint vibrante et haletante.) Allez donc voir les paysans, les ouvriers, tous ces gens qui meurent de faim ou de froid, regardez-les vivre et crever comme des bêtes. Pensez-vous que le roi s'intéresse à eux ? Savez-vous que dans ce pays il y a des hommes et des femmes qui remuent la terre comme des porcs pour y trouver des racines et des glands ? Apprenez donc que certains mangent de la paille, et même de la terre pour survivre !

Louis pensa aux habitants de Mercy et fut un instant ébranlé. Il y eut un bref silence, puis il déclara :

— Je ne discuterai pas plus avant de cela avec vous, mais sur le reste, peut-être accepterez-vous de me dire la vérité sur ce que j'ignore encore ?

— Ah ! Ah ! ricana le bossu avec un bruit de crécelle. La vérité sûrement pas. Mais je veux bien répondre à une ultime question. Choisissez-la bien !

— Pourquoi avez-vous tué Daquin ?

Fontrailles blêmit mais Louis ne le vit pas. Par contre, le son de sa voix changea soudainement et Louis s'en rendit parfaitement compte.

— Vous l'ignoriez ?

— Bien sûr !

— C'est amusant ! Et moi qui pensais que vous aviez tout compris. Décidément, je vous ai surestimé, Fronsac. Eh bien, disons qu'il me fallait faire une expérience. Et puis, il était gênant...

— Une expérience ?

— Oui, essayer le poison...

— Et Picard, qu'est-il devenu ?

— Il était bien dans l'armée d'Enghien, mais je m'en suis occupé et il est mort depuis longtemps. Il m'était devenu inutile.

— Encore une question, juste une ! Je vous en prie ! supplia Louis. Il y avait un trafic d'armes et de fausse monnaie organisé par l'Espagne. C'était vous ?

Dans la pénombre, il sembla à Louis que Fontrailles avait pris un air vaguement intéressé.

— Non, je n'étais pas au courant... Mais j'en ai assez dit, vous ne m'amusez plus, rentrez !

Il menaça Louis de son arme.

— Un dernier mot, vous me devez bien ça, puisque je dois mourir. Connaissiez-vous le *Tasteur* ?

— Ah, enfin ! Je me demandais si vous saviez. Oui, je connaissais ce dément. Il vivait dans ma seigneurie, c'est moi qui l'ai convaincu de devenir *Tasteur* à Paris. Cela me permettait d'occuper le commissaire de police pour qu'il n'ait pas le temps de s'intéresser à mes affaires. Et sans votre ami Gaston, il continuerait à terroriser les Parisiennes.

— C'était adroit, reconnut Louis en hochant lentement la tête.

— Adroit ? Encore plus, chevalier ! rectifia le nabot d'un ton grinçant. Peut-être d'ici à demain comprendrez-vous ce que j'ai voulu faire ! Mais j'en doute, vous êtes vraiment trop niais. Retournez au moulin maintenant !

Louis obéit. Il savait tout ce qu'il désirait. Enfin, pas vraiment tout, mais pour le reste, il devrait le vérifier en rentrant à Paris. S'il vivait.

Ils furent de nouveau enfermés. Les bruits extérieurs cessèrent et ce fut le noir complet. Gaufredi, fataliste, avait préparé toutes leurs armes. Les Espagnols ne les prendraient pas vivants et ne s'amuseraient pas avec eux.

Pendant ce temps, Louis racontait à Gaston, ébahi, ce qu'il avait appris et surtout ce qu'il en avait déduit.

Enfin, harassés par la fatigue et minés par la peur, ils s'endormirent d'un sommeil agité, entrecoupé de réveils brutaux et de cauchemars abominables.

11

Le 19 mai 1643 et les jours suivants

Pour beaucoup d'historiens, la bataille de Rocroy marque la fin d'une époque et le début d'un nouvel âge.

En effet, Rocroy marque la fin de l'hégémonie espagnole en Europe, une suprématie qui avait été imposée par Charles Quint. Après Rocroy, c'est la France qui devient la grande puissance militaire européenne.

Sur le plan militaire, Rocroy est aussi une rupture totale dans le déroulement des grandes batailles de fantassins.

En effet, le duc d'Enghien, le futur *Grand Condé*, va pour la première fois s'affranchir des règles immuables en vigueur depuis trois ou quatre siècles dans la stratégie militaire.

Jusque-là, les engagements étaient surtout des confrontations entre infanteries. Les affrontements ayant lieu face à face, avec des armées en ligne, chacune préparée et ordonnée de la même façon. En général, les plus nombreux gagnaient.

Après Rocroy, les batailles vont privilégier les opérations de mouvement où l'effet de surprise sera fondamental et où la cavalerie aura un rôle central.

Depuis une centaine d'années, l'Espagne était maîtresse des champs de bataille grâce aux *tercios*, ces corps de fantassins inébranlables sur lesquels se brisaient les offensives adverses.

Le *tercio* était un corps d'armée rigide constitué de piquiers, c'est-à-dire de fantassins armés de longues lances d'environ six mètres, sur lesquels se fracassait la cavalerie ou l'infanterie ennemie.

Dans un *tercio* se succédaient jusqu'à vingt couches de piquiers où alternaient plusieurs rangs d'arquebusiers. Lorsque ces terribles « hérissons » se mettaient en marche, rien ne pouvait leur résister.

Cependant, cette rigidité, qui constituait leur puissance, était aussi leur faiblesse car, par leur masse même, ils manquaient totalement de souplesse et d'initiative.

Avant la bataille, chaque camp tentait d'occuper les meilleures positions, surtout pour favoriser l'artillerie. Dès le 18 mai, de petites compagnies des deux camps prirent ainsi position en suivant les instructions de leurs états-majors respectifs.

Ce jour-là, une petite escarmouche avait eu lieu alors que les corps d'armée se déplaçaient en se disputant les emplacements les plus favorables. Le marquis Henri de la Ferté-Senneterre, maréchal de camp d'Enghien, avait tenté de prendre une place avantageuse. Or, c'était un piège soigneusement préparé par le comte de Fontaines, qui avait décimé les troupes du marquis. Ainsi, avant même la bataille, les Français étaient déjà dominés !

Malgré ces déboires, dans la nuit précédant le 19, toutes les troupes françaises s'étaient finalement placées, bien que rarement à leur avantage. La bataille pouvait donc avoir lieu dès le 19.

L'Espagnol Melo, qui disposait de troupes considérables et ne doutait pas de la victoire, avait rangé ses troupes de fantassins en *tercios* protégés par deux ailes de cavaliers.

Le centre de son armée représentait donc une masse de fantassins, piquiers et mousquetaires, de dix-huit mille Espagnols, Flamands, Allemands ou encore Italiens sous le commandement du comte de Fontaines. Ces soldats étaient protégés par dix-huit canons ainsi que, sur une aile, par Issembourg et Melo, lui-même, avec trois mille cavaliers alsaciens et croates et, sur l'autre aile, par Albuquerque avec cinq mille cavaliers flamands et espagnols.

Tous étaient des vétérans redoutables et bien équipés. En outre, Melo attendait le renfort de Beck pour le lendemain avec sept mille cavaliers supplémentaires !

En face, les Français n'avaient que douze canons et des effectifs un tiers inférieurs ! Malgré l'inquiétude qui couvait dans ses troupes, Enghien s'endormit sans difficulté, par terre, au milieu de ses soldats.

Le mardi 19 mai, à trois heures du matin, le duc fut réveillé par l'arrivée d'un espion venu des troupes espagnoles. L'homme était vêtu d'un costume flamand rapiécé. Il était petit, pas rasé, et arborait l'air sournois qui sied si bien aux traîtres. Entouré de ses généraux, le duc écouta le rapport de l'agent secret.

— Monseigneur, Melo n'a pas encore reçu toutes les troupes qu'il attend. Beck devrait arriver pour sept heures. À ce moment-là, ils vous attaqueront ensemble, par surprise, sans respecter les règles. Déjà, un millier de cavaliers ont fait mouvement et se trouvent dissimulés dans ce petit bois à votre droite. (Il le montra du doigt.) Ils fondront sur l'arrière de votre camp sous peu et répandront la terreur avant que vous ayez placé vos dernières compagnies. Ensuite, Albuquerque foncera sur vous avec ses cavaliers et balayera ce qui restera de vos troupes.

Tous les officiers écoutaient avec effroi ce récit de leur défaite annoncée.

Enghien prit aussitôt sa décision sans consulter personne. Il se tourna simplement vers son bras droit.

— Gassion, prenez une troupe de cavaliers de Picardie, fondez dans ce bois et détruisez ces Espagnols avant qu'ils ne soient prêts. Je vous rejoindrai ensuite avec la cavalerie pour tailler en pièces Albuquerque.

» Vous, Sirot, assurez-vous que les réserves soient prêtes.

» Monsieur de l'Hospital, rassemblez vos troupes en ordre de bataille.

» La Ferté, attaquez à l'aile gauche, mais ne vous laissez pas piéger comme hier, tâchez seulement de les contenir. Ne tentez pas de faire le fanfaron. Ils sont plus nombreux que vous, ne l'oubliez pas, pas d'héroïsme inutile.

» Messieurs, notre unique chance est de les disperser, puis de les écraser avant l'arrivée de Beck.

M. de l'Hospital, le vieux capitaine que Mazarin avait placé près du duc pour le conseiller, intervint sévèrement :

— Monseigneur, nous avons l'ordre de nous défendre et de défendre Rocroy, pas d'attaquer. Je suis opposé à charger ainsi l'ennemi en pleine nuit. Nous outrepassons les ordres que nous a donnés Mgr le cardinal Mazarin.

La réponse du duc fut sèche et sans appel.

— Restez sur place si vous le souhaitez. Je prendrai votre commandement.

Pendant un instant, le silence se fit devant l'injure et la décision du jeune prince. Ce fut Jean de Gassion qui le rompit. Il croisa les bras et posa courageusement la question qui était sur toutes les lèvres :

— Monseigneur, que deviendrons-nous si nous perdons la bataille ?

— Pour ma part, je ne me mets point en peine, je serai mort avant, lâcha Enghien qui se coiffa d'un chapeau blanc à panache. Allez-y !

— Encore un mot, monseigneur, grinça l'espion avec un regard sournois, quelqu'un a averti hier les Espagnols qu'une troupe d'observateurs français était prisonnière dans le vieux moulin. Ils seraient trois, et en civil. Peut-être est-ce important...

Enghien s'arrêta.

— Trois ? Damnation ! C'est sûrement ce benêt de Fronsac qui s'est fait prendre ! Pisany ! Avant que le combat ne commence, foncez là-bas et ramenez-les entiers. J'ai bien dit entiers, sinon Mazarin ne me le pardonnera jamais...

Mais déjà, Pisany était parti.

Gassion aussi était déjà en route pour le petit bois.

Il y surprit les Espagnols endormis et les égorgea tous en moins d'une heure. Il fut rejoint rapidement par Enghien. Ensemble, ils foncèrent à bride abattue vers Albuquerque, qui s'attendait à tout sauf à une attaque à cette heure-là. Diable ! Ce n'était pas du jeu : il n'était pas quatre heures du matin et c'était à lui de surprendre l'armée française !

La vraie bataille s'engagea alors aussitôt. Nous allons en parler mais, auparavant, suivons un moment Pisany, Bauer et les sept ou huit cavaliers qui étaient partis secourir nos amis.

Ils filaient vers le vieux moulin au triple galop. C'était encore la nuit, mais les premières lueurs de l'aube, et la lune toujours présente, permettaient d'y voir clair sans trop de difficulté. Lorsqu'ils arrivèrent à proximité du bâtiment, un petit détachement d'Espagnols l'encerclait déjà. Pisany remarqua immédiatement que, s'ils étaient une vingtaine, ils étaient à pied. Eux n'étaient que dix, mais à cheval, et Bauer à lui tout seul valait dix hommes de plus. Ils étaient donc à égalité. D'ailleurs, le Bavarois n'avait pas attendu, il avait déjà porté son canon sur son épaule.

Dès qu'il fut à portée, il arrêta son cheval et tira à mitraille. De nombreux Espagnols s'écroulèrent.

Les survivants se retournèrent, saisirent pistolets et mousquets. Mais Bauer, de la main droite, fit tourner les canons de la quadruple arquebuse et lâcha trois autres rafales.

Quand la fumée fut dissipée, il ne restait que trois adversaires, debout, hébétés. Pisany les chargea à l'épée suivi par les autres cavaliers. Vingt secondes plus tard, le moulin était à eux. Il n'y avait aucun survivant du côté des Espagnols.

Dans le bâtiment, Louis, Gaufredi et Gaston avaient entendu l'engagement, sans savoir qui en étaient les protagonistes et, encore plus, le vainqueur.

— C'est le marquis de Pisany, héla le fils de la marquise de Rambouillet quand le silence fut revenu. Êtes-vous là, chevalier ? Et êtes-vous sauf ?

— Oui-Da, cria Fronsac, ouvrez-nous la porte. Nous sommes enfermés.

Ce fut fait et Louis se précipita vers Pisany toujours à cheval. Ce dernier l'arrêta d'un geste de la main :

— Pas d'effusions, chevalier, je dois rejoindre Enghien, il ne peut rien faire sans moi. Revenez vers notre camp. (Il désigna la direction d'où il venait.) Vous ne risquerez rien là-bas, attendez-y la fin des combats. Mais si nous perdons, fuyez à bride abattue...

Ils disparurent aussitôt.

Ainsi, en moins d'une minute, ils avaient été libérés. Un peu désemparés, ils écoutèrent le bruit de la bataille toute proche : le crépitement de la mousqueterie, le grondement des canons...

— Allons-y, décida Gaston, et essayons de ne pas nous faire tuer par un parti d'Espagnols. En premier lieu, il nous faut chercher nos chevaux ; peut-être sont-ils encore en bas à nous attendre.

— Attendez ! répliqua Gaufredi. Ces Espagnols (il montrait les corps déchiquetés des victimes), ils sont venus à cheval, ils ont dû les laisser à proximité. Trouvons-les, ce sera plus rapide.

Effectivement, ils découvrirent les montures des Espagnols attachées dans un petit bosquet. Déjà Louis choisissait une bête quand Gaufredi intervint de nouveau :

— Nous ne pouvons partir ainsi...

Louis et Gaston le regardèrent, un peu déconcertés. Le reître reprit :

— ... C'est la bataille en bas, il faut nous équiper. Si nous sommes attaqués, avec quoi nous défendrons-nous ? Nous n'avons que deux épées – dont l'une est brisée –, un pistolet et un mousquet. Avant de partir, récupérons cuirasses, casques et le plus d'armes possible. Nous avons ici tout ce qu'il faut, et plus encore.

C'était la sagesse même. Avec les chevaux qu'ils avaient choisis, ils retournèrent examiner les cadavres. Ce fut une besogne désagréable de dépouiller les morts ensanglantés, cependant, au bout d'une demi-heure, ils étaient entièrement équipés : chacun portait un corselet d'acier, fixé aux épaules par des lanières de cuir, ainsi qu'un morion.

Louis, qui n'avait pas d'épée, en trouva une fort ciselée, *à la brandebourgeoise*. Enfin, ce n'était pas vraiment une épée, plutôt une sorte de monstrueux tranchoir de boucher. Juste ce qu'il fallait pour frapper dans les combats rapprochés, lui avait expliqué Gaufredi. Ils prirent aussi tous les pistolets qu'ils pouvaient placer dans leurs fontes. Comme ils avaient le choix, ils retinrent des armes à silex, plus fiables que les rouets, et ils éliminèrent les mousquets à serpentin, peu efficaces.

Ils redescendirent ensuite vers la plaine marécageuse en se laissant guider par le bruit de la bataille. En chemin, Gaufredi s'adressa à Louis pour le conseiller.

— Un seul mot, monsieur, vous n'êtes pas soldat. Si nous devons combattre, évitez le corps à corps. La bataille, c'est une boucherie, un carnage. Tous les coups bas sont permis : à la hache, au couteau, à la pique. Si vous tentez d'utiliser votre épée comme un gentilhomme, vous serez taillé en pièces. Faites donc comme moi, utilisez la pistolade : tirez sur vos adversaires pendant que je recharge, ensuite se sera mon tour. Et gardez toujours un pistolet chargé disponible à la ceinture pour le combat rapproché. Je resterai près de vous.

Fronsac avait peur. Comment allait-il se comporter ?

Pendant ce temps, Gassion et Enghien avaient déjà bousculé Albuquerque et ils commençaient à broyer les cavaliers espagnols de l'aile droite de Melo. Il était un peu plus de cinq heures du matin.

Revenons donc en arrière : juste avant quatre heures, La Ferté avait gagné l'aile gauche avec ses hommes. Aussitôt en place, il avait repéré un trou dans les lignes d'Issembourg et il s'y était précipité.

C'était bien évidemment un piège. Issembourg était un excellent tacticien et La Ferté avait déjà prouvé qu'il était un sot. L'aile gauche française fut immédiatement entourée, écrasée, dévastée et finalement anéantie. La Ferté fut blessé et fait prisonnier.

Vers quatre heures et demie, Issembourg, grisé par ce succès facile, fonça vers le gros des troupes françaises et les ravagea en quelques minutes.

À cinq heures du matin, la débandade se propagea et la plus grande partie de l'armée française, démoralisée, harcelée par Issembourg et meurtrie par les terribles *tercios* qui avançaient lentement mais sûrement en écrasant tout sur leur passage, partit en déroute.

Finalement, sans réelle résistance, les troupes ennemies bousculèrent complètement les lignes françaises et l'artillerie tomba entre leurs mains. Les Espagnols disposaient maintenant de trente canons qu'ils pointèrent sur les Français, faisant des ravages dans leurs rangs.

Le désastre paraissait total. Sur les arrières, Sirot tentait d'arrêter la débâcle et de prévenir, en vain, Enghien de la déroute. Il était six heures.

À cet instant, deux faits d'importance inégale se produisirent.

Le jour s'étant levé, ainsi que le brouillard, Enghien, vainqueur à droite, découvrit la bataille à travers la fumée des combats. Il devina immédiatement le désastre en cours, sur sa gauche. Que faire ? Revenir en arrière ? C'était difficile de faire ainsi manœuvrer des troupes engagées. Il choisit donc de foncer sur les *tercios*, mais pas de face, au contraire : sur l'arrière de l'infanterie espagnole, là où on ne l'attendait pas.

C'est au même moment que Louis, Gaston et Gaufredi arrivèrent dans la plaine, sur l'emplacement du camp français. Seulement, comme les troupes avaient reculé, le campement était devenu le centre de l'engagement !

Aussitôt enveloppés par un parti d'ennemis, nos amis se mirent à se défendre comme ils le purent. Ils furent heureusement secourus par une troupe de gardes françaises.

À l'endroit où ils se trouvaient, les Espagnols étaient encore peu nombreux, c'étaient toujours les troupes de Sirot, et principalement le régiment de Piémont, qui tenaient le terrain. Mais les soldats français reculaient car beaucoup d'officiers étaient morts. La débandade totale des troupes du roi de France était incessante.

Nos trois amis aperçurent Sirot devant eux qui s'égosillait en vain.

— En avant ! Pour le roi ! Enghien écrase l'ennemi ! Suivez-moi !

Les soldats hésitaient, ne croyant plus au succès après avoir vu refluer leurs compagnons laminés par les *tercios* puis écrasés par la cavalerie d'Issembourg.

Gaston comprit aussitôt la situation. Sans hésiter, il se porta en avant, rejoignant Sirot, l'épée levée.

— En avant ! Nous sommes vainqueurs ! La journée est gagnée ! Pillage ! Pillage ! Avec Sirot !

Il disparut, suivi par une petite troupe d'hommes galvanisés par ses cris.

Fronsac et Gaufredi se consultèrent du regard pour décider, d'un commun accord, de ne pas être en reste. Ils agirent de même. Eux aussi se mirent à crier, enfiévrant les indécis qui crurent – naïvement – à l'arrivée de renforts.

La déroute fut provisoirement arrêtée.

Les officiers survivants reprirent alors courage, galvanisèrent à leur tour leurs hommes et repartirent au combat.

Pendant ce temps, Enghien avait percé les *tercios* et taillait en pièces l'arrière de l'armée ennemie, qui se trouva prise en tenaille avec le retour – inattendu – des troupes de Sirot.

Mais comment Enghien avait-il pu percer les *tercios*, me demandez-vous ? Tout simplement par sa mobilité. En théorie, les hérissons espagnols pouvaient se défendre des quatre côtés, mais ils étaient très lents à pivoter, en raison justement de leurs longues piques qui les gênaient. Les officiers devaient anticiper le mouvement longtemps à l'avance, puis se concerter. Or ils n'avaient pas eu le temps de le faire tant Enghien avait été rapide à les pénétrer. Ensuite, il les traversa à plusieurs reprises, les ravageant par tranches successives.

À sept heures, c'étaient les troupes françaises qui dominaient partout. Elles purent même récupérer leur artillerie avant de saisir l'artillerie espagnole. Melo attendait toujours Beck pour redresser la situation, seulement c'était trop tard.

La Ferté et ses officiers furent finalement libérés.

Pour les troupes françaises, qui s'étaient cru en déroute, ce fut une revanche qui tourna à la mise à mort. De sept à dix heures, les combats se transformèrent en boucherie. Les Français n'épargnèrent personne, égorgeant tous les blessés. Les régiments suisses, particulièrement féroces, massacraient même ceux qui se rendaient.

Enghien, pourtant totalement insensible aux horreurs de la guerre, dut finalement intervenir pour qu'on ne tue pas les derniers survivants qui pouvaient tout de même rapporter des rançons.

Quant à Fronsac, il vécut deux heures de terreur indicible. Il n'aurait pas survécu à la mêlée sans son corselet d'acier, son casque et surtout sans la présence de Gaufredi qui le protégea durant tous les combats. Heureusement, il n'eut que peu à se servir de son épée, Gaufredi frappant pour lui et éloignant tout adversaire trop audacieux. À cheval, Louis usa surtout des six ou sept pistolets qu'il avait avec lui, mais seulement pour se défendre.

À dix heures, la victoire fut acquise et l'Espagne n'avait plus d'armée.

Melo, blessé, s'enfuit du champ de bataille et réussit finalement à retrouver Beck qui arrivait sans se presser ! Le comte de Fontaines était mort.

Les Espagnols eurent sept mille morts et abandonnèrent sept mille prisonniers. La France eut deux mille morts. Cent soixante-dix drapeaux furent pris ainsi que des centaines de cornettes.

Dès onze heures, le calme revenu, Enghien griffonna quelques mots et envoya La Moussaie à Paris annoncer la nouvelle de la victoire. Quelques heures plus tard, dans Rocroy meurtri mais délivré, il réunissait ses officiers vivants. Son vêtement blanc était rouge de sang, mais lui-même n'était que légèrement blessé. Radieux, il écoutait les compliments. Ses premiers mots furent pour Gassion et le baron Sirot.

— Vous êtes les vrais vainqueurs de Rocroy, leur assura-t-il. Je demanderai pour vous un titre de maréchal de France.

On sait que Mazarin ne les accorda pas immédiatement. Non pour humilier Enghien, comme on l'a souvent écrit, mais parce qu'il considérait les deux militaires comme de simples besogneux des batailles, de bons bouchers et non des capitaines.

— Excusez-moi, monseigneur, je ne mérite pas vos compliments car j'ai reçu de l'aide, intervint Sirot en baissant les yeux.

Enghien, surpris par la remarque, le dévisagea en fronçant les sourcils. Sirot s'écarta alors et fit un signe aux trois hommes qui se trouvaient derrière lui.

— Sans eux, je ne crois pas que j'aurais pu arrêter la déroute, ajouta-t-il simplement.

Gaston, Louis et Gaufredi, eux aussi couverts de sang, les vêtements déchirés et d'une saleté repoussante, s'avancèrent d'un pas titubant. Gaston était blessé d'un coup d'épée à la jambe et s'appuyait sur un mousquet. Louis, toujours coiffé de son superbe casque espagnol, maintenant tout bosselé, n'avait aucune égratignure. C'était aussi le cas de Gaufredi, qui avait déjà traversé la guerre de Trente Ans, et qui n'avait jamais eu l'intention de mourir à Rocroy.

D'abord contrarié par la remarque de Sirot, une remarque qui égratignait le mythe du général omniscient qu'il cultivait, le duc parut finalement satisfait et un fin sourire s'inscrivit sur son visage fatigué quand il reconnut les trois hommes.

— Fronsac ! Décidément, vous êtes toujours là quand on ne vous y attend pas ! La reine connaîtra que vous avez dignement servi Sa Majesté, soyez-en sûr.

Louis remarqua qu'il ne parlait pas du cardinal Mazarin.

— Et vos affaires, où en sont-elles ? poursuivit le duc.

— Elles sont réglées, monseigneur, nous allons pouvoir rentrer.

Louis ne tenait pas à raconter ce qui s'était passé dans le moulin.

Enghien hésita un instant à poursuivre l'interrogatoire. Mais finalement, il jugea inutile d'en savoir plus. Il ajouta pourtant devant l'assemblée ébahie :

— Je suis en tout cas votre obligé, Fronsac. J'espère simplement ne pas le rester trop longtemps.

Le reste de la soirée, après un *Te Deum* sur le champ de bataille, se passa en soins, en repos et en pillage des bagages ennemis. Les prisonniers furent progressivement rassemblés pour être envoyés dans des camps en Normandie. Les riches paieraient rançon, les autres mourraient de faim et de maladie si l'Espagne ne les rachetait pas.

Nos amis eurent droit à un cantonnement dans une maison de la ville car Gaston, blessé, ne pouvait repartir dès le lendemain. Un médecin le pansa et lui demanda de se reposer deux jours.

Le premier jour de ce repos forcé, Andelot vint les visiter.

— Nous allons repartir dans quelques jours, expliqua-t-il. Mazarin doit nous envoyer des instructions. Enghien désire vous équiper à ses frais pour votre départ. Vous trouverez dehors trois chevaux pris aux Espagnols ainsi que des vêtements d'officier trouvés dans les milliers de bagages abandonnés. J'y ai fait joindre des armes solides et de valeur. Voici de l'argent pour la route. C'est votre part de butin car les sept mille prisonniers seront rendus à l'Espagne sur la base d'un mois à un an de solde chacun.

Il tendit à Gaston une bourse contenant cent louis d'or (deux mille livres). Gaufredi était déjà sorti examiner chevaux et armes.

La part de butin qu'offrait ainsi Enghien n'était pas négligeable : en plus de leurs chevaux espagnols montés au combat, et qui n'avaient pas été blessés, nos amis obtenaient trois autres montures et de très belles armes. Il y avait là, accrochés aux selles, deux pistolets à silex à trois canons tournants en acier damasquiné, une épée de côté à l'espagnole, avec manche en or et argent, deux épées courtes ciselées avec des diamants sertis dans leur garde, une paire d'arquebuses à rouet incrustées d'ivoire ainsi que quelques autres armes de moindre qualité. En les revendant à Paris avec les chevaux, ils pouvaient en tirer deux à trois mille livres !

Enfin, dans des coffres fixés aux selles, ils trouvèrent de superbes vêtements : pourpoints, chausses, chapeaux, gants et chemises de soie. De quoi les équiper entièrement !

Enghien quitta Rocroy le même jour.

Il ignorait qu'il ne reviendrait dans cette ville que huit ans plus tard, durant la fronde des princes contre Mazarin, et cette fois à la tête d'une armée espagnole !

Il reprendrait alors la citadelle tout aussi facilement !

Mais revenons quelques jours en arrière, à Paris, juste avant le départ de nos amis pour Rocroy.

Le roi y agonisait lentement et mourait sans se hâter alors que les pressions et les ambitions de chacun se révélaient chaque jour plus fortes et plus violentes.

Dans ses rares accès de lucidité, Louis XIII marquait cependant sa volonté. C'est ainsi qu'il rappela à tous, encore une fois, que Mme de Chevreuse ne devait en aucun cas rentrer en France.

— Elle est le diable…, délirait-il sans cesse.

Petit à petit, Beaufort s'était imposé auprès de lui et maintenant son arrogance ne connaissait plus de borne. Il était certain d'être aimé de la reine et, à ce titre, d'être bientôt son amant et donc le prochain maître de la France. Il le faisait savoir autour de lui avec beaucoup d'impudence.

Et de plus en plus de courtisans l'écoutaient et basculaient dans le camp des Vendôme.

Le dimanche 10 mai, l'état du roi s'aggrava brusquement. En toussant, il ressentait d'effroyables et mortelles douleurs au ventre.

Le 12, il ne put plus s'alimenter et, le soir, la reine le veilla longuement en pleurant près de son lit.

Dans le milieu de la nuit, le duc de Beaufort demanda à Anne d'Autriche de rentrer dans ses appartements et prit sa place. Dès lors, le jeune homme coucha sur une paillasse, à même le sol, au pied de son roi.

Était-ce une manœuvre ou une réelle affliction pour son oncle ? Sans doute les deux. À partir de ce jour, le duc ne quitta plus Louis XIII et il n'accepta que quelques religieux pour lui tenir compagnie.

Pourtant, si dans ses accès de clairvoyance, Louis appréciait les religieux, il supportait moins François de Beaufort. Mais qui tenait encore compte de l'avis du mourant ? Ainsi, le fils de Vendôme put obtenir du roi – et quasiment contre son gré – la grâce de son père le duc, toujours exilé. D'autres pardons extorqués de la même manière suivirent, toujours à l'avantage des Vendôme, comme celui de l'évêque de Beauvais et, finalement, de l'ancien chancelier Châteauneuf.

Pourtant, le roi mort, ce serait le petit dauphin Louis qui régnerait. Il était évident à tous que celui qui tiendrait les enfants royaux prendrait la régence et gouvernerait le pays. Condé s'y employa ainsi que Monsieur, le frère du roi. Accompagnés d'une forte troupe, tous deux se rendirent à Saint-Germain où s'était installée la famille royale.

Mais Beaufort devait être plus rapide qu'eux. Commandant des gardes françaises et des gardes suisses, il avait déjà installé son dispositif militaire autour du château, faisant ainsi comprendre aux deux autres qu'il était le maître. La reine s'en inquiéta et obtint, à son tour, ses propres gardes du corps.

Autour du mourant, les alliances entre les Grands se nouaient et se dénouaient à une vitesse vertigineuse. Devant le risque bien réel d'une prise de pouvoir en France par la branche bâtarde, Condé, Anne d'Autriche et Gaston d'Orléans se lièrent à travers un pacte secret.

Mais ils étaient incapables d'agir ensemble, car aucun ne voulait réellement s'engager pour l'autre, chacun ayant peur de trop perdre.

Gaston le velléitaire se contentait maintenant du poste de lieutenant-général et Condé le grippe-sou pensait surtout à l'argent qu'il pourrait obtenir s'il laissait faire. La reine restait donc relativement seule – même si Beaufort l'assurait de son amour, sinon de sa fidélité.

Anne d'Autriche comprit qu'elle allait certainement perdre le pouvoir, ses enfants, et peut-être la vie. Elle se rapprocha alors de Mazarin qui seul paraissait la conseiller de façon désintéressée. Celui-ci lui fit perfidement remarquer que si Beaufort l'assurait de toute son affection, il n'en retrouvait pas moins tous les soirs sa maîtresse, la vigoureuse duchesse de Montbazon. Anne ne dit rien mais devait s'en souvenir.

De son côté, le prince de Condé ne cessait de demander à son fils qui commandait les armées de rentrer, et l'on se souvient de la réponse que lui avait faite le jeune duc.

L'agonie du roi durait. Interminable. Et tous s'impatientaient.

Finalement, après de nouveaux spasmes, entièrement squelettique, Louis XIII cracha plusieurs vers rouges par la bouche et mourut ce 14 mai 1643. L'autopsie montra que de nombreux autres vers l'avaient quasiment dévoré vivant, lentement.

Le roi à peine trépassé, Beaufort, qui dormait toujours par terre près de son lit comme nous l'avons dit, chassa tous les courtisans afin de rester seul avec Anne d'Autriche. Pour Gaston et Condé, ce fut une nouvelle avanie à laquelle ils ne purent s'opposer car le fils de Vendôme avait cinq cents gentilshommes à ses ordres et en armes dans le château.

Le lendemain de la mort du roi, le jeune duc de Beaufort, entouré d'une armée de gardes françaises, de gardes suisses et de mousquetaires, ramena les enfants royaux à Paris en compagnie de la reine.

Tout était organisé pour qu'il apparaisse comme le maître du pays.

12

La fin du mois de mai 1643

L'arrivée de Louis XIV à Paris fut un succès populaire pour le jeune roi, un grand bonheur pour sa mère qui suscitait, enfin ! l'amour des Français, mais surtout un triomphe complet pour François de Beaufort qui avait organisé et dirigé la parade.

Une parade ? Non, un spectacle plutôt, car l'entrée du roi dans Paris devait être le lever de rideau du nouveau pouvoir qu'on allait présenter aux Parisiens : ce serait dorénavant le duc de Beaufort, si séduisant, si jeune, si éblouissant, qui dirigerait le pays.

Condé et Monsieur, vieillis et usés, avaient été placés au milieu du cortège comme de simples figurants, ou pire, comme ces esclaves chefs de peuples vaincus que Rome présentait lors de ses triomphes. Les deux princes déchus étaient ainsi exhibés comme les résidus d'un ancien temps qui n'avait plus de raison d'être.

Dans les rues, la foule était telle que le convoi mit plusieurs heures pour regagner le

Louvre. Le règne du futur roi commençait donc dans une ferveur et une liesse indicibles. Louis Dieudonné avait cinq ans et son frère Anjou deux. Les Parisiens les acclamaient, les ovationnaient, en criant sur leur passage : *Vive le roi ! Vive la reine ! Vive Beaufort !*

La jeune régente paraissait aux anges et semblait n'avoir jamais été plus heureuse.

Pourtant, intérieurement, l'inquiétude la rongeait, d'autant qu'elle savait, comme l'écrira fort justement le cardinal de Retz, qu'*elle était adorée beaucoup plus par ses disgrâces que par son mérite*.

Mais tout cela n'était que comédie. C'est le lundi 18 mai que les choses sérieuses devaient commencer.

À cinq heures du matin débuta le lit de justice dans la grande chambre du Palais de Justice de l'Ile de la Cité, devant le Parlement de Paris au grand complet.

Tous les princes, ducs, pairs, maréchaux et officiers étaient là. Tous ? Non, pas tout à fait. Le cardinal Mazarin était absent. Un bruit circulait que le Sicilien bouclait ses bagages et que son retour en Italie était imminent. Effectivement, le ministre avait fait savoir qu'il devait rentrer dans son pays revoir sa mère malade et recevoir de la main du pape son chapeau de cardinal qu'il n'était jamais allé chercher à Rome.

Il faut se rappeler que le Parlement n'était pas une chambre de députés élus, bien qu'il se présentât souvent comme une émanation des

États Généraux, mais un ensemble de tribunaux et de chambres, constitués de magistrats propriétaires d'une charge héréditaire achetée fort cher.

Malgré cela, les parlementaires s'étaient progressivement attribué le droit d'enregistrer les décisions royales. Tant qu'une décision n'était pas enregistrée – c'est-à-dire inscrite dans un registre spécial – par tous les parlements de province, elle n'était pas valide et ne pouvait faire autorité. Le roi conservait cependant la prérogative de passer outre à la mauvaise humeur des parlements ; il devait alors se déplacer au Parlement de Paris et tenir un lit de justice en s'installant sur son trône.

Après le lit de justice, la décision royale était exécutoire.

Les parlementaires s'étaient aussi octroyé au fil des ans un autre droit : celui de faire des remontrances au roi. Mais celles-ci étaient devenues tellement fréquentes que, deux ans auparavant, Louis XIII s'était déplacé en lit de justice pour les interdire définitivement.

Le lit de justice de ce lundi 18 mai 1643 devait réunir toutes les institutions parlementaires. D'abord, les huit chambres judiciaires : la Grand'Chambre, les deux chambres de requêtes et les cinq chambres d'enquêtes. Ensuite, le Grand Conseil, la Cour des Comptes et enfin la Cour des Aides.

À neuf heures, le jeune roi fit son entrée dans la grande salle avec sa mère. Tous les magistrats présents arboraient leurs plus somptueux vêtements, c'est-à-dire des robes écarlates avec des manteaux d'hermine. Les gardes portaient leurs plus magnifiques uniformes et la noblesse de cour arborait ce qu'il y avait de plus cher et de plus à la mode.

Le jeune roi – rappelons qu'il avait cinq ans –, vêtu de violet et tenant un sceptre trop lourd, s'installa sur le trône pour déclarer fièrement :

— Messieurs, je suis venu vous voir pour témoigner à mon Parlement mon affection. Mon chancelier vous dira le reste…

Quelques discours introductifs suivirent. Ensuite, Gaston d'Orléans prit la parole et demanda les pleins pouvoirs pour la régente, contrairement au testament de Louis XIII.

Après quoi ce fut Omer Talon, président du Parlement, puis le chancelier Séguier qui expliquèrent doctement que le précédent roi s'était fourvoyé dans ses dernières volontés. Quelle ironique revanche, pour la reine, que de voir le chancelier Séguier expliquer qu'Anne d'Autriche était la vertu même alors que, quelques années auparavant, sur l'ordre de Louis XIII, il avait porté la main sur elle, la fouillant jusque dans son sein pour chercher un courrier séditieux !

Convaincu ou vaincu, le Parlement unanime cassa sans aucun scrupule la déclaration royale qu'il avait enregistrée trois semaines plus tôt !

La reine devenait régente de France avec toutes les prérogatives royales.

Le Parlement restait cependant partagé sur un dernier point : il y avait ceux qui voulaient condamner le règne précédent, et qui demandaient à la reine de gouverner avec de nouveaux ministres, et il y avait ceux qui préféraient la laisser agir en toute liberté.

Refusant ce débat, la régente se retira sans un mot.

Le soir même, elle convoquait un conseil auquel Mazarin ne se rendit pas. L'Italien lui fit savoir qu'il ne pouvait assister au conseil puisqu'il était sans brevet de ministre.

Mercredi 20, et contre toute attente, Anne d'Autriche nommait Jules Mazarin Premier ministre de France et président du conseil de régence.

Ce fut un coup de tonnerre pour beaucoup et une première alarme pour le duc de Beaufort. Ainsi, le petit Sicilien, dont tout le monde s'accordait à dire qu'il allait rentrer en Italie, s'imposait et parvenait au faîte du pouvoir ! La créature de Richelieu devenait le nouveau maître de la France ! Comment avait-il fait ?

En réalité, et tous l'ignoraient, Mazarin, extraordinaire metteur en scène, avait tout préparé à l'avance. C'est lui qui avait incité l'avocat général Omer Talon et le chancelier Séguier à demander l'annulation de la déclaration du feu roi. C'est aussi lui qui avait rallié Monsieur et le prince de Condé à la cause de la reine. C'est encore lui qui avait obtenu le soutien des influents ecclésiastiques proches de la reine, tel Vincent de Paul, en leur faisant comprendre l'importance pour Rome que ce soit un de leurs membres, qui plus est italien et cardinal, donc proche du pape, qui dirige la fille aînée de l'Église. Seul Beaufort avait été négligé, oublié, et il restait maintenant isolé.

Ce même jour, un second événement tout aussi considérable se produisit. Un cavalier poussiéreux pénétra dans Paris qu'il traversa en hurlant tout le long de son chemin, d'abord vers l'hôtel de Condé, puis vers le Louvre :

— ... Bataille gagnée ! Les Espagnols sont écrasés !

C'était le fidèle La Moussaie.

Et il apportait à la reine quelques mots de la part d'Enghien racontant le combat victorieux.

Décidément, pour les Parisiens et pour la Cour, les choses allaient trop vite ! Après avoir été écartés, Mazarin et la famille Condé tenaient à nouveau toutes les cartes de la partie, tandis que François de Beaufort, le *roi de Paris*, était en train de tout perdre après avoir tout étreint !

Le lendemain, d'autres cavaliers arrivèrent à leur tour, porteurs de plusieurs récits relatant le détail de la bataille. Enghien n'y parlait pas de lui. C'était, écrivait-il, Jean de Gassion et Sirot qui étaient les vrais vainqueurs. Et c'est pour eux qu'il demandait des récompenses. Dans une lettre personnelle – et peu connue – à Mazarin, il parla aussi chaudement de Louis Fronsac, cet étrange et prodigieux notaire !

L'hôtel de Condé devint le nouveau centre de la capitale. Beaufort et la Montbazon firent l'objet de tous les sarcasmes et des plus grossières plaisanteries. Dans la semaine, un grand *Te Deum* eut lieu pour remercier le Seigneur d'avoir sauvé la France au détriment de Sa Majesté Très Catholique d'Espagne ! Tous les canons de la ville tonnèrent, servant *de basse à la musique du Te Deum*. Il y eut partout des feux de joie, des danses et des bals. Les centaines d'étendards, de cornettes et de drapeaux pris à l'ennemi couvrirent les murs de Notre-Dame, ne laissant plus apparaître une seule pierre ! Jamais une victoire ne fut plus fêtée et le duc d'Enghien fut à son tour adulé par le peuple de Paris, qui avait déjà oublié son ancienne idole Beaufort.

Comme César, M. le prince est né capitaine, écrivit Retz, enthousiaste.

Mazarin était encore plus satisfait que les autres de la victoire de Rocroy. Il rappelait à chacun que c'était lui qui avait décidé le roi à choisir le jeune prince comme capitaine de nos armées. Il expliquait modestement qu'il avait toujours distingué en Louis de Bourbon un grand génie militaire.

Pourtant, secrètement, il s'inquiétait aussi de cette nouvelle popularité. Il ne tenait nullement à ce que le jeune héros rentrât à Paris où il pourrait le gêner. Mais Enghien, grisé par son succès, n'y songeait même pas, désirant poursuivre la guerre pour voler de victoire en victoire. Le ministre lui proposa donc de harceler les Espagnols vers Thionville, espérant ainsi s'en débarrasser.

Dans toute cette liesse, le fils aîné du duc de Vendôme, Beaufort, restait sottement persuadé d'être toujours le maître puisqu'il disposait de la garde royale et qu'il était l'idole du peuple. Il ignora donc superbement Mazarin et continua à se conduire comme le premier personnage du royaume.

Quelques jours après la victoire de Rocroy, la reine prenant son bain et n'étant pas visible, Beaufort se fit annoncer et pénétra de force dans la chambre royale où la régente était nue. Il s'en fit rudement chasser par Anne d'Autriche. Ce fut une telle humiliation que chacun à la Cour se mit à railler le *roi de Paris*.

Peu à peu, comme sous une influence maléfique, les moqueries envers le jeune duc devinrent plus malveillantes, plus blessantes et plus cruelles.

Pourtant, Beaufort n'était pas si seul et pas si stupide. Il avait regroupé autour de lui tous les opposants à Richelieu et maintenant à Mazarin. En premier lieu, les anciens compagnons du comte de Soissons et de Gaston d'Orléans, tels Fontrailles, Montrésor ou le duc de Bouillon, ainsi que des parlementaires qui n'avaient pas accepté la suppression du droit de remontrance – leur chef de file étant Barillon.

Le duc de Beaufort avait aussi, fort adroitement, réussi à garder près de lui des proches, ou d'anciens fidèles, de Richelieu, écartés par Mazarin, comme du Noyers qui venait – rappelons-le – d'être évincé par le cardinal. Du Noyers, le *Jésuite galoche*, amenait avec lui tous les dévots et les ultramontains favorables à l'Espagne, tel l'évêque de Beauvais.

Il y avait encore, dans l'entourage de Beaufort, M. de Châteauneuf, l'ancien garde des Sceaux qui avait condamné Montmorency et qui était prêt à tout pour retrouver une petite place dans le lit de Marie de Chevreuse !

Au-delà, et c'était certainement le plus dangereux pour le pouvoir en place, Beaufort dirigeait la plupart des régiments de gardes, soit directement, soit par l'intermédiaire de fidèles officiers, comme La Châtre, Campion ou encore Beaupuis.

Mais pour l'emporter définitivement sur les Condé, il fallait à l'héritier des Vendôme des alliés capables d'agir sur la reine. Le marquis de Fontrailles lui conseilla donc de prendre langue avec Mme de Chevreuse, la belle-fille de sa maîtresse, la grosse Montbazon.

Beaufort approuva cette idée et ses proches firent le siège de la régente pour demander le retour de Marie de Chevreuse, la diablesse.

La duchesse de Chevreuse, justement, n'était pas restée inactive. À Bruxelles, elle négociait déjà au nom de la France avec l'Espagne ! Un projet de traité voyait ainsi le jour dans lequel notre pays rendrait ses conquêtes en échange d'une partie de l'Allemagne, alors qu'au même moment des négociations avaient lieu pour l'ouverture du congrès de Munster, qui devaient aboutir quelques années plus tard au traité de Westphalie.

Si Marie de Chevreuse procédait ainsi, c'est qu'elle était persuadée d'agir au nom de la reine, dont elle avait été la meilleure amie. Et aussi parce qu'Anne d'Autriche était la sœur du roi d'Espagne.

Seulement, Marie de Chevreuse ignorait que la régente n'était plus espagnole, elle était désormais la mère du roi de France. Et à ce titre, elle avait tout oublié de son passé. La seule chose qui comptait maintenant pour elle, c'était de laisser à son fils le plus puissant royaume d'Europe.

C'est dans cette conjoncture que Louis et Gaston rentrèrent à Paris, le dimanche 24 mai, chacun dans une disposition d'esprit fort différente.

Pour Gaston, une affaire criminelle de plus était résolue. Fontrailles avait essayé son poison sur Daquin ; Babin du Fontenay s'étant douté d'un crime, le marquis l'avait assassiné avec le fusil à air, puis avait réussi à empoisonner le roi. Ensuite, il avait tenté de faire disparaître ceux qui s'approchaient de la vérité.

Pour Louis, trop de zones d'ombre subsistaient. Pourquoi l'avoir attiré à Rocroy ? Il était incompréhensible que Fontrailles eût gaspillé autant d'énergie et de moyens pour simplement le tuer là-bas. La vengeance n'était pas une explication suffisante chez un homme aussi calculateur. Quant aux éclaircissements que Fontrailles avait prétendu lui donner, ils étaient bien trop équivoques. Les raisons profondes de la mort de Babin du Fontenay ne lui paraissaient pas mieux établies car, si Babin avait poursuivi son enquête, qu'aurait-il pu prouver ? Un empoisonnement ? L'affaire aurait été classée après la disparition de Picard. Enfin, il y avait l'attitude d'Anne Daquin envers lui. Pourquoi cherchait-elle à le séduire ? Savait-elle qu'elle l'envoyait dans un piège ? Louis en était convaincu, comme il était persuadé qu'elle connaissait le marquis de Fontrailles. Mais était-elle seulement manipulée par le bossu et ignorante du rôle qu'on lui avait fait jouer ou, au contraire, était-elle complice de tous les crimes accomplis ?

Toutes ces interrogations, il les avait communiquées à Gaston qui n'y avait pas attaché d'importance.

Louis, un soir, revint une nouvelle fois sur ce sujet.

— Tu te souviens des anamorphoses du père Niceron ?

— Oui, répondit Gaston, le sourcil interrogateur.

— N'en aurait-on pas une sous les yeux ?

— Que veux-tu dire ?

— Que sous un certain angle, tu peux effectivement tout expliquer des événements qui se sont produits. Mais si cet angle n'était pas le bon ? Je reste convaincu qu'il y a une autre perception possible, je l'ai sentie dans ce que m'a déclaré Fontrailles et encore plus dans ce à quoi il a fait allusion. Je reste convaincu que c'est cette autre dimension, cette autre explication que nous devons découvrir.

— Tu rêves ! se moqua Gaston avec insouciance, crois en mon expérience de policier, les assassins ne sont jamais si compliqués. Il n'y a que quelques motifs au crime, tous parfaitement limpides : l'argent, la haine et les fesses. Fontrailles n'est pas différent des autres criminels. Regarde plutôt les choses du bon côté : nous rentrons vivants d'une terrible bataille et riches de butin.

Ainsi, la discussion était inutile et Louis restait seul avec ses ruminations. Il savait, lui, qu'il n'y avait pas que l'argent et les fesses. Pour des hommes comme Fontrailles, il y avait une autre raison d'agir, une force plus puissante que tout : le désir de changer le monde !

Arrivés à Paris, ils se séparèrent un peu froidement. Gaston retourna à ses affaires – après qu'ils eurent partagé le butin – et Louis écrivit un rapport circonstancié à Mazarin. Dans ce mémoire, il s'attacha surtout à exprimer ses doutes, ses questions, ses spéculations et ses craintes à venir.

Dès qu'il eut reçu le document, le ministre le convoqua – c'était le mardi 26 mai – et l'entrevue eut lieu en présence de Le Tellier, le nouveau ministre de la Guerre.

Mazarin avait subitement vieilli, jugea Louis en le retrouvant. Il affichait maintenant un air austère, presque grognon. Son teint était gris, des rides marquaient son front et la fatigue se lisait autant sur son visage que dans toutes ses expressions. Le Tellier, par contre, était toujours souriant et aimable.

Louis parla peu, ayant déjà tout porté par écrit. Le ministre tenait sa lettre à la main. Son regard alla plusieurs fois du pli à Fronsac pour déclarer finalement avec autorité :

— Je partage vos interrogations, chevalier, et j'y ajoute mon inquiétude. Qui plus est, nous ne savons pas comment Fontrailles a agi. Il y a un assassin en liberté qui peut recommencer à tout moment. Et je n'ai même pas de preuve contre Astarac. S'il revient à la Cour, il me sera possible de le faire arrêter avec votre témoignage, mais je ne suis pas sûr d'avoir assez d'autorité pour le garder en prison. Il est bien trop protégé par ses amis. La reine ne voudra jamais s'aliéner le prince de Marcillac, surtout au début de son règne, cela aurait trop l'air d'une vengeance posthume de Richelieu. Il me faut donc des preuves. Trouvez-les, Fronsac ! Trouvez-les ! Vous seul le pouvez.

Il martela ces derniers mots.

Quant il eut terminé, Le Tellier prit la parole, de sa voix lente, grave et circonspecte :

— Vous nous avez écrit que Fontrailles vous avait dit très exactement : *Adroit ? Encore plus, chevalier...* à propos du *Tasteur*. Cette phrase m'intrigue beaucoup, que voulait-il dire à votre avis ?

Louis hocha la tête et répondit avec amertume :

— J'ai tourné et retourné ces mots dans ma tête. Et je dois avouer que je ne sais toujours pas...

— Continuez donc, répliqua sèchement Mazarin. Il n'y a que vous pour réussir.

Louis s'inclina.

Le cardinal aimait faire des présents à ceux qui pouvaient lui être utiles. Quelques jours plus tard, il fit déposer à l'étude des Fronsac la récompense qu'Enghien avait demandée pour Louis. Cinq mille livres.

Un bon de trois cents livres était joint pour Gaufredi et Louis apprit par Gaston qu'il en avait reçu autant. Ces cadeaux étaient aussi un moyen pour le ministre de leur rappeler qu'ils restaient à ses ordres.

Trouvez-les ! avait-il ordonné. Mais comment faire ? Louis décida de tenter sa chance rue des Petits-Champs en sachant qu'il risquait un échec, mais aussi, secrètement, parce qu'il souhaitait revoir la jolie veuve.

Anne Daquin accepta sa visite dès qu'il se présenta, non sans le faire attendre assez longtemps. Une soubrette le conduisit au salon et lui expliqua que sa maîtresse finissait dc se préparer.

Finalement, elle le reçut dans sa chambre. Elle était habillée d'une troublante robe d'intérieur très décolletée et ses cheveux roux tombaient épars sur ses épaules. Assis près d'elle, sur un petit canapé, Louis lui raconta son aventure à Rocroy, décrivant le rôle de Fontrailles mais celant tout ce qui pouvait concerner la mort du roi.

— Qui savait que vous recherchiez Picard ? lui demanda-t-il finalement. Ce piège m'était tendu, donc quelqu'un devait être informé de ma visite chez vous et être certain que vous m'apporteriez cette étrange lettre...

Il se comportait comme s'il ne lui était jamais venu de doute sur elle. Elle resta songeuse longtemps, les yeux dans le vague et les mains jointes. La fragrance de son parfum enivrait peu à peu Louis.

— C'est difficile, soupira-t-elle finalement. Beaucoup dans mon quartier m'ont entendue poser des questions sur Picard, mon frère en a fait autant un peu partout et nous n'avons nullement caché votre visite, nous n'avions d'ailleurs aucune raison de le faire. Quelqu'un a pu l'apprendre ainsi...

— Évidemment...

L'explication de la jolie veuve était vraisemblable, aussi tenta-t-il autre chose :

— Avez-vous déjà entendu parler du *Tasteur* ?

Elle rougit légèrement :

— Bien sûr ! Comme tout le monde dans ce quartier... il a défiguré plus d'une malheureuse, ici...

— Il en a tué trois aussi, lui dévoila Louis en l'observant.

— Je l'ignorais.

Ces derniers mots furent prononcés dans un chuchotement. Louis y devina même autre chose. Un soupçon de peur, peut-être ? Mais quoi d'étonnant ? Le *Tasteur* inspirait une telle terreur avec son gantelet d'acier qui déchirait les gorges... Il ajouta, embarrassé, et pour essayer de sortir de la captivité dans laquelle il se sentait tomber.

— Saviez-vous que le *Tasteur* était une invention du marquis de Fontrailles ? Cet homme cherchait ainsi à détourner l'attention de la police de l'assassinat de votre époux. Peut-être poursuivait-il aussi un autre objectif que j'ignore. Je sais maintenant qu'il connaissait le *Tasteur* et que c'est lui qui l'a fait venir à Paris. C'est peut-être aussi lui qui l'a incité à tuer et à défigurer des jeunes femmes. Le *Tasteur* était sa créature et ses crimes sont indiscutablement liés à la mort de votre époux.

Anne Daquin devint cette fois livide et son visage se figea comme un marbre.

— Je l'ignorais, répéta-t-elle encore dans un murmure.

Mais sa voix tremblait d'émotion.

Elle lui prit alors la main et la serra fortement. Mais sa main était glaciale et le charme n'agissait plus. Au bout d'un instant, Louis se libéra et se leva. Il n'obtiendrait rien de plus, et cependant il avait la fugace impression de s'être approché de quelque chose d'important. Mais pour qui ? Pour lui ? Ou pour la si désirable Anne Daquin ?

Il quitta la maison presque en fuyard.

Les jours suivants furent consacrés à des recherches chez les notaires parisiens. Peu à peu, la lumière se fit ; en découvrant certains documents, il commença à comprendre. Mais il lui manquait encore tant d'informations !

À quelques jours de là, il s'en ouvrit à Julie, qu'il tenait au courant de ses recherches et qui se montrait chaque jour plus sombre et plus maussade avec lui.

— Peut-être Pisany pourrait-il m'aider ? suggéra-t-il. Ce Picard a pu faire des confidences à l'armée. Maintenant que nous avons eu la victoire, ton cousin ne devrait pas tarder à rentrer... As-tu des nouvelles de lui ?

— Tu ne peux compter sur lui, répliqua-t-elle en exhalant un soupir.
— Pourquoi donc ?
— Mme la marquise m'a appris ce matin que Mazarin a donné l'ordre à Enghien de poursuivre les Espagnols et de se diriger vers Thionville. La guerre durera tout l'été, et plus encore.

Louis fit une grimace. Rien n'allait, et Julie avait toujours cette expression préoccupée. Il manifesta finalement son irritation.

— Pourquoi gardes-tu cet air mécontent ? lui demanda-t-il. Dois-je me faire des reproches ?

Son expression changea alors complètement et elle le considéra, le visage chargé de crainte :

— Parce que tu ne sembles pas t'être rendu compte du but que tu poursuis...

Il resta interloqué.

— Que veux-tu dire ?

— Tu m'as confié avoir eu l'impression que Fontrailles était surpris lorsque tu l'as questionné sur les raisons de la mort de Daquin. Donc, il pensait que tu savais quelque chose alors même que tu ignorais tout.

— Et alors ?

— N'as-tu pas trouvé étrange qu'il ne s'en prenne plus à toi ? Il est à Paris, dit-on, et il sait que tu es vivant. Il n'aurait aucune difficulté à te tuer s'il le souhaitait.

Louis n'y avait pas songé. Elle poursuivit en martelant son explication :

— Il sait maintenant que tu n'as rien compris et c'est pour cela qu'il n'a pas tenté de te meurtrir de nouveau. Tu ne risques plus ta vie.

» Seulement Mazarin désire que tu continues à chercher la vérité, et tu t'en rapproches. Voilà ton dilemme : tu recherches une mortelle vérité et c'est ton ignorance seule qui te protège. Le jour où tu sauras tout, tu signeras ton arrêt de mort.

Le silence tomba entre eux. L'esprit de Louis fonctionnait à toute allure. Elle avait raison, pourtant, il devait y avoir un moyen... Il proposa finalement :

— Mais si Mazarin conserve le pouvoir, il me défendra.

— Mais Mazarin conservera-t-il le pouvoir ? répliqua-t-elle énigmatiquement.

De ce jour, Louis décida d'être beaucoup plus prudent. Il ne sortait plus qu'avec Gaufredi comme garde du corps et couvert d'une brigandine, c'est-à-dire d'un corselet léger formé de plaques d'acier articulées autour d'une chemise de soie ; c'était un cadeau que lui avait offert Pisany quelques mois auparavant et qui lui avait déjà sauvé la vie.

À la fin du mois, Louis et Julie se rendirent ensemble pour quelques jours à Mercy. Seuls. Lorsqu'ils retournèrent à Paris, le 6 juin,

Mme de Rambouillet les attendait avec impatience, le visage tendu et soucieux. Avant toute parole de bienvenue, elle leur annonça d'une voix sourde, presque désespérée :
— Marie de Chevreuse revient !

13

De juin à la mi-juillet 1643

Au début du mois de juin, des pressions prodigieuses s'exercèrent sur la reine. Elle ne pouvait plus simplement poursuivre la politique de Richelieu, il lui fallait donner des gages – et de l'argent ! – à ses adversaires.

Mazarin, lui-même, était bien trop souple pour ne pas se rendre compte qu'il devait lâcher du lest.

Dès les premiers jours du mois, le conseil de régence offrit donc la coadjutorerie de Paris à Paul de Gondi, abbé de Retz.

À Paris, les archevêques n'avaient qu'un rôle honorifique et on confiait à un coadjuteur le fonctionnement de l'archevêché. Ce coadjuteur devenait ensuite archevêque une fois la place libérée. L'archevêque de Paris était l'oncle de l'abbé de Retz et il était de tradition que le poste se transmette dans leur famille d'oncle en neveu. La reine et Mazarin avaient refusé longtemps la place à Paul de Gondi, et ce pour des raisons différentes : la reine s'y opposait parce qu'elle trouvait scandaleux le rôle des coadjuteurs ; un évêque ou un archevêque devait être présent à son poste, avec ses fidèles. Pour Mazarin, les raisons de ce refus ne tenaient nullement à la morale mais plutôt à la personnalité de Retz qui, dans le passé, avait toujours pris le parti des opposants au roi. Cette raison aurait pu ne pas être essentielle ; après tout, d'autres opposants avaient obtenu des postes plus prestigieux. Mais Retz avait un défaut majeur aux yeux de Mazarin : l'abbé était supérieurement intelligent et le cardinal avait tôt distingué en lui un futur et redoutable adversaire.

Cependant, et malgré toutes leurs réticences, la reine et son ministre durent céder.

Leur second grave revers fut d'accepter finalement le retour de Mme de Chevreuse. La reine avait pourtant longtemps hésité et tergiversé avant d'y consentir. Mais la pression de Beaufort et de ses amis était trop forte et la duchesse fut autorisée à prendre la route de Paris le 6 juin, accompagnée de sa très jolie fille Charlotte.

Pour tenter de prévenir les problèmes à venir, Mazarin lui dépêcha un ambassadeur et la reine un émissaire.

L'ambassadeur de Mazarin était Walter Montagu, un ancien ambassadeur d'Angleterre en France et un proche de la reine Élisabeth. Montagu était aussi un vieil ami d'Anne d'Autriche, car il avait été très intime de

Buckingham[1]. Mais, nous l'avons dit, il était ici l'homme de Mazarin qu'il admirait sans aucune réserve. En tant qu'ancien diplomate, Montagu ne pouvait qu'apprécier ce ministre qui l'avait toujours emporté dans les négociations internationales. Mazarin, lui, l'avait choisi car il savait qu'il avait été – comme bien d'autres ! – l'amant de la duchesse de Chevreuse et qu'il la connaissait donc intimement. Il lui remit, avant son départ, une forte somme à offrir à Marie de Rohan, espérant ainsi acheter, sinon son amitié, du moins sa neutralité ; Montagu devant faire comprendre que la somme en question ne serait qu'une avance.

L'émissaire de la reine était son ami et serviteur de toujours : le prince de Marcillac, futur duc de La Rochefoucauld. Elle lui fit des recommandations sur ce qu'il devait dire. C'est qu'Anne d'Autriche aimait toujours Marie de Chevreuse, mais elle n'avait plus de goût pour les amusements de leur jeunesse. Maintenant, elle régnait et elle désirait que la duchesse ne provoque aucun trouble et donne au contraire toute sa confiance au cardinal Mazarin qui dirigeait seul la politique de la France.

Marcillac exécuta fidèlement les ordres de sa reine et pressa la duchesse d'obéir en tout à la

---

[1]. Walter Montagu s'était converti au catholicisme et, sur la fin de sa vie, il deviendra même prêtre et confesseur de la régente.

régente. Il fit même l'apologie du cardinal, le meilleur ministre que la France eût jamais connu.

Montagu agit tout comme lui.

Marie de Chevreuse les reçut tous deux avec bienveillance et leur témoigna de vouloir suivre leurs avis. Mais si elle les écouta, elle ne les entendit point.

Le 13 juin, Châteauneuf, gracié quelques semaines plus tôt, fut autorisé à son tour à rentrer à Paris. L'ancien amant de Marie de Chevreuse, tombé en disgrâce et en prison par amour, semblait n'avoir rien appris. À peine dans la capitale, il se remit à la disposition de la diabolique duchesse qui avait réintégré son hôtel de la rue Saint-Thomas-du-Louvre.

Pendant ce temps, la princesse de Condé brûlait de rage de voir revenir celui qui avait condamné à mort son frère Montmorency. De nouveau, le vent semblait tourner et Beaufort et ses amis étaient en passe de constituer une opposition puissante et homogène. Ils annoncèrent publiquement qu'ils voulaient le pouvoir, tout le pouvoir.

En ce mois de juin, leur importance à la Cour devint telle que l'espiègle et coquette Anne Cornuel, épouse d'un trésorier des guerres et admiratrice de Mazarin – et surtout une des plus brillantes railleuses et faiseuses de bons mots de l'hôtel de Rambouillet –, les nomma les

Importants pour se moquer d'eux, car ils répétaient sans cesse : *Nous avons une affaire importante !*

Ce titre fut repris avec le succès que l'on sait par le duc de La Rochefoucauld et le cardinal de Retz, et leur resta.

De son côté, la reine continuait de céder et de reculer, distribuant sans relâche argent, charges et fortune à ses anciens amis, pourtant chaque jour plus voraces et plus décidés à la détruire.

La Reine donne tout, raillait une chanson à la mode.

D'autres comme Retz déclaraient : *La Reine est si bonne !*

Mazarin, lui, courbait l'échine, pliait et cachait ses ambitions. Mais il ne rompait pas.

C'est que de nouveaux adversaires commençaient à se manifester contre lui. Ainsi le comte de Chavigny, l'ami de dix ans, se rapprochait dangereusement des Condé, qui devenaient de plus en plus riches. En effet, M. le Prince, constatant que le pouvoir lui échappait, demandait – et obtenait – de plus en plus d'argent, de rentes, de positions, de pensions. Et avec Enghien qui tenait l'armée, un second front pouvait apparaître pour la fragile royauté du jeune Louis XIV.

Avec Chavigny et son père, deux ministres du conseil soutenaient désormais la famille Condé. N'y avait-il pas là un réel danger ? Le cardinal s'en ouvrit à la reine. Anne détestait le père et le fils Bouthillier, fidèles serviteurs de ce Richelieu qu'elle avait tant haï, elle fut donc facile à convaincre.

Au début du mois de juin, la régente ôta au père sa charge de ministre des Finances. Quelques semaines plus tard, ce fut le tour du comte de Chavigny d'être rejeté du conseil. Mazarin s'excusa auprès de lui et l'assura n'y être pour rien. C'était la reine qui décidait tout. Lui avait tout fait pour le défendre ! Aimablement, il lui proposa une ambassade que l'autre refusa avec hauteur.

Henri-Auguste de Brienne fut nommé secrétaire d'État à la place de Chavigny à qui il confia le gouvernement de la prison de Vincennes !

Chacun à la Cour put ainsi observer la méthode du président du conseil, et méditer sur celle-ci, car il y avait déjà eu le précédent de du Noyers.

On comparait avec les recettes du passé : Richelieu aurait fait arrêter, emprisonner, voire exécuter ces ministres qu'il ne voulait plus, comme il l'avait fait avec ce pauvre Marillac. Pour Mazarin, il suffisait d'écarter avec douceur les hommes du pouvoir. Après quoi, ils ne présentaient plus aucun danger. Le sang ne coulait jamais.

À la mi-juin, et malgré la puissance grandissante des Importants, le souple Italien restait encore le maître incontesté du conseil. Mais pour combien de temps ?

Le 16 juin, après une trop longue attente pour elle, la duchesse de Chevreuse fut reçue par la reine, qui l'accueillit avec froideur et distance, malgré des sourires et des compliments prodigués à foison. La régente lui tint ce discours alors que l'autre envisageait de lui présenter son plan de paix avec l'Espagne :

— Vous venez de chez les Espagnols, mon amie, que vont penser nos alliés ? Il serait bon que vous séjourniez quelque temps en province avant de revenir à la Cour...

Ce désir était un ordre. Cependant Mazarin préférait avoir la duchesse sur place, où il pouvait aisément la faire surveiller par ses espions, voire tenter de la soudoyer, plutôt que de s'en faire une ennemie loin de la capitale. Il intercéda donc pour elle et, de mauvaise grâce, la reine se rendit à son avis.

Le lendemain du jour où la régente l'avait si mal reçue, l'Italien lui fit porter deux cent mille écus à son hôtel de la rue Saint-Thomas-du-Louvre.

Marie de Chevreuse comprit vite que la partie ne faisait que commencer et qu'elle ne serait pas facile avec ce Sicilien qui paraissait pourtant si faible, si impuissant et si stupide. Elle devait reconquérir cette amie qui, vingt ans auparavant, avait affirmé : *J'aimerais mieux n'avoir jamais d'enfants que d'être séparée de la duchesse de Chevreuse.*

Seulement, la reine avait eu des enfants et elle les aimait par-dessus tout.

Marie de Chevreuse décida de venir tous les jours pour se présenter auprès de la reine. Rapidement son charme – sa sorcellerie plutôt – commença à agir. Elle passait de longues heures avec la régente et, à chaque occasion, elle se moquait gentiment de l'Italien.

Puis, approuvée par d'autres, elle se mit à le dénigrer, à le discréditer, parfois à l'humilier quand il était présent.

Ces piques répétées semblaient progressivement faire mouche et chaque jour qui passait voyait la position du ministre un peu plus ébranlée.

À la Cour, rapidement, ce fut vers la duchesse que l'on se tourna. C'était elle qui accordait – ou refusait – les récompenses ou les gratifications de la reine.

Marie de Chevreuse faisait aussi circuler, sous le manteau, de petits billets aigres-doux comme celui-ci :

On va disant la reine est bonne,
Elle ne veut mal à personne.
Mais,
Si un étranger l'ordonne,
Ce sera pis que jamais !

Au début du mois de juillet, la duchesse obtint enfin l'accord de son amie la régente pour le retour à Paris du duc de Guise qui avait été condamné à mort par contumace l'année précédente pour sa participation au complot du duc de Bouillon.

Guise arriva à Paris le 11 juillet. Il jura qu'il ne chercherait plus à comploter et qu'il souhaitait seulement faire annuler son dernier mariage pour épouser Mlle Pons, une fille d'honneur de la reine dont il était amoureux fou.

Il allait pourtant devenir un instrument de plus pour la diabolique duchesse. Les Importants étaient maintenant au complet et on chantait dans Paris une petite chanson composée par les amis de Mazarin :

Fuir la vertu, suivre le vice,
Parler et rire à contretemps,
Ne rendre au roi aucun service,
C'est ce que font les Importants !

La guerre des libelles était lancée. Une guerre de cour subtile, charmante et spirituelle. Mais en secret, les poignards s'affûtaient.

Un mois après ce fameux jour où Mazarin payait – cher ! – pour obtenir les bonnes grâces de Marie de Chevreuse, Louis lisait chez lui une longue lettre de Margot Belleville lui décrivant l'état des travaux et lui demandant – hélas ! –

encore de l'argent. Par bonheur, il pouvait compter sur son butin de Rocroy et sur la récompense du ministre.

À l'extérieur, Gaufredi, armé jusqu'aux dents, gardait sa porte, craignant toujours pour la vie de son maître depuis l'incident du moulin. Malgré cette protection, lorsqu'on frappa, ce fut avec un pistolet à silex à la main que Louis fit entrer un petit page. Il le reconnut immédiatement comme étant à Mme de Rambouillet.

— Madame la marquise vous demande rapidement chez elle, monsieur le chevalier, chantonna l'enfant en lui remettant un billet.

Celui-ci ne faisait que confirmer la demande, sans aucune autre explication.

Légèrement soucieux, Louis demanda à Gaufredi de l'accompagner. Ils s'armèrent, comme ils le faisaient depuis plusieurs jours, prirent leurs chevaux à *La Grande Nonnain* et se dirigèrent vers le Louvre. Le page étant venu à pied, Louis le prit en croupe pour le ramener.

Pistolets sur les fontes, lourde épée espagnole à la ceinture, moustache en croc et air féroce, Gaufredi marchait en tête, un mousquet à double canon à la main, la mèche prête à être allumée. Dans les rues tout le monde lui cédait le passage avec prévenance et surtout inquiétude.

Le beau temps était revenu avec l'été et les rues remplies d'immondices avaient retrouvé leur odeur infecte, due à ce limon fétide qui les recouvrait, subtil mélange de crottin et de bouses. Dans les ruelles étroites et non pavées, avec la chaleur, la puanteur était insupportable. La fange, épaisse et collante, s'attachait aux jambes des chevaux autant qu'aux bottes des cavaliers.

Nos amis débouchèrent donc avec soulagement dans la rue Saint-Honoré, car cette voie, couverte de pavés de pierre, était bien plus agréable que les infâmes ruelles qu'ils avaient traversées. Malheureusement la rue était, comme d'habitude, encombrée, obstruée même, par cette foule compacte de piétons, de cavaliers et de voitures qui circule toujours apparemment sans raison dans la capitale. Et ici plus qu'ailleurs les boutiquiers encombraient la chaussée de leurs étals. Cela leur permettait d'empêcher les passants d'avancer pour mieux les interpeller et les harceler insolemment de toutes les manières possibles. Parfois même, ils les poursuivaient pour tenter de leur faire acheter, qui du poisson, qui du vin, qui des fruits ou encore des châtaignes et des glands.

Car dans cette rue de Paris, tout était à vendre, que ce soit la nourriture, les vêtements mais aussi les femmes qui racolaient et vendaient leur corps pour deux sols.

Les deux cavaliers n'avançaient donc que très lentement au milieu de ces embarras.

Ils tentaient de ne pas éclabousser les passants les plus imposants comme les riches marchands ou ces médecins vêtus de drap noir et coiffés de chapeaux à ailes. Ils devaient aussi faire attention aux prêtres et aux religieux, et plus encore aux officiers souvent à la recherche d'une querelle. Par galanterie, ils prenaient garde aux bourgeoises en cotillon suivies de leur page ou de leur laquais. Et surtout, ils tentaient de ne pas renverser d'étals de boucherie, de rôtisseurs, de pelletiers ou d'orfèvres, car sinon ces boutiquiers hargneux, ou leurs commis, se déchaîneraient contre eux.

La nervosité des deux hommes était aggravée par le bruit permanent et exaspérant de tous ces gens qui vociféraient, hurlaient ou chantaient dans leurs oreilles.

Gaufredi s'était placé contre Louis et surveillait étroitement cette agitation, guettant toute approche inquiétante tant d'un laquais armé que d'un portefaix ou même d'une prostituée au couteau dissimulé dans son corsage.

Ils arrivèrent cependant sans plus de souci dans la rue Saint-Thomas-du-Louvre.

Là, Louis fut frappé par l'agitation qui régnait dans cette traverse habituellement calme. Les bousculades et le tintamarre y étaient pires que dans la rue Saint-Honoré ! Toute la voie était occupée par des carrosses et des voitures qui stationnaient n'importe comment. Des centaines de gentilshommes, de magistrats, de laquais se pressaient, se bousculaient et s'invectivaient.

Louis constata rapidement que ce n'était pas autour de l'hôtel de Rambouillet que se manifestait cette affluence mais devant l'hôtel de Chevreuse. En s'approchant, il découvrit que la cour de cet hôtel était emplie de laquais, de chevaux et d'équipages.

Décidément, beaucoup étaient déjà certains que la puissante duchesse allait s'imposer au pays et on lui faisait déjà allégeance, en espérant obtenir d'elle quelques miettes du festin à venir.

Par contre, la cour de l'hôtel de Rambouillet était agréablement vide et calme. Louis fut immédiatement reçu par la marquise dans la Chambre Bleue.

Le beau visage de Catherine de Rambouillet, habituellement souriant et ironique, était cette fois anxieux et grave. Julie de Vivonne, vêtue d'une simple robe droite, dite *devancière*, et d'un chemisier à collet, se tenait près d'elle apparemment tout aussi tourmentée.

— Que se passe-t-il, demanda Louis surpris, après les avoir saluées. Vous me semblez alarmées, angoissées. Auriez-vous appris quelque mauvaise nouvelle ?

— Non, rassurez-vous, lui répondit la marquise en se contractant les mains machinalement. Je dois seulement vous transmettre une invitation qui me déplaît fortement... Vous pouvez pourtant la refuser...

Elle attendit un instant, cherchant ses mots, et passa rapidement sa langue sur ses lèvres pour masquer son hésitation.

— Mme de Chevreuse, ma voisine, mon amie, (elle prononça curieusement ce dernier mot) désire vous rencontrer.

— Mme de Chevreuse ? Mais quand ? Et pourquoi ?

Louis surprit le regard affolé de Julie.

— Sur-le-champ ! répliqua la marquise. Elle m'a déclaré qu'elle vous recevrait à tout instant, dès votre arrivée ici. Ce qui paraît un honneur grandissime, car bien des princes attendent des heures dans son antichambre pour la voir, ajouta-t-elle ironiquement avec une grimace. Pourquoi ? m'avez-vous demandé. Je l'ignore, mais la connaissant bien, je ne peux qu'être inquiète... plus même...

— Mais, il y a cohue chez elle, si je me présente maintenant, comment me faire introduire par les laquais ?

La marquise fit un geste de la main :

— Il existe un passage entre nos deux hôtels. Je vous y conduirai personnellement et vous serez directement dans ses appartements. Je vous l'ai dit, elle vous y attend...

Louis restait tout à la fois songeur, confondu et hésitant. Il était un bien trop petit personnage pour Marie de Chevreuse, et comment diable savait-elle même qu'il existait ? Il regarda Julie d'un air interrogateur, ne sachant que décider.

— N'y allez pas, Louis, lui répondit-elle, livide. J'ai un terrible pressentiment.

Son visage éploré était de marbre. La marquise prit les mains de la jeune femme – qu'elle trouva glacées – pour tenter de la réconforter.

— En vérité, chevalier, je ne partage pas le point de vue de Julie. Quoi que veuille Marie, elle sait que vous êtes chez moi et ne tentera rien contre moi. Je pense que vous pouvez l'écouter sans risque immédiat. Et avec elle, il vaut mieux savoir qu'ignorer et rester dans la crainte. Simplement, soyez prudent. Et n'oubliez jamais que vous êtes au service du roi.

Louis les regarda toutes deux. Il devait prendre une décision. Il lui parut que la marquise était la plus raisonnable. Que risquait-il au milieu de cette foule qui occupait l'hôtel de Chevreuse ?

— Soit ! Allons-y, s'entendit-il dire.

Julie s'assit sur une chaise dans une sorte de prostration. Elle était au bord des larmes et ignora Louis lorsqu'il s'approcha d'elle. Mais déjà la marquise lui faisait signe de la suivre. Il obéit, abandonnant Julie, tandis qu'elle le conduisait, par un dédale de couloirs et d'escaliers, jusqu'à une lourde et sinistre porte de noyer.

Là, elle s'arrêta et se tourna vers lui. Il nota qu'elle se mordillait de nouveau légèrement les lèvres.

— Louis, je dois vous avertir. Marie de Chevreuse est la femme la plus ensorcelante, la plus belle, la plus attirante, la plus désirable... et la plus dangereuse d'Europe. Elle a toutes les apparences d'un ange, mais c'est un démon. Elle fait ce qu'elle veut des hommes. Tenez-vous sur vos gardes et ne croyez *rien* de ce qu'elle vous déclarera.

Elle s'arrêta un instant.

— Comme Circé, elle essayera toutes ses armes contre vous. Résistez !

Puis elle ouvrit la porte avec une petite clef.

Juste derrière se tenait un laquais en livrée de l'hôtel de Chevreuse. L'homme attendait là depuis combien de temps ? songea Louis. Sans un mot, la marquise le laissa passer et referma la porte à clef derrière lui.

Louis examina les lieux : il se trouvait au début d'une longue et large galerie bordée de banquettes sur lesquelles quelques personnes de qualité étaient assises et attendaient.

Le laquais devait avoir des consignes précises, le visage, imperturbable. Il fit signe à Louis de le suivre vers une immense porte vitrée de carreaux dépolis à mi-chemin dans le couloir. Il frappa, puis le fit respectueusement entrer.

Plusieurs personnages que Louis ne connaissait pas étaient réunis là, tous vêtus luxueusement et effroyablement fardés. Ils entouraient avec déférence une extraordinaire beauté – elle parut très jeune à Louis alors qu'elle avait dépassé la quarantaine[1] – habillée d'une splendide robe cramoisie, profondément décolletée avec ce chemisier très échancré que l'on nommait avec pertinence *l'engageante*. Les boucles de sa chevelure étaient ramenées en arrière.

---

1. Elle était née avec le siècle.

Louis ne l'avait jamais vue mais il la reconnut aisément.

Au mur, devant lui, se trouvait le fameux tableau de Claude Deruet la représentant en Diane chasseresse.

C'était Marie de Chevreuse.

Tous s'arrêtèrent de converser en le voyant entrer. Et tous le dévisagèrent avec insolence et hauteur.

— M. le chevalier de Mercy, annonça le laquais d'un ton égal.

Marie de Chevreuse plissa imperceptiblement le front, faisant apparaître plusieurs mignonnes fossettes sur son visage, puis d'une voix claire et ensorceleuse, elle ordonna à son assistance :

— Messieurs, pouvez-vous me laisser seule un instant ? Si vous voulez bien m'attendre dans le petit salon...

Tous sortirent, obéissant sans surprise et sans commentaire aux ordres de celle qu'ils considéraient déjà comme la future maîtresse de la France.

Une fois seule avec Louis, la duchesse s'assit sur un sofa et lui fit signe de prendre place à côté d'elle. Ce qu'il fit avec quelque réticence et inquiétude. Elle remarqua son trouble, lui fit un nouveau sourire aguichant et se rapprocha de lui.

— Monsieur le chevalier, on m'a dit le plus grand bien de vous...

Sa voix était grave et chaude.

— Je ne le mérite pas, bredouilla Louis.

Elle le dévisagea alors un long moment en silence, un sourire narquois figé sur les lèvres, mais son regard paraissait insondable. Puis d'une voix très douce, elle reprit en lui saisissant les deux mains :

— Vous n'avez pas peur de moi, au moins ?

Elle n'attendit pas la réponse pour enchaîner :

— J'irai droit au fait. Vous êtes au cardinal, je crois ?

— On vous a mal renseignée, madame, protesta-t-il. Je suis au roi... Comme vous, je pense...

La duchesse fronça imperceptiblement les sourcils. Cette réponse ne lui plaisait pas. Louis remarqua alors les minuscules ridules qui marquaient son visage. La duchesse était très maquillée, mais elle n'était pas aussi jeune qu'elle le paraissait.

En une fraction de seconde, elle se ressaisit et eut de nouveau un masque et un sourire enjôleur qui découvrit de magnifiques dents nacrées. Elle lui lâcha les mains et fit un petit mouvement avec les siennes, comme pour confirmer ce qu'elle allait dire.

— En effet, moi aussi, je suis au roi... et à la reine. Nous sommes donc faits pour nous entendre...

Elle s'arrêta un instant, mordillant sa lèvre avec une moue charmante.

— M. le cardinal est un grand ministre que j'estime beaucoup, mais... je crains qu'il ne doive bientôt nous quitter. On m'a rapporté qu'il avait de nombreuses affaires familiales à régler en Italie. (Elle marqua ostensiblement ici sa tristesse à cette évocation.) Et M. Châteauneuf pourrait bien devenir le nouveau Premier ministre.

Elle baissa les yeux et hocha la tête.

— Ceux qui suivent la gloire du cardinal risquent de se retrouver bien seuls. Pensez-y.

De nouveau, elle leva les yeux pour fixer Louis et l'empêcher de regarder ailleurs.

— Pour ma part, j'ai besoin d'hommes tels que vous, d'hommes d'action, mais aussi de réflexion. On m'a dit que vous savez beaucoup de choses et que vous possédez un talent pour en déduire encore plus... Que même le duc d'Enghien vous admire... M. Châteauneuf aurait certainement besoin de vous.

— On a exagéré mes vertus, madame, répliqua-t-il platement.

Le regard de la marquise devint perplexe. Pour qui se prenait ce notaire ? Elle lui proposait la fortune, une charge, que voulait-il de plus ? La mettre dans son lit ? Elle poursuivit d'un ton plus rapide pour marquer son impatience :

— Pas du tout. En bref, je vous offre une place dans ma maison. Et pour me rejoindre, je vous remets cent mille livres. Tout de suite. Avec moi, votre avenir est assuré. Je doterai aussi votre future épouse, la nièce de mon amie de Rambouillet, m'a-t-on dit. Quelle est votre réponse ?

Louis était jusque-là engourdi, il fut étourdi. Une telle proposition ne pouvait être refusée. Et cent mille livres était une fortune qui lui permettrait de s'établir. Non, il ne pouvait décliner cette offre et il vacilla un instant, complètement ensorcelé. Tant pis pour ce que lui avait dit la marquise.

Le sentant fléchir, Marie se rapprocha de lui avec une curieuse expression. Elle ajouta d'une voix rauque :

— Je sais récompenser ceux qui me servent, chevalier, vous n'avez qu'à demander... Vous pouvez tout avoir de moi... Maintenant, si vous le souhaitez...

Elle lui prit à nouveau les mains. Le silence se fit un long moment. Marie le détaillait maintenant comme un cheval qu'on achète et qu'on va essayer. C'est ce qui déplut à Louis. Difficilement, il reprit la parole :

— Devrai-je vous servir comme le marquis de Fontrailles ?

Les mains devinrent glaciales, elle le lâcha et se recula légèrement. Son regard avait changé et on y lisait uniquement la malveillance.

— Fontrailles n'est pas à moi, monsieur. C'est un ami, mais rien ne vous empêche de le devenir. Vous aussi.

Le charme venait de passer. Louis ironisa :

— Moi ? Être l'ami du marquis de Fontrailles ! Dieu m'en garde, je préfère rester son ennemi. C'est plus prudent.

Il la gratifia d'un regard sec en secouant la tête.

— Je me dois de réfléchir, madame. Devant tant d'honneur et de fortune, je ne sais si je pourrais vous satisfaire suffisamment et tenir mon rôle.

Le visage de la duchesse devint aussi lisse et impénétrable que du marbre. Elle murmura en regardant derrière lui :

— Décidez-vous vite, monsieur, la partie est en cours…

Puis elle se leva avec une expression vipérine qu'elle rattrapa aussitôt. Mais ce sourire contraint cachait mal ses sentiments et Louis prit peur.

En frissonnant, il se leva à son tour pour s'incliner très bas, avec toute la déférence qu'il put mettre dans son salut. Elle sembla s'en satisfaire et hocha la tête sans expression aucune. La porte derrière lui s'ouvrit, le valet avait dû être averti, Dieu sait comment, que l'entretien était terminé. Mal terminé.

Louis sortit, ayant l'impression de quitter l'antre de Circé.

Il venait de voir un démon femelle. Il s'essuya le front avec son mouchoir, suivant inconsciemment le laquais. Ils ne prenaient pas le même itinéraire qu'à l'aller mais il n'en était pas conscient. Brusquement, il se retrouva seul dans la cour de l'hôtel.

Le lieu n'était qu'une effroyable cohue de laquais, de cochers, de gentilshommes, de bourgeois, de magistrats ou d'officiers. Tous attendant une hypothétique audience avec Marie de Chevreuse ou au moins avec l'un des officiers de sa maison. Certains étaient là simplement pour apporter hommage, allégeance ou encore attendre des ordres.

Louis, déconcerté et contrarié par la pénible discussion qu'il venait d'avoir, traversa cette affluence le regard vague sans y prêter d'intérêt. Cependant, par hasard, son attention fut brusquement retenue par une silhouette qu'il connaissait et qui n'aurait jamais dû se trouver là.

Il s'arrêta une seconde, se sentant douloureusement trahi et en même temps horrifié jusqu'à la nausée en songeant aux conséquences qu'impliquait la présence de cette personne qu'il venait d'apercevoir.

Puis, tentant de dissimuler son trouble, il pressa le pas vers l'hôtel de Rambouillet. Il lui fallait maintenant rentrer chez lui rapidement, sinon c'était un homme mort.

À l'hôtel, il retrouva Gaufredi qui l'attendait dans la cour. Avisant Chavaroche, avec qui le vieux reître discutait, il demanda à l'intendant de la marquise de lui transmettre ses excuses, ainsi qu'à Julie. Il reviendrait les voir rapidement, mais il était pressé de partir.

Il ne pouvait deviner qu'il ne reverrait plus sa maîtresse durant plusieurs semaines.

Ils rentrèrent en silence. Louis regardait régulièrement en arrière pour voir s'ils n'étaient pas suivis. La personne qu'il avait reconnue l'avait-elle vu ? Quelqu'un d'autre avait-il surpris son regard ? Comment savoir ? Si c'était le cas, il en était certain, sa vie était en danger.

Que devait-il faire ? Sur qui s'appuyer ?

Mais laissons Louis à ses problèmes et revenons un moment à l'hôtel de Chevreuse, quelques secondes après son départ.

Marie de Chevreuse n'était pas satisfaite de la tournure prise par les événements. Elle connaissait suffisamment les hommes pour savoir que celui-ci ne lui appartiendrait jamais. Elle avait pour habitude de répondre cyniquement lorsqu'on lui demandait comment elle arrivait à convaincre si facilement les hommes : *Je n'ai qu'à leur laisser toucher ma cuisse à table.*

Cette fois, elle se rendait compte que Fronsac ne serait pas convaincu si elle lui laissait toucher sa cuisse, ou plus. Pourtant, elle y était prête ! L'argent non plus ne l'avait pas tenté. Diable d'homme ! Elle se dirigea vers un petit salon où l'attendaient ses amis, ouvrit la porte et s'adressa à un grand et beau jeune homme blond.

— Beaufort, pouvez-vous venir un instant ? Et vous, Montrésor, pouvez-vous me trouver Fontrailles ? Il est sûrement dans l'hôtel.

Sa voix était hachée et nerveuse.

Le duc de Beaufort la suivit avec déférence. Elle lui raconta en quelques mots son entrevue.

— Ce gaillard est régulier. Il ne veut pas lâcher le cardinal. Il est fidèle, il me plaît, assura le fils de Vendôme avec un accent de charretier parisien. Oui, il me plaît bien... Il n'est pas comme d'autres, prêt à se vendre pour presque rien.

— Décidément, Beaufort, vous ne comprendrez jamais rien, lui jeta la duchesse d'un ton méprisant. Nous n'avons que faire de la fidélité, de la droiture ou de la probité. Ce Fronsac sait trop de choses. Il a les moyens de faire arrêter Fontrailles. Qu'il en découvre encore plus et nous sommes bons pour la Bastille, ou pire... pour l'échafaud. Maître Guillaume, l'exécuteur de la haute justice, aimerait certainement que je lui tombe entre les mains...

— Fronsac en sait encore plus que vous ne croyez, lâcha une voix rauque et sinistre.

Ils se retournèrent.

Un nabot disgracieux venait d'entrer dans la pièce. Son visage hideux portait un sourire ironique et intelligent malheureusement gâché par un nez écrasé, de petits yeux brillants enfoncés dans leurs orbites, une bouche difforme pleine de dents gâtées et une peau blanchâtre, grêlée par la maladie. Il était luxueusement vêtu d'un costume de soie bleu foncé parsemé de galans multicolores. Le mariage de ce physique repoussant et de ces élégants vêtements ne lui donnait pas un air ridicule, mais au contraire un aspect redoutable et effrayant.

Louis d'Astarac, marquis de Fontrailles, se considérait comme chez lui chez la duchesse à qui il avait rendu tant et tant de services. Il reprit de son ton grinçant, mélange de raillerie et de méchanceté :

— Dans la cour, Fronsac a reconnu quelqu'un qu'il n'aurait jamais dû croiser. J'étais à une fenêtre et je l'observais. C'était une erreur de l'avoir laissé passer par là. Une erreur qui va lui coûter cher... la vie... D'ailleurs, j'ai toujours dit qu'il fallait s'en débarrasser.

— Nous ne sommes pas des assassins, monsieur ! s'insurgea Beaufort en le toisant avec un mépris tempéré de crainte.

Marie de Chevreuse les dévisagea à tour de rôle, avec un regard vide, insondable, effroyable. Puis elle lâcha :

— Tuez-le ! Vite.

14

Du 17 juillet 1643 à la fin du mois

Le petit appartement de la rue des Blancs-Manteaux ressemblait à une forteresse. Gaufredi avait bouclé et barricadé la porte d'entrée pour s'installer sur une chaise, sa lourde rapière espagnole à portée de main. Jacques Bouvier – qu'ils étaient allés chercher – occupait le bouge de Nicolas et avait transporté avec lui l'équipement d'une petite compagnie en guerre. Quant à Louis, il s'était retiré dans sa chambre. Ils étaient fin prêts à soutenir un siège.

Sur un coffre, une dizaine de mousquets chargés étaient disposés avec les allumettes pour les mèches. Sur la table, autant de pistolets. Bref, il y avait des armes partout.

Louis les avait prévenus qu'un assaut de ses ennemis était probable, peut-être aurait-il lieu dans la nuit. Désormais, leur avait-il affirmé, il n'ignorait plus rien du complot de Fontrailles, mais il ne leur avait pas dévoilé ce qu'il savait.

Demain, songeait-il allongé sur son lit, il irait voir Gaston et, ensemble, ils se rendraient chez Mazarin. Lui seul pouvait le tirer du piège dans lequel il s'était sottement placé. Le cardinal était en mesure maintenant de faire arrêter tous ses ennemis car lui, Louis, avait désormais les preuves nécessaires.

Mais peut-être ses ennemis devineraient aussi qu'il avait tout compris.

Les fenêtres avaient été occultées par des planches et la pièce était sombre, maigrement éclairée par de fumeuses bougies de suif.

Pourtant, dehors, il faisait encore jour, la rue restait animée. Neuf heures venaient de carillonner joyeusement à l'église des Blancs-Manteaux quand ils entendirent un carrosse s'arrêter devant leur maison. Louis se leva pour quitter sa chambre. Le cocher du véhicule avait sûrement fait lever les chaînes pour pouvoir pénétrer dans la rue, il devait donc amener un personnage important.

Attiré lui aussi par le bruit, Gaufredi surveillait dehors par une fente, entre deux pièces de bois, de la fenêtre du salon. Il fit signe à Louis de regarder à son tour : un homme descendait du véhicule accompagné d'un seul laquais. Le visiteur se dirigea vers la ruelle d'où partait l'escalier qui menait chez Louis et ils le perdirent de vue.

Gaufredi héla doucement Bouvier. Ils se rapprochèrent et se tinrent prêts, l'arme au poing, dans les encoignures autour de la porte.

Au bout d'un instant, on frappa.

— Qui êtes-vous et que voulez-vous ? cria Louis, la voix malgré tout cassée par la peur.

— Je suis François de La Rochefoucauld, prince de Marcillac. Je viens parler au chevalier de Fronsac.

Louis leva une barre, tira deux verrous et entrouvrit la porte avec prudence. Gaufredi et Bouvier de part et d'autre le protégeaient.

Un homme élégant, de taille médiocre mais bien proportionnée, se tenait sur le palier. Il était seul.

Louis le fit entrer. Leur visiteur avait un visage légèrement empâté avec des traits épais, un nez trop large et des lèvres lourdes et affaissées. Une fine moustache brune barrait ce visage un peu vulgaire et, curieusement, le rendait franc et engageant. Mais un regard indécis – ou chagrin ? – en limitait toutefois la sincérité.

Le visiteur les dévisagea à tour de rôle, fixant sur chacun de petits yeux noirs, énigmatiques.

— Je vois que vous vous protégez..., déclara-t-il sobrement.

Louis ne répondit pas et referma la porte soigneusement.

— ... Et vous avez raison, poursuivit le prince de Marcillac. Hum ! Je ne sais par où commencer... Vous ne me connaissez guère... et pourtant j'ai entendu parler de vous...

L'homme arborait maintenant un visage maussade et franchement contrarié. D'un geste, Louis lui proposa de s'asseoir, ce qu'il accepta volontiers. Il se choisit un fauteuil à haut dossier, le plus beau, et examina les lieux. Les bougies n'éclairaient guère que les visages de ses hôtes mais il pouvait se rendre compte qu'ils étaient farouches, sinon hostiles.

Un peu plus désorienté, il poursuivit, ne regardant personne précisément, tout comme s'il soliloquait :

— De grandes entreprises se trament actuellement à la Cour. Peut-être l'ignorez-vous mais je suis, depuis toujours, dévoué à la reine, bien que je n'apprécie que modérément M. le cardinal... Je suis aussi un ami de Mme de Chevreuse, tout en étant fidèle à Mgr d'Enghien...

Il se tut un instant, fermant ses paupières, comme s'il méditait sur ce trop-plein d'amitiés. Finalement, il poursuivit, un peu plus vif :

— ... C'est difficile... Tous sont mes amis, mes proches... et pourtant tous se haïssent...

Il s'arrêta encore un instant, l'esprit vague, semblant avoir oublié pourquoi il était là. Il regarda un moment les accoudoirs de son fauteuil dont l'extrémité représentait une tête de lion. Il les caressa un moment, mélancolique, puis reprit :

— ... Et parmi mes amis, il en est plusieurs que j'héberge dans mon hôtel bien que je réprouve parfois leur conduite. L'un d'eux est M. de Fontrailles...

Louis blêmit et son cœur se mit à battre trop fort. Marcillac poursuivit sans remarquer le trouble de Fronsac.

— ... Il vit chez moi, avec quelques-uns de ses camarades, le comte de Montrésor... entre autres. Ce soir – pour mon malheur –, j'ai surpris leur conversation. Ils ont prévu, avec l'aide d'une cinquantaine de truands, de venir vous occire dans votre demeure cette nuit. Voilà, je vous ai tout dit et je viens simplement vous avertir, car je ne veux pas être responsable de votre mort.

Louis se retourna vers Gaufredi et Bouvier qui n'avaient pas bronché.

— Nous sommes armés et la place sera difficile à prendre, rétorqua froidement le reître en lissant sa moustache.

Le prince de Marcillac le considéra un instant, semblant réfléchir à la pertinence de la réponse. Après quoi, il s'expliqua :

— Ils sont cinquante... ils ont des échelles. Ils barreront la rue et vous n'aurez aucune aide à attendre du guet.

— Les fenêtres sont protégées.

Gaufredi tira un rideau, montrant des planches clouées sur les dormants.

Le prince hocha la tête avec tristesse.

— En cas de difficulté, ils ont des mines et ils feront sauter la maison avec ses occupants... peut-être aussi les maisons voisines. Il y aura probablement des morts, des incendies... un carnage. Ils ne souhaitent pas vous prendre vivants.

Cette fois, Gaufredi ne répliqua pas et Louis serra les poings. Ils étaient donc perdus ! Fronsac soupira.

— Que me conseillez-vous ? Devons-nous fuir ?

— Ils vous retrouveront... L'ordre vient de la duchesse Marie. Non, j'ai aussi pensé à ça... Il n'y a qu'un endroit à Paris où vous serez en sécurité, qu'ils n'oseront attaquer. Et j'en viens. Je suis allé demander si l'on pouvait vous y accueillir...

— Où est-ce ?

— À l'hôtel de Condé, répliqua François de La Rochefoucauld avec un peu de vigueur. Il est inexpugnable et tout le personnel est aux ordres du prince. Là-bas, vous ne risquerez rien. Henri de Condé veut bien vous y céder un logement pour un temps illimité.

Était-ce un piège ? s'interrogea Louis. Mais c'était peu vraisemblable, conclut-il. La droiture et l'honneur du prince de Marcillac étaient connus de tous. Et il est vrai que l'hôtel de Condé était une forteresse dotée d'un personnel tout dévoué à la princière famille. Il se souvenait d'une anecdote que Julie lui avait racontée : le cardinal de Richelieu avait introduit un espion dans l'hôtel pour surveiller Enghien. Quarante-huit heures plus tard, on devait retrouver l'indicateur égorgé devant le Palais-Cardinal.

Il y eut une pause de réflexion que Fronsac rompit par cette question :

— Pourquoi agissez-vous ainsi, monsieur ? Je ne suis rien pour vous.

Il n'y eut pas de réponse immédiate. Et puis, le silence fut rompu par ces mots de La Rochefoucauld :

— Je ne sais pas... peut-être parce que je vous estime... peut-être pour aider la reine qui aime tant son Mazarin. Peut-être parce que je sais que la duchesse de Chevreuse a tort. Peut-être aussi pour la sœur d'Enghien que j'admire et plus encore, même si je ne peux gagner son cœur. Peut-être, plus simplement, parce que vous allez épouser la cousine de ma femme.

Il s'arrêta de nouveau, plongé dans ses pensées, puis reprit, toujours en donnant l'impression de ne parler qu'à lui-même :

— Il se forme une cabale contre le cardinal Mazarin, mais surtout contre la régente. Les auteurs ? (Il soupira.) On les nomme déjà les Importants et ils publient partout les vertus imaginaires de M. de Beaufort et de ses amis. En réalité, leurs intérêts sont bien différents. Je sais que Fontrailles veut une république et que Beaufort souhaite seulement gouverner la reine en se mettant dans son lit. Je crois – non, je suis certain – que je ne veux pas en être...

Il ajouta enfin d'un ton fatigué :

— ... Je répugne aux meurtres et à ce que fait, en ce moment, mon ami Louis d'Astarac.

Louis regarda Gaufredi qui hocha la tête en signe d'acceptation. Il se décida.

— Allons-y, monsieur, je vous accompagne chez M. de Condé. Gaufredi et Bouvier, quittez la maison, allez à l'étude. Ils ne trouveront personne ici. Pour preuve, vous laisserez tout ouvert !

Ils partirent donc.

Le voyage, interminable, se fit en silence dans le carrosse du prince. L'hôtel de Condé se situait sur la rive gauche, à l'emplacement actuel du théâtre de l'Odéon. Les seules traces qu'il en reste de nos jours sont la rue Monsieur-le-Prince et la rue de Condé qui longeaient l'hôtel. Le bâtiment avait été construit par le duc de Retz, quelque trente ans auparavant, sur un terrain en bordure des fossés des anciennes fortifications de Philippe Auguste. La rue Monsieur-le-Prince s'appelait alors la rue des Fossés Saint-Michel, avant que Condé n'achète l'hôtel, et on la nommait maintenant la rue des Fossés de Monsieur-le-Prince.

Marcillac sommeillait et Louis essayait de se remémorer tout ce qu'il savait sur les Condé pour éviter de commettre un impair une fois là-bas. Il savait que leur hôtel était un des plus vastes et des plus fastueux de Paris. Que le prince avait une très mauvaise réputation – c'était un homme débauché, méprisable, rapace, crasseux et méchant –, mais que son épouse était tenue en grande estime à la Cour et qu'elle était très proche de la reine. Il se remémora que leur mariage était peut-être à l'origine de la mort du roi Henri. En effet, trente-cinq ans plus tôt, le Vert Galant était tombé amoureux de Charlotte-Marguerite de Montmorency, alors jeune fille de quinze ans. Pour la garder auprès de lui, il lui avait fait épouser le fils de son cousin Condé, un homosexuel et dépravé notoire dont chacun disait qu'il était le fruit des amours adultérines de sa mère avec un page. Ainsi, pensait le Vert Galant, personne ne lui ferait de reproche s'il séduisait la belle Charlotte-Marguerite.

Hélas, le jeune prince qui n'aimait que les hommes était tombé amoureux de sa femme et s'était enfui avec elle à Bruxelles ! Fou de rage, le roi avait décidé la guerre pour récupérer la belle qui lui échappait et qu'il considérait comme son bien.

Ravaillac avait mis fin à l'aventure, mais beaucoup disaient que c'était Marie de Médicis, l'épouse royale, fort inquiète sur son avenir, qui avait armé le bras de l'assassin car, comme à son habitude, Henri envisageait un divorce pour le prince, et un remariage pour lui-même avec la jolie Charlotte-Marguerite !

Après la mort d'Henri IV, Henri de Condé était revenu à la Cour et avait très vite conspiré contre le jeune roi. Emprisonné, c'est en cellule – avec son épouse – qu'il avait conçu son premier enfant (mort en couches). Et maintenant, cette épouse, Charlotte-Marguerite, était une des meilleures amies de la reine et de Mme de Rambouillet. Montmorency de souche, elle était encore plus fière de son nom et de sa race que les

Condé. Elle rappelait que les Montmorency portaient le titre de *premier baron chrétien de France*. L'infamante mort de son frère adoré sur l'échafaud, à la suite de sa puérile révolte contre le Cardinal, l'avait terriblement meurtrie. Elle réclamait toujours vengeance contre Châteauneuf, le garde des Sceaux de l'époque, et elle avait convaincu son époux de lutter sans merci contre Mme de Chevreuse, qui demandait le retour de l'ancien ministre au pouvoir. Il est vrai qu'un tel combat était aussi l'intérêt du prince.

Pourtant, depuis longtemps, le prince de Condé ne conspirait plus. Il s'était rapproché du roi et du Cardinal après qu'il eut compris qu'il avait plus à gagner à se trouver dans le camp des vainqueurs. D'ailleurs, ne murmurait-on pas qu'il avait bénéficié de la mort de son beau-frère en récupérant la majeure partie de ses biens ?

Maintenant, Condé était riche, et surtout il avait préparé et éduqué son fils comme s'il devait devenir le futur roi de France. Voilà pourquoi Beaufort et sa clique gênaient ses ambitions, d'autant que tout opposait le fils de Vendôme au sien : l'un était beau, sot et illettré, l'autre était laid, brillant et érudit.

— Nous sommes arrivés, dit Marcillac, tirant Louis de ses méditations.

Ils venaient en effet d'entrer dans la cour de l'hôtel. Ils descendirent de la voiture et le prince, escorté de laquais, le guida vers un grand salon. Ici, tout le monde le connaissait et les serviteurs s'inclinaient bas sur son passage.

Arrivés dans la vaste pièce splendidement meublée et décorée, ils attendirent en silence. Au bout d'un assez long moment, le prince de Condé entra.

Henri de Condé était de taille moyenne, mais voûté comme un vieillard. Ses habits de drap de Hollande, plutôt simples, étaient crasseux et usés. La chemise qui sortait de son pourpoint déboutonné laissait apparaître des salissures. Il avait le visage mal rasé, les yeux rouges et irrités, les cheveux gras, le nez crochu... rien dans son aspect n'inspirait l'attirance et encore moins le respect.

Pourtant, s'en tenir à son apparence aurait été bien superficiel. Si le père du duc d'Enghien était négligé, malpropre et avare, il était aussi féroce, intelligent, d'une capacité de jugement étonnante et surtout d'une habileté hors du commun. Le prince ne devait en aucun cas être sous-estimé.

Ayant été toute sa vie muselé et épié par Richelieu, il avait reporté ses ambitions et ses espérances sur ce fils dont il avait dirigé l'instruction dans le but d'en faire un jour un roi de France. Et s'il avait accepté d'héberger un fugitif poursuivi par ses ennemis, ce n'était pas par compassion – ce mot n'existait pas chez lui – c'était uniquement parce que la sauvegarde de cet homme, de ce Fronsac, pouvait faire avancer ses affaires.

Il s'adressa fort sèchement à Louis en le fixant de ses petits yeux rougeâtres déplaisants.

— J'ai accepté de vous recevoir et de vous protéger, monsieur, sur l'insistance de M. de Marcillac qui est un ami de mon fils et de la reine. J'ai cru comprendre que vous avez aux trousses les tueurs des Vendôme et de Mme de Chevreuse et, à ce titre, vous ne pouvez que m'être agréable. (Il eut un déplaisant rictus sardonique, montrant des dents noires et gâtées.) Je crois savoir aussi que vous connaissez mon fils et qu'il vous estime. Cependant, ma situation n'est pas telle en ce moment que je puisse ouvertement m'opposer... aux Importants.

Il s'arrêta un instant pour observer Louis sous ses paupières mi-closes. Le silence était pesant. Louis n'osait parler, craignant que le prince refuse finalement de le cacher.

— Je mettrai donc des conditions à votre hébergement. Vous me donnerez votre parole de ne pas sortir de l'hôtel. Je préférerais même que vous restiez à l'étage où vous logerez. Il côtoie une grande bibliothèque où vous trouverez de la lecture pour meubler votre temps. Vous pouvez écrire à vos proches mais en aucun cas leur dire où vous êtes. Il y va de votre sécurité et surtout de la mienne. (Nouveau rictus.) Vous ne pourrez recevoir ni visites ni lettres. Lorsque mon fils rentrera de campagne, le mois prochain sans doute, nous prendrons ensemble une décision définitive vous concernant.

— J'accepte et reste votre obligé, monseigneur, remercia Louis, légèrement alarmé par les derniers mots du prince.

Il savait parfaitement qu'il n'était qu'un pion dans une partie qui le dépassait et que le prince le sacrifierait si c'était nécessaire à sa victoire finale.

— Vous logerez au bout du premier étage, du côté du jardin, et, à votre porte, un laquais sera à votre disposition. Ma belle-fille loge aussi dans cette partie de l'hôtel et vient d'accoucher. Ne vous étonnez donc pas d'entendre quelques pleurs d'enfant. Au revoir, monsieur, et vous Marcillac, accompagnez-moi. Nous avons à parler.

Il quitta la pièce brusquement, suivi de François de La Rochefoucauld qui fit à Louis un petit signe d'amitié.

Un laquais conduisit alors Fronsac à sa chambre.

Elle se situait à l'extrémité du premier étage, dans une aile transversale. Le valet lui expliqua que M. le Prince et Mme la Princesse avaient leurs appartements sur la façade de l'hôtel. C'est dans les ailes que se situaient les appartements des trois enfants. Le plus grand était celui du duc ; il était actuellement occupé par son épouse Claire-Clémence ainsi que par ses femmes de chambre. Un plus petit logement, à l'autre extrémité, était celui du prince de Conti et l'appartement de Geneviève de Bourbon restait vide depuis son mariage avec le duc de Longueville.

Louis aurait une chambre dans cet appartement, c'est là aussi qu'il prendrait ses repas. À ce même niveau se trouvait une vaste bibliothèque qu'il pourrait utiliser, ajouta le domestique. Pour son information, le rez-de-chaussée regroupait les salles de repas et de réception et les combles étaient dévolus aux officiers de la maison. Les soupentes et greniers étaient abandonnés aux domestiques.

Le laquais lui indiqua aussi comment se situer approximativement, car l'hôtel était immense avec ses deux grandes ailes, mais il lui rappela que le prince avait ordonné qu'il restât dans le logement de la duchesse, sa fille. Chacun croyait ce logement désert et c'était la raison pour laquelle on ne lui avait point donné une chambre dans les greniers où d'autres l'auraient vu.

La pièce réservée pour Louis était de proportions généreuses avec, au centre, une belle table de noyer aux pieds tournés en balustre. Il y avait aussi plusieurs grands fauteuils droits recouverts de tapisserie cramoisie à coquilles. Sur les murs étaient accrochées de lourdes tapisseries de Flandres. Enfin, un immense lit à hauts piliers et rideaux occupait tout un angle. Au sol, un grand tapis de soie turc cachait le carrelage vernissé. À droite de la porte, Louis n'en avait jamais vu de si grande et de si joliment décorée : une belle fontaine de cuivre rouge, régulièrement emplie d'eau fraîche, était fixée à un mur par son support en noyer ciré. Un petit cabinet abritait des pots pour les eaux usées. Il y avait aussi une grande garde-robe.

Il avait apporté un petit bagage avec deux chemises – il s'assit confortablement et le temps s'écoula.

Chaque jour ses repas lui étaient apportés à heure fixe par un valet qui prenait son linge et lui en apportait du propre. Le matin, à son réveil, il trouvait dans le cabinet de toilette attenant tout un nécessaire et de l'eau chaude ainsi qu'un copieux déjeuner sur sa table.

Il était royalement traité, mais il restait isolé et coupé du monde. Nul domestique ou valet de chambre ne l'assistait. Lorsqu'il voulait sortir, il trouvait un laquais sur le palier, devant sa porte, qui l'accompagnait en silence.

Il découvrit lors de ses courtes promenades une étrange machine que la princesse avait fait installer : c'était une chaise à porteurs logée dans un couloir vertical et munie de contrepoids. Une fois que l'on s'était placé à l'intérieur, un laquais accrochait une masse supplémentaire et la chaise bondissait rapidement vers l'étage désiré. L'hôtel, lui expliqua une fois le domestique, fourmillait ainsi d'inventions bizarres, la princesse adorant toutes les nouveautés.

Le reste du temps, il se tenait à la fenêtre et son regard se perdait dans le jardin.

Tandis que Louis restait ainsi reclus, la duchesse de Chevreuse tissait sa toile et assurait peu à peu son emprise sur la reine. Après avoir passé des semaines à railler le Premier ministre, d'abord avec une gentille ironie, puis de plus en plus perfidement, elle attaquait désormais sa politique et démontrait à la régente que la diplomatie du Sicilien ne différait en rien de celle du terrible Richelieu.

C'était, assurait-elle, une politique néfaste pour la France et humiliante pour l'Espagne. Elle rappelait d'ailleurs chaque jour à la régente qu'elle était la sœur du roi d'Espagne.

Mazarin, lui, louvoyait, il sentait bien que la situation lui échappait et il n'hésitait plus à s'abaisser devant la duchesse, même en public.

Elle l'ignorait, mais lui suivait son précepte habituel : *Tout accommodement est facile pourvu qu'on puisse le faire pour de l'argent.*

Il offrit ainsi à la diablesse deux cent mille écus. En outre, il lui demandait régulièrement conseil, écoutant ses suggestions avec la plus grande attention, ou tout au moins faisant semblant.

Mais plus il essayait d'obtenir, sinon son amitié, du moins sa neutralité bienveillante, plus Marie de Rohan, sûre d'elle et du contrôle qu'elle exerçait sur la reine, le repoussait, l'humiliait et le maltraitait.

Finalement, il la rencontra en privé et lui demanda ce qu'elle voulait.

— Tout ! lui répondit-elle avec insolence. Tout : Châteauneuf comme Premier ministre, les Vendôme au conseil, mes amis à tous les postes clefs, le retour de du Noyers, l'alliance avec l'Espagne. Votre départ pour l'Italie...

Mazarin répondit en hochant la tête que c'était beaucoup et qu'il devait réfléchir.

Jamais sa position n'avait été aussi précaire. Pourtant, il ignorait encore ce qui l'attendait. Aux derniers jours du mois, Marie modifia sa campagne de libelles contre le ministre. Elle raconta bientôt qu'il était l'amant de la reine, comme Concini avait été celui de Marie de Médicis. La régente, expliquait-elle, devait se séparer de lui, sinon Mazarin subirait le sort de cet autre Italien, tué par le jeune roi.

Très souvent, Anne trouva dans sa propre chambre des textes orduriers tel celui-ci :

Les couilles de Mazarin,
Ne travaillent pas en vain,
Car à chaque coup qu'il donne,
Il fait branler la couronne !

De tels affronts envers la mère du roi étaient gravissimes ; pourtant, ils n'atteignirent pas leur but. Anne d'Autriche, enragée par ces ragots et furieuse contre ceux qui les répandaient se rapprocha encore plus de son ministre et c'est alors, peut-être, qu'elle en devint la maîtresse.

15

Les trois premières semaines d'août

Claire-Clémence, l'épouse du duc d'Enghien, venait de s'installer confortablement sur un sofa de cette agréable bibliothèque qu'elle aimait tant. C'était sa première journée de vrai repos depuis cet accouchement, huit jours plus tôt, si difficile qu'il avait failli la tuer.

Elle avait maintenant le cœur gonflé de fierté et d'importance. Elle, méprisée et écartée par cette famille des Condé qui ne l'avait acceptée que pour la dot – la rançon ? – que payait son oncle Richelieu ! Elle, considérée par ces aristocrates arrogants et prétentieux comme une sotte roturière, venait de donner un héritier à la branche cadette des Bourbon.

Le duc d'Albret, son fils, était un énorme bébé qui, peut-être, serait un jour roi de France. Oui, elle avait failli mourir lors de l'accouchement. Oui, elle avait souffert le martyre. Mais elle ne regrettait pas le prix qu'elle avait dû payer. Elle se laissa aller à sa rêverie préférée : petite-fille d'avocat, deviendrait-elle la mère d'un roi de France ? Pourquoi pas ? Peut-être reine, régente même si son époux... Quelle satisfaction après toutes ces avanies !

Petite, timide, mais possédant la volonté de fer de son oncle, le *Grand Satrape*, Claire-Clémence avait jusqu'à présent accepté toutes les humiliations de sa belle-famille. Son époux l'ignorait alors qu'elle l'adorait. Son beau-père la supportait à peine. Sa belle-mère souhaitait sa mort pour pouvoir remarier son fils (elle savait que la princesse de Condé était allée jusqu'à demander à la reine l'annulation de son mariage !). Sa belle-sœur, la perverse Longueville, et son beau-frère, l'horrible Conti, se moquaient ouvertement de sa petite taille en la traitant de laideron, même en public.

Mais maintenant, mère de l'héritier, elle tenait sa revanche.

Elle posa son livre en souriant étrangement. Son regard devenait singulier par instants, parfois dément.

Avant son accouchement, elle venait ici tous les jours pour lire durant plusieurs heures. Tout l'intéressait : ouvrages de philosophie, de politique, de religion. Son besoin de connaissances était illimité, son désir de comprendre infini. Elle savait qu'elle aurait besoin de toute cette science pour former son fils et qu'il devienne un bon roi.

Soudain, la porte s'ouvrit et un jeune homme à l'air timide entra. Elle se replongea dans son livre en observant son hésitation.

À la fin de la première semaine d'août, Louis commençait à trouver le temps long. Certes, il écrivait régulièrement à Julie mais il savait que son courrier serait lu et il restait évasif tant sur son lieu d'hébergement que sur ce qu'il savait.

Quand cette quasi-détention allait-elle cesser ? s'interrogeait-il sans cesse. Il se demandait parfois s'il n'était pas en réalité prisonnier du prince de Condé, si celui-ci n'avait pas deviné qu'il détenait un atout dans la terrible partie en cours – après tout, Louis savait qui avait tué Louis XIII et comment le criminel avait fait ! – et s'il n'était pas prêt à le vendre à ses ennemis. Avide comme il l'était, Henri de Bourbon en était bien capable !

Puis, Louis se rassurait en se persuadant que le duc d'Enghien n'agirait jamais ainsi. Mais en était-il sûr ?

Il aurait peut-être pu s'évader malgré tout. Cela ne lui paraissait pas bien difficile, seulement, il avait donné sa parole. Et puis, dans Paris, il n'était pas certain de rester vivant suffisamment longtemps pour pouvoir raconter ce qu'il avait deviné à Mazarin ou même à Gaston. Il devait donc rester prisonnier et ronger son frein.

Ce matin-là, en songeant de nouveau à une possible évasion, il se dirigeait lentement vers la bibliothèque.

En chemin, il fut surpris par l'animation et le tapage qui semblaient régner à l'étage, là où vivaient le prince et son épouse. Il percevait des cris violents et des éclats de voix rageurs inhabituels. D'après le bruit des pas, de nombreux visiteurs paraissaient se succéder. Il y avait des claquements de bottes et des cliquetis d'épées, des murmures inquiétants et des clameurs de haine ; tout un tumulte et un vacarme extraordinaires au milieu desquels Louis distinguait parfois les noms de Mmes de Chevreuse, de Montbazon et de Longueville.

Que se passait-il donc ? Quel événement pouvait donner lieu à un tel insolite charivari ? Il était dans l'ignorance totale de tout ce qui se déroulait à l'extérieur de l'hôtel depuis huit jours. Et il aurait donné beaucoup pour un peu d'information.

Pénétrant dans la bibliothèque, il constata immédiatement qu'une jeune femme s'y trouvait. Habillée très luxueusement de plusieurs jupes amples superposées et coiffée d'un chignon à bouclettes, elle était petite et menue avec un visage certes ingrat, mais franc et ouvert. Elle lisait, ou faisait semblant. Louis hésita un instant à choisir un livre, puis décida de se retirer pour ne pas être importun. Il s'excusa cependant.

— Pardonnez-moi, madame, je pensais être seul. Je vais vous laisser. Je suis le chevalier de Mercy et M. le Prince me loge fort obligeamment pour quelques jours.

Elle leva la tête et posa son livre en l'examinant, les yeux pétillants de malice.

— Je vous connais, chevalier, et je sais que vous venez ici souvent. Je suis Claire-Clémence, la duchesse d'Enghien.

Et voyant que Louis, fort embarrassé, se reculait en la saluant très bas, elle ajouta précipitamment en levant une main pour le rassurer :

— Je vous en prie ! Ne vous en allez pas !... Je vous attendais...

Louis s'inclina encore plus bas, cette fois interloqué. Ainsi, il avait devant lui la fameuse nièce de Richelieu qui avait épousé le jeune duc contre son gré. Et elle disait qu'elle l'attendait ? Que lui voulait-elle ?

Claire-Clémence reprit dans un souffle :

— J'ai beaucoup entendu parler de vous, surtout par mon époux. Je sais que vous êtes au cardinal Mazarin, qui était un fidèle de mon oncle. J'aurai plaisir à échanger quelques mots avec vous. Et ne soyez pas si déférent, ajouta-t-elle avec un sourire maintenant ironique. Mon grand-père était avocat, et le vôtre notaire. Nous sommes issus du même monde.

Elle s'arrêta un bref instant, et reprit, le visage légèrement rosi.

— Vous étiez à Rocroy, m'a appris mon beau-père. Vous avez vu mon époux ? Comment s'est-il comporté ?

Louis fut totalement décontenancé. La duchesse d'Enghien était si différente des autres Condé ! Il s'approcha avec embarras, tenant son chapeau de castor à la main et il répondit :

— Il fut un héros... Toujours le premier au combat. C'est, je le pense sincèrement, le plus grand capitaine de ce siècle. Je l'admire du fond de mon cœur.

Le visage de Claire-Clémence s'épanouit. Elle adorait le prince autant qu'il la détestait ! Louis poursuivit vivement :

— Je serai très heureux de parler un peu avec vous, si vous le désirez. Je suis moi-même contraint au silence et à l'ignorance depuis huit jours, et je trouve le temps bien long...

— J'ai cru comprendre que les ennemis de mon beau-père et du cardinal cherchent à vous faire un mauvais sort ? demanda-t-elle prudemment.

Le visage de Louis se rembrunit et il fit une petite grimace.

— C'est la vérité. J'ignore comment mes affaires vont évoluer. Une dure partie semble engagée autour de la reine et je ne suis qu'un pion. Savez-vous ce qui se passe depuis une semaine ? Y a-t-il eu des événements nouveaux à la Cour ou à la ville ? J'ai remarqué ce matin une agitation inhabituelle dans l'hôtel...

— Qui n'en connaît la raison ? Ne me dites pas que vous l'ignorez ? s'offusqua-t-elle avec étonnement.

— J'en ai peur, s'excusa Louis, penaud.

Elle le dévisagea quelques secondes, essayant de deviner s'il se moquait d'elle comme tant d'autres le faisaient à la Cour. Finalement, l'examen dut la satisfaire car elle poursuivit d'une voix claire :

— Je vous crois ! Laissez-moi donc le plaisir de vous raconter. (Maintenant son petit visage rayonnait de malice.) Hier, chez Mme de Montbazon, quelqu'un a ramassé deux lettres tombées au sol juste après le départ de Mme de Longueville. Voici quel en était à peu près le contenu : dans le premier billet, la dame reprochait à son amant le changement de sa conduite et lui écrivait qu'elle avait cru à une affection *véritable et violente* au point de lui avoir offert *tous les avantages qu'il pouvait souhaiter*. Elle reconnaissait ainsi en avoir été la maîtresse. Dans le second billet, elle lui rappelait l'avoir *dignement récompensé* et elle lui proposait, *dans la suite ne pas avoir moins de bonté si sa conduite répondait à ses intentions*. Ainsi, rejetée par son amant, elle avait l'impudeur de s'offrir à nouveau ! Ces lettres ont été lues en pleine assemblée devant messieurs les ducs de Guise et de Beaufort. M. de Guise a assuré qu'elles étaient tombées de la poche de M. de Coligny. Mme de Montbazon a ensuite affirmé en reconnaître l'écriture : elles provenaient de Mme de Longueville qui, à l'évidence, était la maîtresse de Coligny ! Ainsi la sœur d'Enghien, à peine mariée, avait déjà un jeune amant ! C'était une femme sans morale et sans vertu comme tous ceux issus de la souche des Condé ! avait-elle raillé.

» Évidemment, l'affirmation de la grosse Montbazon était une calomnie, une machination qui ne visait qu'à humilier notre maison. Mme la Princesse, outrée, a donc demandé des représailles à la mesure d'une telle provocation.

— Mais, madame, la lettre ? Elle existe bien je suppose, Mme de Longueville l'aurait réellement écrite ?

Claire-Clémence regarda Fronsac avec un air d'étonnement et d'ironie mêlés :

— Bien sûr que non ! Il est vrai, et chacun le sait, que la sœur de mon mari a eu longtemps une certaine attirance envers M. de Coligny qui l'aime passionnément, mais platoniquement. Il n'y a rien de plus entre eux. Et d'ailleurs, elle est si belle que ses soupirants sont nombreux, comme votre ami le prince de Marcillac.

— Le prince n'est pas mon ami, madame. Il m'a seulement sauvé la vie, rectifia Louis sombrement.

— Je plaisantais, monsieur, sourit-elle. Quant à cette affaire, je vous l'ai dit, il ne s'agit que d'une nouvelle manœuvre de Mme de Montbazon. Ancienne maîtresse du duc de Longueville, elle n'a jamais accepté le mariage de son vieil amant avec ma belle-sœur.

— Mais pourquoi donc ? Est-ce simplement de la jalousie ?

Elle eut une curieuse moue mi-ironique mi-cynique.

— De la jalousie ? De la part de Mme de Montbazon dont on raconte qu'elle a des dizaines d'amants et dont l'abbé de Retz me disait récemment : *Je n'ai jamais vu une personne qui ait conservé dans le vice si peu de respect pour la vertu !* Vous me semblez bien naïf ! Non, Mme de Montbazon se venge tout simplement parce que le duc lui versait vingt mille écus de pension pour avoir droit à ses faveurs. Elle était chère, assurait-il, mais il en avait pour son argent. Bien entendu, son mariage a interrompu les versements.

» Maintenant, la Montbazon n'est plus que la maîtresse de Beaufort qui la paye moins car elle a grossi et vieilli ! Elle a donc perdu au change. C'est l'unique raison pour laquelle elle cherche à ridiculiser M. de Longueville. À cela s'ajoute le fait qu'elle est très satisfaite de dénigrer et d'abaisser les Condé. Mais elle est allée trop loin. La princesse est une amie de la reine et est aussi dangereuse qu'une vipère.

— Dieu du Ciel ! murmura Louis réellement consterné, tout ceci est incroyable. Tant d'abjection et d'ignominie sont-elles possibles dans la fine fleur de la noblesse de France ?

Cette fois, la duchesse d'Enghien n'eut aucun sourire. Son visage se couvrit d'un masque d'une dureté incroyable qui surprit Louis.

— Je crois que vous êtes noble depuis peu de temps, chevalier. Moi aussi, mais vous vous y ferez comme je m'y suis faite. Ces gens-là – tous ces gens-là – sont plus corrompus et dépravés que vous ne l'imaginez. Ils vivent dans le vice comme des poissons dans l'eau.

Louis comprit qu'elle plaçait sa belle-famille dans le lot et il préféra se détourner d'un sujet périlleux.

— Comment vont agir les Condé ?

Elle haussa les épaules avec une moue d'évidence.

— Sûrement demander des excuses, mais il est certain que la Montbazon ne fléchira pas, d'autant que les Importants ont pris son parti. Tout cela pourrait bien déclencher une guerre civile...

— Une guerre civile ? Vous plaisantez... Vous vous moquez de moi...

Claire-Clémence eut un geste d'agacement, puis soupira devant tant de naïveté. Elle se souvint qu'elle non plus ne comprenait pas quand elle était entrée dans ce monde. Elle choisit donc d'expliquer à Louis les conséquences de la cabale.

— Je viens de vous le dire, les Importants se sont placés dans le camp de Mme de Montbazon dès lors que Mme de Chevreuse s'est ouvertement ralliée à elle. Beaufort aussi a assuré avoir reconnu l'écriture de Mme de Longueville. Puisqu'il n'a pu l'épouser et l'aimer, il n'est pas fâché de lui nuire et de la faire passer pour une garce publique ! Guise est bien sûr avec eux, surtout par haine envers Coligny. Les deux familles n'ont rien oublié de la Saint-Barthélemy. Mazarin a choisi de se taire mais il faut dire qu'il se trouve dans une situation délicate : chaque jour qui passe lui apporte la découverte, y compris dans ses propres appartements, de lettres de menace lui enjoignant de rentrer en Italie. Quant à la reine, elle ne sait que faire, partagée entre ses deux amies, mesdames de Chevreuse et de Condé.

Le prince entra à ce moment dans la pièce, toujours aussi sale et crasseux qu'à l'habitude. Il se précipita vers sa belle-fille sans un regard pour Louis.

— Ma fille, je viens vous annoncer une grande nouvelle ! Votre époux vient encore de remporter une éclatante victoire : Thionville est tombée !

Il se tourna alors vers Louis et ajouta, fier comme un paon :

— Mon fils a pris Fribourg et a rejeté définitivement les Espagnols sur l'autre rive du Rhin. Leurs pertes ont été effroyables. Il rentre à Paris pour quelques jours et sera là bientôt, avec un régiment et ses officiers.

Il ajouta alors d'une voix sourde et menaçante à l'attention de Claire-Clémence :

— Mme de Montbazon et ses Importants n'ont plus qu'à bien se tenir. Ceux qui l'ont ralliée sauront bientôt ce qu'il en coûte de défier notre famille.

Louis vit dans le regard extasié de Claire-Clémence tout l'amour qu'elle portait au jeune duc. Un amour qu'il ne le lui rendait pas. Dès que le prince fut sorti, il se retira sur la pointe des pieds.

Le temps devenait chaque jour plus étouffant et plus humide. La chaleur était désormais très pénible dans l'hôtel et Louis s'ennuyait à mourir.

Le soir du jour où il avait rencontré Claire-Clémence, un laquais avait apporté, de sa part, plusieurs numéros de *La Gazette* de Renaudot.

Louis connaissait bien le journal que son père achetait régulièrement pour l'étude et que lui-même faisait prendre parfois par Nicolas. On se souvient que c'est par *La Gazette* qu'il avait appris la libération de Bassompierre.

Renaudot était un médecin protestant qui avait obtenu, en 1612, un brevet lui donnant le privilège de publier des *registres d'adresses*, c'est-à-dire, en simplifiant, des petites annonces ! Peu à peu, celles-ci avaient été complétées par des nouvelles.

Cette gazette était en vérité, à son origine, une création de Richelieu qui fournissait un bon nombre d'articles lui permettant de faire passer ses idées.

Jusqu'à la mort du roi, *La Gazette* était donc la voix du pouvoir, mais Renaudot ayant un jour – sur ordre de Richelieu, assurait-il – proposé la répudiation de la reine, sa *Gazette* était fort compromise depuis que la reine était devenue régente.

Réduite en pagination, elle risquait même d'être interdite par le pouvoir. Elle avait donc, depuis le début du nouveau règne, choisi un ton neutre et fort humble, sauf pour parler de la régente sur laquelle le rédacteur ne tarissait pas d'éloges !

C'est que Renaudot, bien qu'ayant proposé ses services à Mazarin, était désormais traité dans des libelles de *nez pourri*, de perfide comme un Turc et même de fourbe !

Bref, on ne trouvait plus dans son journal que fort peu d'informations intéressantes.

Louis y lut pourtant avec plaisir une relation de la bataille de Rocroy ainsi que le récit des exploits de nos armées, complété évidemment par celui des atrocités commises par les armées ennemies. Ainsi, les Espagnols ayant pillé plusieurs chaumières autour de Rocroy, les Français avaient brûlé nombre de villages entre Mons et Bruxelles[1]. Dans un autre numéro, on rapportait que, dans un village pris par les Espagnols, nos ennemis avaient jeté les enfants par les fenêtres, puis arraché les mamelles à plusieurs filles et femmes après les avoir violées. Ils avaient ensuite noyé hommes et femmes après en avoir écorché plusieurs[2]. De nouvelles représailles, par avance justifiées, étaient donc annoncées sur des villages de l'autre côté de la frontière. Sans doute, se dit

---

1. *La Gazette*, juin 1643.
2. Authentique.

Louis, de pauvres femmes de Flandres endureraient ce qu'avaient subi les malheureuses Françaises.

Il ne voyait guère de justice ou d'équilibre dans toutes ces atrocités, aussi ne poursuivit-il plus sa lecture sur les hauts faits d'armes des troupes d'Enghien.

La découverte d'un médecin qui proposait une huile *nervale* capable de rajeunir les gens – à condition de purifier leur sang –, et qui assurait avoir permis à une femme dans sa cent cinquième année d'avoir des enfants, l'intéressa un moment. Mais ayant remarqué, dans un autre numéro, que cette même huile avait entraîné la mort d'une patiente par convulsions, il abandonna aussi la lecture des rubriques médicales pour revenir à celles concernant la France.

Mais là encore, il se lassa vite des louanges excessives de la régente et de sa politique éclairée qui, si elles étaient sans réserves, étaient aussi totalement vides de révélations.

En dernier ressort, Louis parcourut les articles sur les exécutions publiques. On y relatait, dans le détail, les supplices subis par un prêtre brûlé vif avec ses complices pour avoir pratiqué des actes magiques (Louis se demandait lesquels, car ils n'étaient pas relatés). Il y avait aussi quelques lignes sur un avocat, pendu puis brûlé pour avoir blasphémé devant un crucifix.

Finalement, Louis jugea que la lecture de ces journaux ne pouvait occuper son esprit très longtemps.

Il fallait qu'il quitte ces lieux.

Mais comment ? Une fois, il avait tenté de descendre jusqu'au rez-de-chaussée, mais là, des laquais armés de bâtons lui avaient poliment expliqué qu'ils avaient pour instruction de l'empêcher de sortir de l'hôtel. Non, lui avaient-ils affirmé, il ne pouvait même pas se rendre dans les jardins !

Il était bel et bien prisonnier, même si c'était, apparemment, pour assurer sa sécurité !

Il se rendait désormais chaque jour dans la bibliothèque. Hélas, la grande pièce restait toujours déserte. Enghien était revenu, et Claire-Clémence, entre son époux et son bébé, ne devait plus avoir beaucoup de temps pour lire. En réalité, Louis apprit plus tard par son ami Vincent Voiture qu'il n'en était rien : le duc n'était venu voir ni la mère ni l'enfant. Au contraire, il avait installé ses quartiers chez Ninon de Lenclos, cette opulente prostituée à la mode qui était en passe de supplanter Marion de Lorme, et si Louis ne rencontrait plus Claire-Clémence, c'était tout simplement parce que la duchesse d'Enghien ne sortait plus de son appartement. Chaque jour, elle attendait vainement son époux.

Pourtant, à la mi-août, Louis rencontra de nouveau la nièce de Richelieu dans la bibliothèque. Enghien était alors sur le point de repartir en campagne et il était retourné au milieu de ses officiers. Ce jour-là, dès que Louis entra, Claire-Clémence posa le livre qu'elle lisait. Son regard était voilé de tristesse mais, reconnaissant le jeune chevalier, il s'illumina.

— Bonjour, monsieur le chevalier, venez-vous chercher des nouvelles fraîches ? Je dois avouer que j'espérais secrètement vous rencontrer aujourd'hui...

— Je me consume d'en avoir, madame, surtout de votre bouche.

Elle eut une coquette mimique de satisfaction. Les compliments lui étaient rares et mesurés ! Elle joignit ses petites mains et expliqua doctement :

— On sait maintenant qui a écrit les deux lettres perdues, et ce n'était pas Mme de Longueville. Voulez-vous entendre l'histoire ?

— J'en brûle, madame.

Elle sourit et commença :

— Le marquis de Maulevrier en était l'auteur et elles étaient adressées à sa maîtresse, Mme de Fouquerolles. Le marquis a demandé au prince de Marcillac d'intercéder auprès de Mme de Montbazon pour récupérer les missives. Une ambassade, constituée du prince et de Mme de Rambouillet, est donc intervenue auprès de la duchesse. Toutes et tous ont étudié les billets et ils ont finalement mis hors de cause Mme de Longueville. Mme de Montbazon, elle-même, a dû, de bien mauvaise grâce et du bout des lèvres, reconnaître ses torts. Les lettres ont en fin de compte été brûlées.

— Elle va donc s'excuser ?

— Je le pense, d'autant que mon époux a mis son glaive et son armée dans la balance. Il a pris le parti de sa sœur, ainsi que tous ses officiers. Aussitôt, Mazarin et la reine l'ont suivi, et nombreux sont ceux qui, en ce moment, changent de camp pour se placer dans celui des vainqueurs.

— Et maintenant, que va-t-il se passer ? demanda Louis, amusé à l'idée que le plus grand général des armées françaises ait à livrer un tel ridicule combat contre la grosse Montbazon et la sournoise Chevreuse !

— L'affaire est en négociation. Hier, M. le cardinal, Mme de Chevreuse, la reine et Mme la princesse de Condé ont passé de longues heures ensemble pour rédiger une excuse que la duchesse lira publiquement à la sœur de mon époux. Une explication rédigée de telle sorte qu'elle ne puisse perdre totalement la face.

— Tout ceci est grotesque, le Premier ministre doit avoir bien autre chose à faire que de s'occuper des excuses de Mme de Montbazon ! s'insurgea tout de même Fronsac.

— Parfois le grotesque permet d'éviter l'atroce, soupira la duchesse d'Enghien. Il est vrai que tout le monde rit maintenant de cette piètre comédie qui ressemble à une de ces gaudrioles dont nous régale parfois ce M. Molière. Sans doute, Mme de Montbazon et ses amis ne sortiront pas grandis de leur fagot ; cependant ils l'auront bien cherché ! Mais parlons d'autre chose, monsieur, je viens de terminer d'un trait un ouvrage paru hier et dont le contenu me semble plus essentiel que les ineptes vaguelettes de la cour. Voulez-vous le lire ? Je serais heureuse d'avoir votre avis dessus.

Elle lui tendit aimablement l'ouvrage qu'elle avait en main.

Louis saisit prudemment le volume et l'ouvrit. Il s'intitulait : *De la fréquente communion.* Il la regarda un instant avec perplexité et la remercia. Alors Claire se leva et quitta les lieux.

Louis resta seul et commença sa lecture.

Le lendemain, toujours dans la bibliothèque, il avait enfin terminé le sulfureux ouvrage d'Arnauld d'Andilly qui allait devenir la bible du jansénisme durant les vingt années suivantes, et il espérait la venue de l'épouse de Condé pour lui en parler, mais elle n'apparut point. En réalité, il ne devait plus revoir la duchesse à l'hôtel de Condé.

Par contre, ce même jour, alors qu'il l'attendait en vain, il entendit inopinément une discussion dans la pièce à côté. Le bruit venait des appartements du duc. Il songea un instant à sortir pour ne pas être indiscret, mais, saisissant le nom de Mazarin, il se décida à rester pour écouter.

— ... Comment pouvez-vous en être certain ? disait une voix qu'il crut reconnaître pour être celle du duc d'Enghien.

— Épernon, le capitaine des gardes du Louvre, en a été avisé par des Essart à qui Beaufort a demandé de ne pas intervenir ; mais Épernon m'en a parlé, ne sachant trop que faire. Beaufort a prévu qu'une vingtaine de sbires attaqueront le carrosse de l'Italien au moment où il sortira du Louvre.

— L'honneur nous demande d'avertir le ministre. Même si nous le détestons, ne pas parler serait nous rendre complices...

— Holà, mon fils ! protesta la seconde voix : cette histoire ne nous regarde pas ! Si Beaufort veut se débarrasser de Mazarin, nous n'avons pas à nous en mêler. Par contre, nous pouvons examiner les avantages qui en découleront. Une fois le ministre disparu, je n'aurai plus qu'à faire arrêter, juger et exécuter Beaufort pour meurtre. J'ai déjà les témoins ! Nous resterons ainsi les maîtres du royaume. Tu commandes l'armée, Louis, n'oublie jamais que seuls deux jeunes enfants nous séparent du trône. Gaston d'Orléans ne compte déjà plus.

Louis avait bien reconnu la voix du prince. Le silence se fit dans la pièce. Enghien devait réfléchir et, finalement, reconnaître le bien-fondé des arguments de son père.

Fronsac s'éclipsa en silence.

De retour dans sa chambre et dans un état d'agitation extrême, il se mit à marcher de long en large. Sa décision fut vite prise : il fallait vraiment qu'il parte, il devait avertir le ministre de ce qui se tramait. Si Mazarin était assassiné, il ne donnait pas cher de la vie du jeune roi ni de celle de son frère Anjou. Il songea un instant à se déguiser en valet, peut-être pourrait-il emprunter des vêtements en se rendant dans les étages où se trouvaient les bouges des domestiques ?

Il préparait son plan quand on frappa à sa porte.

Condé et son fils entrèrent aussitôt. Louis pâlit : s'étaient-ils rendu compte qu'il les avait espionnés ?

Très vite pourtant, il fut rassuré. Enghien le considérait avec bienveillance et le prince de Condé fut, pour la première fois, aimable avec lui.

— Monsieur Fronsac, la reine m'a fait savoir que, par ordonnance, elle allait rendre à mon épouse le domaine de Chantilly, qui avait été soustrait aux Montmorency par le cardinal de Richelieu. Nous sommes autorisés à nous y rendre pour évaluer les travaux et nous envisageons de quitter l'hôtel demain ; seule mon épouse restera à Paris. Mon fils pense que Claire-Clémence sera mieux là-bas pour se reposer. J'ai pensé que vous pourriez nous accompagner. Une fois à Chantilly, vous ne serez plus très loin de votre seigneurie de Mercy que vous pourrez gagner discrètement. Ensuite, ce sera à vous d'assurer votre sécurité...

— J'accepte bien volontiers, monseigneur. Sachez cependant que j'apprécie beaucoup votre hospitalité, même si je dois avouer que je trouve le temps long...

— Très bien. Il y a autre chose... Il est possible que mon hôtel soit surveillé, donc il serait bon que vous soyez quelque peu... grimé. Si cela ne vous déplaît pas, j'avais pensé que vous pourriez vous habiller en laquais. Ils sont innombrables et tous identiques avec leur livrée. Personne ne les remarque.

Louis sourit légèrement. Décidément, ils avaient lu dans ses pensées !

— Ce sera parfait, monseigneur, répondit-il, et encore merci. Je resterai toujours votre obligé.

Ils le saluèrent et sortirent.

L'après-midi passa rapidement. Louis prépara une lettre pour Julie, lui annonçant sa proche libération. Le soir, on lui porta des vêtements de toile usagés et très ordinaires.

— Le départ aura lieu très tôt le matin, lui expliqua le porteur. En vérité dans la nuit.

Le lendemain, il fut réveillé dès trois heures du matin. Le convoi ne devait se mettre en route qu'à cinq heures, mais le transport des bagages et de la multitude de personnel de maison et d'officiers faisait de ce changement de logis une véritable expédition. Il devait rejoindre discrètement les domestiques et suivre un laquais mis dans la confidence.

Les voitures – plus de trente ! – commencèrent à rouler vers quatre heures et demie. À ce train s'ajoutaient au moins cent officiers et gardes à cheval. Louis fut placé dans un véhicule clos. Personne n'aurait pu ni le reconnaître ni même le deviner. C'était sa première sortie depuis plus de trois semaines.

Le voyage fut terriblement long et infernalement chaud et pénible malgré l'heure matinale. Vers midi, la caravane s'arrêta dans une grande ferme appartenant aux Condé pour un repas sur l'herbe. Louis s'était assis, quelque peu isolé, et mangeait un morceau de faisan lorsqu'il vit le jeune duc se diriger vers lui à grands pas. Il se leva immédiatement.

— Monsieur le chevalier, nous sommes à une lieue de Mercy, lui annonça Enghien les yeux malicieux. Vous êtes libre de vous y rendre. J'ai fait préparer un cheval par un de mes officiers. (Il tendit la main et désigna un homme sous un arbre qui tenait les rênes d'une jument baie.) Je vous le donne. Je sais ce que vous avez tenté pour sauver le roi. C'était digne d'estime autant que votre courage au combat.

Sa voix s'assombrit tandis qu'il poursuivait :

— Gardez-vous bien, et n'oubliez jamais que vos ennemis sont aussi les miens, même si ce n'est pas le cas de vos amis.

Il tendit alors une main que Fronsac serra avec effusion.

Décidément, quel drôle d'homme était Enghien, songea-t-il. Tantôt glacial et hautain, tantôt chaleureux et aimable.

Louis était à la fois ému et fâché, il voulut parler, mais déjà le duc s'était éloigné. Il comprit qu'il devait accepter ce cheval, dont il aurait pourtant pu se passer, mais sans doute Enghien voulait-il qu'il reste son obligé. Il se dirigea vers la bête : c'était un superbe animal valant au moins cinq cents livres. L'officier lui tendit une veste et un chapeau pour modifier sa tenue et le mit en garde.

— Deux pistolets sont chargés dans les fontes. Suivez ce chemin, il conduit à l'Ysieux. Bonne chance, monsieur le chevalier. Et soyez prudent.

Louis lui fit un signe de tête, monta sur la bête et piqua des deux.

Il était libre !

Dès qu'il se fut éloigné du bivouac des Condé, il mit sa monture au pas. Il savourait chaque seconde, il appréciait chaque image du panorama qui l'entourait. Des deux côtés du chemin, les fenaisons battaient leur plein ; des groupes de paysans fauchaient, d'autres liaient des gerbes ou les montaient en gerbier pour les protéger de la pluie, d'autres enfin remplissaient d'immenses charrettes.

Par endroits, le blé était directement battu sur place avec des fléaux, ou plus simplement par des mules attachées par deux. Le temps restait chaud, mais la route était peu poussiéreuse. Quelquefois, il croisait un chariot empli de blé ou d'orge qui se traînait péniblement. Les paysans le saluaient aimablement. Lui aussi, l'année prochaine, aurait ses fenaisons, pensait-il.

Il arriva à la rivière et s'arrêta un instant pour laisser boire son cheval. Qu'allait-il faire maintenant ? Il pourrait passer la nuit à Mercy et repartir dès le lendemain. Peut-être avec Gaufredi s'il était là. Demain, vers midi au plus tard, il aurait vu Mazarin, l'aurait averti de la tentative d'assassinat et il lui aurait appris ce qu'il avait deviné quant à la mort du roi. Alors il serait libéré.

Il reprit la route, somnolant quelque peu sur sa selle et se laissant guider par la bête qui suivait le chemin. Soudainement, il reconnut la ligne d'arbres au loin. Elle marquait le début de ses terres ! Il arrivait enfin chez lui et il fit aussitôt presser le pas de la monture.

Maintenant il détaillait les belles terres le long de la rivière. Elles n'étaient plus cultivées, mais cela n'allait pas durer ; elles aussi produiraient du blé. Il se le promit. Le pont était toujours en ruine et il prit le chemin du château, il en était encore loin mais il entendait déjà le bruit des marteaux et des pics.

Arrivé devant son manoir, il fut une fois encore émerveillé par le spectacle prodigieux qui s'offrait à lui. Le mur, qui entourait la cour entre les deux tours, avait été abattu et les pierres, rangées par taille, étaient regroupées en monceaux. L'ancien bâtiment, dans lequel de nouvelles fenêtres, larges et hautes, avaient été percées conformément au plan de Julie, était maintenant presque entièrement recouvert d'ardoises neuves et luisantes. Les nouvelles constructions qui le prolongeaient, à droite et à gauche, étaient déjà bien avancées, les murs avaient près de trois toises de haut. Une cinquantaine d'ouvriers s'activaient bruyamment sur le chantier. Il s'approcha lentement.

Personne ne fit attention à lui. Abandonnant sa monture devant une écurie provisoire en planches, il demanda à un jeune garçon de la nettoyer et de la nourrir, puis il grimpa l'escalier qui menait aux appartements. La grande salle était déserte. Il appela :

— Margot ? Michel ? Y a-t-il quelqu'un ?

Aussitôt, il entendit une galopade effrénée et il vit dévaler Margot Belleville du grand escalier conduisant aux étages. De ses deux mains, elle relevait les bords de sa robe de toile pour ne pas tomber. Son visage anguleux était rouge d'émotion et sa poitrine palpitait avec force dans son corsage à brandebourgs joliment échancré.

— Monsieur le chevalier ! fit-elle, étouffée par l'émotion. C'est donc vous ! Dieu soit loué !

Nous nous demandions tous si vous étiez encore vivant !

Elle était bouleversée et Louis prit conscience qu'il en était secrètement très satisfait. Il la rassura :

— J'arrive à l'instant, Gaufredi est-il là ? Et votre homme ?

— Hélas, Gaufredi est reparti hier ! Il m'a dit qu'il logeait provisoirement chez Vincent Voiture, votre ami le poète qui habite en face de l'hôtel de Rambouillet. Gaufredi assure ainsi une surveillance discrète de Mlle de Vivonne. Une bande de malandrins, qui loge dans l'auberge proche, semble aussi guetter les allées et venues de l'hôtel, nous a-t-il expliqué. Il nous a aussi assuré que partout dans Paris des hommes de Vendôme et de la duchesse de Chevreuse vous recherchent. Ici même, quelques cavaliers équivoques sont passés plusieurs fois, mais il y a tellement d'ouvriers qu'ils n'ont pas osé s'installer. Venez, mon homme est dans le bois derrière le château. Il vous racontera tout cela mieux que moi.

Ils sortirent et prirent le chemin qui serpentait au milieu de la prairie en montant vers la petite forêt que Hardoin avait remise en exploitation. À mesure qu'ils s'approchaient, Louis distinguait les futaies éclaircies et les troncs d'arbres coupés, couchés sur le sol et ébranchés, comme frappés par quelque gigantesque tempête qui les aurait néanmoins bien ordonnés. Plusieurs hommes étaient en train de fixer des roues provisoires à un lot de cinq ou six troncs, sans doute pour les transporter. Ils se dirigèrent vers eux.

Michel Hardoin menait les ouvriers. Sitôt qu'il aperçut Margot et Louis, il abandonna son travail pour se précipiter au-devant d'eux.

— Chevalier ! Vous, enfin ! J'étais rongé d'inquiétude. Gaufredi nous avait dit que vous vous cachiez, mais nous avons tant craint pour vous. Allez-vous rester avec nous ? Ici, vous ne risquez rien ! Il y a cinquante ouvriers à vos ordres pour vous défendre.

— Non, Michel, je repartirai dès demain pour Paris. Racontez-moi plutôt tout ce que vous savez. Je suis dans une ignorance totale.

Hardoin secoua la tête avec force et se serra les deux mains pour tenter de se calmer.

— Vous ne pouvez repartir pour Paris. Là-bas toute la lie de la population est à votre recherche. Tous les endroits que vous fréquentiez sont surveillés. Vous recevriez immédiatement un coup de poignard ou de pistolet...

— Diable ! Voilà qui est ennuyeux...

— Attendez-moi une seconde. Je vais donner quelques instructions et je rentre avec vous.

Hardoin retourna vers ses ouvriers, lança quelques ordres et revint en courant. Il s'expliqua en haletant :

— Ces poutres sont pour les étages du château. J'ai un charpentier qui va les préparer. Nous avons reçu hier des linteaux et des encadrements de pierre, j'ai aussi embauché deux tailleurs de pierre.

Il ajouta d'un ton plus contrit :

— Bien évidemment, cela fait de gros frais ! Mais moins que si vous aviez fait appel à des artisans. Ces hommes sont nos ouvriers et travaillent uniquement pour nous.

Louis hocha la tête et fit signe qu'il approuvait.

— Avez-vous besoin d'argent ? lui demanda-t-il.

— Pas encore, intervint Margot. Mais d'ici à un mois certainement. Nous avons actuellement quarante-sept ouvriers que nous payons entre une demi-livre et une livre par jour, y compris pour certains le dimanche. Donc cela nous coûte environ cinquante livres par mois. Heureusement le bois est gratuit, nous avons surtout eu des pierres à payer. Cependant, en septembre, nous allons avoir besoin de planches. Il reste deux mille livres de la dernière somme que vous nous avez donnée. Michel voudrait installer une scierie sur la rivière. Ce serait une dépense importante mais, une fois les travaux terminés, elle assurerait un revenu régulier pour la coupe des arbres. Cela vous rapporterait plus de vendre des planches que des troncs.

— Je peux installer cette scierie en moins d'un mois, assura Hardoin avec enthousiasme. Je ferai venir les lames de Paris, ensuite les planchers des chambres ne nous coûteront plus rien. Et nous pourrons aussi faire des parquets en achetant des troncs de chênes secs. Et peut-être même des boiseries...

— Vous avez mon accord, approuva Louis en riant devant leur excitation qui lui faisait oublier ses soucis. J'ai constaté que la partie la plus ancienne du château est presque terminée...

— Oui, c'est là que nous avons eu le plus de dépenses. J'ai dû acheter des portes, des fenêtres et des parquets. Les cheminées ont été curées et réparées. Dès cet hiver, vous pourrez y habiter, encore que ce sera provisoire. Ce n'est que dans la partie neuve que vous aurez suffisamment de confort. Au deuxième étage ainsi qu'au grenier il y aura suffisamment de place pour recevoir et loger des domestiques.

— Autre question, j'ai remarqué quantité de petits trous carrés sur les murs extérieurs, au niveau du deuxième étage. Est-ce pour les échafaudages ?

— Je voulais vous en parler, monsieur, fit Hardoin. C'est une idée de Margot. Votre château était une ancienne forteresse mais transformée comme elle l'est, elle ne serait guère défendable en cas d'attaque.

— Une attaque peu probable, sourit Louis.

— Certes, monsieur, intervint Margot. Mais si les guerres civiles reprenaient ? Le roi est si jeune. Ces trous permettent d'installer facilement des solives soutenant une galerie extérieure en bois en encorbellement, des hourds si vous voulez, ce qui faciliterait la défense devant une compagnie qui mettrait le siège au château. Mais Michel peut les supprimer si vous le souhaitez.

Louis resta silencieux, examinant les murs du château. C'était certainement une précaution inutile. Mais qui pouvait parier là-dessus ? Il leur sourit :

— C'est une bonne idée, je suis content de vous[1]. Mais vous-mêmes, êtes-vous bien installés ?

Ils étaient maintenant arrivés au château.

— Parfaitement. Nous avons aménagé deux très grandes pièces au deuxième étage. Les Hubert n'ont gardé que la troisième pour eux. Il reste donc deux chambres non aménagées. Et nous pouvons déjà loger une cuisinière ainsi que quelques valets et femmes de chambre dans les combles.

Ils remontèrent au premier étage. Margot faisait visiter et commentait les travaux comme si elle était chez elle, ce qui était en partie le cas.

— La grande salle deviendra une pièce de réception, expliqua-t-elle. À chaque extrémité se trouve une chambre. La plus grande jouxte deux autres petits cabinets, dont l'un peut servir de salle d'aisance. Michel pense pouvoir installer une pompe avec la scierie et l'eau serait amenée dans un bassin derrière le château. De là, avec une pompe à main, on pourrait la monter

---

[1]. Quelques années plus tard, durant la Fronde, Louis serait bien heureux de disposer de ces hourds.

jusqu'ici. L'escalier en viret qui va de la grande chambre à l'étage – à notre étage – a été refait, ainsi que le grand escalier. Vous avez noté que nous avons pu aménager des cheminées partout ?

— J'ai fait de grosses réserves de bois pour cet hiver, renchérit Michel.

— Tout cela est parfait. Vous êtes merveilleux ! leur assura Louis.

Ils s'assirent dans le salon sur les vieux fauteuils branlants. Il faudra aussi acheter du mobilier, songea Louis. Encore de nouvelles dépenses !

— Donc, vous jugez dangereux que je me rende à Paris ? reprit-il après un instant.

— Absolument, et où iriez-vous ? Votre appartement et celui de votre père sont surveillés, comme le sont celui de M. de Tilly, l'hôtel de Rambouillet ainsi que ceux de tous vos amis. C'est Gaufredi qui nous l'a annoncé. Enfin, le Louvre et le Palais-Cardinal sont parsemés d'espions qui vous empêcheront d'entrer. Restez ici quelque temps, Beaufort et la Chevreuse ne seront pas toujours les maîtres du jeu. D'ici à quelques semaines, on vous aura oublié.

— Malheureusement, ce n'est pas certain, je suis même sûr du contraire. Non ! Je dois absolument informer Gaston ou le cardinal de ce que je sais, je le dois pour le dauphin – pardon, le jeune roi.

Le dauphin ? Louis s'arrêta un instant de parler, songeant à l'association d'idées qui venait de lui traverser l'esprit. Il reprit :

— Attendez ! (Il s'adressait à Margot :) Avez-vous toujours votre maison rue Dauphine ?

— Oui, je vais la vendre, mais elle est inoccupée, répondit-elle un peu surprise par la question.

— Pourriez-vous m'en donner la clé ? Personne ne doit la surveiller. Je m'installerai là, éventuellement je me déguiserai et c'est bien le diable si je n'arrive pas à rencontrer Gaston quand il circulera dans Paris.

— C'est prendre de gros risques, hésita Hardoin, rien ne dit qu'on ne vous attend pas là-bas aussi.

Louis regardait Margot, attendant sa réponse. Elle eut une moue de désapprobation, mais accepta pourtant.

— C'est d'accord, je vous donnerai la clef, mais faites attention à vous... Mon Dieu ! S'il vous arrivait quelque chose ! Je vais vous préparer quelques vêtements de paysan. Michel vous conduira à l'entrée de la ville. Ensuite, à pied, vous attirerez moins l'attention. Vous devriez vous raser la barbe et la moustache, peut-être même vous couper les cheveux...

— Vous avez raison. Donnez-moi des ciseaux et des peignes...

Une heure plus tard, Louis ne ressemblait plus ni à un bourgeois ni à un gentilhomme. Glabre, et les cheveux raccourcis, son visage était maintenant quelconque. Une fois vêtu d'une blouse et de sabots, qui le reconnaîtrait ?

Ils mangèrent tous les trois en silence. Le repas terminé, Louis leur souhaita le bonsoir mais, avant de se retirer, il remarqua leur expression mal à l'aise.

— Qu'avez-vous ? Y a-t-il quelque mauvaise nouvelle que vous m'ayez tue ?

— Non... c'est-à-dire oui, hésita Michel en se serrant les mains. Voilà, bientôt les travaux seront terminés, au plus tard au printemps prochain, ensuite vous n'aurez plus besoin de nous... Pourriez-vous nous garder ici, comme domestiques... nous pourrions être utiles...

Louis était interloqué.

— Vous garder comme domestiques ? Vous n'y pensez pas ! Vous resterez ici comme intendant du château. J'ai encore besoin de vous, assura-t-il.

— ... C'est que, hésita Michel, je sais calculer et dessiner une charpente, je sais la découper et construire une toiture, mais je ne sais pas lire. Margot m'apprend, mais j'ai du mal. Pourquoi y a-t-il tant de lettres ! Je les confonds toutes ! Hélas, vous ne pouvez pas avoir un intendant illettré...

Louis fit semblant de réfléchir une seconde au problème.

— Vous avez raison, reconnut-il finalement. Eh bien, soit ! Ce ne sera pas vous l'intendant. Ce sera Margot ! J'ai toujours désiré avoir une intendante.

Le visage ingrat de la fille de Belleville s'illumina. Elle se mit à pleurer doucement devant tant de bonheur.

Michel la prit dans ses bras pour la consoler et Louis s'éloigna.

Il partit le lendemain. Il avait demandé que le cheval d'Enghien soit particulièrement soigné dans les écuries du manoir et il avait conservé sous sa blouse une des armes que l'officier lui avait remises. Michel conduisait un chariot qu'il devait ramener le soir avec du matériel pour la scierie. Tout au long du trajet, Louis lui fit des recommandations pour la sécurité de Mercy. Hardoin le laissa à la porte Saint-Antoine. C'est dans ce quartier qu'il se rendait pour acheter des lames. Louis prit, en flânant, la direction de la Seine qu'il traversa pour se rendre sur la rive gauche, moins fréquentée.

Ici, il était certain que personne ne pourrait le reconnaître.

16

Mercredi 26 et jeudi 27 août

Louis suivit sans se presser les rives de la Seine en examinant attentivement les gens qu'il croisait. Mais nul ne semblait faire attention à lui. Plus d'une fois, pourtant, quelques diseuses de cartes égyptiennes s'approchèrent de lui, flairant un pigeon venant de la campagne. Il n'eut aucune peine à les repousser. Il passa finalement sans encombre devant le Petit-Châtelet.

Il était maintenant quatre heures et on était le mercredi 26 août.

À partir de là, il se fit plus prudent. Il regardait sans cesse autour de lui, ce qui lui donna la désagréable impression que ceux qui le dévisageaient étaient de plus en plus nombreux. Cette bande de crocheteurs et de gagne-deniers ne l'observait-elle pas ? Il avait aussi noté le manège de la horde de gamins qui ne cessaient de tourner autour de lui, essayant, en le bousculant, de lui voler sa bourse. Quant aux deux escogriffes aux habits rapiécés apparaissant tantôt devant lui, tantôt derrière, il avait remarqué comme ils se pavanaient avec leur menaçante rapière pourtant interdite. Il y avait encore ces deux clercs qui ne cessaient de jeter des regards perçants dans sa direction, tout en longeant l'autre bord de la chaussée.

Je suis stupide, s'efforçait-il de se raisonner pour se rassurer, en réalité, tous ces gens m'ignorent et c'est mon imagination qui me joue des tours.

Il est vrai que le pullulement louche qui s'étalait le long de la Seine n'était pas pour le tranquilliser : partout grouillait une foule de pendards loqueteux, misérables et avides. Cette cohue de gueux souvent affamés était parfois dirigée par des clercs de la basoche inquiétants, sordides, et généralement armés de gourdins ou de couteaux dissimulés. Tous des gens de sac et de corde prêts à un mauvais coup.

Lorsqu'il s'engagea dans la rue Dauphine, où l'animation était moindre, il constata avec soulagement que les passants, mieux vêtus, ne semblaient plus s'intéresser à lui tandis que les précédents avaient disparu. Il arriva vite devant la sombre impasse conduisant chez Margot. Prenant un air détaché, il fit semblant de flâner, regardant les étals des échoppes avec l'air naturel du badaud parisien. Il fut ainsi abordé par plusieurs marchandes cherchant à lui vendre quelque objet inutile et qu'il repoussa avec indifférence.

Ayant vérifié que l'impasse semblait déserte, il s'y engagea avec l'attitude insouciante et décidée de celui qui y loge. Il s'avança vers la porte, introduisit la clef, ouvrit et entra.

L'humidité et les relents de moisissure le saisirent aussitôt à la gorge. C'est que la maison était inoccupée depuis plusieurs mois. Il n'osa cependant pas ouvrir les volets et, dans la pénombre, se dirigea vers l'escalier du fond pour grimper directement au deuxième étage. Cette pièce, la plus haute, lui avait expliqué Margot, n'avait pas de volet et était relativement lumineuse. Il y trouverait une vieille paillasse qu'elle avait laissée.

Les marches de bois grincèrent sous ses pas. En haut, tout était bien comme elle le lui avait décrit. De la fenêtre, il examina l'impasse ; rien ne paraissait anormal, sinon un mendiant maintenant assis à même le sol, à l'entrée de la ruelle.

Dans un petit sac que Louis transportait, Margot avait placé un pain, un morceau de jambon et un couteau pouvant servir de rasoir. Il avait déjà dévoré, à midi, la majeure partie de cette frugale nourriture. Il avala le reste, restant sur sa faim et regrettant de ne pas avoir acheté quelques saucisses grillées à un marchand à la sauvette. Maintenant, mieux valait ne pas ressortir.

Il y avait aussi dans le sac le pistolet à deux coups que lui avait donné Enghien. Le lendemain, très tôt, il irait au Grand-Châtelet tout proche. Une fois dans le bureau de Gaston, il serait en sécurité et pourrait l'informer de ce qu'il savait. Mazarin serait ensuite prévenu.

Il songea un instant à descendre pour essayer de trouver un livre dans la pièce du bas. Après tout, c'était autrefois une librairie et il devait probablement en rester quelques-uns, mais il y renonça ; dans le noir, la difficulté serait trop grande. Il risquait surtout de faire du bruit. Il songea qu'il aurait dû emporter un briquet avec lui. Tant pis, il ne lirait pas !

Assis sur la paillasse, pour s'occuper, il entreprit alors de vérifier son pistolet. Ces engins n'avaient pas de secret pour lui. Durant son enfance, les frères Bouvier lui avaient enseigné l'art du tir et lui avaient appris à démonter un rouet, un bassinet, un chien à mâchoire, un contre-bassinet ou un marteau. L'arme qu'il avait en main venait de chez les Condé. C'était une arme de grande valeur avec un système de mise à feu *à l'espagnole*. Elle était légère, précise et mortelle. Il changea les amorces et plaça un peu de poudre dans le bassinet.

Soudain, un léger bruit attira son attention. La porte d'en bas avait-elle été ouverte ? Il tendit l'oreille. Oui, il lui semblait entendre des pas assourdis dans l'escalier. Le cœur battant, il se leva sans faire un bruit, mais tout à fait terrorisé.

Où se cacher ? La pièce était vide et l'escalier s'y terminait. Il examina la rue. Le mendiant regardait maintenant vers la maison. Était-ce lui qui l'avait repéré ? Peut-être s'agissait-il simplement de voleurs ?

Les pas se rapprochaient. Les inconnus étaient au moins deux. Il se plaqua contre le mur, ainsi la porte ouverte le masquerait. L'arme à la main, il entendit des chuchotements sur le minuscule palier. Les inconnus n'avaient pas l'air convaincus de l'intérêt de leur visite.

— Je te dis qu'il n'y a personne... *La Chiourme* a eu la berlue, il boit trop. On n'entend rien... Notre bonhomme aurait allumé une bougie s'il était là, ou au moins ouvert un volet, grommelait une voix.

La porte s'ouvrit en grinçant.

— Tu vois, c'est vide. Je vais à la fenêtre faire signe à *La Chiourme*.

Louis distinguait maintenant celui qui parlait. Il reconnut l'un des deux escogriffes aux habits rapiécés qu'il avait repérés sur les quais. Le truand tenait une rapière de fer à la main. L'autre apparut à sa suite. Louis n'hésita pas : il tira dans le dos du premier, visant la tête, et, immédiatement, il fit feu d'un second coup sur son compagnon. La double détonation fut assourdissante. Ils s'écroulèrent tous les deux, aspergeant les murs et le chevalier de leur cervelle et de leur sang.

Louis se précipita aussitôt dans l'escalier et le dévala quatre à quatre, sans savoir ce que devenaient ses victimes (encore qu'il s'en doutât !). En bas, il entrebâilla prudemment la porte. Le mendiant avait disparu, sans doute surpris et effrayé par les explosions. Sur le pas de la porte, il se nettoya sommairement et sortit lentement.

Il ferma à clef et gagna la rue. Il avait laissé dans la maison son arme, désormais inutile, ainsi que son sac. Personne ne le remarqua. Il se dirigea lentement vers la Seine.

Arrivé au Pont-Neuf, il s'arrêta un instant et, s'adossant au parapet, examina les lieux autour de lui. Une foule grouillante s'agitait sur cette voie. Chevaux, voitures, mules, piétons se frayaient difficilement un passage en se pressant et en se bousculant. Sur l'un des côtés du pont, près de la statue d'Henri IV, des saltimbanques quémandaient un peu de monnaie en échange d'acrobaties ou de tours réalisés par des animaux dressés. Plus loin, des laquais abordaient les passants avec des propositions malhonnêtes. Il y avait aussi quantité de gueuses et d'Égyptiennes dépoitraillées proposant le bonheur pour deux sols ainsi que des diseurs de bonne aventure capables de subtiliser votre bourse en attirant votre attention sur leurs cartes de tarot. Au milieu, dans des sortes de cabanes, s'étaient installés les marchands de faucons et les tondeurs de chiens.

Tous ces gens vivaient – certains dormaient même – et s'activaient sur ce pont tellement couvert d'immondices et d'excréments que ceux-ci, repoussés en monceaux, atteignaient les pieds de la statue d'Henri IV.

Traverser ici est terriblement dangereux, songea Louis en hésitant.

Dans une telle cohue, n'importe qui pouvait discrètement s'approcher de lui et lui donner un coup de couteau. Que faire ? On était en fin d'après-midi et tous les ponts de la Seine seraient autant encombrés, se dit-il. Quant à rester sur cette rive où il ne connaissait personne, ce n'était pas une bonne solution. La nuit allait tomber et il lui fallait un refuge.

Il examina un moment la Samaritaine, cette pompe hydraulique construite contre une pile et dont il apercevait la façade représentant Jésus parlant avec la Samaritaine près du puits de Jacob.

La machine était toute proche mais cependant inaccessible.

Soudain, il vit s'engager sur le pont un équipage de lourdes charrettes qui avançaient lentement. Les tombereaux, tirés par des bœufs essoufflés, transportaient des pierres. Une vingtaine d'ouvriers se pressaient entre les véhicules qui devaient certainement pourvoir un chantier. Louis comprit qu'il tenait là une chance de traverser discrètement. Il se jeta au milieu d'eux et s'adressa à son premier voisin, le saluant de la main.

— J'ai eu du mal à vous rejoindre !

L'autre lui jeta un regard peu amène, mélange de méfiance et de lassitude. Puis il l'interrogea en remarquant qu'il ne portait pas d'outils à sa ceinture.

— Tu es avec nous ? Je ne t'avais jamais vu...

— J'ai été embauché aujourd'hui, déclara Louis d'un ton débonnaire. J'étais sur un autre chantier avec un camarade qui me rejoindra avec mes outils. On m'avait dit de vous attendre sur le pont. J'ai failli vous rater...

— Ah bon ! fit l'autre qui se désintéressait déjà de son nouveau compagnon.

Ils traversèrent le pont. Plusieurs ouvriers ricanèrent en regardant un arracheur de dents extirper une molaire à une bourgeoise qui hurlait, tenue serrée par ses valets qui en profitaient pour la pincer et lui palper les mamelles ! Louis s'esclaffa avec eux de bon cœur. Personne ne faisait attention à lui. Ensuite, ils tournèrent à gauche. Cette direction ne lui convenait pas, il laissa le convoi prendre de l'avance, puis le dépasser, et finalement il resta seul en arrière.

Il se dirigea alors à grands pas vers la rue Saint-Honoré.

Brusquement, et sans qu'il s'y attende, il fut heurté par quelqu'un. Il le repoussa, effrayé, et détala dans la direction opposée. La voie obliquait. À la première ruelle, il tourna à droite et se jeta dans un renfoncement de porte, sous une tourelle en saillie. Il entendit une cavalcade et vit trois pendards continuer tout droit en courant.

Il était hors d'haleine et son cœur battait du tambour, autant de peur que d'essoufflement. Peu à peu, il sentit couler du liquide dans sa manche. Il regarda. C'était du sang. Ce n'est qu'à ce moment qu'il sentit la douleur. Il se tâta le haut du bras, mais ôta aussitôt sa main tant la souffrance était aiguë. Il avait reçu un coup de dague, heureusement, seulement dans la chair, lui sembla-t-il.

Le saignement ne paraissait pas trop abondant. Son cœur battait maintenant à tout rompre. Comment diable le retrouvaient-ils à chaque fois ? Étaient-ils donc si nombreux à ses trousses ? Il fallait qu'il conserve son sang-froid. D'abord, où était-il ? Il se concentra sur l'itinéraire qu'il avait parcouru. Il devait se trouver dans la rue des Lavandiers quand il avait été attaqué, il se souvint vaguement qu'elle possédait une petite traverse, à gauche. C'est là qu'il était probablement.

Que faire ? S'ils l'avaient repéré si vite, ils ne tarderaient pas à le retrouver une nouvelle fois. Où diable pouvait-il espérer un abri ? L'impasse était déserte, mais pour combien de temps ? Inutile d'essayer de pénétrer dans une maison, elles étaient toutes closes. Quant à aller au Châtelet, c'était maintenant exclu. Ce devait être un des lieux de la ville le plus surveillé. Cinq heures sonnaient à une église toute proche.

Une église ! C'était la solution dans l'immédiat. Il y avait là, au bout de la rue des Lavandiers, l'église Sainte-Opportune. À l'intérieur, il serait provisoirement en sécurité.

Il coiffa sommairement ses cheveux en arrière pour se donner un air différent et revint lentement sur ses pas. Rien ne paraissait inquiétant autour de lui et il se dirigea rapidement vers l'église devant lui.

Il l'atteignit sans encombre et y pénétra. Elle était déserte et il s'assit sur un banc à l'écart, faisant semblant de prier. Le siège était sur un travers d'où il pouvait discrètement surveiller la porte. Pour la première fois depuis plusieurs heures, il se laissa un peu aller. Mais il savait que l'église fermerait bientôt, et il devait trouver un abri pour la nuit. Rester dehors signifiait la mort.

Il passa en revue les endroits où il pourrait se réfugier. Il n'en voyait guère. Une immense partie de la population parisienne était constituée de mendiants qui dormaient dans les rues et occupaient tous les endroits abrités. S'ils étaient à sa recherche, et c'était bien possible, ils n'auraient aucun mal à le repérer et à le tuer, surtout pour une forte récompense.

Bientôt, les lieux de culte seraient tous fermés et il ne serait pas reçu dans les monastères. Si ! Un peut-être... Il pensa à Niceron et au couvent des Minimes. Mais il était trop tard pour ce soir. Son regard glissa machinalement sur les plaques marquant les tombes des personnes illustres enterrées sous la travée. Un cimetière ! Il serait en sécurité dans un cimetière ! Dans de tels lieux, il n'y aurait personne la nuit, sauf les morts. Et il était tout proche du charnier des Innocents. Il prit sa décision et sortit de l'église.

Personne ne semblait surveiller le sanctuaire situé dans un angle de bâtiments, qu'il contourna pour atteindre la rue des Fourreurs. Évidemment, il aurait été plus rapide de passer de l'autre côté, par la rue Saint-Denis, mais c'était une artère si fréquentée par les truands qu'il voulait à tout prix l'éviter. De la rue des Fourreurs, il se glissa dans la rue de la Ferronnerie, une rue étroite marquant le début de la rue Saint-Honoré, là même où Henri IV avait été assassiné par Ravaillac.

Appuyé contre une borne cochère, Louis regarda longuement autour de lui. Rien de suspect. Au coin de la rue de la Lingerie se trouvait le portail Saint-Germain, une des cinq entrées du cimetière.

Le cimetière des Innocents était un vaste rectangle entre les rues Saint-Denis, de la Ferronnerie, de la Lingerie et de la rue aux Fers. À l'origine, il s'agissait d'un simple espace clos de murs. Il n'y avait à cette époque que peu de tombes individuelles, les plus riches familles disposaient de chapelles ou possédaient des caveaux dans les églises. Pour les autres, on creusait de vastes fossés de trente pieds de large et on y alignait les corps au fur et à mesure des besoins. Lorsqu'une couche était terminée, on la recouvrait d'un peu de terre et on commençait la mise en place d'une nouvelle tranche de corps.

On logeait ainsi environ mille cinq cents cadavres. La fosse pleine, on en creusait une autre. La terre alcaline du sol des Innocents avait la réputation de dissoudre un corps humain en neuf jours et, quand il n'était plus possible de creuser un nouveau trou, on déterrait les morts dont il ne restait que les ossements qu'on empilait.

Mais il fallait aussi loger ces derniers restes. Progressivement, on construisit tout autour du cimetière des galeries soutenues par des arcades. Là, dans de petites cellules, les ossements étaient entassés les uns sur les autres. On appelait cela des charniers et le premier d'entre eux avait été construit par Nicolas Flamel, le grand alchimiste.

Les charniers furent rapidement pleins malgré le stockage à l'air qui desséchait les os et les transformait en poussière. On construisit alors sur les arcades des galeries supplémentaires à un ou deux étages, puis des greniers.

Ces sortes de celliers étaient fermées par des portes et des lucarnes à claire-voie. Ainsi, lorsque l'on pénétrait dans le cimetière des Innocents, partout où se portait le regard, on apercevait des crânes et des ossements.

C'était dans ce cimetière qu'avait fleuri la fameuse aubépine miraculeuse à l'origine du massacre de la Saint-Barthélemy.

Mais le charnier n'était ni un lieu de chagrin ni un espace de solitude. Malgré les insupportables odeurs méphitiques et l'air corrompu, de petits commerces s'étaient installés sous les arcades. D'avenantes garces y attendaient leurs clients pour une étreinte rapide et vénale au milieu des ossements et on trouvait même des tables de jeux très encombrées. Des marchands y vendaient aussi quelques légumes, ce qui était un grand risque pour les acheteurs car les miasmes cadavéreux gâtaient vin et lait en quelques heures ! Cependant l'endroit était étrangement plaisant malgré la présence des morts qui regardaient continuellement les promeneurs de leurs orbites vides.

Louis pénétra dans le cimetière encore empli de monde. Il savait cependant que, dans peu de temps, le charnier serait fermé et que des gardiens vérifieraient que personne n'y restait pour la nuit car il y avait parfois des dépravés qui s'y laissaient enfermer dans le but de participer à des messes noires ou à d'autres diaboliques réjouissances.

Les portes seraient alors closes par des grilles infranchissables. Mais Louis se souvenait aussi qu'au milieu des galeries d'étages couraient de sombres et minuscules couloirs où personne n'allait jamais. On y était entouré d'os et même les gueuses les plus entreprenantes refusaient de s'y rendre.

C'est là qu'il comptait passer la nuit, les morts lui faisant moins peur que les vivants.

Il traversa le cimetière, en évitant les propositions des maquerelles et des joueurs professionnels, pour s'engager dans un des charniers. Il suivit d'abord un large corridor, puis grimpa par une échelle vers un étage. Là, il resta un instant immobile, guettant le moindre gémissement qui aurait trahi la présence de quelque couple recherchant la discrétion. N'entendant rien, il repéra un endroit particulièrement sombre et difficile d'accès, au bout d'un long couloir en angle dont les parois étaient tapissées d'une épaisse couche de crânes souriants.

Il s'y installa pour la nuit. L'odeur fétide qui régnait dans les lieux était écœurante et l'effrayait. Il savait que l'infection des vapeurs méphitiques attaquait la santé des habitants du quartier, aussi évitait-il de toucher les murs dont l'humidité cadavéreuse était réputée mortelle par simple contact. Peu à peu, pourtant, il se réconforta en se rappelant qu'il était vivant, ce qui n'était pas le cas de ses compagnons de chambre.

Il s'assit en relevant ses genoux et resta ainsi longtemps, sentant l'engourdissement le gagner, puis le sommeil.

Il entendit que l'on fermait le cimetière. Ensuite, ce fut le claquement des étals des échoppes environnantes que l'on relevait ; puis les cloches des églises sonnèrent. Il faisait de plus en plus sombre.

Avec la nuit, il entendit peu à peu les clameurs nocturnes diverses, le bruit des disputes et des rixes. Quelques cris retentirent : sans doute des passants attardés égorgés par quelque truand ou des femmes violentées. Enfin, plus tard, ce furent les clameurs des clocheteurs des trépassés. Ces hommes faisaient le tour des maisons environnantes, agitant des cloches et criant avec des voix d'outre-tombe :

Réveillez-vous, gens qui dormez,
Priez Dieu pour les trépassés !

Alors, rompu de fatigue et d'émotion, il s'allongea. Son sommeil fut interrompu de cauchemars qu'il oubliait en se réveillant. Finalement, n'arrivant plus à dormir, il se rassit ; son bras blessé et engourdi était désormais terriblement douloureux. Un peu de luminosité perçait à travers la vitre dépolie d'une fenêtre du charnier.

Il se leva, secoua ses vêtements et sortit. Il fallait maintenant qu'il quitte le cimetière avant que les gardiens n'arrivent. Heureusement, certaines des galeries des greniers débouchaient sur les toits. Il en repéra une facile d'accès. Là, grimpant sur un tas de crânes qui le regardaient avec surprise, il accéda à la toiture, puis aisément au sommet du toit. À l'extérieur et contre le mur, de nombreuses échoppes avaient été construites, en général sans aucune autorisation. Elles réduisaient l'espace des rues, et provoquaient dans la journée de terribles encombrements. Il se trouvait juste au-dessus de la rue de la Ferronnerie. C'est là, lors de l'un de ces embarras que Ravaillac avait bondi sur le carrosse royal, trente-trois ans plus tôt, en utilisant une borne de pierre.

Louis repéra un toit proche plus bas que le sien, il s'y laissa glisser, et de là passa sur un auvent, puis sur une énorme borne. Était-ce celle de Ravaillac ? C'était bien possible. Pourtant, il ne s'interrogea guère car désormais il était dehors.

Il devait être quatre heures du matin, pensa-t-il. Peut-être était-ce le bon moment pour gagner le couvent des Minimes car les rues de la capitale devaient être désertes. À cette heure, les assassins et les rôdeurs dépensaient leurs gains dans les cabarets louches.

Quelques corps allongés sur le sol rappelaient que les plus pauvres dormaient à la belle étoile. Louis prit la rue Troussevache puis, obliquant à gauche, la rue Saint-Merry et son prolongement jusqu'à la rue Vieille-du-Temple. Ensuite, ce fut la rue des Rosiers, et par un dédale de ruelles – c'était un quartier qu'il connaissait bien puisqu'il habitait à deux pas – il gagna la rue Sainte-Catherine sans rencontrer personne.

À mesure qu'il se rapprochait du couvent des Minimes, il était gagné par l'excitation de sa réussite, mais aussi par l'inquiétude de son avenir immédiat. Qu'allait-il faire aux Minimes ? À qui allait-il demander de l'aide ? Le père Niceron lui était apparu comme le plus cordial de ses interlocuteurs. Oui, il demanderait à lui parler secrètement.

Il arriva devant l'église qui jouxtait le couvent. La porte cochère était close. Il s'assit en face du porche principal et, la tête entre les mains, attendit.

Près de deux heures s'étaient écoulées quand il entendit les battants grincer ; après quoi ce fut le gémissement des roues cerclées de fer et le claquement de sabots des chevaux sur les pavés. Une voiture allait sortir. Il s'approcha, reconnaissant le moine-concierge qu'il avait vu plusieurs mois auparavant, en train d'ouvrir le portail. Vêtu comme il l'était, l'autre ne pouvait pas le reconnaître.

— S'il vous plaît, lui cria-t-il. (Déjà la porte se refermait.) J'ai besoin de voir le père Niceron. Faites-le chercher. C'est une question de vie ou de mort...

L'autre s'arrêta et le considéra, à la fois surpris et irrité. Il hésita un instant avant de décider.

— Attendez ici.

Mais il referma les battants.

L'attente ne fut cependant guère longue. Une petite poterne que Louis n'avait pas remarquée s'entrebâilla le long du mur du couvent. Niceron apparut et l'interpella :

— Vous ! Venez par ici...

Louis s'approcha. Niceron le dévisageait curieusement et poursuivit dans une raillerie :

— Monsieur le chevalier ! Vous vous déguisez ?

Ainsi, il l'avait reconnu !

— Entrez vite, conseilla-t-il plus froidement, et suivez-moi en silence.

Louis obéit en soutenant son bras meurtri qui était de plus en plus douloureux. Ils traversèrent la cour, pénétrèrent dans un couloir. De là, le prêtre lui montrant le chemin, ils gagnèrent une petite cellule.

Niceron ouvrit la porte et fit entrer Louis qui embrassa les lieux du regard. Un minuscule lit constitué seulement par une planche et une paillasse était fixé au mur. À droite, une table et un tabouret. Sur la table se trouvait un missel et au mur une simple croix.

— Attendez-moi ici, ordonna le Minime. Au fait, depuis combien de temps n'avez-vous pas mangé ?

— Depuis hier matin, avoua Louis.

Niceron partit et revint très vite avec un plateau garni de pain, de viandes froides et d'une bouteille de vin. Il le posa sur la table, dans un coin de la cellule, et examina son visiteur plus longuement.

— Il y a du sang sur votre bras ! Montrez-moi la blessure...

Louis leva sa veste et sa chemise. La plaie était rouge et très enflée.

— Je reviens dans un instant, dit encore Niceron avec une grimace d'inquiétude, mangez pendant ce temps.

À son retour, le moine était accompagné et Louis avait terminé son repas. Le nouveau venu – infirmier ou médecin du couvent – examina longuement la plaie. Il avait avec lui une bassine d'eau chaude et Niceron portait une mallette.

— Je vais nettoyer la blessure au vinaigre, le prévint l'homme de l'art d'une voix sourde, ensuite il me faudra recoudre. Ce sera douloureux.

Cela dura une dizaine de minutes éprouvantes pour Louis. Finalement, l'homme le banda.

— Voilà ! Dans une dizaine de jours, vous n'aurez plus rien, mais vous l'avez échappé belle. À deux pouces près, votre agresseur vous coupait l'artère. C'est sans doute ce qu'il a essayé de faire. Les truands utilisent régulièrement cette méthode. Saigné comme un goret, vous seriez mort en quelques minutes.

Louis était glacé d'effroi. Le médecin partit et Niceron dévisagea à nouveau son visiteur en se frottant le menton, visiblement préoccupé. Le silence durait. Finalement, le moine déclara :

— Savez-vous, chevalier, que je sais pourquoi vous êtes là ?

Louis le regarda moitié surpris et moitié hébété. En fait, il avait dépassé la limite de ses forces et il n'arrivait plus à reprendre totalement ses esprits. Niceron poursuivit :

— Notre ami Fontrailles a fait circuler votre portrait dans tout Paris. Tenez, même nous en avons reçu un.

Il sortit une feuille de sa robe, la déplia et la lui tendit.

Louis pétrifié se regarda. Le portrait, simple dessin, était très ressemblant. Sa main tremblait alors qu'il le tenait. Niceron poursuivit en s'éclaircissant la gorge :

— Tous les truands de la capitale ont reçu ou vu ce portrait, mais ils ne sont pas les seuls. Les prêtres ultramontains l'ont eu entre les mains, et d'autres encore... Connaissez-vous les Compagnons du Devoir ?

Louis secoua négativement la tête.

— C'est une association d'ouvriers qui tente d'organiser les travailleurs. Elle est interdite et la police fait la chasse à ses membres. Pourtant, ils ne font rien de mal, ils demandent simplement quelques droits élémentaires et de meilleures conditions de travail. Fontrailles, qui est une sorte de révolutionnaire brouillon, y compte beaucoup de partisans. Il a fait distribuer votre portrait à ces compagnons en faisant croire que vous étiez un traître prêt à vendre leurs secrets au nouveau lieutenant civil Dreux d'Aubray. Ainsi quelques milliers d'ouvriers, plus encore peut-être, sont à vos trousses dans Paris. Tous les lieux où vous avez des relations sont surveillés. Certaines de vos relations se sont vu proposer des récompenses extravagantes pour vous trouver.

Louis reprenait peu à peu ses esprits. La douleur de son bras s'estompait. Le calme du couvent, le repas et le vin l'avaient réconforté. Maintenant, il y voyait plus clair et il posa à Niceron la question qui lui brûlait la langue :

— Pourquoi ?

Niceron fronça les sourcils, ouvrit la bouche pour répondre puis se ravisa, faisant celui qui ne comprenait pas la question.

— Pourquoi agissez-vous ainsi ? insista Louis avec colère. Pourquoi ne pas me livrer ? Vous autres religieux, êtes dans le camp de mes adversaires...

— Nous avons une dette envers vous, répliqua cette fois onctueusement Niceron.

— Nous ?

— Croyez-vous que je n'aie pas informé mon supérieur de votre présence ? Croyez-vous que j'agisse sans ordre ? D'ailleurs, nous vous attendions...

Louis écarquilla les yeux.

— Comment cela ? demanda-t-il avec incompréhension.

— Allons ! Vous me décevez... vous avez pourtant une réputation de brillant logicien... Réfléchissez, vous vous cachiez, mais si vous reveniez à Paris, vous ne pouviez que vous présenter ici, tôt ou tard. Simplement, nous ne savions pas quand.

Louis médita un instant la réponse.

— Je veux bien croire à votre reconnaissance, mais les intérêts de votre ordre sont supérieurs aux obligations de gratitude que vous aviez envers moi.

— C'est exact, avoua Niceron avec cynisme en opinant du chef. Seulement de graves événements sont en train de se produire à Paris. Fontrailles mène un jeu qui nous inquiète : il n'est ni pour l'Espagne, ni pour la duchesse de Chevreuse, ni pour Beaufort. À ce sujet, savez-vous ce qui se passe en ce moment en Angleterre ?

— Le Parlement et le roi sont en guerre depuis quelques mois, rétorqua Louis qui avait lu quelques lignes dans *La Gazette* sur les récentes batailles qui s'étaient déroulées près de Londres.

— C'est bien pire ! Le Parlement anglais souhaite renverser l'Église pour mettre en place une Église uniquement évangélique. En lutte ouverte avec le roi catholique, certains des parlementaires proposent même une république. C'est ce que veut le marquis de Fontrailles chez nous. Cela nous déplaît et nous inquiète désormais. Et puis, il y a la duchesse de Montbazon, qui s'est comportée comme une sotte, gâchant inutilement notre cause avec cette stupide histoire de lettres dans laquelle elle a entraîné imprudemment ses amis... c'est-à-dire nos amis. Vous le savez ?

Louis fit signe que oui.

— Quant à la duchesse de Chevreuse... Rome comptait beaucoup sur elle, mais elle semble n'avoir rien compris à la situation actuelle. Et Beaufort qui se vautre avec les truands et les marauds de la capitale alors qu'il pourrait devenir le maître de la France ! Pourtant, chacun assure que les Importants vont gagner la partie, que Châteauneuf sera bientôt Premier ministre, que l'évêque de Beauvais, du

Noyers et tous les ultramontains seront aux ministères…

— C'est pourtant bien ce que vous souhaitez ? railla Louis.

Niceron secoua tristement la tête.

— Non ! Les choses sont plus complexes. Je vais tenter de vous expliquer : deux grands courants partagent notre Église. L'Oratoire propose un christianisme pur, ascétique et radical. Mais cette recherche de l'absolu l'a dangereusement rapproché de l'Espagne et de l'Inquisition, ce qui l'a déconsidéré, même si certains des siens comme Vincent de Paul restent proches de la reine.

» À l'opposé, la Compagnie de Jésus a proposé un christianisme plus indulgent aux faiblesses humaines, plus accommodant, et aussi plus proche de Rome. Ainsi, ces deux visions de la religion s'appuient chacune sur l'extérieur : soit l'Espagne, soit la Papauté. Deux puissances qui ont toujours été des ennemies.

» Seulement nous, les Minimes, sans approuver la casuistique des Jésuites, restons fidèles à l'église de Saint-Pierre et, dans le conflit qui oppose les Importants – associés aux dévots – à Mazarin, allié provisoire de ces Condé trop libertins, nous avons dû choisir.

» Après tout, Mazarin est un Italien et un cardinal romain.

Il s'arrêta un instant pour clarifier sa pensée.

— La France a subi cinquante années de guerres de Religion. Que se passera-t-il si Mme de Chevreuse l'emporte ? Croyez-vous qu'Enghien restera inactif ? Il est à la tête de l'armée, donc ce sera la guerre civile et il la gagnera. Après quoi, les Condé seront au pouvoir. Dans une telle conjecture, nous préférons encore, et de loin, Mazarin, qui est des nôtres plutôt que ce libertin dépravé et agnostique.

Il conclut avec un franc sourire :

— Voilà pourquoi nous allons vous aider. C'est-à-dire aider Mgr Mazarin.

De nouveau, ce fut le silence. Puis, pensif, Niceron ajouta en levant un index :

— Et il y a autre chose...

— Quoi donc ?

— Avez-vous entendu parler d'Arnaud d'Andilly ?

— Certainement, je viens d'ailleurs de terminer son livre. C'est un ouvrage admirable !

— Admirable ?

Le moine leva ses sourcils, d'abord perplexe, puis visiblement contrarié.

— Terrible livre ! Si un tel dogme se répand, nous sommes perdus. *De la fréquente communion* montre à l'évidence les failles et les limites du discours de la Compagnie de Jésus. Arnaud propose un retour à la morale, à la rigueur. Apparemment, c'est le discours de l'Oratoire qui réapparaît, mais c'est encore une anamorphose ; d'Andilly propose, au contraire, la toute-puissance divine et supprime le libre arbitre. Si Dieu n'accorde sa grâce qu'à ceux qu'Il a choisis, la religion n'est plus qu'une affaire entre l'homme et Dieu. Les hommes n'auront plus besoin d'Église, de dogme, de rites, d'ordre... donc de Rome et de pape ! Nous ne pouvons accepter cela.

» Et pour l'empêcher, il nous faut l'aide de la reine et de Mazarin. Si vous êtes un atout dans cette partie, alors nous devons vous aider aussi.

Louis ne répondit pas, tout ceci le dépassait et lui donnait l'impression d'être un bouchon sur l'océan ou un pion dans un jeu d'échecs.

— Pourquoi vous poursuivent-ils ? reprit alors Niceron en plissant les yeux.

Ainsi, ces moines ignoraient tout ! songea Louis. Il ne répondit pas tout de suite, mais finalement, devant le regard inquisiteur de Niceron, il lâcha en articulant lentement :

— Parce que je suis le seul qui sache comment les arrêter.

La réponse, pourtant énigmatique, parut satisfaire Niceron.

— Je vous crois, que voulez-vous faire maintenant ?

Louis hésitait. Parler, c'était s'exposer ; mais d'un autre côté, il ne pouvait plus espérer aucune autre aide. Il fallait qu'il donnât sa confiance à quelqu'un. Pourquoi pas à Niceron ? Il capitula.

— Ils vont tenter d'assassiner le cardinal Mazarin. Je dois l'avertir car je sais comment ils vont s'y prendre.

Niceron resta silencieux. Au bout d'un très long moment, il secoua la tête en signe de négation et reprit d'une voix sourde :

— Vous croyez sans doute que Mazarin ignore que l'on en veut à sa vie ? Alors qu'il trouve tous les jours des billets de menace un peu partout, même dans son lit ? Vous perdrez votre temps et vous perdrez peut-être votre vie en cherchant inutilement à le prévenir. Ce qu'il doit connaître, c'est quand et où on veut le tuer. Et ça, le savez-vous ?

— Non, bien sûr, répliqua Louis subitement mal à l'aise.

— C'est ce que vous devez apprendre ! triompha le moine.

— Mais, Fontrailles, Beaufort... Ils me trouveront.

Niceron haussa les épaules avec indifférence.

— Où seriez-vous en meilleure sécurité qu'au milieu de leur bande de tueurs ?

À ces mots, Louis tressaillit violemment, médusé, incrédule. Niceron était-il fou ? Ou inconscient ?

— Vous voulez que je me rende chez eux ? Vous croyez qu'ils vont tout me raconter ? Vous êtes dément...

— Pas du tout, assura l'autre. (Ses yeux s'éclairèrent d'un sourire.) Je peux vous grimer ici, vous faire passer pour un truand par l'intermédiaire d'amis sûrs. Je vous explique : vous entrez dans leur bande et ils vous adoptent.

Adroit comme vous êtes, vous apprendrez vite les conditions de l'assassinat du ministre. Ensuite, vous n'aurez plus qu'à le prévenir !

Niceron croisa les bras, pleinement satisfait de sa démonstration. Devant cette expression comblée, le corps de Louis se raidit et son visage vira au rouge. Il haussa le ton.

— Écoutez, mon père, se fâcha-t-il, j'en ai assez... je ne suis ni un soldat, ni un espion, ni un policier. Je n'aspire qu'à mener une vie tranquille. Pourquoi toujours moi ?

L'autre écarta les bras en signe d'impuissance.

— Je ne sais pas si vous avez le choix...

Chacun se tut.

Louis méditait. Après tout, la proposition de Niceron était séduisante, excitante même. Infiltrer l'adversaire, le découvrir, ensuite le vaincre... Quelle gloire ! Il sentit, malgré ce que lui dictait la raison, que cette solution lui plaisait. Il se décida.

— J'accepte si vous vous occupez de tout. Par quoi commençons-nous ?

Niceron baissa la tête pour cacher un éclair de joie. Il avait gagné ! Son supérieur serait content de lui.

— Je vais vous conduire à notre frère qui modèle les visages des automates. Il vous fera une nouvelle tête. Ensuite, on vous préparera de nouveaux habits. Vous vous reposerez toute la nuit et demain vous vous rendrez à l'adresse que je vous indiquerai. Celui vers qui je vous envoie vous mettra en contact avec le cabaret des *Deux Anges* : c'est le quartier général de Beaufort.

Ainsi fut fait. Louis fut conduit dans un atelier empli de corps humains pétrifiés par quelque étrange malédiction. C'étaient les automates de Niceron. On l'installa devant une table couverte de pots de colle et d'onguents et un moine, barbu et chauve, l'examina longuement, parfois en lui tâtant telle ou telle partie du visage.

— Il doit être très différent, méconnaissable et, en outre, il faut qu'il ait un air d'honnête coupe-jarret, lui expliqua gravement Niceron.

Le maquillage dura deux heures. On lui coupa les cheveux encore plus court et on lui plaça sur la tête, avec une colle, une affreuse perruque jaunâtre. Deux petits objets creux très désagréables lui déformèrent les narines et modifièrent sa voix. Une teinture indélébile, pour une semaine lui affirma-t-on, lui modifia le teint. On lui jaunit et noircit les dents. On lui teignit et épila en partie les sourcils. Enfin, une fausse moustache de spadassin lui fut collée poil à poil. Lorsqu'il se regarda dans un miroir, Louis dévisagea un étranger qu'il n'avait jamais rencontré et qui l'effraya tant il avait l'air redoutable.

— Bien, décida Niceron l'air satisfait. Je vais vous ramener dans votre cellule. Vous y trouverez un repas, des habits, et vous pourrez vous reposer.

On l'y laissa seul tout l'après-midi. Niceron revint en soirée avec des instructions.

— Je vais vous expliquer où je vous envoie. Il y a une vingtaine d'années, j'avais un camarade ici. Il a, hélas, séduit une jeune fille du quartier et a dû être chassé de l'ordre. La fille est morte en mettant au monde un enfant. J'ai gardé des contacts avec cet ancien moine, lui apportant parfois l'aide et le soulagement dont il avait besoin. Il n'est plus prêtre, mais il joue toujours ce rôle... là où il est.

Il s'interrompit dans sa phrase. Regrettait-il d'avoir utilisé les mots *jouer un rôle* ? Cette confession lui avait échappé. Il poursuivit néanmoins.

— Connaissez-vous la *Vallée de la misère* ?

— C'est le surnom que l'on donne au dédale de ruelles entre le Grand-Châtelet et la Seine.

— En effet, cet endroit ressemble un peu à ce que doit être l'enfer. C'est là qu'il vit. Il côtoie le crime, la fange et l'ignominie. Mais il reste un homme de Dieu. Si quelqu'un peut vous introduire chez les tueurs de Beaufort sans vous trahir, c'est lui. Voici une lettre que vous lui remettrez. J'ai écrit l'adresse dessus avec un plan sommaire pour vous y rendre.

Louis prit le pli.

— Pouvez-vous transmettre vous-même quelques lettres que je souhaite écrire ? demanda-t-il à son tour.

Niceron hésita un imperceptible instant.

— Oui, mais promettez-moi de ne rien raconter de ce que vous allez faire.

— Soyez sans crainte.

Louis écrivit donc à Julie, à ses parents et à Gaston. Il les assura de sa bonne santé et de son retour prochain.

Il se coucha tôt.

Dès l'aube, Niceron vint le réveiller pour le conduire hors du couvent.

17

Le vendredi 28 août 1643

Tandis qu'il se dirigeait, à pied, vers sa destination, Louis se réjouissait de son accoutrement. Sa silhouette rappelait – en pire – celle de Gaufredi. Il chaussait des bottes de cuir trop larges trouées aux extrémités. Il arborait un pourpoint de buffle marron plusieurs fois recousu là où des coups d'épée l'avaient percé ainsi qu'un justaucorps sans couleur. Il traînait enfin un manteau rapiécé, roulé sur l'épaule droite, et un large baudrier d'où pendait une lourde rapière de fer rouillée et démesurée. N'oublions pas la coiffe qui avait été en feutre de castor une cinquantaine d'années auparavant et qui était ornée d'une plume de poule jaunasse et ramollie.

Dans les rues, chacun s'écartait sur son passage en chuchotant. Sa tenue le désignait à tous comme un redoutable truand de bas étage. Il arriva sans faire de plus mauvaise rencontre que lui-même derrière le Grand-Châtelet.

La *Vallée de la misère*, située entre la prison et la Seine, était à l'origine une simple rue où se tenait un petit marché aux volailles. Son nom lui venait du fait qu'elle était fréquemment inondée par le fleuve, ce qui transformait ses habitants en miséreux, puisque à chaque fois ils perdaient tout. Peu à peu, c'était tout le quartier, de là où les quais n'existaient pas encore jusqu'au quai de Gêvres – alors en construction – qui avait pris ce nom.

Le lieu où Louis se rendait était un des plus sordides, des plus pitoyables et surtout des plus dangereux de Paris. C'était un entrelacs de ruelles coupe-gorge qui recueillaient tous les immondices et les déchets liquides des rues et des habitations situées en amont, et aussi toute la lie de la population.

On trouvait dans ce quartier deux sortes de rues. Celles qui descendaient jusqu'à la Seine, édifiées quasiment dans l'eau, reposaient sur de branlants pilotis de bois. Les plus hautes, au sec, étaient bordées de masures difformes aux étages en saillie et parsemées d'impasses dissimulant des cabarets borgnes, d'ignobles lupanars ou des tripots infâmes.

Ces passages avaient pour noms charmants : rue de la Tuerie, rue de l'Écorcherie, rue Trop-Va-Qui-Dure ou encore rue Merderet.

C'est dans cette dernière ruelle qu'il se rendait.

Devant lui, le sol était détrempé par un mélange de sang d'animaux – plus haut se trouvaient des abattoirs – et de déjections. L'air était écœurant et corrompu. Par endroits, Louis devait contourner de profondes mares noirâtres, sortes d'étranges sources, en fait des trous, appelés trous puants dans lesquels les habitants vidaient leurs pots de chambre. Certains même déféquaient directement dedans.

Il suivit ainsi quelques ruelles infectes, étroites et pestilentielles, toutes envahies de champignons verdâtres qui coloraient leurs murs lépreux. Niceron lui avait dessiné un plan pour le guider jusqu'à cette rue Merderet, mais il se perdit malgré tout plusieurs fois. Finalement, il déboucha dans une impasse couverte plus que les autres de bouses, de crottes et d'étrons. Il sut qu'il était arrivé.

Les maisons – pouvait-on parler de maisons ? – disons les masures, ou les cabanes, étaient construites sur des sortes de piliers, de pilotis, avec un torchis moisi et puant. Les ouvertures des étages étaient béantes, les portes étaient dépourvues de ferrures et leur partie basse, déchiquetée ou décomposée par la pourriture, facilitait le ruissellement de la boue – et du reste – à l'intérieur des habitations. Louis remarqua que les occupants remédiaient à cet état en recouvrant le sol de paille, mais la paille elle-même n'était jamais changée et formait un lit de fumier sur lequel les habitants mangeaient, dormaient, vivaient et mouraient.

Le long de ces taudis, dans les recoins, sur des bornes, à même le sol parfois, une faune d'êtres en guenilles et couverts de pustules se pressait, cherchant sans doute à voler le rare passant pour survivre. Mais Louis savait aussi qu'il n'était pas dans une de ces cours des miracles comme il y en avait tant dans Paris. Ici, ceux qu'il apercevait accablés, de souffrances et de maux, couverts de plaies et d'ulcères, rongés par les fièvres et la faim, ne retrouveraient jamais jeunesse et santé. Dans la *Vallée de la misère*, il n'y avait pas de malingreux, de francs-mitoux ou de sabouleux[1]. Il n'y avait que des misérables.

Malgré ses vieux habits, Louis détonnait et passait quasiment pour un gentilhomme. Il jaugea la distance qui le séparait de la troisième maison où il devait se rendre. Une dizaine d'ombres décharnées avaient jeté leurs regards brillants sur lui, l'évaluant. Rassemblant son courage, il avança lentement, essayant de se donner un air indifférent, la main fièrement posée sur son épée qu'il savait pourtant inutile.

La ruelle, comme toutes celles du quartier, était fort étroite, ayant moins d'une toise de large. En marchant, Louis ne pouvait s'empêcher de frôler ou de heurter ces misérables. Curieusement, ils restèrent amorphes, aucun ne bougea ou ne tenta de l'approcher.

---

1. Ces mendiants se roulaient au sol comme s'ils étaient épileptiques en crachant de la bave au moyen d'un morceau de savon qu'ils gardaient dans la bouche.

Certes, chacun le dévisageait, mais pour reprendre ensuite son activité. Certains fouillaient dans des détritus, quelques-uns confectionnaient des épingles en bois, d'autres déchiquetaient des morceaux de tissu pour en faire du feutre.

Il poursuivit son chemin pour arriver devant la maison qu'il recherchait. Il se crut alors sauvé.

— Donne-moi tes bottes, bredouilla soudainement un des êtres en haillons.

Fronsac se retourna. Son locuteur avait déjà de belles bottines noirâtres mais, en l'examinant plus attentivement, Louis découvrit que celles-ci n'étaient constituées que d'une épaisse couche de boue qui lui montait jusqu'aux genoux ! Le gueux était en réalité pieds nus. Il paraissait jeune, mais c'était difficile à affirmer vu la crasse qui lui couvrait la figure. Il était un peu plus grand que lui, mais avec une tête énorme, très large, et totalement dégarnie de poils. Ses arcades sourcilières étaient épaisses et fort proéminentes. Son nez était écrasé. Le plus inquiétant cependant restait ses mains gigantesques. Chacune avait la taille d'une pelle. Louis eut la désagréable impression que s'il les appuyait sur un mur, et forçait un peu, celui-ci s'écroulerait.

Il réprima un frisson quand il vit que l'homme s'avançait vers lui, ses larges battoirs en avant. Louis s'arrêta de bouger, essayant de retenir les tremblements et les picotements qui lui parcouraient le corps.

À présent tous les misérables de la rue l'examinaient. Il se retourna pour tenter de fuir mais, derrière lui, un groupe compact lui barrait le passage. Il n'avait aucun moyen de reculer et certainement aucun secours à attendre des spectateurs. En désespoir de cause, il jugea donc que ses bottes – trouées – ne lui étaient pas tellement utiles dans une telle conjecture. D'un mouvement des genoux, il les jeta en avant d'autant plus facilement qu'elles étaient trop larges pour lui.

La créature s'avança et y introduisit l'extrémité de ses pieds. Le reste ne rentra pas. Louis constata alors avec horreur que les pieds du monstre étaient proportionnés à ses mains.

— Ton pourpoint, ajouta l'ogre d'une voix rauque.

Sous son pourpoint, Louis avait un pistolet. Il ne tenait pas à le montrer car l'autre le lui prendrait. Et il avait aussi la lettre de Niceron. Il jugea qu'il était temps de reprendre l'initiative. La parole n'était-elle pas la meilleure arme contre un tel adversaire ? Il détourna donc adroitement la conversation – en fait le monologue – pour déclarer aimablement :

— Je cherche Valdrin. Tu le connais ?

L'autre le regarda avec une étrange grimace et en faisant rouler ses yeux. Il resta immobile un moment, comme tétanisé. Les mains figées en avant. Stupide. Puis il se mit de nouveau en marche, mais vers la porte d'une des masures tout en grognant : Valdrin ! Son cri ressemblait à celui d'un goret joyeux.

Ayant détourné la brute, Louis n'osait plus bouger. Une minute, terrible, s'écoula encore. Le monstre avait de nouveau porté ses regards sur lui, mais ses immenses mains pendaient maintenant le long de ses bras, inutiles et attendant visiblement que la cervelle de la créature leur précise la tâche de démolition à accomplir.

Une porte s'ouvrit.

Un homme âgé, décharné et presque sans cheveux, sortit. Il ne portait qu'une grande robe de bure sale et grise. Louis se demanda si c'était la couleur d'origine. L'homme regarda tendrement la brute, puis Louis avec des yeux brillants et interrogateurs, mais pas vraiment amicaux. Il fronça les sourcils et demanda :

— Vous me cherchez ? Que voulez-vous ?

— Je viens de la part du père Niceron.

L'homme le dévisagea longuement. L'examen dut le satisfaire et un semblant de sourire apparut sur ses lèvres quand il remarqua les pieds nus de son visiteur.

— Entrez, monsieur. Et toi Evrard, rends-lui ses bottes.

Il avait avisé les guenilles au bout des pieds de l'ogre.

La créature aux mains monstrueuses – et aux pieds encore plus effroyables – eut la moue du garnement en faute. Il se baissa, souleva les bottes et les rendit piteusement à Louis. Elles étaient maintenant remplies de boue et d'excréments. Louis les enfila malgré tout puisque ses propres pieds en étaient aussi couverts.

— Excusez-le, dit Valdrin avec une infinie tendresse, il est un peu retardé, mais il est si gentil.

L'ancien moine eut une expression de douceur et d'amour. Puis il écarta les mains, en geste de bienvenue, et fit signe à Louis d'entrer.

— Comment va mon ami Niceron ? ajouta-t-il gaiement. Toujours dans la perspective curieuse ?

— Il m'a donné une lettre pour vous.

Louis la tendit en tremblant encore un peu de la frayeur qu'il avait eue.

Valdrin tira des lunettes d'une poche de sa robe et lut la lettre en silence. Puis il leva des yeux inquiets vers Louis.

— Niceron me demande de vous loger et de vous aider… Je le ferai. J'espère seulement que vous ne m'attirerez pas d'histoire. Vous logerez à l'étage. Il y a plusieurs paillasses. C'est là que je dors. Avec mon fils…

— Votre fils ?

— Oui. Evrard est mon fils.

Louis se retourna. Le grand fils était derrière lui, un sourire niais au visage. Il montrait ainsi que la plupart de ses dents étaient absentes ou gâtées. Quelques-unes cependant, de tailles très inégales et plantées au hasard dans sa mâchoire, affichaient une étonnante santé. Il devait être capable de mordre et de déchiqueter n'importe qui, songea Louis qui se sentit soudainement fatigué et dérouté. Qu'est-ce que l'avenir allait encore lui faire découvrir ?

— Asseyez-vous à la table, proposa Valdrin. Et toi Evrard, va jouer dehors.

À quoi pouvait-il jouer ? songea Louis en le regardant sortir. À écraser les passants ? La créature baissa la tête autant pour passer le seuil que pour faire état d'allégeance. Elle ébranla la maison en fermant brusquement la porte derrière elle.

— De quoi avez-vous besoin ? poursuivit l'ancien moine.

Louis hésitait à parler. Niceron lui avait affirmé qu'il pouvait avoir confiance en lui, mais jusqu'où ?

— J'ai besoin d'être incorporé dans la bande des hommes de main de Vendôme. Très rapidement.

Valdrin l'examina longuement, songeur.

— Pour les espionner ? demanda-t-il finalement.

Louis hocha lentement la tête.

— Je ne tiens pas à prendre parti entre Vendôme et Mazarin, vous savez, soupira Valdrin. Ils sont tout aussi nocifs pour nous, les pauvres gens. Si je vous aide, c'est parce que je le dois à Niceron. Quand j'ai été chassé du couvent, il a été le seul à m'avoir aidé. Il m'a donné de l'argent et ne m'a jamais fait aucun reproche. Il a baptisé Evrard et a donné l'absolution à ma compagne alors que l'Église m'avait abandonné... Je ne pourrai jamais payer cette dette c'est pourquoi je vous aiderai... Mais ce sera difficile et fort risqué pour vous.

Il ferma les yeux pour méditer un bref instant.

— Vous allez m'attendre ici. J'ai des amis à voir.

Il sortit, laissant la porte ouverte. Louis ne savait que faire. Se pouvait-il qu'il soit allé le dénoncer ? Il s'assit sur un banc branlant et regarda à l'extérieur. Evrard était accroupi par terre, en face de la porte et s'amusait à briser des pierres entre ses mains. Deux ou trois sacripants le regardaient faire, hésitant entre le rire et la crainte. Deux bonnes heures s'écoulèrent. Evrard avait brisé tous ses cailloux et son regard était désormais absent.

Louis s'était finalement assoupi sur son banc quand Valdrin entra avec un inconnu. Le nouveau avait tout de la canaille et du gibier de potence. Il arborait un air sournois et malfaisant. Son visage pustuleux était marqué de profondes cicatrices et ses vêtements partaient en guenilles.

— Voici l'ami de mon frère, lui expliqua-t-il en présentant Louis. Comme je te l'ai dit, il arrive de Bourges où sa tête est mise à prix. Il ne connaît personne à Paris, j'ai pensé que, dans ta bande, vous pourriez lui trouver une occupation.

— Je vais voir, hésita le truand d'une voix sans chaleur, c'est bien parce que c'est toi...

L'homme n'avait pas l'air ravi d'avoir à s'occuper de Louis. Il se retourna vers lui et lui jeta méchamment :

— Toi ! Suis-moi.

Ils partirent.

Jusqu'à la rue Saint-Honoré, le vaurien marcha en tête, sans adresser la parole à Louis. Et puis, brusquement, il se laissa rattraper par son compagnon pour lui demander :

— Qu'as-tu fait à Bourges pour qu'ils veuillent te pendre ?

— J'ai étranglé un homme du guet, avoua Fronsac. Il m'avait surpris dans une maison... j'avais un peu égorgé ses habitants et je brûlais le dernier pour qu'il me dise où était son argent quand l'archer est arrivé.

Louis commençait à s'étonner de sa capacité à mentir et à raconter des histoires invraisemblables.

L'autre sourit devant de telles qualités, dévoilant ses dents gâtées. Il lui tapa gentiment sur l'épaule.

— L'*Échafaud* a besoin d'hommes comme toi. Tu feras sûrement l'affaire.

Qu'est-ce que c'est que cette histoire d'échafaud, songea Louis avec effroi. Je n'aurais peut-être pas dû me vanter ainsi... et si cet homme était un policier...

— En ce moment, nous avons beaucoup de travail, lui expliqua la fripouille qui semblait l'avoir maintenant pris en amitié. On recherche un gars qui nous a déjà passé entre les doigts.

Mais on va l'avoir, on a son portrait. Et pour moi, il est gravé là. (Il frappa avec son index sur ses cheveux gras.) Si je le vois, il est mort ! L'*Échafaud* va t'expliquer tout ça.

— Hum... Pourquoi l'échafaud ? Nous ne sommes pas pris...

Le pendard le dévisagea bizarrement, un instant hébété. Puis il se mit à rire.

— Ha ! Ha ! Ha ! L'échafaud, l'*Échafaud* ? C'est vrai que tu ne connais personne ici. L'*Échafaud* est notre chef. Tu verras, il te plaira. Il est bien meilleur que celui que nous avions avant. Carfour, qu'il s'appelait, l'autre. Mais Carfour faisait rarement la besogne lui-même. L'*Échafaud*, lui, est toujours le premier pour le pillage. Il aime bien éventrer les gens avant de les dépouiller. L'autre jour, on a attaqué une maison, tous et toutes ont été... Il fit un geste en riant : sa main passant sous son cou. C'est l'*Échafaud* qui s'est occupé des enfants. Il adore ça !

L'homme se mit à glousser horriblement, puis il s'arrêta et se rengorgea fièrement.

— Mais, attention, hein ! On est des militaires. On travaille sur ordre. L'*Échafaud* reçoit ses instructions de la *haute*.

Louis eut une moue dubitative qui sembla vexer son nouvel ami.

— Tu verras ! C'est de la noblesse qui nous dirige et même que l'*Échafaud* nous a dit que, quand notre chef sera à la place de Mazarin, on sera tous marquis. Tu te vois marquis toi, ou même chevalier ?

Il partit d'un rire gras. Louis hocha la tête en signe d'approbation. Il se voyait très bien chevalier.

— Qui est ce fameux chef ? questionna-t-il.

L'autre haussa les épaules.

— Mais c'est le roi de Paris, ganache ! Beaufort ! Le fils du duc de Vendôme. Il te plaira aussi. D'ailleurs, c'est chez lui qu'on va.

Louis prit un air idiot.

— Chez lui ? À l'hôtel de Vendôme ?

— Mais non ! Double cruche ! Tu es un vrai jobastre ! On va au cabaret qui lui appartient, les *Deux Anges*.

Ils étaient sortis de Paris par la porte Saint-Honoré et suivaient maintenant la rue du Faubourg Saint-Honoré. Effectivement, Louis apercevait au loin l'hôtel de Vendôme (il était situé sur l'actuelle place Vendôme). Cette rue, ancienne banlieue, était formée d'hôtels récents alternant avec des prairies et des maisons, ainsi que de nombreux cabarets et gargotes. Beaucoup de ceux-ci appartenaient à Vendôme qui possédait la plupart de ces terres données par le roi Henri à sa maîtresse Gabrielle d'Estrées. Avec l'extension de la ville, tout le quartier était en train de prendre une valeur inouïe, ce qui assurait une grande partie de la richesse des Vendôme.

Le cabaret des *Deux Anges* ressemblait plus à une auberge de campagne qu'à un cabaret tel qu'on les trouvait dans Paris. Une cour poussiéreuse était entourée de trois bâtiments, des écuries à gauche, des celliers à droite et le corps principal au milieu. Une dizaine de gamins squelettiques étaient assis par terre dans la cour. Le guide de Louis pénétra dans ce qui était la pièce centrale de l'auberge. Elle était presque vide à cette heure de la journée.

— Tout le monde est en chasse, expliqua-t-il à Louis.

— En chasse ?

— Je te l'ai dit, on cherche quelqu'un, un notaire... Un certain Fronsac, on l'a blessé hier et on devrait mettre la main sur lui rapidement. Tu vas t'y mettre aussi. Ce serait drôle que ce soit toi qui le trouves, alors que tu ne connais personne !

Il s'engagea dans un vaste escalier de bois, à l'opposé de l'immense cheminée au-dessus de laquelle étaient pendus des pots de cuivre, des écumoires, du gibier et des jambons. Une étroite galerie à claire-voie courait le long de l'étage. Louis suivait en observant. Son guide frappa à une porte et entra sans attendre de réponse.

Louis comprit aussitôt qu'il se trouvait en face de l'*Échafaud*.

Il avait devant lui un homme encore jeune, aux cheveux presque blancs et aux lèvres fines et cruelles. Il était couché, en chemise, sur un lit, plusieurs femmes lourdement maquillées autour de lui. Son front était horriblement marqué par la petite vérole.

— Excusez-moi, chef, j'amène un nouveau. C'est un égorgeur recherché par la police de Bourges...

L'homme se leva lentement du lit et s'approcha de Louis avec suspicion et intérêt. Il sentait affreusement le vin. Il dévisagea longuement le nouveau venu en tournant autour de lui. L'examen dut le satisfaire.

— Bien ! opina-t-il finalement. On a toujours besoin d'hommes qui n'hésitent pas à manier le couteau. Donne-lui le portrait de Fronsac et envoie-le vers le Châtelet. Ils ne sont jamais assez nombreux là-bas. Au fait, c'est comment ton nom ?

— Heu... *La Potence*, chef, déclara Louis avec assurance.

L'*Échafaud* fit une grimace qui se voulait un sourire :

— Excellent ! Ça c'est un nom que j'aime !

Le bandit donna une petite claque affectueuse à Fronsac et retourna sur son lit. Ils sortirent.

Louis reçut le portrait qu'il connaissait bien et il fit semblant de l'étudier avec attention.

— Sale tête, ce notaire ! Si je le trouve, qu'est-ce que je fais ? demanda-t-il.

— Tu le tues, répondit sobrement son nouvel ami.

— Et si je me trompe ?

— C'est pas grave, je crois qu'on en a déjà tué trois ou quatre par erreur !

Ainsi, Louis partit en chasse de lui-même. Il n'avait pas mangé de la journée et acheta à un marchand à la sauvette, près du Châtelet, pour la somme démesurée de cinq sous, un pied de mouton grillé dans un pain. Ensuite, il s'assit par terre sur son manteau troué, se mit à manger et attendit, faisant semblant de dévisager les passants. Par deux fois, il vit passer Gaston de Tilly, puis Antoine de Dreux d'Aubray qu'il reconnut. Il se retint pourtant d'aller vers eux car il avait repéré d'autres personnes louches autour de l'entrée de la prison. Deux fois aussi, il se rendit dans un cabaret borgne, à proximité, pour boire un pichet de vin aigre.

Vers six heures, il revint au cabaret des *Deux Anges*, il constata vite que, dans la rue Saint-Honoré, certains des mendiants aperçus devant le Châtelet le suivaient discrètement. L'*Échafaud* ne lui faisait donc pas encore confiance et il se félicita de sa prudence.

Le cabaret était maintenant plein. À l'entrée, deux grosses brutes filtraient les arrivants. Elles l'arrêtèrent et il dut s'expliquer difficilement. Ce fut l'*Échafaud* qui, averti, vint finalement le délivrer.

— Alors, *La Potence*, tu as trouvé ce Fronsac ? demanda le jeune brigand tout vêtu de soie et couvert de galans dorés.

Louis prit un air penaud.

— Rien, je suis bredouille.

— Ah ! Il paraît qu'on l'a aperçu aux Innocents... Demain, on visitera les charniers. Si on le trouve là-bas, on n'aura pas besoin de l'enterrer ! s'esclaffa-t-il. Va donc boire avec les autres.

Il lui montra le groupe d'écorcheurs et de scélérats assemblés autour de deux ou trois tables. Louis se rapprocha de celui qui l'avait embauché chez Valdrin. Le seul qu'il connaissait. Tous étaient éméchés et excités.

— Que se passe-t-il ? demanda-t-il en se saisissant du pot de vin de son recruteur et en le vidant d'autorité.

— Ce soir, on tue l'Italien, lui répondit l'autre, interloqué que Louis lui eût volé son vin. Puis, se souvenant que *La Potence* pouvait être dangereux, il hoqueta et passa sa main sous sa gorge de gauche à droite en ricanant, laissant apparaître les quelques dents jaunes qui lui restaient.

Louis garda son calme mais son cœur battait à tout rompre. Il répliqua en posant le pot violemment sur la table :

— Ça me plaît ! J'aime pas les Italiens, mais pourquoi vous l'avez pas fait plus tôt ?

— On a déjà essayé, répliqua un autre truand, un maigrelet qui essayait de s'attirer les bonnes grâces du nouveau venu, mais il prenait jamais le bon chemin. Aussi, cette fois on va l'attendre au Louvre. À neuf heures, ce soir... couic !

— C'est pas un peu risqué, au Louvre ? demanda Louis en plissant les yeux d'un air sournois.

L'autre secoua la tête avec placidité.

— Non, Beaufort va venir nous expliquer, mais on sera tous cachés dans l'ombre. Quand le carrosse du Sicilien sortira du château, on tirera à mitraille et on tuera tout le monde. Ça ira vite !

Louis approuva du chef puis se retira dans un coin sombre.

Comment avertir Mazarin ? Il ne pouvait plus sortir sans se faire remarquer. Il attendit, essayant de trouver une opportunité. Les coquins buvaient et hurlaient. Vers huit heures, Beaufort et Fontrailles arrivèrent, vêtus tous les deux avec une élégance raffinée. Louis se recula dans son angle pour rester invisible.

— Mes amis, cria Beaufort, c'est pour ce soir. L'*Échafaud* vous conduira au pont dormant du Louvre où vous vous cacherez. Surveillez la troisième fenêtre du premier étage du palais à partir de la Seine. Si une lampe s'allume et s'éteint trois fois, allez-y dès que le carrosse sortira. Sinon, ne bougez pas. Et maintenant, à boire pour tous !

La racaille hurla des hourras. Louis aussi et presque plus fort que les autres.

Une heure plus tard, il se tenait derrière une grosse borne, tout près du pont du Louvre. Il avait pris sa décision : dès qu'il apercevrait le carrosse, il se jetterait en avant pour avertir Mazarin. Peut-être le cocher aurait-il la possibilité de reculer ou le ministre de s'enfuir.

L'attente était interminable. Par moments, Louis distinguait ses autres camarades, tous parfaitement bien camouflés dans les porches des maisons ou les angles des rues proches. Il apercevait aussi distinctement la fenêtre du Louvre d'où devait partir le signal. Parfois, il pouvait entrevoir quelques silhouettes dans les étages. Beaufort ? Fontrailles ? Vendôme ? Il était impossible de le dire.

Plusieurs voitures sortirent. Toujours aucun signal. Et puis une dernière passa devant eux. Il y eut quelques murmures d'étonnement ; c'était le carrosse du cardinal, reconnaissable à ses armoiries, et ils n'avaient toujours pas reçu l'ordre d'attaquer. Ils restèrent encore une heure, puis quelqu'un passa entre eux, leur demandant de rentrer aux *Deux Anges*. C'était raté. Que s'était-il donc passé ?

À minuit, ils étaient tous réunis au cabaret et manifestaient leur mécontentement par des grognements quand Henri de Campion, le bras droit de Beaufort, arriva.

— Alors ? lui hurla l'*Échafaud*, tu nous fais perdre notre temps. On avait autre chose à faire ! On pouvait piller quelques maisons ce soir. On vient de perdre de l'argent à cause de toi !

Campion, en uniforme d'officier des gardes du roi, lui jeta insolemment une bourse.

— On remettra ça sans doute dimanche, fit-il. Beaufort viendra demain soir vous expliquer ce qu'il attend de vous. Il y a eu un problème de dernière minute : au moment où Mazarin montait dans sa voiture, il a été rejoint par Monsieur, qui voulait l'accompagner. Beaufort ne voulant pas que son oncle meure dans la tuerie a préféré annuler l'opération. Mais Mazarin n'aura pas toujours de la chance.

Louis avait tout écouté. Bien ! Demain était donc un jour sans attentat. Il continuerait à jouer son rôle, et dimanche, il lui serait plus facile de joindre Gaston. Il rentra dormir à la maison de la rue Merderet.

18

Le 29 et le 30 août 1643

Dans la soirée du samedi 29 août, Louis reprit sa place à une table du cabaret des *Deux Anges*. Il avait vite été rejoint par ses compagnons de beuverie. La boisson aidant, les menaces contre le cardinal étaient devenues de plus en plus précises et violentes. Chacun y était même allé de son couplet contre l'Italien et le vacarme avait tourné rapidement en un hallucinant sabbat.

La nuit était déjà bien avancée quand le marquis de Fontrailles apparut accompagné de quelques gentilshommes masqués. Parmi eux, Fronsac reconnut cependant Beaufort par sa taille et ses cheveux blonds ainsi que Campion. Un quatrième homme ne les quittait pas ; Louis ignorait qui il était. Il sut plus tard que c'était Beaupuis, un autre officier aux gardes.

La petite troupe passa dans la seconde salle du cabaret, suivie par *l'Échafaud* et deux de ses lieutenants. Ils s'y enfermèrent. Louis avait laissé une main devant son visage tout en restant dans l'ombre. Le cabaret, éclairé par quelques tristes chandelles de suif et un maigre feu, restait pour lui un allié. De toute façon, il doutait fort que les visiteurs examinent les truands présents dans l'auberge mais il savait aussi à quel point Fontrailles pouvait être méfiant.

Une heure passa.

La plupart des coupe-jarrets étaient maintenant saouls et endormis sur la table, d'autres étaient montés à l'étage avec les paillardes de l'auberge. Fronsac hésitait à quitter les lieux quand le groupe de conjurés sortit. Fontrailles jeta un coup d'œil circulaire dans la salle et poursuivit son chemin, indifférent. Louis s'était pris la tête entre les bras et, appuyé sur la table, faisait semblant de dormir. L'*Échafaud* resta seul, contemplant ses troupes avec un certain écœurement, puis il beugla :

— Réveillez-vous, bande de cloches. Cette fois, c'est sûr, c'est pour demain. Je veux tous vous voir ici à six heures, dessaoulés et armés.

Louis grogna un moment et fit mine de sortir en titubant. L'*Échafaud* le rattrapa et le tira par le bras.

— Et pour Fronsac, rien de nouveau ?

Louis balbutia ce qui pouvait ressembler à un non. L'*Échafaud* le repoussa violemment mais le laissa gagner la rue sans l'interroger plus avant. Pendant qu'il retournait vers son taudis où Evrard et son père devaient ronfler, il eut le temps de réfléchir à un plan pour le lendemain et, lorsqu'il arriva à la maison de la rue

Merderet, il jugea que celui-ci pouvait se dérouler sans trop d'aléas. L'esprit à peu près libre, il s'endormit du sommeil du juste sur sa paillasse puante et grouillante de vermine.

Le lendemain matin était donc un dimanche. Il se réveilla bien avant Valdrin et son fils. En silence, il descendit, n'ayant pas besoin de s'habiller puisqu'il dormait dans ses hardes ; quant à se laver, c'était impossible. Il devrait encore supporter ses puces quelques heures. En bas, sur une table, il laissa la dizaine de pièces d'or qui lui restaient. Il ne devait plus revoir ses hôtes.

L'aube se levait et la rue Merderet n'était encore occupée que par ceux qui dormaient sur les revers. Louis les enjamba pour se diriger vers l'église de Saint-Germain-l'Auxerrois.

Devant le porche, des commerçants commençaient à s'installer alors que la nuit se retirait à peine. Louis connaissait les habitudes de Gaston, il savait qu'il venait assister à l'office à neuf heures, mais que parfois, il venait plus tôt, veillant à ce que les abords de l'église restent convenables et décents. S'il y trouvait trop de mendiants, il les faisait déguerpir, car l'église était fréquentée par la plus haute noblesse.

Louis s'était assis par terre, à côté d'un mendiant couvert de pustules. Il couvrit son visage avec le morceau de feutre qui lui servait de chapeau. Personne ne pourrait le reconnaître. Il attendit ainsi près d'une heure. Lorsqu'il entendit les sabots d'un cheval, il leva la tête et reconnut Gaston de Tilly qui arrivait du Grand-Châtelet, suivi par quelques archers nonchalants. Il se leva et avança en titubant vers la monture. Arrivé à trois pas, il s'accrocha à la crinière de la bête du commissaire et murmura suffisamment bas pour que personne d'autre ne l'entende, sinon Tilly :

— Gaston, c'est moi. Louis...

Le visage de Gaston se décomposa, dévisageant l'épave humaine qu'il avait sous les yeux.

— Si, si, c'est bien moi ! Tu peux me croire ! Fais semblant de ne pas me reconnaître, mais fais-moi arrêter par un archer et conduire dans ton bureau.

Gaston avait l'esprit vif. Il désigna Louis du doigt :

— Holà ! Gardes, ce bonhomme est saoul et ne m'inspire pas confiance. Arrêtez-le et fouillez-le. Après quoi, amenez-le-moi dans mon cabinet pour que je l'interroge.

Louis fut aussitôt saisi par deux archers et fouillé sans ménagement. Ensuite, à coups de bourrades et garrotté, il dut suivre les deux cavaliers jusqu'au Châtelet où on le conduisit avec la même brutalité au bureau de Gaston par le chemin qu'il prenait généralement dans d'autres circonstances. Gaston y était retourné rapidement par un autre escalier et il l'attendait, impatient.

— C'est bien, déclara le commissaire en le voyant, laissez-nous seuls – il fit signe aux exempts de partir.

Les archers sortis, il se précipita vers Louis avec un linge et une cruche d'eau.

— Dieu du ciel, ces brutes t'ont maltraité. Mais d'où sors-tu ? Dans quel état es-tu !

En parlant, il lui nettoyait le visage. Puis il lui coupa ses liens et, brusquement, éclata de rire.

— Dis-moi, tu n'es plus l'arbitre des élégances. Où sont passés tes rubans noirs ? Au fait, et ta barbe et tes cheveux ? Remarque, j'aime bien ces cheveux jaunes, ils te vont au teint...

Le fou rire le gagna et il dut s'asseoir en se tenant le ventre, n'arrivant plus à respirer.

— Je constate que tu vois les choses du bon côté, lui lança Louis d'un ton pincé. Remarque que pour moi, c'est moins drôle.

— Excuse-moi, reprit Gaston dans un hoquet qui l'étouffa à demi, je ne pouvais pas me retenir. Allez, raconte-moi tes aventures !

— Je suis là pour ça. Je suppose que Julie t'a informé de mon séjour à l'abri des amis de Mme de Chevreuse ?

— Oui, où étais-tu caché ?

— Dans l'hôtel de Condé.

Gaston siffla longuement autant d'étonnement que d'admiration.

— Mazette ! Tu fréquentes les Grands maintenant. Ce sont eux qui t'ont habillé ainsi ?

Je savais que les Condé étaient pingres, mais à ce point !

Le rire le reprit, inextinguible. Il en bavait et hoquetait convulsivement.

Louis intervint pour le faire cesser :

— Non, eux sont partis à Chantilly il y a quatre jours, je les ai accompagnés et ils m'ont permis de gagner Mercy. De là, je suis retourné à Paris...

Gaston se calma.

— Pourquoi ? Tu étais en sécurité à Mercy, alors qu'ici tous les coupe-jarrets de la ville te recherchent...

— Je sais, je suis moi-même à ma recherche ! Mais il fallait que je te voie et que j'avertisse Mazarin. Surtout Mazarin, mais je ne peux pas le faire ; alors, tu vas t'en charger. Beaufort veut l'assassiner.

— Holà ! Tu rêves, et comment sais-tu cela, d'abord ?

— Parce qu'avant-hier, j'étais devant le Louvre, avec cinquante truands armés jusqu'aux dents et que j'attendais les ordres de Beaufort pour tuer le cardinal. L'affaire a raté et je vais recommencer ce soir. Cette fois, certainement avec succès !

Il y eut un silence. Gaston était devenu blême. Finalement, il murmura :

— Dieu tout-puissant ! Et tu me dis que tu y étais ? Avec eux...

— Ce sont mes nouveaux amis, plaisanta Louis en prenant un air fiérot.

Gaston déglutit puis ajouta :

— Bien, que sais-tu exactement ?

En même temps, il alla à sa table, s'assit, choisit une plume et du papier. Alors, Louis lui raconta tout pendant qu'il écrivait rapidement.

Il remplit deux feuillets avant que Louis ne conclue :

— N'oublie pas, Gaston. Le piège doit être tendu ce soir, mais que tout se passe dans le plus grand secret. La Châtre et peut-être des Essarts sont dans le complot, et outre Campion, il y a certainement d'autres officiers de la garde. Mazarin ne pourra compter que sur des hommes sûrs. Il faut aussi le prévenir que je suis au milieu de ces brigands. Il est inutile qu'on me pende avec eux.

— Ce sera fait, tu peux compter sur moi. D'ailleurs, je serai là.

— Préviens aussi mes parents, Julie et Gaufredi que je suis vivant et en bonne santé. Mais qu'ils n'en parlent à personne. Il y a des espions partout. Cependant, et avant tout, tu dois rencontrer le cardinal.

Louis s'arrêta un moment, hésitant.

— Il y a quelque chose de plus grave, Gaston. Je sais tout sur la mort du roi...

Louis lui raconta ce qu'il avait découvert et ce qu'il avait pressenti. Ses conclusions étaient si terribles que Gaston les écouta en silence. Quand le chevalier de Mercy eut terminé, il précisa :

— Mais n'entreprends rien à ce sujet, Gaston, je t'en conjure. Attendons demain. Après la tentative d'assassinat sur Mazarin, je t'accompagnerai et nous trouverons les preuves. Maintenant, à toi de me dire tout ce que tu peux m'apprendre, cela pourra me servir.

— Pour tes proches, il n'y a rien à dire, Julie et tes parents sont inquiets, mais ils se portent bien. Par contre, à la Cour, il s'est passé de grandes affaires.

— Ça je le sais, les lettres perdues... C'est à cette ridicule histoire que tu fais allusion ?

— Ah ! Qui te l'a dit ? (Gaston prit un air pincé.) Mais sais-tu au moins que Mme de Montbazon a dû faire des excuses ?

— Pas vraiment, je savais seulement qu'elle devait en faire. Sa soumission a donc eu lieu ? Comment cela s'est-il passé ?

— Très mal. La duchesse, fort parée et pomponnée, s'est rendue à l'hôtel de Condé et a lu avec beaucoup de fierté, devant Mme la Princesse, un texte élaboré par le cardinal et la duchesse de Chevreuse. Mais elle l'a récité d'un ton si insolent et si impertinent, en l'ânonnant pour mieux se gausser, que la princesse lui a demandé de le redire sur un ton meilleur ! Le texte était épinglé sur son éventail afin qu'elle n'en oublie pas un seul mot et tous les témoins ont trouvé la scène ridicule et affligeante. C'était quelque chose dans le genre (ici Gaston prit un ton pincé et une voix de fausset qui fit sourire Louis) : *Madame, je viens ici pour vous protester que je suis très innocente de la méchanceté dont on m'a voulu accuser. Il n'y a aucune personne d'honneur qui puisse dire une calomnie pareille.*

Louis pouffa sans se retenir mais Gaston resta curieusement grave[1].

— C'était grotesque et surtout inutile car, le lendemain, alors que la reine et la princesse de Condé se retrouvaient dans le jardin des Tuileries pour une petite collation de glaces chez Regnard, la duchesse de Montbazon est arrivée en se pavanant au bras de son amant Beaufort. Or, la veille, la régente lui avait fait savoir qu'elle ne désirait plus sa présence lorsque Mme de Condé était avec elle.

» Fâchée, la reine lui a publiquement demandé de quitter immédiatement les lieux et la Montbazon a insolemment refusé. Alors, c'est la reine et la princesse qui se sont retirées.

— Elle a désobéi à la reine ?

Louis était éberlué de tant d'insolence et d'audace.

— Oui, poursuivit le commissaire. L'incident était d'une gravité extraordinaire et devait être sanctionné. Le lendemain, la Montbazon a reçu une lettre du jeune roi, portée par un officier armé, qui disait à peu près ceci :

---

[1]. On sait que l'incident eut d'autres suites. M. de Coligny voulut à son tour se venger du duc de Guise qui l'avait accusé à tort. Il le défia en duel sur la place Royale et le duc le tua.

Ma cousine,

Le mécontentement que la reine, ma mère, a du peu de respect que vous lui fîtes, m'oblige de vous dire de vous rendre à Rochefort où vous y demeurerez jusqu'à ce que vous ayez un autre ordre de ma part.

— Elle est donc exilée de la Cour ?

— Parfaitement. Mais Beaufort, lui, est toujours là. J'ai entendu dire que, de rage, il ne parlait plus à la reine et bousculait ou faisait des croche-pieds aux amis de la régente ou de Mazarin. Pourtant, je n'aurais jamais pensé qu'il chercherait à l'assassiner. Il s'exposait à l'exil, maintenant il risque sa tête.

— Je crois qu'on approche du dénouement, approuva pensivement Fronsac. Ce soir, si nous gagnons, la duchesse de Chevreuse aura perdu ses griffes. Bien, maintenant je vais partir. Fais-moi libérer par tes argousins.

— Attends ! Toi qui connais un peu le théâtre. J'ai ici un nommé Jean-Baptiste Poquelin, emprisonné pour dette depuis hier. Je ne sais trop qu'en faire. Le connais-tu ?

— Molière ? Bien sûr ! D'après Montauzier, il deviendra un grand acteur. Combien doit-il ?

— Vingt livres ! Au propriétaire de son *Illustre Théâtre*. Ce n'est pas de chance pour lui, il venait juste en juin de signer l'acte notarié de création de sa troupe !

— Écoute, je suis certain que Montauzier les paierait si on le lui demandait. Propose à Laffemas d'avancer l'argent, c'est un ancien bateleur après tout, et il sera certainement compréhensif. Maintenant qu'il n'est plus lieutenant civil, il peut faire un peu de bien autour de lui, ça lui sera compté dans l'au-delà en compensation des atrocités qu'il a autorisées. J'en parlerai au marquis quand tout cela sera fini. Et libère vite Poquelin, il a mieux à faire que de rester en prison.

Louis quitta Gaston et, relâché après quelques bourrades, il se retrouva dans la rue où il traîna toute la journée, faisant semblant de chercher le fameux Fronsac. Il retourna au cabaret des *Deux Anges* vers cinq heures du soir.

Il était attablé devant un appétissant plat de perdreaux quand l'*Échafaud* s'approcha de lui, l'air méfiant et le poing sur sa rapière.

— Hé ! *La Potence* ! j'ai appris que tu as été arrêté et relâché peu après, que s'est-il passé ?

— Rien ! (Louis haussa les épaules avec indifférence.) Un exempt du Châtelet m'a trouvé inquiétant. J'étais devant l'église de l'Auxerrois, guettant Fronsac, or il m'avait déjà aperçu la veille devant le Châtelet. Il m'a fouillé, les gardes m'ont emmené, interrogé et roué de coups, mais j'ai fait l'idiot et ils m'ont finalement libéré. J'avais pas d'arme.

— Bien joué !

L'*Échafaud* parut rassuré. Il frappa Louis violemment sur l'épaule, en signe d'amitié virile.

— Rejoins les autres, c'est pour ce soir. On va t'indiquer ta place.

Louis obéit. Après la distribution des rôles, le vin coula à flots. Mais l'*Échafaud* restait au milieu de sa bande et veillait à ce que personne ne fût ivre. Les chants s'élevèrent pourtant, chacun y allait de son couplet contre l'Italien :

Il n'est pas mort, il n'a que changé d'âge,
Ce cardinal dont chacun en enrage,
Il est en cour, l'éminent personnage,
Et pour durer encore plus de vingt ans ?

— Non ! Non ! criait en chœur la foule des truands et des pendards.

Louis hurlait encore plus fort que les autres, prenant son rôle particulièrement au sérieux. L'*Échafaud* lui-même était impressionné par l'attachement et la fidélité de sa recrue à leur cause. Il songea qu'il pourrait bien demander à ce nouveau de devenir un de ses lieutenants.

Tard le soir, la nuit étant tombée, ils gagnèrent discrètement leurs postes dans la rue du Louvre et autour du pont situé à la sortie du palais. Louis se cacha derrière une grosse borne de pierre. Tous attendirent. Comme lors de la précédente tentative, plusieurs véhicules et cavaliers entrèrent et sortirent du Louvre sans les remarquer tant ils étaient tous bien fondus dans l'obscurité complice.

Pour mieux comprendre ce qui va suivre, situons à nouveau les lieux.

On sortait du Louvre par un pont dormant qui donnait, après un étroit passage, sur la rue du Louvre, appelée encore rue de l'Autruche ou de l'Autriche (c'était une déformation du mot saxon ostreich qui datait de la création du Louvre six cents ans plus tôt). Pour des raisons de sécurité, cette voie, pleine de sombres recoins, était barrée à ses extrémités.

La rue du Louvre – ou de l'Autriche – était en outre bordée de bâtiments et de jardins : du côté de la Seine, on y trouvait en particulier les hôtels de Bourbon et d'Alençon, tous deux vides et abandonnés. Ces deux hôtels étaient constitués d'un ensemble de bâtiments disparates, non alignés, et pouvant donc autoriser toutes les embuscades. Là, dans des encoignures, était cachée une partie des compagnons de Louis.

Lorsque l'on avait traversé la rue du Louvre, on aboutissait en face, et un peu à droite, dans la rue du Petit-Bourbon, elle aussi bordée de bâtiments, de murs et de jardins. Puis on arrivait enfin à la rue des Poulies pour déboucher devant l'église de Saint-Germain-l'Auxerrois. Dans la rue des Poulies, et à main gauche, se trouvait le vaste hôtel de Longueville.

Alors qu'ils ne s'y attendaient plus, la lumière se fit derrière la fenêtre du château que les assassins ne quittaient pas des yeux. C'était le signal attendu et Louis reconnut parfaitement derrière la vitre le profil de Beaufort.

Au même moment, un véhicule fit entendre le grincement aigu du cerclage d'acier de ses roues sur les pavés : un carrosse était sur le point de quitter le Louvre. Aux bruits, Louis devinait les cavaliers de l'escorte montant à cheval, puis le cocher faisant avancer d'un coup de fouet les chevaux de la voiture.

Brusquement, il vit le véhicule déboucher dans le passage. Au-devant trottaient placidement deux gardes du cardinal, l'escorte était donc réduite au minimum. Les rideaux de la voiture – un carrosse de grande taille – étaient tirés. Alors qu'il abordait la rue du Louvre, un cri de l'*Échafaud* déchira la nuit :

— Tue ! Tue ! Sus au cardinal !

Louis vit son chef se dresser et se jeter vers la voiture, un pistolet dans chaque main. Tout aussi rapidement des dizaines de hurlements identiques éclatèrent. Les truands attaquaient en bon ordre, de façon quasiment militaire, chacun prenant la place qui lui avait été fixée : certains barraient le pont vers le Louvre, d'autres les extrémités de la rue du Louvre, un troisième groupe, enfin, empêchait toute issue vers le Petit-Bourbon. En même temps, le gros de la troupe des tueurs se précipitait sur le carrosse pour en occire les occupants. Louis, lui, était resté caché contre sa borne ; il souhaitait de toute son âme être ailleurs, par exemple dans sa bibliothèque.

Quasiment au même instant, une mousqueterie crépita. En un éclair, Louis vit une vingtaine de truands s'écrouler, le sang jaillissait de partout et ruisselait déjà sur le sol, les autres assassins restaient paralysés de stupeur. Simultanément, il y eut une épouvantable cavalcade : des charges de mousquetaires et de gardes françaises arrivaient par toutes les rues alentour, sabrant et tuant sans pitié les assaillants.

L'*Échafaud* avait cependant réussi à grimper sur le carrosse et à l'ouvrir. Il tira à l'intérieur au moment même où un autre coup de feu partait du véhicule. Louis le vit s'écrouler, la tête arrachée. En quelques secondes, le drame fut terminé. D'autres gardes, à pied, arrivaient avec des flambeaux. Le sol était rouge et gluant, jonché de cadavres dépecés et de quartiers de viande humaine. Les survivants, une petite poignée, avaient jeté leurs armes et restaient hébétés, abasourdis, on leur avait promis un travail si facile ! D'autres avaient malgré tout réussi à s'enfuir, comme Campion et Beaupuis qui avaient décidé au dernier moment de participer à cette fête qui venait de si mal se terminer !

La fumée s'étant dissipée, la porte du carrosse s'ouvrit et Louis en vit sortir Mazarin en tenue de combat, revêtu d'un corselet d'acier damasquiné et un pistolet fumant à la main.

C'était l'ancien capitaine italien Mazarini qui surgissait ainsi tel un *deus ex machina* de théâtre. Il descendit, suivi de Le Tellier et de Dreux d'Aubray, le nouveau lieutenant civil. L'Italien cria aussitôt :

— Monsieur Fronsac, êtes-vous sauf ? Montrez-vous !

Louis se leva lentement, sans arme et en braillant :

— Je suis ici.

Un mousquetaire s'avança vers lui, menaçant, un sabre rouge de sang à la main.

— Vous n'êtes pas Fronsac ! Je le connais, il n'a pas les cheveux jaunes !

Louis reconnut Baatz et souffla, pris de panique :

— Si, monsieur de Baatz, la preuve en est que je ne porte pas d'épée ! Vérifiez donc ! Je suis simplement un peu grimé.

Il arracha la partie droite de sa moustache – ce qui lui fit très mal – et la tendit à de Baatz.

L'autre regarda, ahuri, la demi-moustache, puis de nouveau Fronsac. Son regard traduisait son incompréhension. Mais Mazarin s'était déjà avancé, et lui l'avait reconnu !

— Monsieur Fronsac ! Dieu soit loué, vous êtes sauf !

Il le prit par la main et s'avança au milieu de la troupe.

— Messieurs, déclara-t-il solennellement, voici l'un des hommes les plus courageux de France. Il s'est distingué à Rocroy avec le duc d'Enghien et, aujourd'hui, il m'a sauvé la vie au péril de la sienne. Vous pouvez l'admirer et le respecter.

Louis était à la fois splendide et ridicule avec ses vêtements troués, son visage à demi décoloré par la transpiration et la peur, ses mèches de cheveux collées sur son visage et sa perruque avachie. Pourtant, la foule des gardes l'acclama longuement.

Un sentiment de fierté s'empara alors de lui, effaçant progressivement la terreur, l'effroi et la panique qui l'avaient jusqu'alors envahi. Il s'efforça de ne plus trembler et de prendre cet air ferme et audacieux, mais cependant modeste, qui sied si bien aux héros.

Un officier, les mains rougies de sang, s'avança vers Baatz avec une démarche de matamore.

— D'Artagnan, tu ne m'avais pas dit que tu connaissais le chevalier ! Qu'il était ton ami !

— C'est vrai, Athos, répondit le garde, penaud, je vais te le présenter.

Louis les regarda en fronçant les sourcils :

— D'Artagnan ? Vous ne vous appelez pas Baatz ?

— Bien sûr ! Mais aux mousquetaires et aux gardes, nous avons un nom de guerre et le mien est d'Artagnan comme le comte de la Fère, mon ami ici présent, est Athos. Tenez, le géant là-bas qui rassemble nos pendards est Porthos ; en réalité, il se nomme du Vallon.

Louis regarda dans la direction indiquée par d'Artagnan et vit une sombre brute frapper violemment, avec le plat de son épée, les quatre ou cinq survivants. Il songea qu'avec un pareil traitement, ils ne passeraient sans doute pas la nuit.

Pendant ce temps, Mazarin examinait le champ de bataille avec un curieux mélange de dégoût et de satisfaction. Il s'approcha de Louis et le prit par l'épaule :

— Voyez-vous, monsieur le chevalier, nous avons eu tout notre temps cet après-midi pour tendre ce piège. Des hommes sûrs se sont installés, par petits groupes, dans l'hôtel du Petit-Bourbon – c'est de là qu'ils ont tiré – et dans l'hôtel de Longueville, que nous avaient obligeamment prêté le duc et la duchesse. Le reste des troupes se tenait prêt dans la cour du Louvre. Auparavant, j'avais fait saisir les officiers félons, principalement La Châtre.

Il s'arrêta un instant, hocha la tête en observant le nettoyage des lieux. Puis il regarda affectueusement Louis.

— Maintenant que l'aventure est terminée, je suppose que vous désirez rentrer chez vous. Je vais mettre à votre disposition une vingtaine d'hommes pour vous escorter où vous le désirez, et je leur demanderai de garder votre porte cette nuit. Je vous donnerai plus tard de mes nouvelles.

Le Tellier, qui s'était approché, prit à ce moment la parole, et d'une voix forte déclara à tous :

— Messieurs, je vous rappelle le silence total sur cette affaire. La mort serait la sanction la plus douce pour qui parlerait.

Mazarin approuva du chef et le rejoignit. Les deux ministres reprirent le chemin du Louvre à pied, accompagnés de quelques fidèles. Les autres, commandés par Dreux d'Aubray, chargeaient sur des charrettes, venues on ne savait trop d'où, les corps des truands, pendant que les quatre survivants étaient garrottés – il y en avait cinq au début, mais l'un d'entre eux n'avait pas survécu à une bourrade un peu trop forte de Porthos.

D'Artagnan s'approcha alors de Louis, tenant un cheval par la bride. Quand il fut près de lui, il lui mit la main sur l'épaule et cria d'une voix de stentor avec un formidable accent gascon :

— Messieurs ! Écoutez-moi ! Je veux faire ici mes excuses publiques au chevalier. J'ai douté de lui et de son courage parce qu'il ne portait pas d'épée... J'ai eu tort. M. Fronsac m'a prouvé qu'on pouvait être un brave, même sans épée.

Un profond silence de respect envahit le lieu du combat. Chacun s'était arrêté, mesurant ce que coûtait un tel repentir public au fier M. de Baatz. Louis, terriblement ému, donna alors l'accolade au garde.

— Vous n'aviez pas à vous excuser, monsieur de Baatz, lui dit-il, vous resterez toujours mon ami.

Les hourras se firent entendre pendant que Louis montait à cheval.

C'est ainsi que, quelques minutes plus tard, encadré de vingt mousquetaires commandés par Athos, Louis retourna à l'étude familiale où, réveillant ses parents et ses serviteurs, il fut fêté comme le fils prodigue.

Épilogue

Le lendemain de ce jour mémorable qui avait vu la tentative d'assassinat sur le cardinal Mazarin échouer, Louis resta toute la matinée avec ses parents. Ceux-ci lui demandèrent plusieurs fois de raconter les extraordinaires événements qu'il avait vécus. Aussi, eut-il à peine le temps d'envoyer un billet à Julie, par l'intermédiaire de Nicolas, ainsi qu'un second à Gaufredi qui se trouvait toujours chez Vincent Voiture à surveiller l'hôtel de Rambouillet.

En fin de matinée, un page se présenta avec une invitation à dîner chez la marquise de Rambouillet. Bien que ses parents en soient contrariés, Louis les quitta. Mais M. et Mme Fronsac savaient aussi qu'ils devaient partager leur fils avec d'autres.

Lavé pour la première fois depuis près d'une semaine, débarrassé de ses poux, revêtu d'habits simples mais propres, ses rubans noirs élégamment noués aux manches de sa chemise blanche et coiffé d'un grand chapeau de castor que venait de lui offrir son père, Louis avait plutôt fière allure dans le carrosse conduit par Nicolas, malgré sa moustache absente et sa chevelure coupée trop court.

Le repas chez la marquise rassembla, outre les Rambouillet et Julie de Vivonne, Vincent Voiture ainsi que Gaufredi, que la marquise avait eu la délicatesse d'inviter malgré le désaccord de Julie d'Angennes, opposée à la présence d'un tel reître à sa table.

Une fois de plus, Louis dut narrer ses aventures avec force détails et répondre aux innombrables questions qui lui étaient posées.

Voiture en particulier voulait tout savoir.

— Ainsi tu es entré dans la bande de ces brigands vendredi et toute cette entreprise s'est terminée dimanche ?

Le poète resta songeur un moment avant de poursuivre :

— En quelque sorte, en restant volontairement éloigné de Julie durant trois jours, tu as abattu une conspiration qui se préparait depuis des mois ?

— Tu peux le voir ainsi, lui répondit Louis en riant. On pourrait même en faire un poème, tiens quelque chose qui commencerait par :

Trois jours durant et trois entières nuits...

Il s'arrêta de déclamer, brusquement à court d'inspiration et tout le monde éclata de rire devant son expression navrée.

— C'est moi le poète, Louis, et si tu le veux bien j'en ferai donc un sonnet, proposa sèchement Voiture.

Il réfléchit un instant et reprit en chantonnant :

Trois jours durant et trois entières nuits.

— C'est effectivement un bon début, tu auras la suite plus tard. Je te l'enverrai !

Le repas terminé, Louis dut s'excuser car il devait partir à nouveau. Il prit à part Julie pour lui déclarer :

— C'est ma dernière mission, certainement la plus difficile...

Le visage de Julie de Vivonne s'assombrit alors qu'il poursuivait :

— Je vois ton alarme, mais je suis le plus tourmenté de nous deux. Ce que je vais faire maintenant est effroyable et j'en aurai la réminiscence toute ma vie. Mais je le dois au roi, à feu notre roi. Je te dirai tout à mon retour.

Julie se doutait pourtant de ce qu'il allait faire.

Il partit pour le Grand-Châtelet en compagnie de Gaufredi. Le marquis lui avait prêté un cheval et tout au long du chemin il ne pensa qu'à l'épouvantable tâche qui l'attendait.

Arrivé au Grand-Châtelet, il se précipita vers le bureau de Gaston qu'il trouva en train d'écrire. Son ami leva des yeux graves en l'entendant entrer.

— Je t'attendais, Louis, je suis prêt. Une vingtaine d'archers sont en bas dirigés par La

Goutte – un de mes meilleurs hommes – et le sergent Villefort. Ils nous prêteront main-forte s'il le faut. Tu es toujours sûr de toi ?

— Hélas, oui !

Ils partirent tous à cheval vers la rue des Petits-Champs. Une voiture vide les suivait.

Arrivé devant la maison d'Anne Daquin, Gaston fit poster six archers vers toutes les sorties possibles. Ensuite, il frappa à la porte. Ce fut une vieille servante toute ridée qui ouvrit.

— Je viens chercher Mme Daquin, déclara Gaston.

— Elle ne reçoit personne.

La vieille femme referma la porte, mais déjà Gaston l'avait bousculée. Il fit signe à La Goutte. Deux archers devaient rester en bas, deux le suivraient à l'étage.

Le commissaire grimpa l'escalier à toute allure, suivi de Louis. Arrivé sur le palier, ce dernier désigna la chambre où il avait été reçu. Ils pénétrèrent sans frapper. Anne Daquin, aidée d'une jeune fille, remplissait une malle de vêtements. Elle se redressa et les considéra, interloquée.

— De quel droit ! bredouilla-t-elle, devenant livide.

— Madame, je vous arrête au nom du roi, pour le meurtre de votre époux et pour complicité dans celui du roi de France.

La voix de Gaston était glaciale. Anne le regarda, les yeux révulsés. Elle s'évanouit. La servante, tremblant d'épouvante, avait reculé au fond de la pièce. Au même instant, un vacarme retentit en bas, suivi de cris et de bruits de coups. Louis fit signe à Gaston qu'il allait s'informer. Il descendit, le tapage avait cessé. En bas de l'escalier, le frère d'Anne était couché au sol, garrotté par les exempts dirigés par le sergent Villefort.

— Nous l'avons trouvé dans le lit à rideau. Il dormait et cela n'a pas été trop difficile de le maîtriser, ricana Villefort, un petit homme noiraud édenté au visage déplaisant. Il s'est pourtant un peu débattu...

— Que me voulez-vous ? Que signifie cette agression ? hurla le jeune homme en reconnaissant Louis.

Du sang coulait de ses lèvres meurtries.

— Vous n'auriez pas dû vous rendre chez Mme de Chevreuse, lui expliqua tristement Louis. Lorsque je vous ai vu là-bas, mes soupçons se sont confirmés et tout m'a été révélé. D'autant que j'avais appris qu'au Louvre, vous travailliez aux cuisines. C'est vous qui avez empoisonné le roi.

— C'est faux ! glapit Philippe. Lâchez-moi ! Mme de Chevreuse me fera délivrer, elle vous jettera en prison. Le duc de Beaufort sera bientôt le maître...

Il hurlait, bavant, tout en les menaçant.

— Attachez-le solidement et bâillonnez-le, ordonna Louis aux archers. Je reviens.

Il remonta dans la chambre. Gaston avait attaché Anne Daquin qui avait repris conscience. Un garde avait garrotté la servante qui tremblait, avec raison, de peur.

— Vous allez nous suivre, décréta le commissaire. Une voiture nous attend.

Ils descendirent tous ensemble. Anne lui jeta un dernier regard apeuré et horrifié. Elle devinait ce qui l'attendait.

Elle reste si belle, songea Louis, qui détourna la tête, meurtri.

Arrivé en bas de l'escalier, Gaston commanda à Villefort :

— Enfermez-les tous dans la voiture, La Goutte et deux hommes resteront ici avec moi. Les autres escorteront le véhicule au Châtelet. Arrivés là-bas, mettez-les au cachot. Et au secret. Ils ne doivent parler à personne. Que vos hommes gardent le silence sur tout ce qu'ils ont vu et entendu.

Villefort opina et salua. Ils partirent. Une dizaine d'archers écartaient sans ménagement la foule curieuse qui s'était massée devant la porte. Le reste des gardes suivait étroitement le véhicule dont les serrures extérieures étaient verrouillées. Gaston et Louis le regardèrent s'éloigner durant un moment. Puis le commissaire s'adressa à La Goutte.

— Vous resterez en bas. Personne ne doit entrer dans cette maison sous peine de mort.

Accompagné de Louis, il retourna chez Anne Daquin.

— Nous devons fouiller partout, Louis. Et saisir tous les papiers, ils seront ensuite scellés et remis à Dreux d'Aubray.

La fouille dura deux heures. Ce fut Louis qui trouva les lettres. Après les avoir lues, il les montra à son ami.

— Voici les preuves. Tout y est exposé clairement. Il ne peut, hélas, plus y avoir de doutes...

Ils rentrèrent au Châtelet en silence et furent aussitôt reçus par Antoine de Dreux d'Aubray. Maintenant, l'affaire ne les regardait plus.

Louis ne devait plus jamais revoir Anne Daquin.

On était le lundi 31 août 1643.

Les deux jours qui suivirent, Louis les passa dans l'attente et la mélancolie, et parfois dans le regret sinon dans le remords. Après tant d'activité et de danger, il ne savait plus que faire.

Il resta avec Julie et ils passèrent de longues heures en flâneries sur les allées des Champs-Élysées, cette jolie promenade à l'extérieur de la ville, mais la jeune fille voyait bien qu'il avait l'esprit ailleurs, et elle savait pourquoi. Un jour, elle se risqua à le consoler.

— Tu n'as pas de reproches à te faire, Mme Daquin savait ce qu'elle risquait...

— Je sais, mais elle était si belle. Tu vois, je parle déjà d'elle au passé car je sais à quelle mort horrible je l'ai envoyée. Moi seul avais compris et, sans moi, elle serait toujours libre et vivante. En avais-je le droit ? Sais-tu au moins ce qu'on va lui faire subir ?

Julie le savait parfaitement et ne répondit pas.

Le même soir, de retour à l'hôtel de Rambouillet, le marquis les attendait. Il les réunit dans son bureau. Son attitude était grave.

— Mes enfants, voici ce que je viens d'apprendre à la Cour. Ce matin, le duc de Beaufort s'est présenté devant la reine. Des bruits d'attentat contre le cardinal avaient circulé la veille laissant entendre que le duc pourrait y être pour quelque chose mais sa présence à la Cour montrait à tous qu'il n'en était rien. Mgr Mazarin n'était pas là mais la duchesse de Chevreuse était présente. Elle parlait amicalement avec la régente, continuant à lui donner des conseils sinon des ordres.

Mme de Vendôme avait tenté de dissuader son fils de se rendre au palais ; elle aussi avait entendu parler d'attentat, et elle craignait une arrestation, ou même pire.

« On n'oserait ! » lui avait superbement déclaré le duc son fils.

Louis et Julie ne perdaient pas un mot de l'histoire.

— Beaufort fut effectivement très amicalement reçu par Sa Majesté. Ensuite, le cardinal parut et se joignit à eux avec beaucoup de bienveillance et de bonhomie. Au bout d'un moment, Mazarin et la reine s'excusèrent car ils devaient tenir conseil. Ils quittèrent la pièce au moment même où le capitaine des gardes de Sa Majesté s'approchait de Beaufort pour lui dire :

« Monsieur, veuillez me remettre votre épée et me suivre. Au nom du roi. »

» Beaufort en resta paralysé de stupeur. Puis, retrouvant son calme et constatant que plusieurs gardes l'entouraient, il déclara bien haut avec forfanterie : « Oui, je le veux, mais cela, je l'avoue, est bien étrange. Vous voyez, la reine me fait arrêter… Qui l'aurait cru il y a trois mois ? »

» Le jeune duc a immédiatement été conduit à Vincennes dans un grand carrosse fermé précédé par deux régiments de gardes suisses en uniforme de parade et suivi de deux compagnies de gardes françaises. Tout au long du trajet, cette garde d'honneur a roulé du tambour de façon infernale. Ce fut un transfert aussi théâtral que comique. On aurait pu se croire dans une farce italienne mais le ministre voulait ainsi que chacun, les Grands comme les Parisiens, sache qui était à présent le maître de la France.

Rambouillet écarta ses mains et leur sourit avec satisfaction :

— Voilà ! Vous savez tout. La régente est désormais la reine. Elle a rompu définitivement avec son passé et Mazarin est son ministre. Les Importants ont perdu et leur conspiration ne restera dans l'histoire que comme une médiocre cabale.

Louis n'était qu'à demi surpris. Depuis trois jours, il savait que le sort de Beaufort était scellé. Pourtant, la comédie baroque de son arrestation témoignait de la puissance que le cardinal avait dorénavant sur la régente. Chacun se tut, méditant et devinant ce qui allait se passer dans les jours prochains.

On était alors le 2 septembre 1643.

Le lendemain, Louis reçut chez lui de très bonne heure la visite de Charles de Baatz qui, comme d'habitude, faisait tintinnabuler ses armes et ses éperons avec insolence.

— Le cardinal vous demande sur l'heure, ne le faites pas attendre, lui ordonna d'Artagnan en lissant sa moustache en croc.

À neuf heures, Fronsac fut reçu par Mazarin en présence de Le Tellier et de Dreux d'Aubray.

— Monsieur le chevalier, lui déclara le Premier ministre, je tenais à vous informer en personne de mes décisions. Vous avez été le plus exposé au danger et il est donc normal qu'il en soit ainsi. M. le lieutenant civil va d'abord vous donner quelques renseignements.

— Anne Daquin et son frère ont été mis à la question préalable hier, annonça Dreux d'Aubray. Ils ont tout avoué et donné tous les détails que l'on attendait d'eux. Ce serait le marquis de Fontrailles qui leur aurait fourni le poison, mais doit-on les croire sur ce point ? Mme Daquin a avoué qu'elle désirait depuis longtemps se débarrasser de son époux.

Il s'arrêta de parler, regardant Louis, puis poursuivit sur un ton qu'il essayait vainement de rendre familier, amical même :

— Ce que j'aimerais savoir, c'est comment vous avez pu l'apprendre.

— Que Fontrailles était son amant ? soupira Louis. Je l'ai pressenti très vite. C'était une hypothèse qui cadrait bien avec les faits dont j'avais connaissance. Comment les Daquin pouvaient-ils vivre dans un environnement si cossu, avec une si vaste maison quand un officier royal ne peut s'offrir qu'une seule pièce pour loger sa famille ? Le salaire d'un greffier était bien insuffisant. Certes, ils pouvaient avoir une fortune personnelle, mais une enquête auprès de mes confrères notaires m'a appris qu'il n'en était rien. Ils avaient payé leur maison quatorze mille livres un an auparavant. Comment ? Le plus probable était donc que le mari était un homme complaisant et vivait des appas de sa femme. Ceci expliquait alors les tenues, le parfum ou encore le carrosse d'Anne. Et puis, malgré son veuvage, elle ne semblait guère farouche...

Louis resta songeur un instant, comme s'il avait des regrets. Mais il les chassa.

— Seulement, qui était l'amant ? Je l'ai soupçonné inconsciemment quand Fontrailles a paru surpris que j'ignore pourquoi il avait tué Daquin. Et puis, souvenez-vous, il m'avait avoué, en parlant de l'époux : Il devenait gênant...

» Petit à petit, en parlant avec Julie, mes doutes ont pris forme. Ma dernière visite à Anne a confirmé mes soupçons. Lorsque je lui ai expliqué que le *Tasteur* était une créature de Fontrailles, elle a frémi. Ainsi, l'homme qu'elle aimait – ou tout au moins avec qui elle couchait – faisait assassiner des femmes dans des circonstances horribles. Sa réaction a été celle que j'attendais. Enfin, les lettres que nous avons trouvées levaient toute ambiguïté.

— C'est exact, reconnut Le Tellier. Fontrailles est de nouveau en fuite, bien qu'il soit difficile pour nous de prouver quelque chose contre lui sinon les avantages qu'il aurait retirés de la mort de Daquin.

» Selon moi, il y en avait deux : ce décès rapprochait Anne et le marquis mais surtout leur permettait d'essayer ce poison qui devait laisser des symptômes similaires à ceux d'une maladie. Probablement, Babin du Fontenay a appris la liaison entre les deux amants, ou l'a déduite. Et comme vous l'avez compris, c'est pour cette raison que Fontrailles l'a tué et non pour l'enquête qu'il conduisait. C'est aussi pour cela qu'ils ont inventé ce piège autour de Picard et que Fontrailles a voulu vous tuer. Il croyait que vous aviez déjà tout compris !

— Quelle dérision ! murmura sourdement Louis. À ce moment-là, j'ignorais tout !

— Le frère d'Anne, comme vous l'avez découvert, était chargé de glisser le poison dans les aliments du roi. Par son emploi au Louvre, c'était pour lui relativement facile, il avait effectivement suivi Sa Majesté à Saint-Germain. Et la duchesse de Chevreuse devait lui remettre trois mille livres le jour où vous l'avez aperçu dans la cour de l'hôtel.

— Trois mille livres ! C'est donc le prix d'un roi ! médita à haute voix le cardinal.

— Et maintenant, que va-t-il leur arriver? Allez-vous leur faire un procès public? s'enquit Louis.

— Non, répliqua sèchement Le Tellier. Ils ont été transférés à l'Arsenal. Une Chambre Ardente sera réunie pour les juger dans le plus grand secret. C'est là qu'ils subiront le châtiment des empoisonneurs et des assassins de roi. Ensuite, toutes les pièces seront détruites. Pour l'Histoire, Louis le Juste est mort de maladie. Il est inutile que l'on connaisse la vérité. Cela ferait trop de mal, et surtout, cela pourrait donner des idées à d'autres…

Louis savait ce que cela signifiait. Les Chambres Ardentes, séances de justice criminelle instituées par Richelieu pour juger principalement les délits de fausse monnaie ou ceux contre l'État, se tenaient à l'Arsenal, de nuit, dans des salles tendues de noir et à la lumière de torches, hors de la présence des prévenus. Elles aboutissaient à des châtiments sans appel, exécutés immédiatement dans l'enceinte de l'Arsenal.

Anne Daquin serait torturée dans sa prison. Ses lèvres et ses oreilles seraient arrachées avec des tenailles. Marquée au fer rouge, son beau corps serait ensuite brisé par l'exécuteur de la haute justice à l'aide d'une barre de fer, battu à mort sur une croix de Saint-André. Son frère aurait les membres découpés et couverts de plomb fondu alors qu'il serait encore vivant.

Il fit subitement très froid dans la pièce et il se mit à trembler légèrement.

— Ce n'est pas tout, reprit Mazarin. Vous le savez peut-être déjà, j'ai fait arrêter Beaufort. Il restera enfermé pour la vie au fort de Vincennes[1]. Mme de Chevreuse doit recevoir en ce moment même un ordre de rentrer sur ses terres, accompagnée d'exempts. J'attends une signification de la reine pour qu'elle retourne définitivement en exil.

Il s'arrêta un instant et hésita.

— À moins que nous ne l'arrêtions elle aussi si les charges deviennent suffisantes. La Châtre, colonel des gardes suisses, compromis dans la tentative contre moi, a été emprisonné ainsi qu'une vingtaine de ses complices. Sa charge de colonel sera ainsi rendue à M. de Bassompierre, ce qui ne coûtera rien (il eut un sourire satisfait). Tous les hommes de Beaufort qui ont participé à l'opération seront jugés et enfermés. Les survivants de l'attentat seront jetés aux galères. Le duc de Vendôme a reçu hier un ordre de retour à Anet où il résidera désormais avec interdiction d'en sortir, lui et sa famille. Châteauneuf reprendra le chemin de la province. Ainsi que l'évêque de Beauvais…

» J'ajoute que, mis à part Beaufort et ses hommes de main, personne ne sera emprisonné. Et sauf Anne Daquin et son frère qui ont commis des crimes terribles, le sang ne coulera pas. Ce serait inutile et vous savez que je n'aime pas ça.

Dreux d'Aubray eut une grimace de désaccord.

---

[1]. Rassurez-vous, il s'évadera !

Ainsi la purge sera totale, pensa Louis. Mazarin demeurera le maître mais, à sa façon, sans devenir bourreau comme l'aurait fait un Richelieu. Quel coup de théâtre admirable et quel élégant triomphe ! Et tout cela grâce à lui. Malgré sa honte, sa tristesse et sa douleur, il ressentait maintenant une étrange impression de fierté. Cela lui donna du courage pour parler et quémander :

— Monseigneur, si j'ai pu jouer un rôle dans votre triomphe, j'ai une faveur à vous demander.

— Je vous l'accorde, acquiesça Mazarin particulièrement de bonne humeur.

— Une vie contre une vie, dit solennellement Fronsac en écartant les mains. Je vous ai livré Anne Daquin. Je demande une vie en échange.

— Que signifient ces paroles incompréhensibles ? murmura sèchement Le Tellier.

Louis l'ignora et poursuivit à l'attention du cardinal :

— Il y a en prison, au Châtelet, une femme qui a aussi tué son époux. D'après Gaston de Tilly, elle avait cependant de bonnes raisons pour le faire. Il vous le confirmera. Je demande sa grâce royale et sa liberté. Elle se nomme Marcelle Guochy.

Le silence se fit, lourd et brusquement hostile. Dreux d'Aubray était stupéfait. Le Cardinal, son maître en justice, lui avait appris qu'on ne devait jamais lâcher un coupable !

— C'est impos..., décida-t-il.

Mazarin lui coupa la parole sèchement.

— J'ai accordé cette faveur au chevalier, monsieur. Vous veillerez donc à la libération de cette femme.

Le lieutenant civil, vaincu, baissa la tête.

Le ministre se dirigea alors vers la fenêtre pour regarder un instant dans la rue.

— Qu'allez-vous faire maintenant, chevalier ? demanda-t-il finalement.

— Me marier, avoir beaucoup d'enfants et vivre sur mes terres, monseigneur.

— Je vous propose un poste d'officier dans ma maison. J'aurai encore besoin de vous.

Louis ne savait que dire. Il hésita un long moment, cherchant ses mots.

— Monseigneur, j'ai été heureux et fier de vous aider, et de servir le roi. Mais je ne suis pas fait pour cette vie. J'ai tremblé de peur pendant un mois, et je n'aspire plus qu'au calme. Plus tard peut-être. Pour l'instant, je ne prétends plus qu'à vivre heureux avec mon épouse.

Mazarin ne répondit pas et restait le dos tourné. Michel Le Tellier et Antoine de Dreux d'Aubray arboraient un visage fermé et sévère, affichant ainsi leur désapprobation. On ne refusait pas une telle proposition du maître de la France ! Un Richelieu aurait fait arrêter Fronsac sur-le-champ !

Le silence dura près de deux minutes.

Et puis, Mazarin se retourna. Un sourire ironique aux lèvres, et plus encore dans les yeux.

— Ma foi, je crois que c'est vous qui avez raison, Fronsac. Et si je le pouvais, j'agirais de même.

Il s'assit à sa table, prit une plume et se mit à écrire en silence. Puis il tendit à Louis le papier qu'il venait de remplir.

— Portez ceci à mon secrétaire, chevalier Fronsac. Et bonne chance. Encore un conseil, cependant : faites attention à Fontrailles. Il a maintenant une terrible dette de sang avec vous.

Louis secoua la tête un instant pour lâcher finalement, comme à regret :

— Non, monseigneur... Il n'y a pas de dette.

Les trois hommes se regardèrent, interloqués.

— Que voulez-vous dire ? demanda Le Tellier. Croyez-vous que Fontrailles approuvera ce que vous – ce que nous – lui avons fait, et ce qui va arriver à sa maîtresse ? Une si belle femme.

Louis hésitait. Il n'avait pas envie de parler de cela, mais maintenant, c'était trop tard. Finalement, lentement et en cherchant ses mots, il expliqua :

— Voyez-vous, Anne Daquin a agi à la fois par amour et par intérêt. Elle désirait épouser Fontrailles et devenir marquise. Pour elle et son frère, c'était une extraordinaire promotion sociale. Mais Louis d'Astarac appartient à l'une des plus vieilles familles du Languedoc, jamais il n'aurait accepté une telle mésalliance, même pour un révolutionnaire comme lui, et surtout avec une femme qui couchait avec tout le monde et qui avait tué son mari...

— Vous voulez dire qu'il ne l'aimait pas ? l'interrompit Le Tellier, surpris.

Louis le regarda fixement, sans le voir, puis poursuivit :

— On ne peut aimer simultanément l'humanité en entier et les hommes individuellement. Fontrailles a fait le premier choix. Jamais il n'aimera une femme.

Il soupira.

— Il avait décidé dès le début de se débarrasser des Daquin, mais comment ? S'il ne les tuait pas ensemble, le survivant pouvait avoir des doutes et le dénoncer ; et les tuer ensemble, après la mort du mari, aurait entraîné une enquête qu'il lui fallait éviter. Alors, il a ressuscité le *Tasteur*. Rappelez-vous que ce Tasteur différait de l'ancien par un fait particulier : parfois, il tuait ses victimes. Ainsi Fontrailles, dès le commencement de son complot, avait décidé de faire tuer quelques femmes pour cacher son but véritable : une fois le roi mort, le *Tasteur* aurait assassiné Anne Daquin ! Elle n'aurait été qu'une victime de plus. Son frère n'aurait pu se douter que Fontrailles était responsable et il n'y aurait pas eu d'enquête particulière. Ensuite, le frère, fou de chagrin, aurait disparu de Paris. Ainsi, la mort du roi n'aurait laissé aucun témoin.

Louis se tourna vers Le Tellier :

— Souvenez-vous de ce que m'avait déclaré le marquis à Rocroy : « Adroit ? Encore plus, chevalier. »

» Oui, la création du *Tasteur* était une idée fort habile pour se débarrasser d'une femme gênante !

Il poursuivit :

— Lorsqu'il a cru que je savais tout, et après la mort du *Tasteur* en prison, il a modifié ses plans. Il fallait que je disparaisse en premier, ensuite il se serait attaqué aux Daquin. Cependant, comme je lui ai échappé et qu'il savait que je n'avais rien compris, il m'a laissé tranquille jusqu'à ce que je découvre la vérité. Malheureusement, j'avais parlé à Anne et elle se méfiait désormais de son amant ; elle le lui a fait savoir et il n'a donc rien tenté contre elle. Pourtant, à mon avis, il devait préparer quelque chose contre elle, mais nous ne saurons jamais quoi.

» Maintenant que son intrigue est découverte, Anne Daquin n'a plus d'importance pour Fontrailles, d'autant que les Importants ont perdu la partie. Anne n'a jamais été qu'un instrument entre ses mains. Voilà pourquoi il n'a pas de dette de sang avec moi. Au contraire, je lui ai rendu service et il m'en saura gré !

Tous étaient suspendus à ses lèvres, subjugués par la solution que Fronsac proposait. Quand il eut fini, ce fut le silence. Il n'y avait plus rien à dire. Alors Louis s'inclina. Une question brûlait encore ses lèvres. Il la posa :

— Allez-vous faire juger Beaufort, monseigneur ?

Le ministre serra les lèvres dans un fin rictus, fermant presque complètement ses yeux, tel un gros chat satisfait de son festin.

— Aux yeux de tous, Beaufort est coupable, je n'ajouterai pas à ses torts un procès qui pourrait – qui sait ? – l'innocenter !

Louis l'observa longuement, comme s'il voulait fixer son visage, puis il quitta la pièce. Une fois dehors, il regarda le papier que Mazarin lui avait remis :

Vous payerez au chevalier de Mercy la somme de trente mille livres.
Jules, cardinal Mazarini

La porte s'ouvrit et la tête du ministre apparut, jubilante.
— Ce sera mon cadeau de mariage, chevalier.

Marie de Chevreuse repartit en exil en province après avoir cependant reçu deux cent mille livres de Mazarin. Mais ce cadeau n'était qu'une manœuvre pour le ministre qui cherchait simplement à l'isoler. Il avait, en vérité, décidé de l'arrêter. Hélas, ses officiers arrivèrent trop tard, Marie – prudente ou méfiante ? – s'était enfuie en Angleterre où, par malchance, elle tomba au milieu d'une révolution comme les aimait son ami Fontrailles. Elle fut aussitôt emprisonnée avec sa fille, et ce pour plusieurs mois !

Le duc de Vendôme quitta la France pour l'Italie, où il retrouva certains de ses complices comme Beaupuis, qui avait participé à la tentative d'assassinat. François de Beaufort resta enfermé cinq ans à Vincennes d'où il s'évadera finalement.

Tous les pays voisins de la France, alliés comme adversaires, félicitèrent Mazarin pour sa victoire complète, éclatante et sans effusion de sang. Même Paul de Gondi, le coadjuteur de Paris, en fut si admiratif qu'il rapporta :

L'imagination de tous les hommes fut saisie d'un étonnement respectueux, [Mazarin] parut encore plus modéré, plus civil et plus ouvert le lendemain de l'action, il fit si bien qu'il se trouva sur la tête de tout le monde dans le temps que tout le monde croyait l'avoir à ses côtés.

Ce triomphe intérieur, complété par l'extraordinaire victoire de Rocroy, indiquèrent à tous qu'un nouveau règne, plus fort et plus puissant que le précédent, commençait en France : celui de Mazarin, bien sûr, mais surtout celui du nouveau roi, Louis le quatorzième. Louis le Grand.

Giustiniani écrivit ainsi à Venise :

Ce coup si vigoureux et si inattendu asséné à Beaufort a suscité de l'admiration chez un grand nombre, de l'épouvante chez les Grands et de la stupeur chez tous.

Le 30 septembre 1643, la régente quitta le Louvre pour le Palais-Cardinal qu'elle fit appeler aussitôt le Palais-Royal, nom qu'il devait conserver.

Le 1ᵉʳ octobre, Louis Fronsac épousa Julie de Vivonne. Ce jour-là Vincent Voiture, son témoin avec Gaston de Tilly, lui remit ce poème imprimé sur vélin pour l'offrir à Julie :

Trois jours entiers et trois entières nuits,
Bien lentement se sont passés depuis
Que j'ai perdu la clarté souveraine
de deux soleils, les beaux yeux de ma reine,
par qui les miens aimaient être conduits[1].

Louis Fronsac revit plusieurs fois le père Niceron, avec qui il lia une solide amitié fondée tant sur l'estime que sur les échanges scientifiques. En 1646, Jean-François Niceron se rendit à Rome pour y présenter ses travaux sur la perspective curieuse. Au retour, il fut atteint par une forte fièvre et dut s'arrêter à Aix, en Provence.

C'est là qu'il mourut le 22 septembre 1646. Il fut enterré dans l'église des Minimes de cette ville.

---

1. Ce sonnet reste l'un des plus célèbres de Vincent Voiture.

Dans ce roman, nous sommes restés très près de la fameuse cabale des Importants et de l'histoire des lettres volées rapportée par Mlle de Montpensier. Le lecteur curieux peut consulter ces documents s'il désire plus de détails sur les faits survenus à cette époque.

Batiffol L., *La vie de Paris sous Louis XIII. L'existence pittoresque des Parisiens au XVIIᵉ siècle*, Calmann-Lévy, 1932.

Batiffol L., *La duchesse de Chevreuse, une vie d'aventures et d'intrigues sous Louis XIII*, Hachette, 1924.

Bercé Y.M., *La vie quotidienne en Aquitaine au XVIIᵉ siècle*, Hachette.

Bertière S., *La vie du cardinal de Retz*, Édition de Fallois, 1990.

Blancpain M., *M. le Prince*, Hachette.

Bournon F., *Paris : Histoire, monuments, administration*.

Broglie de I., *Le duc de Beaufort*, Fasquelle, 1958.

Brossolette L., *Paris et sa région à travers l'histoire*, Delagrave, 1938.

Carmona M., *Richelieu, l'ambition du pouvoir*, Fayard, 1983.

Chevalier P., *Louis XIII*, Fayard, 1979.

Corne H., *Le cardinal Mazarin*, Hachette, 1867.

Corvisier A., *Louvois*, Fayard, 1983.

Crousaz-Crétet de P., *Paris sous Louis XIV*, Plon, 1922.

Duhamel P., *Le Grand Condé*, Librairie académique Perrin.

Dulong Claude, *Anne d'Autriche*, Hachette.

Foisil M., *La vie quotidienne au temps de Louis XIII*, Hachette, 1992.

Farge A., *Vivre dans la rue à Paris au XVIIIe siècle*, Gallimard, 1979.

Gournerie E., *Histoire de Paris et de ses monuments*, Mame, 1883.

Guth Paul, *Mazarin*, Flammarion, 1972.

Henninger L., *Rocroy*, 1643, Les grandes batailles de l'histoire, Numéro 24, 1993.

Hoffbauer M.F., *Paris à travers les âges*, Inter Livres, 1993.

Magne E., *La vie quotidienne au temps de Louis XIII*, Hachette, 1942.

Mandrou R., *La France aux XVIIe et XVIIIe siècles*, PUF, Nouvelle Clio.

La Rochefoucauld, *Mémoires*, La Table Ronde, 1993.

Tallemant des Réaux, *Historiettes*, Bibliothèque de la Pléiade, édition établie et annotée par A. Adam, 1960.

Thiolller M.M., *Ces dames du Marais*, Atelier Alpha Bleue, 1988.

Wilhelm Jacques, *La vie quotidienne au Marais au XVIIe siècle*, Hachette, 1966.

Sur les anamorphoses, et plus particulièrement sur celle du collège des Jésuites à Aix :

Julien Pascal, *L'anamorphose murale du collège jésuite d'Aix*, revue de l'Art, 2000.

Petit complément sur les prix, les mesures et les salaires

Comment vivaient nos aïeux il y a trois cents ans ? Voici quelques chiffres, quelques valeurs permettant de se faire une idée des conditions de vie financières et monétaires en 1640. Ces données sont approximatives, elles varient en fonction de la spéculation liée aux récoltes et de la qualité des produits. Des variations de 1 à 5 possibles.

Les mesures

Les mesures de l'Ancien Régime variaient souvent d'une ville ou d'une province à l'autre. Voici cependant des ordres de grandeur.

Monnaie de compte :

- livre ou franc = 20 sous
- sou = 4 liards = 12 deniers
- sol (ou 1/2 sou) s'appelle 1 blanc

Pièce de monnaie :

- écu d'argent = 3 livres ou 3 francs, il pèse environ 27 grammes
- pistole = 10 livres, c'est souvent une pièce étrangère
- louis d'or = 20 livres, elle pèse environ 7 grammes

Il existe en fait une multitude de pièces différentes en or (l'écu d'or...), en argent (le 1/2 écu...) et en cuivre.

Distances :

- pied (parisien) = 30 cm ou 12 pouces
- pouce = 12 lignes
- toise = environ 2 mètres ou 6 pieds
- lieue (de poste) = 4 km ou 2 000 toises

Ces mesures sont variables : le pied d'Aix, en Provence, fait 9 pouces et 9 lignes ; existe aussi localement : le pas, la corde (de 20 pieds), la verge (de 26 pieds) la perche (de 9 pieds et demi), la bicherée, la septerée, etc.

En surface on connaît l'arpent : 1/2 hectare et l'arpent parisien : un peu plus d'1/3 d'hectare.

Poids :

- livre (de Paris) = 16 onces ou 2 marcs (489 grammes)
- once = 8 gros
- gros = 3 deniers
- denier = 24 grains

Attention : existe aussi la livre de 12 onces !

Les revenus

Le salaire journalier d'un ouvrier était de 10 sols, soit environ 100 livres par an. Celui d'un manœuvre était de 5 sols. Celui d'un ouvrier très qualifié pouvait atteindre une livre.

Le rendement d'un hectare de blé était d'une tonne et le prix d'une tonne de blé de 200 livres.

Une famille pouvait vivre très simplement avec 300 livres par an, bourgeoisement avec 1 000 à 2 000 livres.

Les prix

1 kg de pain valait 2 sous. Un homme mangeant 1 kg de pain par jour (minimum pour survivre) dépensait donc 30 à 40 livres par an. Un kg de viande coûtait 1/2 livre, la majorité des gens n'en mangeait pas. Voici quelques autres prix :

1 cheval, 1 bœuf	100 livres
1 mouton	10 livres
1 poule	1 livre
1 bouteille de vin	3 sous
1 dot de mariage de petit bourgeois	5 000 livres
1 chemise	2 livres
1 chapeau	1 livre
1 vêtement complet	10 livres

La location annuelle d'une maison représentait 300 livres, d'un hôtel 1 000 à 5 000 livres. À l'achat on peut multiplier par 100 le prix d'une location.

Remerciements

Toute ma gratitude envers Chantal Brevier, Philippe Ferrand, Pierre Fichant et Jacques Branthomme pour avoir accepté si volontiers d'effectuer le travail ingrat de relecture de mon manuscrit.

Un grand merci à tout le personnel de la bibliothèque Méjanes qui me permet d'éviter de trop graves erreurs historiques. S'il en reste, je suis le seul responsable.

Enfin, je dois remercier ceux qui m'apportent des renseignements toujours précieux sur les lieux et l'histoire de la Provence. Quant à mon épouse, ma mère et ma fille cadette, toujours premières lectrices, elles restent les plus sévères juges des premières versions de mes ouvrages.

DANS LA COLLECTION MASQUE POCHE

John Buchan, *Les Trente-neuf Marches* (n° 1)

Louis Forest, *On vole des enfants à Paris* (n° 2)

Philip Kerr, *Chambres froides* (n° 3)

Mrs Henry Wood, *Les Mystères d'East Lynne* (n° 4)

Boileau-Narcejac, *Le Secret d'Eunerville – Arsène Lupin* (n° 5)

Fred Vargas, *Les Jeux de l'amour et de la mort* (n° 6)

Taiping Shangdi, *Le Cheval parti en fumée* (n° 7)

Ruth Rendell, *Un démon sous mes yeux* (n° 8)

Alan Watt, *Carmen (Nevada)* (n° 9)

Frédéric Lenormand, *Meurtre dans le boudoir* (n° 10)

Boileau-Narcejac, *La Poudrière – Arsène Lupin* (n° 11)

John Connor, *Infiltrée* (n° 12)

Jeffrey Cohen, *Un témoin qui a du chien* (n° 13)

Barbara Abel, *L'Instinct maternel* (n° 14)

S.A. Steeman, *L'assassin habite au 21* (n° 15)

A. Bauer et R. Dachez, *Les Mystères de Channel Row* (n° 16)

Cyrille Legendre, *Quitte ou double* (n° 17)

Charles Exbrayat, *Vous souvenez-vous de Paco ?* (n° 18)

Émile Gaboriau, *L'Affaire Lerouge* (n° 19)

Danielle Thiéry, *Le Sang du bourreau* (n° 20)

Dorothy L. Sayers, *Lord Peter et l'inconnu* (n° 21)

Jean d'Aillon, *Le Captif au masque de fer* (n° 22)

Neal Shusterman, *Les Fragmentés* (n° 23)

Gilles Bornais, *Les Nuits rouges de Nerwood* (n° 24)

Rex Stout, *Fer-de-Lance* (n° 25)

C.M. Veaute, *Meurtres à la romaine* (n° 26)

Reggie Nadelson, *Londongrad* (n° 27)

Boileau-Narcejac, *Le Second Visage d'Arsène Lupin* (n° 28)
Jo Litroy, *Jusqu'à la mort* (n° 29)
Maud Tabachnik, *La Honte leur appartient* (n° 30)
Olivier Gay, *Les talons hauts rapprochent les filles du ciel* (n° 31)
Philip Kerr, *Impact* (n° 32)
Françoise Guérin, *À la vue, à la mort* (n° 33)
Dorothy L. Sayers, *Trop de témoins pour Lord Peter* (n° 34)
John Dickson Carr, *La Chambre ardente* (n° 35)
Charles Exbrayat, *Les Blondes et papa* (n° 36)
Jean d'Aillon, *Les Ferrets de la reine* (n° 37)
Jean d'Aillon, *Le Mystère de la chambre bleue* (n° 38)
Frédéric Lenormand, *Le diable s'habille en Voltaire* (n° 39)
Patrick Cauvin, *Frangins* (n° 40)
Cloé Mehdi, *Monstres en cavale* (n° 41)
Jean d'Aillon, *La Conjuration des importants* (n° 42)
Denis Bretin, *Le Mort-Homme* (n° 43)
Margaret Millar, *Le Territoire des monstres* (n° 44)
Eoin McNamee, *Le Tango bleu* (n° 45)
Boileau-Narcejac, *La Justice d'Arsène Lupin* (n° 46)
Serge Brussolo, *Le Manoir des sortilèges* (n° 47)

DANS LA MÊME COLLECTION

LE DIABLE S'HABILLE EN VOLTAIRE
Frédéric Lenormand

« LÉGER, PÉTILLANT, SUPRÊMEMENT INTELLIGENT, ÇA RESSEMBLE À DU CHA...
GÉRARD COLLA...

LE MORT-HOMME
Denis Bretin

LE FANTÔME DE VERD...

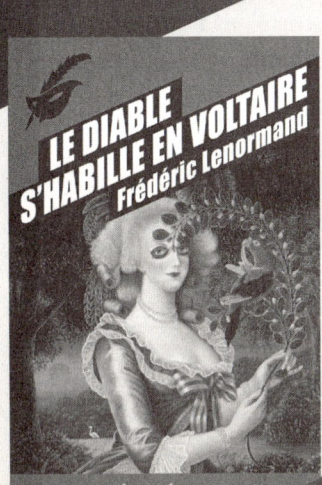

MASQUE POCHE

Composition réalisée par Facompo, Lisieux

Achevé d'imprimer en avril 2014, en France sur Presse Offset par
Maury Imprimeur - 45330 Malesherbes
N° d'imprimeur : 188720
Dépôt légal : mai 2014 – Édition 01